HET BOEK VAN BOTTEN

NICK THACKER

HOOFDSTUK 1

PROLOOG 1 – JERONIMO

CHACHAPOYAS REGIO, **Peruaanse Andes. 1601**

De Apu stak hoog boven de anderen uit, een berg onder de bergen. Met sneeuw bedekt in deze tijd van het jaar en te hoog voor bomen om te overleven, was de top een desolate, kale rots, gehuld in rots en niets. Het gaf de indruk van een gemakkelijke beklimming, een eenvoudige verovering.

Maar Jeronimo Valera wist wel beter. De vijfenveertigjarige man was dan wel tengerder, dunner en minder beweeglijk dan in zijn jonge jaren, maar met de jaren kwam wijsheid. Hij had de legenden over deze berg en zijn bewoners al van jongs af aan gehoord, en hoewel veel van zijn mannen die mythes als sprookjes terzijde schoven, kende hij het gevaar van niet op zijn hoede zijn.

De top zou hun eindbestemming zijn. Het zou hen in staat stellen het uitgestrekte gebied van bergtoppen en brede valleien te overzien, en het zou hen in staat stellen een kamp op te slaan op de hoogste grond in zicht.

Maar eerst zouden zij de gevaarlijke vallei moeten oversteken die voor de massieve berg lag waar zij zich op richtten. Het gevaar lag niet in de bekende factoren - verraderlijk terrein, roofzuchtige jungle leven, en een snel bewegende rivier oversteken. In plaats daarvan, zat het gevaar dat Jeronimo voelde in het onbekende. De angst die hij voelde kwam voort uit wat hij niet kon zien, maar waarvan hij wist dat het op hun komst wachtte.

De top doemde op, wenkend. Maar het eigenlijke *doel* van hun expeditie was iets waarvan hij voelde dat het ergens tussen hun locatie aan de andere kant van de vallei en op de steile hellingen van de berg op hen zou wachten. Zij hoopten de top als uitkijkpost te kunnen gebruiken, maar hun ware wens was te vinden wat zij zochten, en hij vermoedde dat zij dat zouden vinden in de dichte, donkere jungle beneden hen.

Hij ademde in en liet toen weer uit, zag geen condens maar voelde de scherpte van de koele lucht. Op deze hoogte en in deze tijd van het jaar zouden ze het gevaar lopen in een sneeuwstorm te stranden, maar hij wist dat ze geen tijd meer hadden.

Zijn mannen - vijf Jezuïtische priesters van zijn orde en nog eens vijf Inca-krijgers die hij voor de drie maanden durende reis had inge-huurd - stopten achter hem, en hij wist dat ze zich allemaal hetzelfde afvroegen: *zou hij hen door de vallei laten gaan?*

Hij zou het doen, en hij voelde dat ze het wisten. Hij had hen verteld over het verraad van de expeditie, over het gevaar en de moge-lijkheid dat niemand van hen zou terugkeren, maar hij had hen ook het belang ervan uitgelegd. De missie was eenvoudig: afdalen in de diepten van de Chachapoyas, in het gebied dat nog nooit was verkend, en de wak'a vinden - de 'heilige plaats'. Van wat Jeronimo had gelezen, geloofde hij dat ze de wak'a zouden ontdekken 'onder de grote apu op de laatste zeq'e.'

Er waren 41 zeq'e, of lijnen, die wezen naar het grote ronde stenen tablet in Cuzco, de Inca-hoofdstad, en elk van de lijnen straalde vanuit de steen in verschillende richtingen naar buiten, elk een 'zichtlijn' vormend terug naar het thuisland. Volgens zijn verta-lingen veronderstelde Jeronimo dat op een van deze onzichtbare zichtlijnen de verborgen tempel van Wiraqoca Pacayacaciq, of Vira-cocha, de schepper en vader van de Inca's, te vinden was.

De god was uit de zee gekomen om de verspreide Inca-stammen verfijnde manieren, landbouw en wetenschap bij te brengen.

Hij had *de beschaving* geschapen.

Toen was Viracocha verdwenen, door de oceaan in te lopen en naar het westen terug te keren, met de belofte dat zijn volgelingen op een dag zouden terugkeren.

De tempel waar Jeronimo naar op zoek was, was een mythe, maar hij had meer redenen om hem te vinden dan alleen maar de jacht op lang verloren gewijde plaatsen.

Hij wendde zich tot de man die naast hem was komen staan, Luis de Acosta, en wachtte tot hij Jeronimo's ogen zou ontmoeten.

"Het is daar beneden, mijn vriend," zei Jeronimo.

Luis knikte, maar sprak niet.

"We zijn binnen een dag bij de basis van de Apu, waar we de tempel zullen vinden."

"Dat hopen we."

"Heb vertrouwen, broeder," zei Jeronimo. "Het is daar, precies zoals de profetie zegt. We zullen het vinden, en we zullen hem vinden."

Jeronimo zag een trilling van aarzeling in de ogen van zijn vriend. Hij nam het hem of zijn mannen niet kwalijk dat hij twijfelde - zijn broer, Blas Valera, was vermoedelijk vier jaar eerder in Spanje gestorven. Zijn broer, zoon van een Spaanse conquistador en een Chachapoyaanse vrouw, was lange tijd gekastijd vanwege zijn mestiezenbloed, maar stond bij sommige Spaanse rechtbanken in hoog aanzien vanwege zijn grondige kennis van het Quechuan. Hij had hard gewerkt om de belangen van de Inca's te verenigen met die van de Spanjaarden, maar dat was uiteindelijk op een mislukking en zijn dood uitgelopen.

Maar Jeronimo had geruchten gehoord. Geruchten, eigenlijk. Er werd gefluisterd dat een Inca met een lichte huidskleur uit Spanje was teruggekeerd en onmiddellijk naar de streek van Chachapoyas was gegaan, waar hij was verdwenen.

Geruchten deden de ronde en Jeronimo ontdekte dat er mensen waren die geloofden dat de man naar de verborgen tempel was gevlucht om zich aan te sluiten bij het oude ras van reuzen dat door Viracocha was geschapen vlak voordat hij het menselijke ras had geschapen. Het was een lang verhaal, dat zeker, maar Jeronimo gaf daar niets om.

Hij wilde zijn broer vinden.

HOOFDSTUK 2

PROLOOG 2 – JERONIMO

JERONIMO HAALDE DIEP ADEM EN PROBEERDE TE ONTSPANNEN. *We zijn hier,* zei hij tegen zichzelf. *We zullen hem vinden.*

Hij voelde een conflict van emoties. Hij was opgewonden om zijn broer te vinden, maar hij wist ook dat er een reden was dat niemand zich eerder in dit gebied had gewaagd. Of, als ze dat wel hadden gedaan, waren ze nooit teruggekeerd.

Hij dacht aan zijn broer, Blas Valera. Als lid van de jezuïetenorde was Blas, net als hij, altijd een onbezonnen leider geweest die risico's nam. Hij was een man van sterke morele principes, en dat had hem in de loop van zijn leven heel wat verdriet bezorgd.

Blas was geboren uit een Spanjaards vader en een Chachapoyas moeder, waardoor de jongen een inzicht had gekregen dat maar weinig mensen in de wereld hadden: hij begreep zowel de Quechuan taal van zijn moeders volk als de rijke geschiedenis van die van zijn vader. Hij respecteerde beide en gebruikte het in zijn voordeel. Blas was een van de vertrouwelingen van de kroon geworden, die hielp bij het vertalen van Quechuan manuscripten en bij het interpreteren van enkele van de moeilijkere Inca-teksten.

Toen had hij zijn blik op de godsdienst gericht, en daar had hij zich in de nesten gewerkt. Blas was van mening dat de godsdienst van de Inca's even diepgaand en diepzinnig was als het katholicisme, en dat de taal van het volk van zijn moeder zo genuanceerd en complex was dat zij zich kon meten met het Latijn.

De Spanjaarden waren het uiteraard niet eens met deze theorie en Blas belandde uiteindelijk in de gevangenis van Cádiz, waar hij zijn laatste dagen doorbracht.

Maar Jeronimo Valera geloofde niet dat zijn wilskrachtige broer zich zo gemakkelijk had laten verslaan. Hij had het weinige dat hij had uitgegeven om deze expeditie samen te stellen, in de hoop dat ze vruchten zou afwerpen.

Het vinden van iets in de vallei zou reden tot feest zijn - zijn volk had eeuwenlang in deze streek gewoond, en de legenden en verhalen over wat er in dit deel van de jungle bestond hadden zich ontwikkeld tot fantastische verhalen over schatten en goud. Jeronimo geloofde niet veel van de verhalen, maar hij geloofde wel één ding: er was hier *iets*, en het was nog nooit gevonden.

Was zijn eigen broer vier jaar geleden op deze expeditie gegaan? Had Padre Blas Valera de legenden zelf gevonden?

En als hij dat had gedaan, had het hem verteerd?

Jeronimo schudde de vermoeidheid van het onbekende van zich af en stapte naar voren, nu popelend om zijn reis voort te zetten. Zijn mannen en de Inca krijgers achter hem volgden zijn voorbeeld.

"We zijn dichtbij, Jeronimo," zei Luis een paar minuten later. "De lucht is hier anders."

Jeronimo glimlachte. Zijn jezuïtische broer had een scherp gevoel voor de jungle, en dat was een van de redenen waarom hij hem mee wilde nemen op deze reis. Luis was opgegroeid in een klein dorp dat bijna was verwoest toen de Inca veroveraars het kwamen inlijven, en vervolgens vele jaren later opnieuw door de Spanjaarden. Luis had dus geleerd van de jungle zijn thuis te maken, zich tussen de bomen te bewegen en van de platgetreden paden af te blijven. Voordat hij zich bij de Jezuïeten aansloot, werd hij in zijn dorp vereerd als een groot spoorzoeker en jager.

Jeronimo hoopte dat de ervaring van de man ook op deze reis van pas zou komen.

"Hoe ver?" vroeg Jeronimo.

"Een dag naar de Apu, zoals je zei," zei Luis. "Maar..." zijn stem stokte.

"Maar we weten niet wat ons daar beneden te wachten staat."

Luis knikte ernstig.

"We zijn geen bedreiging voor hen," zei hij. "We zijn gewoon op zoek naar antwoorden."

"Velen zijn gestorven in de zoektocht naar antwoorden," zei Luis. "Maar je hebt gelijk. Het heeft geen zin je zorgen te maken. Onze Heer zal ons beschermen."

"Onze Heer is er misschien niet toe in staat." Jeronimo wilde niet godslasterlijk zijn, maar zijn angst deed hem terugvallen op zijn menselijke instincten. Dit land was niet van hen, en was het nooit geweest. De hulp van de Heer inroepen, vreesde hij, was een macht inroepen die zou kunnen worden beantwoord met een tegengestelde - en veel sinistere - macht.

Er was een kleine helling op een open plek voor hem en hij liep er in stilte langs tot hij de helling had beklommen. Op dat moment merkte hij dat het volume van het regenwoud afnam.

Vanaf deze plek kon hij in alle richtingen kijken, hoewel elke richting opmerkelijk veel op elkaar leek. Dichte bruine en groene jungle lag als een muur aan alle kanten, een schildwacht die in stilte deze open plek bewaakte. De jungle zelf was tot zwijgen gebracht, de dieren en insecten leken hun komst te hebben aangevoeld.

Hij hield zijn adem in terwijl hij wachtte op de terugkeer van de geluiden. Dit verschijnsel had zich vaak voorgedaan toen ze door de dichtbeboste gebieden trokken. De vogels en dieren wisten dat er buitenstaanders waren aangekomen, en hun stilte diende als waarschuwing voor anderen.

Luis en een paar Inca's voegden zich bij hem op de verhoging, ieder in een andere richting kijkend.

Na nog een paar seconden fronste Luis zijn wenkbrauwen en wendde zich tot Jeronimo.

"Het is rustig," zei hij. "Het geluid van de jungle zou nu teruggekeerd moeten zijn."

Jeronimo voelde zijn nekharen overeind komen toen hij zijn zintuigen afstemde op het bos. Hij zag niets ongewoons, geen beweging achter de boomgrens, geen activiteit of geritsel van vogels.

"Wat betekent het?" vroeg hij.

"Het betekent dat er hier iets anders is."

Eén krijger knikte langzaam, blijkbaar verstond hij genoeg van het Spaans om het met Luis eens te zijn.

"We blijven in beweging," zei Jeronimo. "Er is hier niets voor ons, en stoppen kan gevaarlijker zijn dan doorgaan."

Opnieuw knikte de Inca man. Jeronimo hoopte dat dit betekende dat hij het eens was met zijn beoordeling.

Ze liepen nog drie uur door, de vochtigheid en de hitte van de middagzon versloegen uiteindelijk het koelere weer, en Jeronimo begon te zweten. Hij veegde zijn voorhoofd af met de rug van zijn hand en stopte toen.

"Wacht," zei hij, zachtjes.

"Zie je iets?" Vroeg Luis.

"Ik denk. Ik geloof dat we dicht bij een zeq'e post zijn." Hij liep naar een groepje aan elkaar gegroeide bomen, waarvan de kruinen nu samengeklonterd waren tot één grote massa bladeren en lianen. Hun basis lag uit elkaar, verspreid over de aarde met twintig dunne stammen. Jeronimo bereikte een sectie waar twee van de stammen op een afstand van ongeveer drie meter van elkaar stonden en hun lianen en takken reikten tot aan de grond.

Het effect was een natuurlijke muur, een ondoordringbaar struikgewas van oerwoudgroei. Hij stak een hand uit in de dikke, kronkelige begroeiing en greep een handvol lianen. Hij rukte terug en de lianen scheurden uit elkaar, verbraken hun onderlinge band en trokken een warboel van bladeren en stokken naar beneden.

Toen hij klaar was, hijgde Luis van achter hem.

Waar eerst een muur van boomtakken en wijnstokken stond, stond nu een muur van steen. *Met de hand uitgehouwen* steen, opgebouwd uit in elkaar grijpende bakstenen.

"We zijn er," fluisterde Jeronimo. "We hebben het gevonden."

Hij kon de tekens op de steen niet lezen, maar dat hoefde ook niet. Om zo ver in de jungle een zeq'e post te vinden betekende maar één ding: ze hadden een verloren tempel gevonden.

HOOFDSTUK 3

PROLOOG 3 – JERONIMO

"BEWEEG SNEL," zei Jeronimo. "En stil. We weten niet wat hier is."

"Er is hier niets," zei een van de Jezuïeten van ergens achter Jeronimo.

"Misschien hebt u gelijk," antwoordde hij, "maar we willen geen onnodig risico nemen. Als mijn broer hier is, kan hij gevangen genomen zijn. We moeten geen aandacht trekken."

Terwijl hij de woorden uitsprak, bekeek Jeronimo hun omgeving. Voor hem groeiden drie enorme huicungo bomen samen tot een grote verzameling van enorme bladeren, hun meterslange, spichtige groene bladeren dansten met elkaar als ze bewogen in de wind. Achter de huicungo in dat gebied zag Jeronimo een andere, kleinere rotstotem, deze was waarschijnlijk een offersteen van een lang verdwenen beschaving of een eenvoudig overblijfsel van een groter bouwwerk.

De rest van het gebied was net zo dicht opeengepakt. Een Casha-pana, de 'boom met de vele poten' zoals hij hem kende, torende boven de groep uit, zijn vele dunne stammen kronkelend om elkaar heen terwijl ze uit de grond rezen en zich verenigden tot een grotere vorm. Hij was groter dan hij ooit had gezien, en de 'poten' waren dikker en talrijker, waardoor een ondoordringbare muur ontstond aan die kant van de open plek.

Hij deed een paar stappen voorwaarts, in de richting van de huicungo en de stenen rechthoek iets daarachter. Toen hij dichterbij kwam, realiseerde Jeronimo zich dat het stenen bouwsel aan het eind van een pad stond, een pad dat om nog een paar bomen heen liep en uit het zicht verdween.

Hij voelde zijn hart sneller kloppen. *We zijn dichtbij*, dacht hij, de woorden van Luis echoënd. *We zijn heel dichtbij.*

Hij kon de stem van zijn broer in zijn gedachten horen. Ze lachten samen onder het genot van twee kopjes Madeira die ze samen dronken. Hij miste zijn broer, maar hij had echt belangrijkere - en dringendere - redenen om hem te vinden.

Zijn broer was in allerijl naar Spanje vertrokken voordat Jeronimo hem kon confronteren met zijn expedities met de Spanjaarden. Als een man die zowel Spaans als Quechuan beheerste en vloeiend sprak, was Blas Valera een populaire toevoeging aan veel van de Spaanse veroveringen in en rond hun thuisland, en als zodanig had hij meer gereisd dan wie dan ook die Jeronimo kende.

Verder had Blas aan Jeronimo geschreven dat hij "de koning moest confronteren met de dood van onze Inca-leider, Atahualpa". Blas geloofde dat Francisco Pizarro de Inca koning had geëxecuteerd om andere redenen dan het verkrijgen van goud en fortuin.

Hij wilde in de brief geen verdere uitleg geven, uit angst voor sabotage en spionage, maar Blas liet Jeronimo doorschemeren dat hij geloofde dat de Spanjaarden - en hun grootste weldoeners, de katholieken - iets *anders* wilden. Ze hadden genoeg goud en schatten, en ze zouden een eindeloze voorraad hebben voor de rest van hun leven.

Wat ze in plaats daarvan wilden, had Jeronimo afgeleid, was iets van veel grotere waarde.

Iets veel krachtiger.

Maar nadat Blas naar Spanje was vertrokken, had Jeronimo gelezen dat zijn geliefde broer in Cádiz was terechtgesteld. Hij wilde de brieven niet geloven, maar nadat hij drie jaar op zijn terugkeer had gewacht, begon hij te denken dat zijn broer misschien was verslagen.

Toen begon hij geruchten te horen. Een Jezuïtische priester was wandelend aangetroffen in het gebied van de Chachapoyas, zei men. Een ander liet doorschemeren dat een groep mannen en vrouwen met een lichte huidskleur in een dorp was verschenen en een katholiek kruisbeeld had geruild voor voorraden en voedsel.

Tenslotte had Jeronimo een brief ontvangen waarin stond dat een paar maanden later in hetzelfde dorp een man was binnengelopen die beweerde genezing te zoeken voor een vreselijke verwonding: hij miste een hand, zijn pols was niet meer dan een bloederig stompje.

Jeronimo had in stilte een plan opgesteld, en drie maanden geleden waren ze vertrokken voor de gevaarlijkste reis van zijn leven. Niet zeker van wat ze hier zouden kunnen tegenkomen, had hij gekozen voor een gesplitste groep van Jezuïeten en krijgers, in de hoop dat het hen zou kunnen voorbereiden op alles van inheemse volken die bekeerd moesten worden of stammenjagers die hen kwaad toewensten.

Nu waren ze hier, waar *ze* ook waren, en hij voelde alle angst en bezorgdheid weer opkomen. Deze plek is misschien niet vriendelijk, en zelfs als dat wel zo was, zou zijn broer hier misschien helemaal niet zijn.

"Jeronimo," zei Luis, terwijl hij zijn aandacht vestigde op het pad dat hij eerder had gezien. "Wat maak je hier van?"

Jeronimo keek om. Luis wees naar een rij stenen die in de zijkant van het pad waren gezet, alsof ze een barrière vormden tussen het pad en het bos erachter. Een andere rij stenen lag aan de andere kant van het pad. Het was het vreemdste soort pad dat Jeronimo ooit had gezien. De stenen waren enorm, bijna rotsblokken, en het was Jeronimo een raadsel hoe of waarom ze hier nodig waren. Er waren minstens twee mannen nodig om elke steen op te tillen en neer te leggen.

"Waarom zouden ze stenen bij een pad plaatsen?" Vroeg hij. "Welk doel kan het dienen?"

"Het lijkt een verspilling," zei Luis. "Welke mensen zouden een pad met stenen aanleggen, vooral stenen van deze grootte?"

Jeronimo had geen antwoord, maar hij merkte dat de krijgers op hun hurken zaten en de omringende bomen in de gaten hielden. Hun pijlen waren in de aanslag, hun ogen strak en hun ademhaling beheerst.

"Worden we aangevallen?" Vroeg hij.

"Ze blijven gewoon alert," fluisterde een andere Jezuïet. "Want dit is een onbekende bouwstijl voor hen."

"Ik begrijp het," zei Jeronimo. "Maar laten we verder gaan."

De mannen volgden achter hem, en terwijl Jeronimo doorging op het pad, wenste hij dat twee van de Inca-mannen voorop waren gegaan. Toch wist hij dat zijn krijgers tot de beste behoorden die er te koop waren, en dat zij alles zouden doen wat in hun macht lag om hun groep te beschermen.

De krijgers waren van jongs af aan getraind om te jagen, vallen te zetten en te vechten. Ze konden zich net zo snel en stil bewegen als een jungledier, en Jeronimo was ervan overtuigd dat als ze iemand zouden tegenkomen die hen kwaad wilde doen, de krijgers in staat zouden zijn hen af te weren. Bovendien waren zijn Jezuïetenbroeders uitgekozen vanwege hun hardheid. Velen van hen waren opgegroeid in gevaarlijke streken, hadden gevochten met of tegen de Spanjaarden, en hadden hun voorsprong verdiend.

En toch kon Jeronimo het niet helpen, maar hij voelde het gewicht van het onbekende op zich drukken. Het bos leek hier te leven, hen in de gaten te houden. Het leek zijn eigen geheimen te hebben, en hoe verder ze erdoor trokken, hoe zwaarder die geheimen leken te worden.

Hij moest uit zijn eigen hoofd komen, maar hij probeerde zich voor te bereiden op een nieuwe ontmoeting met zijn broer. Elf jaar ouder dan hij, was Blas altijd een beetje een raadsel geweest voor Jeronimo. Hij was een goede oudere broer, maar hun leeftijdsverschil betekende dat Blas meer een vervreemde oom was, die van zijn avonturen terugkeerde met nauwelijks meer dan verhalen en sterke verhalen.

Was zijn broer hier? Was zijn broer een van de geheimen die het bos bewaarde?

Na nog eens twee uur lopen, merkte Jeronimo dat het pad breder was geworden, de grond bestond uit kleine steentjes. Hij had nog nooit zoiets gezien, en de brutaliteit van de creatie ervan verraste hem.

Hij was zo gefascineerd door het vreemde pad dat hij bijna niet merkte waar het heen leidde. Hij stapte weer op een open plek, deze was veel groter dan die vanwaar ze het pad hadden ontdekt. Er waren meer stenen bouwsels, maar ook die waren gebouwd in een stijl die hij nog nooit had gezien. De gebouwen waren eenvoudig, gebruiksvriendelijk. Er stonden stèles hoog op een grote open plek voor hem, maar ook die waren kaal van geavanceerde ontwerpen. Achter de stèle stond een breed gebouw, en aan de voorkant ervan liepen lange trappen. Als het een tempel was, dan was het de meest lege, sobere tempel die hij ooit had gezien.

Het vreemdste van alles was dat de bouwwerken veel groter waren dan de tempels en gebouwen die hij de Inca's had zien maken. Deze gebouwen leken bijna twee keer zo hoog als normale stenen huizen, en de deuropeningen die naar binnen leidden waren hoger en breder dan hij had verwacht.

De tempel, als het er al een was, had een afgeronde voorkant, de zijkanten bogen naar de grote open ruimte, terwijl de ingang een beetje naar achteren in het bos was geduwd, waardoor de indruk werd gewekt dat het gebouw een klein brokstuk was dat uit een enorme cirkel was gehakt en hier was neergezet.

Ook deze tempel was groter dan een gebouw zou moeten zijn. Waar de Inca's, en zelfs de Chachapoya's, massieve tempels bouwden wanneer zij deze wilden uitwerken en accentueren ter ere van hun goden, was deze tempel niet meer dan een halfrond gebouw dat buitenproportioneel groot leek.

Welke goden dienen deze mensen? Hij vroeg het zich af.

Hij stapte weer naar voren, en stopte toen. Hij voelde beweging rechts van hem, maar hij had geen geluid gehoord.

Luis stond links van hem en moet iets soortgelijks hebben gevoeld, want hij greep Jeronimo's linkerarm en kneep. Jeronimo draaide langzaam zijn hoofd en probeerde de bron van de beweging te vinden.

Maar er was niets. De beweging die hij had waargenomen was verdwenen, of het was een boom die hen voor de gek hield.

"Ik ben op zoek naar een man," zei Jeronimo, eerst in het Quechuan, daarna in een dialect dat meer lijkt op dat van de Chachapoyas. "Zijn naam is Blas Valera. Is hij hier?"

Hij verhief zijn stem en herhaalde toen de vraag. Hij wachtte een volle minuut.

"We zijn alleen, mijn vriend," zei Luis, zijn stem nauwelijks boven een fluistering.

"Nee," zei Jeronimo. "Ik weet dat hier iemand is. Iemand luistert naar ons."

Luis greep Jeronimo's arm nog eens vast. "Nee, mijn broer," zei hij, zijn stem nog steeds rustig maar nu bijna driftig. "Ik bedoelde dat we *alleen* zijn."

Jeronimo fronste zijn wenkbrauwen, maar kwam weer op adem toen hij zich realiseerde wat Luis bedoelde. Hij draaide zich langzaam om en nam de vreemde wereld in zich op waarin zij terecht waren gekomen.

Terwijl hij zich omdraaide, probeerde hij te begrijpen wat hij zag.

Niets. Hij zag niets. Meer specifiek, Jeronimo zag *niemand.*

Zijn team - de vier andere Jezuïeten naast Luis en de vijf Inca-krijgers - was verdwenen.

Ze waren weg.

Jeronimo voelde zijn hart sneller kloppen. *Waar konden ze heen zijn? En hoe zijn ze zo stilletjes vertrokken?*

Hij hield zijn ogen stil, richtte zich op alles en niets tegelijk en bestudeerde de rand van de jungle op enig teken van beweging. Langzaam stapte hij in een cirkel totdat hij weer volledig was omgedraaid, en hij begon tegen Luis te spreken.

"We moeten vertrekken, Luis. We moeten..."

Pas toen merkte hij dat Luis ook ontbrak.

Jeronimo stond op een open plek, alleen.

Het ergste van alles was, dat hij wist dat wat zijn team had meegenomen, nog steeds hier was, ergens.

En het zou hem als volgende pakken.

HOOFDSTUK 4

BEN

ER WAS NIET VEEL LICHT MEER, en het weinige dat er was, was grotendeels opgeslokt door de dichte bosknopen die hoog boven zijn hoofd hingen. Harvey Bennett liep in bijna pikdonkere omstandigheden.

Hij had niet gewild dat het zo zou aflopen, maar hij had er ook niet veel over te zeggen gehad. Zijn geest raasde, probeerde te berekenen, te extrapoleren. *Wat heb ik in mijn bezit dat nuttig is?*

Drie uur geleden was zijn munitie op, en hij had zijn rugzak en overlevingsspullen in het kamp achtergelaten. Hij was alleen van plan om zich even te ontlasten, maar hij was ongeveer dertig passen het dichtere bos in gelopen en ontdekte dat terwijl hij weg was iemand zijn open plek was binnengeslopen.

Hij hoorde zijn voeten zwaar bonzen over het berijpte sneeuwpad en voelde de intense bas ritmisch door zijn hele lichaam bonzen. *Links, rechts, links... en door* en door tot hij niet meer verder kon.

Zijn adem stroomde voor hem uit en wervelde rond zijn hoofd, de warmte deed weinig om hem op te warmen. De condens bevroor bijna onmiddellijk en de zwaardere druppels vielen terug naar beneden, sommigen landden op zijn gezicht en prikten in zijn ogen. Toch zette hij zich er doorheen. *Ongemak is een luxe waar we gelukkig aan mogen wennen*, zei zijn vader altijd. De vader van Harvey Bennett, Johnson Bennett, was marinier, een harde man die weinig zei en zijn uitdrukking vaak voor zich liet spreken. Maar van binnen was Johnson een liefhebbende, zorgzame vader, een toegewijde echtgenoot, en het soort man dat Harvey wilde worden.

Zijn vader had Harvey en zijn jongere broer al lang geleden waarden als deze bijgebracht - dat wennen aan een beetje ongemak een goede manier was om je voor te bereiden op het onvermijdelijke ongemak dat een man uiteindelijk in zijn leven zou treffen. Pijn, lijden, verdriet en verlies waren synoniemen met 'ongemak', en Harvey had geprobeerd de training van zijn vader na te leven.

Harvey stopte, zowel om zijn omgeving in te schatten als om op adem te komen. Hij werd nog steeds achtervolgd, maar hij wist dat hij het zich niet kon veroorloven het spoor bijster te raken en zijn bestemming te missen. Het spoor was de laatste uren steeds smaller geworden, dankzij de enorme hoeveelheid sneeuw die om hen heen was gevallen, en die op de een of andere manier een route door het dichte bladerdak had gevonden waar het licht het had laten afweten.

De hut is die kant op, dacht hij, terwijl hij in stilte het landschap analyseerde. *Het kamp is achter me, een paar honderd meter ten oosten van hier. Dat betekent...*

Hij draaide zich om, net toen een donkere gedaante van achter een boom op hem afkwam.

Hij gromde toen het massieve lichaam zich tegen het zijne stootte, en beide mannen gingen neer. De val zou onderdrukt zijn geweest door de zachte verse poeder die het pad bedekte, maar op de een of andere manier waren de twee mannen in elkaar gedraaid en Harvey landde bovenop zijn aanvaller. Hij verloor even zijn oriëntatie, maar herpakte zich snel en rolde van de man af.

Kan niet... de...

Hij voelde aan zijn zijde om te controleren of hij de lading niet verloren had. Het was er nog steeds, vastgebonden aan zijn riem lus door het einde van een grote zilveren karabijnhaak. De container was klein, cilindrisch en donker tinnen van kleur. Het was zwaar, maar het gewicht was een voordeel geweest, zodat Harvey kon rennen en bewegen zonder voortdurend te hoeven controleren of het nog aan zijn broek vastzat.

Harvey "Ben" Bennett was een beer van een man, gehard en verdikt door jarenlange dienst in nationale parken en later als leider van de Civilian Special Operations, een team van civiele operatoren die met het Amerikaanse leger samenwerkten aan projecten die door de regering te klein, te onbeduidend, of te politiek gevaarlijk werden geacht.

Samen had het team de ijskliffen van Antarctica beklommen, door de jungles van Brazilië getrokken en verborgen graven in Egypte verkend. In iets meer dan een jaar hadden ze leden verloren, er bij gekregen en waren ze een hechte groep geworden. Harvey was de feitelijke leider geworden nadat ze hun vorige commandant in Philadelphia hadden verloren, maar hij vond dat hun groep meer een democratie dan een dictatuur was.

Toch keken de anderen - waaronder zijn aanstaande vrouw Juliette - naar hem om leiding te geven. Ze volgden hem gewillig, wetende dat hij het beste met hen voorhad. Hij had een gave om de aanwijzingen te vinden die naar het antwoord op een puzzel of mysterie leidden, en hij kon het onrechtvaardige moeilijk negeren. Hij was er snel bij om te vechten, zelfs als hij daarvoor zijn eigen leven riskeerde.

Hij duwde de man terug voordat hij zich kon herstellen, en Ben ging er weer vandoor, dit keer de paden negerend, rechtstreeks in de richting van de controlepost. Hij moest daar als eerste zijn, voordat de rest van de -

"Je gaat niet winnen, Bennett," riep de stem van achter hem.

Vlak achter hem. De man had zich hersteld en achtervolgde hem. Ben zou hem terugleiden naar de controlepost waar de anderen zouden moeten wachten. Hij hoopte dat iemand bij de controlepost hem kon helpen, maar als niemand anders het al bereikt had...

HOOFDSTUK 5

VICTORIA

PROFESSOR VICTORIA REYES KEEK ROND IN DE KLEINE COLLEGEZAAL, haar ogen hadden moeite zich aan te passen aan de stralende witte schijnwerpers die vanaf het plafond op haar schenen. Ze herkende de studenten op de eerste rij, en de meeste van de tweede, maar verder konden haar ogen niets anders dan schaduwen onderscheiden.

Toch was de zaal vol. Alle 80 plaatsen waren bezet door deelnemers aan de cursus die ze al een paar jaar gaf. Ze had de cursus ontworpen en het leerplan zelf geschreven, gebaseerd op haar eigen proefschrift, *Ancient Orders and Fraternal Development of Modern Religion.* Het was een lijvig werk, maar het was haar levenswerk, en ze had plannen om vervolgstudies te schrijven. Deze cursus, Impact of Ancient Orders on Modern Religion, was een proeftuin voor die latere werken, en de discussies die ze had met haar studenten hielpen haar onderzoek vooruit te helpen.

Een van die studenten, een jonge katholieke dominee die een doctoraat in de katholieke letterkunde nastreefde, stak zijn hand op.

"Ja, Mr. Edwards?"

"Mrs. Reyes," begon de man. Ze corrigeerde hem niet - ze *was* getrouwd geweest, en ze had de naam van haar ex-man gehouden.

Hoewel ze liever *mevrouw had gehad*, hield ze ook graag haar persoonlijke leven gescheiden van haar werkleven. "Aangezien het Regiusgedicht de eerste officiële vermelding van de vrijmetselaars is, en dat was in 1390, hoe kun je dan zeggen dat de vrijmetselaars eerder zijn geboren dan de katholieke kerk?

Victoria glimlachte. "Een perfecte vraag om mijn volgende dia in te leiden." Ze klikte op de knop van de afstandsbediening van de presentatie en zette de diavoorstelling vooruit. Het beeld dat nu het wandgrote scherm achter haar vulde was een afbeelding van een oude tekst, versierd met rode druppelkappen aan het begin van een grote, in reliëf gedrukte titel. Daaronder ging het Halliwell Manuscript, of het Regius Gedicht, verder in zwarte geïnkte lijnen. "Dit is het Regius Gedicht, in zijn originele Midden-Engelse tekst. Het werd herontdekt en genoemd in een artikel in de jaren 1800 door ene James Halliwell, en van daaruit werd het één van de 'Oude Lasten' van de Vrijmetselaars, en het allereerste geschreven verslag van de Vrijmetselaars.

"Maar," vervolgde zij, "als je de tekst zorgvuldig leest, realiseer je je dat het geen oprichtingsdocument is - het is geen gedicht dat geschreven is om als de *vorming* van een nieuwe organisatie te fungeren, maar als een *beschrijving* van een organisatie. Neem bijvoorbeeld de openingsstrofe:

"Hic incipit constituciones artis gemetriae secundum Eucyldem. "Ze pauzeerde. "Iemand?"

Een studente in het midden van de zaal stak haar hand op en begon. "Hier beginnen de grondbeginselen van de kunst van Geometrie volgens Euclides."

"Precies," zei Victoria. "De Regius is een gedicht dat de morele normen beschrijft van 'de kunst der meetkunde,' wat zoals we weten een andere term is voor 'metselaars,' maar het gedicht veronderstelt het bestaan van zo'n kunst lang voordat Euclides die in Egypte tegenkwam."

Zij klikte nogmaals op de afstandsbediening, en een andere dia verscheen, ditmaal een afbeelding van een soortgelijk document, hoewel de tekst op de rollen bijna onleesbaar was.

Victoria las de vertaling voor die ze uit het hoofd had geleerd. *"Elke kroniek, en geschiedenis, en vele andere klerken, en de Bijbel in beginsel, getuigen van het maken van de toren van Babel, en het staat geschreven in de Bijbel, Genesis Hoofdstuk ... Noach's zoon verwekte Nimrod, en hij werd een machtig man op de aarde, en hij werd een sterk man, als een reus, en hij was een groot koning. En het begin van zijn koninkrijk was een waar koninkrijk van Babylon, en Arach, en Archad... En deze zelfde Nimrod begon de toren van Babylon... en hij leerde zijn werklieden het ambacht van maten, en hij had vele metselaars bij zich, meer dan 40 duizend.*

"Elders in het manuscript, tijdens de gegeven geschiedenis die overeenkomt met de pre-vloed geschiedenissen die we in de Bijbel lezen, zegt het Cooke Manuscript het volgende: *...deze 3 broeders hadden kennis dat God wraak zou nemen voor de zonde, hetzij door vuur, hetzij door water, en zij hadden grotere zorg hoe zij zouden kunnen doen om de wetenschappen die zij hadden gevonden te redden, en zij namen hun raad samen en, door al hun verstand, zeiden zij dat er twee stenen waren van een zodanige deugd dat de ene nooit zou verbranden, en dat die steen marmer wordt genoemd, en dat de andere steen niet in water zal zinken en dat die steen latres wordt genoemd, en zo bedachten zij om alle wetenschappen die zij hadden gevonden in deze twee stenen te schrijven, zodat als die God wraak zou nemen, door vuur, dat het marmer niet zou verbranden. En als God wraak zou nemen, door water, dat de andere niet zou verdrinken, en zo baden zij hun oudere broer dat hij twee pilaren zou maken van deze twee stenen, dat wil zeggen van marmer en van latres, en dat hij in de twee pilaren alle wetenschappen en ambachten zou schrijven, die zij allemaal hadden gevonden, en zo deed hij..."*

Een student op de eerste rij nam het woord. "De twee pilaren - zoals de twee pilaren die deel uitmaken van de rituelen van de Vrijmetselaars?"

"Een en dezelfde," zei Victoria. "Bedoeld als een eerbetoon aan Solomons tempel, die volgens de Vrijmetselaars werd gebouwd om de Ark des Verbonds te huisvesten, komen ze tot op de dag van vandaag prominent voor in Vrijmetselaarsrituelen. Verder beschrijven zowel het Cooke Manuscript als het Regius Gedicht de geometrie - de wetenschap van de vrijmetselaars - als een wetenschap van Bijbelse afkomst. Een wetenschap die teruggaat tot generaties voor Noach en de zondvloed.

"Dus hoewel de geschreven teksten die we vandaag de dag hebben een aantal van de rituele overeenkomsten beschrijven en een aantal gemeenschappelijke voorouders delen, en de formele organisatie zoals wij die kennen pas in de jaren 1700 werd opgericht, geloof ik dat de vrijmetselarij in feite ouder is - *veel* ouder - dan de katholieke kerk."

Ze deed een stap opzij en naar voren om zich uit de schittering van het licht te bevrijden, zodat ze de aula beter kon zien. Een paar studenten achterin de zaal krabbelden verwoed aantekeningen, maar één staarde haar recht aan. Ze wachtte, in afwachting van een vraag of een opmerking.

Die vraag kwam in een paar seconden. "Mevrouw Reyes," zei de jonge vrouw. "Als de katholieke kerk is gesticht *na* de vrijmetselaars, is er dan reden om aan te nemen dat er een strijd om legitimiteit is tussen de twee?"

Victoria haalde haar schouders op. "Moeilijk te zeggen, precies. Ik ben geneigd te geloven dat het zo is - beide hebben een geschiedenis die met elkaar samenvalt en veel elementen gemeen hebben, en beide zijn tegenwoordig gerespecteerde, en tegelijkertijd zeer verdachte, organisaties. Ze hebben beide veel leden en claimen beide aanzienlijke steun van voorstanders over de hele wereld."

"En toch," ging de student verder. "Er is animositeit tussen de groepen. De katholieke kerk staat niet toe dat *een* van haar leden betrokken is bij vrijmetselaars rituelen, correct?"

"De paus keurt niet alleen de rituelen af, maar verbiedt zelfs zijn leden om zich bij de vrijmetselaars aan te sluiten. Dat is al sinds de jaren 1700 het beleid van de paus, en het is nooit ongedaan gemaakt. Als je het mij vraagt, denk ik dat de katholieke kerk en de vrijmetselaars al duizenden jaren een epische strijd voeren, waarbij ze allebei hun eigen geldigheid proberen te bewijzen en die van hun belangrijkste rivaal proberen te weerleggen. De strijd is niet openbaar geweest, noch schriftelijk erkend, maar... ik kan het niet helpen me voor te stellen dat er een is."

"Maar de Vrijmetselaars zijn geen religie, toch?" Vroeg een student. "Waarom zou het de katholieke kerk iets kunnen schelen of ze bestaan of niet, en vice versa?"

Victoria glimlachte opnieuw en keek op de wandklok. Ze wist dat ze de hele dag over dit onderwerp kon praten, maar de tijd drong. "Nou," zei ze. "Ik denk dat dat afhangt van je definitie van religie."

DE MAN WAS HEM AAN HET INHALEN. Hij was dunner dan Ben en leek te *genieten van het* rennen. Voor Ben was rennen iets dat alleen werd gedaan als hij werd achtervolgd. En omdat hij werd achtervolgd, vond Ben dat het nu een goed moment was om te rennen.

Toch was de man sneller. Hij zou hem inhalen, en dat betekende dat Ben hem één op één zou moeten bevechten, zonder de hulp van iemand bij de controlepost. Hij was niet bang voor zijn kunnen - hij was ijzersterk en had zich in vele gevechten staande gehouden - maar dit was een ander soort gevecht.

Dit gevecht was geen doden of gedood worden gevecht. Hij kon niet gewoon blindelings zijn gewicht in de strijd gooien en er het beste van hopen. Hij zou geen dodelijke klappen kunnen uitdelen, en hij zou niet kunnen terugvallen op de slordige, riskante vechtstijl die hij in het verleden had gebruikt.

Hij moest zijn intelligentie gebruiken om dit te winnen.

Hij stopte, draaide zich om. De man kwam weer op hem af, en Ben gaf een stoot die meer bedoeld was om zijn aanvaller uit balans te brengen dan om hem te verwonden.

Maar zijn aanvaller was nog beter getraind dan Ben, en nog

beweeglijker. Hij dook uit de weg en liet de klap langs zijn zij glijden, terwijl hij zijn voeten lichtjes verschoof en van richting veranderde. Hij sloeg met zijn hoofd tegen Bens borstkas en sloeg hem opnieuw de wind uit de zeilen.

Deze keer ging Ben hard neer, met alleen een rots onder hem om zijn val te breken, en de man stapelde zich bovenop hem op. Ben voelde zijn longen samenknijpen en zijn adem verdwijnen, en hij vroeg zich af hoe de man zijn handen en voeten zo snel en zo effectief in beweging kon houden. Hij had Ben drie keer bijna in een jujitsu-greep gewikkeld in de drie seconden dat ze op de grond hadden gelegen, en het was alleen Ben's enorme omvang die de andere man ervan weerhield te slagen.

"Je gaat het niet krijgen," zei Ben ademloos. Hij wierp een elleboog naar het hoofd van de man, gebruik makend van de kortstondige onderbreking toen de andere man naar zijn gezicht keek terwijl hij sprak. De klap raakte hem in de kin, en het was genoeg om hem van Ben's lichaam af te schudden.

Ben stond op, handen omhoog. Hij trok zich terug, knieën licht gebogen. Hij was voorbereid op een derde aanval, maar die kwam er niet.

"Denk je dat je gewonnen hebt?" vroeg de man.

Ben schudde zijn hoofd. "Geen van ons is nog terug," zei Ben. "Geen van ons beiden heeft gewonnen."

"Klopt," zei de man glimlachend. "Maar slechts één van ons kan terug naar de controlepost."

Ben fronste zijn wenkbrauwen. Hij kende de regels - keer terug naar de controlepost met je eigen lading, binnen 24 uur. Kom terug met de lading *van* iemand *anders* en je wint onmiddellijk. Keer terug *zonder lading* en je verliest onmiddellijk.

"Wat doe je..." Ben stopte. Hij merkte het op dat moment, voelde de druk van het gewicht van zijn cilindrische lading niet meer aanwezig. "Hoe heb je -"

De man voor hem - Gareth Red, of Reggie, Bens beste vriend -

lachte. "Je was te gefocust om *mij* uit te schakelen, je gaf niet eens om je lading."

"Waar is het?" Vroeg Ben.

Reggie grijnsde en haalde toen zijn schouders op. "Geen idee, eigenlijk. Ik gooide het over mijn schouder vlak nadat ik je op de grond had gezet."

"*Je* hebt me niet *vastgepind*, sukkel. Ik *liet* je me aanvallen."

Reggie gooide zijn hoofd achterover en lachte. "Serieus, Ben, je hebt *nogal* een verbeelding. Als ik je die elleboogstoot niet had laten geven, had je nu nog aan de sneeuw vastgezeten, smekend of ik je wilde laten gaan."

Ben staarde hem aan. "Maar toch, niemand heeft nog gewonnen. We moeten..."

Reggie sprong op, vloog langs Ben en lanceerde zichzelf in de richting van de controlepost. Ben draaide zich om en keek hem na, hopend dat hij in het bos zou verdwalen en de weg niet meer terug zou vinden.

Ben vond zijn lading - de karabijnhaak zat er nog aan - naast de wortel van een boom die hij het jaar daarvoor had geveld. De metalen bus vertoonde de slijtage van een paar rondes van hun spel, evenals het jarenlange gebruik als waterfles. Hij veegde de sneeuw van de zijkant en klikte hem aan de andere kant van zijn broek. De riemlus waaraan hij hem had vastgemaakt was door Reggie op één naad afgescheurd, en hij wapperde nu tegen Ben's linkerbeen. Hij vond een andere lus om de lading aan vast te klemmen en begon.

Je bent me een broek schuldig, dacht hij toen hij klaar was met het vastknippen van de waterfles die hij als betaalmiddel gebruikte en dieper het bos in trok. Ben kende het gebied beter dan wie ook - hij was eigenaar van het land - maar in het holst van de winter in Alaska werd het *snel* wit, stil en homogeen. Hij snoof, en liet de scherpe pijn van de vriestemperatuur hem wakker maken.

En ik ben je een goede rechtse hoek schuldig.

Reggie zou het checkpoint vinden; Ben wist dat het zich achter de houtstapel bevond die ze nog geen jaar eerder hadden opgericht, ten oosten van de hut en ongeveer tweehonderd meter naar het noorden. Het was op een natuurlijke open plek, gemarkeerd door de stapel in het zuiden en een klein bevroren beekje in het noorden, waar Ben en Julie afgelopen voorjaar hun ijsvistechniek hadden geoefend.

Ben wandelde snel, niet langer bezorgd om Reggie te verslaan, maar nog steeds opgewonden om terug te gaan naar de controlepost - het betekende het einde van het trainingsspel en een terugkeer naar zijn mooie, *warme* hut.

En het betekende ook een gratis drankje - wie het spel won moest het eerste rondje kopen in de bar in de stad.

HOOFDSTUK 7

JULIE

Julie rende naar voren om Ben te onderscheppen toen hij de open plek op marcheerde waar ze hun kamp hadden opgeslagen. Ze omhelsde hem, en ze kusten. Ongeveer drie seconden later, duwde ze hem terug.

"Jakkes," zei ze. "Je ruikt smerig."

Hij lachte. "Je hebt zelf ook een lekker aroma, schat."

Ze hief een arm op en snoof. *Verdorie,* dacht ze. *Hij meent het niet.*

De CSO groep was hier pas een dag, maar het leek erop dat hun inspanning hen wat extra had belast, en hun lichamen betaalden daarvoor. Julie had gekreund toen Reggie het offsite kamp en de trainingswedstrijden aankondigde, en ze kreunde nu opnieuw, wetende dat ze nog één nacht van haar douche verwijderd was.

Het ergste was dat haar douche maar een halve mijl van haar vandaan was - de hut die ze met Ben deelde diende ook als hoofdkwartier van de Civilian Special Operations groep, een groep waar haar verloofde leider van was - en toch kon ze die halve mijl niet afleggen om er tot morgen gebruik van te maken.

Gareth "Reggie" Red was de onofficiële coördinator van het team voor training en ontwikkeling, want hij had jarenlange ervaring en knowhow van het leger en de speciale strijdkrachten. Bovendien had hij jarenlang bedrijfsleiders overlevingsvaardigheden bijgebracht in een high-end trainingcentrum dat hij in de Braziliaanse bossen had gebouwd. Hij was meer dan geschikt om zijn burgervrienden te trainen in jagen, spoorzoeken, vechten en overleven, maar op momenten als deze wenste Julie dat hij de dingen niet zo serieus nam.

Ze hadden de eerste helft van de dag doorgebracht met het leren van Reggie over opsporingstechnieken, die allemaal getest en gedrild waren, en die allemaal deel uitmaakten van een reeks huiswerkopdrachten die hij had voorbereid. Het trainingskamp waar ze nu van "genoten" was het hoogtepunt van een semester lang leerplan dat Reggie zelf had geschreven.

En hij was er, blijkbaar, heel trots op. Hij strompelde de cirkel van tenten binnen achter Ben en gaf hem een klap op zijn rug.

"Nou, we hadden *bijna* een winnaar naast mij," kondigde hij aan.

De twee andere vrouwen die de CSO vormden, liepen uit het bos aan de andere kant van de vuurplaats. Mevrouw E en Sarah Lindgren maakten grapjes en lachten met elkaar, maar stopten en staarden naar de geanimeerde Gareth Red toen hij in de richting van de groep bleef lopen.

"Ben zou me *gehad* hebben," zei hij, zijn stem luid genoeg houdend om zeker te zijn dat *iedereen* het hoorde - vooral, veronderstelde Julie, Sarah. "Maar hij twijfelde aan zichzelf."

"Gelul," zei Ben met een snicker. "Je hebt geluk gehad."

"Pfft. Geluk zou zijn geweest om hier terug te komen zonder gezien te worden. Ik had je kunnen zien door een stenen muur met mijn ogen dicht."

"Maar goed dat er binnen 100 mijl geen stenen muur is."

Reggie snoof de lucht op. "Ah, is dat niet de waarheid. Je hebt een mooie plek hier, Ben. Jammer dat ik je steeds versla met je eigen spel."

Ben spotte, en Julie probeerde haar glimlach te verbergen terwijl de twee mannen kibbelden. "Mijn eigen spel?" vroeg Ben. "Hoe kan rondrennen als een idioot *mijn* eigen spel zijn?"

Reggie trok een wenkbrauw op en kwam dichter bij Ben. De twee mannen stonden bijna oog in oog, maar Reggie had een paar centimeter voorsprong op Ben. Ben was echter groter dan de meeste mannen en had de schouders van een beer.

"Was jij niet die jongen die een eeuwigheid in een nationaal park rondzwierf om 'jezelf te vinden'?" vroeg Reggie.

Julie lachte hardop. "Denk je dat hij zichzelf gevonden heeft? Ik dacht dat hij nog op zoek was."

Ben keek van zijn beste vriend naar zijn verloofde, Julie, en veinsde een uitdrukking van pijn. "Zijn jullie nu *allebei* tegen mij? Kom op, man. Ik had bijna gewonnen!"

"Maar dat deed je niet!" zong Reggie, en Mrs. E en Sarah deden mee met het gelach.

Julie zette een campingstoel neer en begon het vuur aan te steken in het avondlicht. Ze zag en voelde haar adem uit haar mond stromen terwijl ze werkte, terwijl ze het snel veranderende weer zowel waardeerde als respecteerde. Alaska was het mooiste land dat ze ooit had gezien. Het weer kon hier in een paar minuten veranderen van open hemel en stralende zon in sombere bewolking en barre kou. Ze had het zien gebeuren, en als ze geen warme hut had met een gevulde voorraadkast en genoeg brandhout, zou ze zich hier vanavond kwetsbaar voelen.

Maar ze had ook de bevroren hel van Antarctica gezien, voor haar leven gevochten in een kerker onder het vriespunt, onder een kilometersdikke laag ijs, en was er sterker uitgekomen. Reggie's training buiten beschouwing gelaten, was ze het type vrouw geworden waar ze altijd naar had opgekeken - sterk genoeg om alles zelf te doen, en zelfverzekerd genoeg om dat ook te willen.

Het team verzamelde zich rond de groeiende sintels van haar

aanmaakhout, terwijl ze het opstookte en tot leven wekte, en ze hoorde Reggie Ben overhalen tot een rematch.

"Nee," zei Ben. "Het spel is gemanipuleerd."

"Wat? Hoe kan het gemanipuleerd zijn?" antwoordde Reggie.

"Jij hebt de regels opgesteld, jij hebt gewonnen," zei Ben. Hij haalde zijn schouders op. "Ik weet het niet. Er is mee geknoeid, ik weet alleen niet hoe."

"Je bent een slechte verliezer," zei Reggie. "Als deze dames elkaar niet eerst waren tegengekomen, had een van hen je *met gemak* verslagen."

"Ik meen me te herinneren dat een van ons bovenop de ander zat," zei Ben. "En dat één van ons er *niets* aan kon doen."

"En *ik* meen me te herinneren dat je verloor. Punt uit."

Ben grijnsde. "Maakt niet uit. Ik krijg meer betaald dan jij."

Julie zag dat Reggie's tong de binnenkant van zijn mond stak. "Nou... dat is gewoon... Ik bedoel, je bent getrouwd. Nou ja, bijna. En Mr. E wil er zeker van zijn..."

Julie stond op en stak haar kin in Reggie's richting. "Zeker zijn van wat?"

"Alleen dat... Ik bedoel Ben moet voor je zorgen en zo..."

Ben gniffelde van opzij, en Julie zelf kon haar lach niet verbergen. "De dag dat Ben denkt dat *hij voor me* moet zorgen, is de dag dat ik verhuis," zei ze.

"Misschien trek je dan wel bij me in,' zei Reggie, terwijl hij een van zijn grote, helderwitte grijnzende tanden liet zien.

Sarah stampte naar hem toe en gaf hem een klap op zijn schouder. "Echt, nu? Serieus?"

Hij en Sarah hadden al enige tijd een af en aan relatie, en de laatste tijd was het duidelijk in de "aan" fase. Sarah logeerde bij Reggie in zijn appartement in Anchorage als ze niet aan het werk waren.

"Wat?" Zei hij. "Ik maakte maar een grapje."

"Zeker weten dat je dat deed," zei Sarah. Ze draaide zich om en liep terug naar haar tent.

"Omdat ik geen rust zou kunnen krijgen met *twee* vrouwen in huis."

"Dat heb ik gehoord," riep Sarah.

HOOFDSTUK 8

GARZA

"IK HEB JE GEZEGD WAAR JE HET BOEK KAN VINDEN," zei de man aan de andere kant van de telefoon.

Vicente Garza spuugde, en bracht toen de telefoon weer naar zijn oor. Hij raakte geïrriteerd, maar hij kon het zich niet veroorloven een klant boos te maken. *Niet weer.* "Dat begrijp ik. Ik ben nu onderweg naar het boek," zei hij. "Maar ik kan er niet eens zeker van zijn dat het boek is wat we nodig hebben, noch kan ik er zeker van zijn dat het er is."

"Het boek is wat je me vertelde dat je nodig had om de tempel te vinden," zei de man.

"Ik geloof het wel," antwoordde Garza, zijn stem dwingend kalm te blijven. "En toch weet ik niet eens zeker waar ik naar op zoek ben. Je beseft toch dat er *duizenden* tempels zijn in Zuid-Amerika."

"Deze tempel bevat de sleutel tot een opmerkelijke doorbraak..."

"-"Doorbraak in genetische technologie," zei Garza, onderbrekend. "Ik weet het. Ik heb de brief gelezen, en je hebt het wel duizend keer gezegd. Maar ik verwacht niet dat er een bordje boven hangt waarop staat dat het zo is."

"Ik verwacht van niet," zei de stem, terwijl hij een paar noten liet

vallen. *"En toch ben jij de man die ik inhuurde om het te vinden. Zal ik het heroverwegen?"*

Garza voelde zijn bloed opwarmen. Hij knarste met zijn tanden. Hij haatte het om zich inferieur te voelen aan wie dan ook - vooral aan degenen die zijn rekeningen betaalden. Deze klant was gewoon dat - een *klant*. Hij kon de deal elk moment verbreken, de man zeggen op te rotten en zijn tijd en aanzienlijke talenten elders te besteden, waar het gewaardeerd werd.

Maar hij had een overwinning nodig. Hij *moest* deze mee naar huis nemen.

"Er is ook nog de kwestie van uw dochter."

De temperatuur van zijn bloed veranderde van richting, en binnen enkele seconden werd het koud. Hij voelde dat zijn voorhoofd begon te zweten, zijn rug was nu vochtig en kleefde aan zijn hemd. "Wat is er met mijn dochter? Zij gaat u niets aan."

"Je dochter werkt tegen onze belangen. Dat is geen geheim, Garza."

"Ze maakt geen deel uit van dit onderzoek!" zei hij, bijna schreeuwend.

"En toch is ze een onderhandelingstroef, gespeeld op de tafel van het lot."

Garza trok de telefoon weg van zijn oor. *Wat betekent dat in godsnaam?* Dacht hij.

"U levert het pakket af, binnen de afgesproken grenzen, op het afgesproken tijdstip, of wij ontnemen u uw invloed in de Zuid-Amerikaanse regio."

"Mijn *belang* verwijderen? Je hebt niet de bevoegdheid om..."

"Als u niet levert, zullen we verdere actie ondernemen. Ik weet dat u van uw zaak houdt, Mr. Garza, maar ik weet ook hoeveel u van uw dochter houdt."

Garza voelde zich even uitzinnig, maar hij herpakte zich snel. *Zo hoort het ook,* dacht hij. Hij had een leven lang - en een levenslang salaris - gewerkt aan de beheersing van zijn emotionele toestand, aan het perfectioneren van zijn emotionele en fysieke aarding. Het had hem geholpen om zichzelf in alle opzichten te perfectioneren. Hoewel hij nog een lange weg te gaan had, had hij het gevoel dat hij op de goede weg was.

Maar hij was een mens. Er zouden altijd bepaalde dingen zijn die zijn emotionele toestand deden wankelen. De lijst van die dingen was kort, maar zijn dochter stond bovenaan. Toen zijn cliënt het over zijn dochter had, voelde hij zich geschonden, kwetsbaar. Het omzetten van de denkbeeldige schakelaar in zijn hoofd hielp hem onder controle te houden, maar in plaats van zich gevangen en bang te voelen, begon hij zich boos te voelen.

De adrenaline begon door zijn aderen te stromen, en hij stond het toe. De woede vulde hem, en in tegenstelling tot angst, vrees of kwetsbaarheid, wist hij hoe hij die in zijn voordeel kon gebruiken. Woede was geen belemmering - voor Garza, was het een steun.

Hij zweette, in stilte, terwijl de klant doorzeurde.

"Er staat hier meer op het spel dan uw geld," zei de man. *"Als we het boek niet veilig stellen, en waar het toe leidt, zullen er anderen zijn."*

Garza fronste zijn wenkbrauwen. "Anderen? Ik dacht dat jij de enige was die van het boek wist?"

"Onzin. Je weet allang dat dat niet waar was. Wij zijn lang niet de enige die geïnteresseerd is in de verblijfplaats, hoewel wij het boek misschien wel het best kunnen bemachtigen. Maar laat me alstublieft niet twijfelen aan die verklaring."

"Begrepen," zei Garza door tanden te knarsen. "Ik ben op weg naar de locatie van het boek. Als het daar niet is, heb ik tenminste nieuwe informatie om me in de juiste richting te sturen."

"Goed dan. Ik wacht op uw volgende telefoontje."

Garza reageerde niet anders dan door de telefoon op te hangen en in zijn voorzak te stoppen. Hij vloekte en wendde zich toen tot de bestuurder. "Sneller," zei hij. "We zijn er bijna."

De bomen in dit gebied waren zo dik geworden dat ze bijna een ononderbroken muur van groen en bruin vormden. Sneeuw bedekte de grond, waardoor de onverharde weg waarop ze zich bevonden bijna onzichtbaar was, en de bestuurder van de jeep die ze hadden gehuurd trapte het gaspedaal in, waarbij hij alleen het gedeelte tussen de stevige rijen bomen als leidraad gebruikte.

Garza hoopte dat ze het team zouden betrappen terwijl ze niet op hun hoede waren. Volgens zijn informatie werkten ze aan een ultramodern beveiligings- en communicatiesysteem, maar het zou nog een maand duren voor het operationeel zou zijn. Hij hoopte dat dat nog steeds het geval was, anders zou hij in een situatie terechtkomen die hij haatte: te weinig mannen hebben om een klus te klaren.

Naast de chauffeur had Garza een van zijn beste soldaten meegenomen, die op de achterbank van de jeep lag te slapen. Als alles volgens plan verliep, zouden Garza en zijn team de volgende dag vóór de middag op deze weg de andere kant op gaan.

Als alles volgens plan verloopt, zei hij stilletjes tegen zichzelf. Hij dacht nog een keer aan zijn dochter en keek toen uit het raam rechts van hem, naar de bomen die vervaagden in een oneindige groene lijn.

HOOFDSTUK 9

JULIE

JULIE REIKTE OMHOOG EN PAKTE HET WAPEN. *Ze voelde het in haar hand. Glock, 9mm. Ze hadden er allemaal op getraind op een schietbaan toen...*

Ze kon het zich niet herinneren.

Maar ze wist dat ze dit wapen eerder had vastgehouden. Het voelde warm aan in haar hand, maar tegelijkertijd koel.

Het voelt goed.

Ze wist dat ze droomde, maar ze kon niet wakker worden. Ze was naast Ben in de tent gaan slapen, zonder te beseffen dat haar geest dezelfde droom voor haar had voorbereid. Ze wist niet zeker waarom - ze had de droom in het verleden maar een paar keer gehad, en elke keer was het een ervaring buiten haar lichaam geweest. Ze keek naar beneden naar zichzelf, naar de bovenkant van haar hoofd. Ze kon niet veel anders zien in de "scène" die haar geest had gecreëerd. Alleen zichzelf, en het pistool.

"Ms. Richardson, je weet hoe je met dit wapen moet omgaan, correct?"

Dat deed ze wel. De standaard 9mm werd over de hele wereld gebruikt. Makkelijk te gebruiken en schoon te maken, en makkelijk uit elkaar te halen voor opslag en transport. Reggie had haar er zelf mee opgeleid.

Reggie was plotseling in de droom, met een bezorgde blik op zijn gezicht. Ze kon hem niet helemaal *zien*, maar ze kon hem voelen. Ben was er ook. Alsof ze net zijn geest had opgeroepen. Hij stond - nee, leunde - naast haar. *Was hij gewond?*

Ze knikte. "Dat doe ik."

"Goed."

Ze kon de man niet zien praten, maar ze kon de stem horen. Ze kon zich de stem herinneren. Diep, dreigend. Of was dat gewoon haar verbeelding? Was haar verbeelding toegestaan in deze droom?

Voetstappen die naar de muur gaan.

"Ms. Richardson, volgt u mij alstublieft."

Julie stond op en liep achter de stem aan. Toen de man de zijkant van de sportzaal had bereikt - ze was in een sportzaal? - stopte hij. Hij bewoog zich zijwaarts naar de soldaat die voor Joshua stond, en stopte toen weer. Julie volgde, en stond nu naast de man.

Ze kon hem nu zien, maar niet duidelijk. Ze probeerde haar hoofd te bewegen in de droom, maar het was alsof haar onderbewuste brein de controle had. Donkere gelaatstrekken, donkere teint. Niets nuttigs. Niets dat ze herkende.

Er was een andere vorm - een man? - die naast haar zat.

"Ms. Richardson, wie is deze man?"

"Joshua Jefferson." Ze hoorde de woorden in de droom alsof ze ze hardop had uitgesproken.

"En kent u hem goed?"

Ze mompelde iets, voelde Ben naast zich bewegen. *"Redelijk goed. We zijn vrienden."*

"Ik begrijp het. En hoe lang kent u Mr. Jefferson?"

"Waarschijnlijk zes, zeven maanden."

"En hou je van deze man?"

Ze knikte. "Ik mag hem. Hij is een goede vriend, en een goede leider."

De man tikte op haar schouder. Ze fronste haar wenkbrauwen.
"Julie?"

Ze probeerde om zich heen te kijken, maar haar hersenen hadden haar weer vastgeklonken en dwongen haar naar de man te kijken die ging zitten. Joshua? Ze trok aan een herinnering, iets diep van binnen verborgen.

Het kon Joshua niet zijn. Hij stierf. Terug in Philadelphia. Wanneer...

"Ms. Richardson, schiet alstublieft Joshua Jefferson in het hoofd."

Ze schreeuwde in de droom. In haar eigen hoofd. Nee. Maar er kwam geen geluid uit, niet in de droom, en niet in het echte leven. Wat het echte leven ook was.

De man tikte weer op haar schouder. Ze trok zich terug. Nee.
Nogmaals, een tik.
"Julie?"

"Julie!" De stem klonk in haar gedachten met de woestheid van een geweerschot. Ze zag nog een beeld in haar geest, in de droom. Van een man, zittend, en dan zijwaarts vallend. Zijn hoofd...

"Nee!" gilde ze. Ze was nu wakker, ademde snel. Ze knipperde een paar keer met haar ogen, maar de duisternis was totaal.

Waar ben ik?

"Julie," zei een mannenstem, kalm. "Hé, Jules. Alles goed met je?"
Ben.

Ze schudde, ademde langzamer nu. *Kalmeer.*

"Je moet een vreselijke droom gehad hebben. Alles goed met je?"

Ze keek naar Ben en zag dat zijn silhouet werd gemaskeerd door het lichtere maanlicht dat zijn weg naar hun tent had gevonden. Ze stak een hand uit en voelde aan zijn schouder. Ze knikte, maar wist dat hij haar niet kon zien.

"Ja," fluisterde ze. "Ik ben oké."

Hij trok haar dicht tegen zich aan, sloeg zijn arm om haar rug en duwde haar hoofd naar beneden, onder zijn kin. Hij praatte niet, stelde geen vragen.

Ze voelde zijn ademhaling, het zachte rijzen en dalen van zijn massieve borstkas, en eindelijk voelde ze opluchting.

Ze sloot haar ogen, maar ze wist dat ze die nacht niet meer zou slapen.

HOOFDSTUK 10

BEN

ZE BRAKEN HET KAMP OP EN DOOFDEN HET OCHTENDVUUR IN RECORDTIJD, alsof ze al jaren samen kampeerden. Ze verdeelden hun spullen en verdeelden ze onder elkaar, bonden hun rugzakken vast en bonden de slaapzakken en tenten in, en gingen toen de halve mijl terug naar de hut.

Reggie en Sarah hadden een langere lus genomen rond de noordwestkant van een kleine vijver, zodat ze wat tijd samen konden doorbrengen. Ben zorgde ervoor dat ze flink op hun donder kregen, en zelfs mevrouw E deed mee.

Toen het tweetal vertrok, liepen Ben, Julie en mevrouw E in de rij, met mevrouw E voorop. Na een paar minuten lopen kwam Ben naast Julie staan en wachtte tot mevrouw E de bocht om was.

"Gaat het?"

Ze fronste haar wenkbrauwen. "Wat bedoel je?"

"Afgelopen nacht. De droom die je had. Of nachtmerrie - ik weet niet zeker wat het was. "

Ze glimlachte. "Ja, dat was heftig. Het was gek, bijna als een herinnering."

"Waarvan?"

"Van... ik weet het niet. Iets diep van binnen, zoals iets dat niet gebeurd is of niet is blijven hangen."

"Of iets dat je onderdrukt," zei Ben. Hij wist niet zeker hoe ver hij moest gaan. Het team had al in een vroeg stadium besloten dat ze Julie op haar eigen voorwaarden zouden laten genezen, in haar eigen tijd. Ze zouden haar niet dwingen iets anders te doen dan hen om hulp te vragen, wanneer en als ze daar klaar voor was.

"Wat bedoel je?" vroeg Julie, zich tot Ben wendend. Ze stopte op het pad.

"Ik... bedoel er niets mee, Jules," zei Ben. "Ik zei alleen dat we soms bepaalde herinneringen onderdrukken. Soms zijn ze traumatisch, maar soms zijn het gewoon grappige, stomme dingen die niets betekenen."

"Ik weet niet of dit een van die grappige, stomme dingen is, Ben."

"Ja, ik betwijfel het."

"Is er iets dat je me niet vertelt?" vroeg ze.

Ben zuchtte. De lucht was rustig, maar het was sinds gisteren tien graden kouder geworden, en hij voelde het achter in zijn keel. *Absoluut winter*, dacht hij. Hij was blij om terug te gaan naar de hut, waar hij al een vuur had aangestoken en whisky had ingeschonken voordat hij zijn laarzen uit had.

"Jules, kun je me meer vertellen over de droom? Wie kwam er in voor?"

Ze dacht een seconde na. "Ik, natuurlijk. Alsof ik boven mijn eigen hoofd zweefde, alsof ik het niet echt in de eerste persoon beleefde. En jij, denk ik. Ik weet niet zeker of ik je echt zag, maar ik denk dat je stem erin zat."

"Wat zei ik nou?"

"Ik weet het niet meer."

Ben knikte. Hij wist maar al te goed hoe gemakkelijk het was om midden in een droom wakker te worden met een levendige herinnering aan elk detail, elk gesproken woord en elke gevoelde emotie in zijn hoofd, en zich dan minuten later totaal niet meer te kunnen herinneren.

"En Joshua."

Ben draaide zijn hoofd om. "Joshua... Jefferson?"

Ze knikte en liep toen verder. "Ja, hij zat... of zoiets. Ik weet het eigenlijk niet. En er was nog iemand anders."

Ben voelde zijn bloed koud worden. "Wie nog meer?"

"Een man, te oordelen naar zijn stem. Ik herinner me een man. Donkere huid, of in ieder geval zijn haar of gezicht of zoiets. Misschien was het gewoon mijn geest's versie van wat ik me herinner."

"Wat heeft hij gedaan?"

"Ik weet het niet," zei ze, terwijl ze haar hoofd schudde. "Hij zei dingen tegen me, maar ik kan me niet herinneren wat. Of wie hij was, of waarom hij daar was."

Ben knikte mee alsof hij dit allemaal voor de eerste keer hoorde, maar de waarheid was dat hij *precies* wist wie de man was, en hij wist *precies* wat hij had gewild.

En hij wist dat de man het door had.

"We zijn er bijna," zei Julie. Ben merkte een kleine opwinding in haar stem en besloot het onderwerp voorlopig te laten rusten.

"Ik heb een fles whisky die ik al een tijdje wil openbreken," zei hij. "Ik wachtte op een speciale gelegenheid."

"En een trainingsoefening verliezen is een speciale gelegenheid voor jou?" vroeg Julie.

Hij lachte. "Auw. Et tu, Brutus?"

"Wow," zei Julie. "Waar heb je dat geleerd?"

"Je denkt dat ik al twee decennia in het bos rondhang, maar ik heb een boek of twee gelezen sinds ik afstudeerde aan de middelbare school."

"*Misschien* twee," Julie. "Maar dat is vergezocht. Meestal wil je niets met ze te maken hebben, tenzij ze vol staan met foto's."

Hij haalde zijn schouders op. "Je hebt het niet verkeerd. Stripboeken zijn gewoon een ander soort literatuur, weet je?"

"Dat weet ik echt niet. Hoe dan ook, als je denkt dat je kunt verdwijnen in de nieuwe vleugel en ontspannen met Reggie, heb je iets anders te verwachten."

Bens mond viel open van verbazing. "Wat? Heb je nu een heleboel klusjes voor me? En het heet de 'man cave,' trouwens."

De 'man cave' was slechts een extra slaapkamer die aansloot op een nieuw gedeelte dat aan de hut was toegevoegd. De CSO had zwaar geïnvesteerd in Ben's eigendom, en de bouw was nog aan de gang voor een compleet nieuwe, gemoderniseerde vergaderruimte en extra slaapkamers voor de teamleden om in te verblijven als ze op bezoek kwamen. Het doel dat Mr. E met Ben deelde was om een zelfvoorzienende, afgelegen ontmoetings- en leefruimte te hebben voor het hele team, het hele jaar door.

Ben genoot van het gezelschap, maar ook van de momenten tussen de trainingen en vergaderingen door, wanneer hij en Julie de hut alleen deelden. Maar omdat die gelegenheden steeds zeldzamer werden, hadden hij en Reggie zijn slaapkamer ingericht met een supergrote, gebogen televisie, een spelcomputer en een hoogwaardige stereo-installatie. Ze noemden het de man cave, hoewel Julie, Sarah en Mevr. E er ook vaak rondhingen.

"Ik heb geen 'klusjes' voor jou, Ben. Ik ben je moeder niet. Maar je zei dat je voor iedereen chili ging maken, toch? En ik weet dat het een dag duurt voordat alles gaar is.

"Aw, man. Dat was ik vergeten." Hij kreunde. Ook al had hij een geweldig chilirecept en hield hij van koken, op de grond slapen en door het bos rennen terwijl hij met een ex-militair vocht, had hem zijn belofte aan het team doen heroverwegen. "Misschien kunnen we gewoon pizza bestellen of zoiets."

Ze wist dat het een grap was. Het dichtstbijzijnde pizzarestaurant was 50 mijl verderop, en ze wisten niet eens hoe ze de hut moesten vinden, laat staan dat ze het helemaal bij hen konden bezorgen.

Julie hield haar handen omhoog. "Sorry. Regels zijn regels. Jij beloofde chili, en nu wil ik chili. Ik neem geen genoegen met minder."

Hij stond op het punt te antwoorden met een of ander asynynistisch klinkend tienerstemmetje toen hij de laatste bocht om was en zijn hut in zicht kwam. Hij zag eerst de extra vleugel en de rommelige bouwmaterialen, maar merkte niets verkeerds op.

Maar toen zijn blik viel op de hut zelf, viel zijn mond weer open. Waar eens een massief eiken deur had gezeten, hing nu niets meer dan een paar splinters hout aan de scharnieren.

HOOFDSTUK 11

BEN

HIJ ZAG EEN PAAR POTTEN EN PANNEN OP DE SNEEUW VOOR DE DEUR, EN EEN KOFFER – JULIE'S "READY PACK" – lag op zijn kant vlakbij. De inhoud, voornamelijk kleren, was lukraak door elkaar gegooid.

"Een beer?" vroeg Julie.

"Nee," zei Ben. "Hij zou niet knoeien met kleren en potten en pannen. Een beer zou direct naar de keuken gaan en daar blijven, zich niet druk maken om de rest van het huis."

Hij liep naar de voordeur en gluurde naar binnen. Er waren geen geluiden, geen geritsel of gestommel van een groot zoogdier.

Julie stond aan zijn zijde, en hij merkte dat ze een veldschep in haar hand had.

"Goed idee," zei hij en pakte het beste wat hij binnen handbereik kon vinden – een rubberen hamer. *Beter dan niets,* zei hij tegen zichzelf, en stapte naar binnen.

Zijn ogen pasten zich aan van de heldere sneeuw van de late ochtend naar het donkere, schemerige interieur van de cabine, en toen vielen ze als vanzelf op datgene wat het meest misplaatst was in zijn zicht: de bank.

Bijna alles was omvergeworpen of verplaatst, en sommige dingen waren zelfs helemaal kapot. De antieke bijzettafel van zijn moeder bijvoorbeeld was veranderd in een stapel kapotte planken. Terwijl zijn perifere visie de puinhoop en wanorde rond de hut registreerde, was het de bank waar hij zich op concentreerde.

Mevrouw E zat het dichtst bij hem, met haar gezicht naar de deur. Ze had een wezenloze uitdrukking op haar gezicht, haar kaak in strenge, harde lijnen.

Naast haar, met een enorme 50-kaliber Desert Eagle op haar slaap gericht, zat Vicente Garza.

De man glimlachte naar Ben toen hij binnenkwam, maar het pistool bleef gericht op mevrouw E. "Ben," zei Garza. "Welkom. Kom binnen, alsjeblieft."

"Wat doe jij hier in godsnaam, klootzak?" gromde Ben.

"Een heel ander klimaat dan de laatste plaats waar we rondhingen," zei hij.

Terwijl Ben en Garza elkaar voor het eerst waren tegengekomen in Philadelphia, hadden ze elkaar voor het laatst gezien voor de kust van de Bahamas, in een op wetenschap gebaseerd drijvend pretpark dat - terecht - door de zee was teruggewonnen. Garza was die keer ontsnapt, maar Ben had gezworen de man te doden, koste wat het kost.

Nu had hij die kans. Hij begon opzij te schuifelen, in de richting van het geweer dat hij in een kast aan het eind van de keuken bewaarde, net toen Julie binnenkwam.

"Ik heb maar één wapen, Harvey," zei Garza. "Dus ik zal je niet bedreigen door ermee te zwaaien en het op je te richten, maar ik zal je dit zeggen: je geweer ligt in twee stukken op de vloer in de keuken. Ik weet dat er nog andere wapens liggen, dus als je ook maar in hun richting *ademt*, verwijder ik het hoofd van deze mooie dame."

Ben stopte met bewegen, en hij zag Julie naar adem happen toen ze Garza zag. Hij wist niet zeker of ze hem herkende of niet.

"Wat wil je?" vroeg Ben.

"Ik wil een boek."

"Ik ben niet zo'n lezer," zei hij.

"En ik ben geen idioot. Ik zou het op prijs stellen als we onze zaken snel afhandelen, zodat we beiden verder kunnen gaan met ons leven."

"Dat zou ik ook op prijs stellen," zei Ben. "Klootzak," voegde hij er onder zijn adem aan toe.

"Dit is een boek dat je meenam uit Egypte."

Egypte. Ben vloekte in zijn adem toen hij terugdacht aan hun escapade in Egypte. Ze waren naar Caïro en vervolgens naar Gizeh gereisd om de Sfinx en de Grote Piramide te bezichtigen, en meer in het bijzonder om een vrouw te bezoeken van wie ze dachten dat ze een zeer ongewoon - en sinister - doel nastreefde.

Hun tijd daar was ingekort, dankzij een man die voor Interpol werkte en niet erg blij was met de inmenging van de CSO in zijn eigen onderzoek, en zij waren ternauwernood met hun leven ontsnapt.

Ben wist ook precies naar welk boek Garza verwees.

Het probleem was dat ze het niet hadden.

Dat zei hij ook tegen Garza. "Sorry, Garza. Het is niet hier."

"Ik geloof je," zei hij en wierp een blik door de kamer. "Ik vind de nieuwe aanwinst ook mooi. Ik heb even rondgekeken voor je terugkwam."

"Ja," zei Ben. "Het is... anders. Maar het zal leuk zijn als het klaar is. Ik kijk echt uit naar het bubbelbad."

"Hou op met die onzin, Ben. Waar is het boek?"

"Het Boek der Beenderen?"

Garza knikte.

"Ik weet het niet. Eerlijk gezegd. Ik wou dat ik het wist."

"Ik wou dat jij dat ook deed, Harvey. Zie je, ik heb een klant. Ze zijn een doorn in mijn oog, maar ze betalen de rekeningen. En op dit moment hijgen ze in mijn nek om dit boekje te vinden."

"Is het zo waardevol, huh?"

Garza hapte niet toe. Ben had zich al vaker in dit soort situaties bevonden, dus hij wist dat als hij datgene te weten kon komen wat Garza's cliënt *in* het boek wilde hebben - welke informatie het ook bevatte - hij erachter kon komen waar Garza werkelijk op uit was.

"Het is," zei de man. "En je hebt niet veel tijd meer."

"Is dat zo?"

"Heb ik ooit tegen je gelogen?"

"Nope. Moord op mijn vrienden, zeker. Maar tegen me gelogen? Nee, je bent een eerlijke vent, Garza."

Garza glimlachte half. "Ik zal het makkelijk maken. Zeg me waar ik het boek kan vinden, en je vrienden sterven niet."

Ben keek naar mevrouw E, die even stoïcijns als altijd voor zich uit staarde, en toen naar Julie. Julies ogen leken glazig, alsof ze in trance was. Hij wist niet of ze geschokt was door Garza's aanwezigheid of alleen maar door het feit dat er in hun huis was ingebroken.

Ben schraapte zijn keel. "Je bent arrogant."

Garza trok een wenkbrauw op.

"Misschien kun je een shot lossen, mevrouw E halen." Hij wierp haar een blik toe met een uitdrukking waarvan hij hoopte dat die op *'sorry'* leek, maar ze keek niet. "Maar je krijgt dat geweer nooit snel genoeg in het rond om mij en Julie ook te pakken.

"En als je mij en Julie niet pakt, *zal één van ons je vermoorden*. Ik zal je ogen uit je hoofd rukken en..."

"Stop met de beleefdheden, Harvey," zei Garza. "Ten eerste, ik ben beter getraind dan jij en je vriendin ooit zullen zijn. Ik heb mannen *getraind* die beter getraind zijn dan jij ooit zult zijn. Geloof me, als ik je op enig moment in deze discussie dood zou willen hebben, is je leven voorbij."

Ben snikte, maar onderbrak hem niet.

"Maar we hebben het niet over Juliette of mevrouw E," zei Garza. Hij wipte het pistool omhoog en weer omlaag en richtte opnieuw op het hoofd van mevrouw E. "Ik heb het over je vrienden Gareth en Sarah."

HOOFDSTUK 12

REGGIE

REGGIE TROK AAN ZIJN BOEIEN. Ritssluitingen, de dikke, halfdoorzichtige soort gebruikt voor zware doeleinden. Ze sneden in zijn polsen en enkels, maar hij voelde nauwelijks de pijn. Hij was woedend, maar zijn kalme gelaat en houding zeiden iets anders.

Hij draaide zich om, rolde op zijn zij en leunde tegen Sarah aan. Zijn vriendin kreunde, maar de duct tape over haar mond dempte veel van het geluid. Hij probeerde haar te vertellen dat het wel goed zou komen, maar ook zijn mond was afgeplakt, en het beste wat hij kon opbrengen was een grommend geluid terwijl zijn ogen uit hun kassen puilden.

Ze zaten achter in een jeep, maar het voertuig bewoog niet. Hij kon uit de ramen kijken en zag dat ze in de buurt waren van waar ze hadden gekampeerd en getraind. Hij kon zich niet alle details herinneren, want hij was bewusteloos geweest tot ongeveer vijf minuten geleden.

Hij herinnerde zich dat hij met Sarah door het bos liep en ervoor koos de langere weg terug naar de hut te nemen. De anderen - vooral Ben en Julie - hadden hen erom uitgelachen, maar Reggie had het gevoel dat een beetje tijd voor zichzelf voor hen beiden perfect zou zijn.

En toen, dat was het. Hij kon zich niets anders herinneren. Hij was gekneveld wakker geworden, zijn hoofd draaide en zijn zicht tolde. Hij voelde geen specifieke pijnscheuten, wat hem vertelde dat de manier waarop hun ontvoerders hen hadden bedwongen, met een soort chemische stof te maken had. Ze waren bewusteloos geslagen, naar de jeep gesleept, vastgebonden en naar binnen gegooid. Hun veiligheidsgordels waren om, en Reggie kon niet beslissen of het een wrede grap was om hun veiligheid te verzekeren of gewoon een extra beschermingslaag die hun ontsnapping zou verhinderen.

Hoe dan ook, Reggie's handen deden pijn van de strakke banden en het feit dat hij erop zat, en zijn enkels voelden niet veel beter. Hij leunde weer voorover en stootte Sarah.

"Waar gaan we heen?" probeerde hij te vragen, maar de woorden kwamen eruit als een mengeling van gegrom en gemompel. Ze keek hem wezenloos aan.

"Shit," zei hij. Nogmaals, het was maar een mompel.

Hij kneep zijn ogen dicht, probeerde de groeiende hoofdpijn weg te duwen en zich te herinneren wat er was gebeurd. *Er was niets onge-woons gebeurd,* dacht hij. *Gewoon ik en Sarah. We waren aan het wandelen, en toen...*

Niets. Hij had geen idee wat er daarna gebeurd was. Er waren geen signalen geweest, geen flitsen in zijn perifere visie. Reggie was een getrainde spoorzoeker, en een ervaren overlever in de wildernis. Hij wist zeker dat er niets voor of rond hen was geweest toen ze door het bos liepen.

Wat betekent dat ze professioneel zijn. Goed opgeleid.

Hij opende zijn ogen.

Zoals special forces.

De deur aan de bestuurderskant ging open en Reggie zag een enorme bruut van een man instappen. Hij drukte de zitting plat en zijn hoofd schraapte tegen het plafond van de jeep. De man droeg een strakke parka die weinig deed om zijn enorme armen te verbergen. Hij had een kaalgeschoren bos bruin haar op zijn hoofd en een baard die breed en strak werd gehouden. Hoewel hij er Amerikaans of Europees uitzag, had hij geen andere waarneembare kenmerken.

Speciale troepen, dacht Reggie weer.

Maar hij wist dat er geen reden was voor een Spec Ops team om hier te zijn, laat staan hem te zoeken. En zeker niet naar zijn vriendin. Reggie had misschien een verleden waar de Amerikaanse regering nog steeds van onder de indruk was, maar hij had niets gedaan dat dit soort behandeling rechtvaardigde.

En dat kan maar één ding betekenen.

"Je bent een huurling," zei Reggie. De brij die werkelijk uit zijn mond kwam, werd echter door niemand in de auto verstaan. De man keek in de achteruitkijkspiegel met ogen die op een dode vis hadden kunnen staan, en haalde zijn schouders op.

"Maakt niet uit," zei Reggie.

De passagiersdeur ging open. Reggie draaide zich om om te zien wie de nieuwkomer was, en hij voelde zijn bloed al opwarmen voordat de man was binnengekomen.

De gelaatstrekken van de man waren onmiskenbaar. Lang, gebeiteld, midden veertig tot begin vijftig. Gitzwart haar dat aan de zijkanten kortgeknipt was, maar bovenop langer, op sommige plaatsen zelfs in een perfect geplaatste warboel vallend. Reggie zag een paar grijze lokken, en als het niet zijn haar was, zou hij gedacht hebben dat de man begin dertig kon zijn.

Maar hij wist beter - Reggie wist precies wie de man was.

"Vicente Garza," mompelde Reggie, wetend dat niemand in de auto hem zou begrijpen. "De Havik."

Reggie voelde een flits van nostalgie, en daarna een sterk verlangen om over te geven. Hij duwde het gevoel opzij, wetend dat het een psychologische reactie was, opgewekt door de herinneringen aan deze man. Lang voordat hij betrokken was geweest bij de CSO, lang voordat hij alleen op pad was gegaan als overlevingsexpert, en lang voordat hij alles had opgegeven voor een kamp in Brazilië, was hij soldaat geweest.

Sarah ontmoette zijn ogen, en hij wist dat *ze* de waarheid wist: hij kende deze man.

Hij kende deze man *erg* goed.

In dienst van het Amerikaanse leger was Gareth Red een scherpschutter, een scherpschutter die voor een missie was gerekruteerd door een bank die niet bepaald "in de boeken stond". Hij had een paar fouten gemaakt, ontsnapte ternauwernood met zijn leven, raakte vervolgens verwikkeld in de burgerwacht in Puerto Rico en belandde uiteindelijk in Brazilië, waar hij opnieuw begon.

Daarvóór, toen hij als infanterist in het leger snel opklom als de beste schutter die zijn superieuren in lange tijd hadden getraind, had hij een kans gekregen.

Een kans waarvan ik nog steeds dankbaar ben dat ik die niet heb benut, dacht hij.

Die kans was gekomen in de vorm van Vicente "De Havik" Garza, een voormalig kapitein die langzaam jonge mannen had gerekruteerd voor een defensiebedrijf dat gespecialiseerd was in beveiliging voor buitenlandse bedrijven. Het betaalde goed - *extreem* goed - en het had een carte blanche houding ten opzichte van legaliteit en ethiek.

"Nogmaals hallo, Reggie," zei The Hawk, toen de grote man op de voorstoel ging zitten. Hij draaide zich om en richtte zich tot Sarah. "En jij moet Reggie's nieuwe vlam zijn, is dat het? Dr. Sarah Lindgrcn, gcloof ik?"

Sarah staarde hem aan.

"Heeft Reggie je over de anderen verteld? Hij is altijd al een charmeur geweest. Die grote grijns van hem doet meestal wonderen in een drukke bar."

Sarah keek naar Reggie, maar Reggie schudde alleen zijn hoofd.

"O, ja," zei The Hawk toen de chauffeur achteruit de oprit afreed. "Hij heeft verschillende intense relaties gehad, geloof ik. Eén zelfs, met een zwangerschap?" De Havik hield zijn hoofd schuin terwijl hij naar Sarah staarde.

Reggie wilde schreeuwen. Hij probeerde zijn handen op te tillen om ze vrij te krijgen, maar de mannen die hem hadden vastgebonden - ongetwijfeld getraind door Garza zelf - waren professionals. Hij ging nergens heen. Bovendien zag Reggie dat de bestuurder weer was vertraagd en dat twee andere mannen nu op de reling aan de andere kant van de jeep stonden. Ze grepen zich vast aan het dakrek en hielden zich vast, en de bestuurder ging weer sneller rijden.

Een team van vier, dacht Reggie. *Klein, snel, efficiënt.* Hij wist dat het een goede tactische keuze was, nog meer door de uitsluiting van een tweede voertuig. Ze hadden de mogelijkheid om binnen te komen, de lading te pakken - Sarah en hem - en er weer uit te komen. Simpel.

"Heeft hij het je niet verteld?" Garza ging verder. "Ja, nou, ik kan me haar naam niet herinneren. Het was lang geleden, en onze intelligentie gaat maar tot zover. Maar ze was prachtig. Een absolute schoonheid. Niet zoals jij, mijn liefste. Hoe dan ook - hij heeft haar zwanger gemaakt. Een meisje, denk ik?"

Reggie zweette. Zijn hoofd ging tekeer, zijn hart klopte uit zijn borst, en hij voelde zich bang. Echt, volkomen, bang. Hij had dit - kwetsbaarheid - al *heel* lang niet meer gevoeld.

Maar de woorden van de Havik brachten hem terug. Zijn appartement, leeg, lang nadat ze hem verlaten had. De televisie, aan maar toont niets. Honger, maar geen zin om te eten.

"Hoe liep dat ook alweer af?" Vroeg de Havik. "Je moet *echt* opener zijn tegen je minnaars, Reggie. Dat is alleen maar beleefd."

Hij had Sarah niet over haar verteld - zijn ex-vriendin *of* zijn dochter. De zwangerschap was afgebroken, en hij kon nog steeds de gedachte niet verdragen dat hij er iets mee te maken had gehad.

Sarah keek van The Hawk naar Reggie, ongelovig in haar ogen. Hij wilde zijn hand uitsteken, haar hand of haar arm iets vastpakken. Hij wilde haar vasthouden.

Het spijt me, Sarah. Hij kon niets zeggen, en hij wist dat ze het toch niet zou begrijpen. Hij moest hopen dat ze op z'n minst begreep dat hij fouten had gemaakt. Die fouten waren in het verleden gemaakt, en hij betaalde er elke dag van zijn leven voor.

Had ik maar harder gevochten, dacht hij. *Dan had ik misschien -*

"We hebben een eindje rijden voor de boeg, jullie twee," zei Garza. "We kunnen het ons maar beter zo comfortabel mogelijk maken. Als we eenmaal in de lucht zijn, haal ik de tape over jullie monden eraf. Maar ik zou maar wennen aan die ritsen. Die gaan nergens heen."

Reggie kalmeerde zichzelf en keek uit het raam, naar Bens bos dat voorbijging terwijl de jeep versnelde naar het bredere stuk onverharde weg. Ze hadden nog een paar kilometer te gaan voordat ze op de snelweg kwamen, en dan nog een uur of zo voordat ze Anchorage bereikten. Aangenomen dat ze op weg waren naar Anchorage.

Reggie hield van Alaska, maar het deel waar hij het meest van hield, was ironisch genoeg nu het ding waar hij het meest bang voor was.

Alaska was enorm, en het was makkelijk om je erin te verstoppen.

HOOFDSTUK 13

JULIE

"LATEN WE GAAN," zei Ben. "Mrs. E blijft hier om uit te zoeken hoe ze langs onze communicatie zijn gekomen."

Julie knikte afwezig terwijl ze naar de wapens in de wapenkoffer reikte. Sinds de CSO een permanent hoofdkwartier in hun hut had gevestigd, had Reggie de verdedigingssystemen die ze hadden aanzienlijk verbeterd. En aangezien die er aanvankelijk niet waren, vond Julie die upgrades overdreven.

Nu was ze echter dankbaar dat hij de vooruitziende blik had gehad om de aannemers een speciale "verdedigingsbunker" te laten bouwen, vergelijkbaar met die welke Reggie in Brazilië had gehad. De betonnen kelder was een kamer die ondergronds was gebouwd, vlak achter de cabine, met plannen om hem te verbinden met zowel een trap die zou beginnen in de keuken van de cabine als met de rest van het CSO-gebouw dat vlak boven de bunker zou worden opgetrokken.

De bunker was af, hoewel het gebouw erboven en de verbindingsgangen dat nog niet waren, en het was in deze bunker dat Julie zich had gehaast nadat Ben in actie was gekomen. Ze had gevonden wat ze zocht, toetste de combinatie in, en de massieve, titanium stalen deur sprong open. Voor Julie leken de wapens binnen op die uit een sciencefictionfilm. Hoewel ze op elk van hen getraind hadden, voelde ze zich op dit moment alleen op haar gemak met de AR-15 aanvalsgeweren. Ze pakte er twee, twee munitieclips en een paar reservemagazijnen. Ze duwde de deur dicht en wachtte op de vergrendeling van het slot, waarna ze de ladder weer op rende en in het heldere ochtendlicht naar buiten ging.

Ben wachtte op haar. "Klaar?" vroeg hij.

Ze knikte en gooide de wapens en munitie op de voorstoel van Bens SUV. Hij stapte in de bestuurdersstoel en voordat zij kon instappen en de deur van de achterbank kon sluiten, had hij hem al gevloerd. Ze voelde de kracht van het voertuig op de oprit met grind en de deur ging vanzelf dicht. Ze had geen tijd om een gordel om te doen, maar ze wist dat ze die toch niet nodig zou hebben.

Het was simpel: Ben was een geweldige chauffeur, en zij was een geweldige schutter. Zij zou "shotgun" zijn, ook al had ze een sterk verbeterde versie van de beschrijving van een geweer uit het Oude Westen bij zich en zou ze op de achterbank zitten, maar de term paste nog steeds. Als ze de havik konden inhalen, konden we Reggie en Sarah misschien redden voor ze weg waren.

Het probleem was dat toen ze eenmaal op de snelweg zaten, ze niet zeker wisten waar The Hawk heen ging. Er was maar één onverharde weg in en uit Bens eigendom, maar de snelweg ging in twee richtingen: naar Anchorage in noordwestelijke richting, of naar het zuiden op de Seward-snelweg en dan ergens op de Turnagairn Arm of de Chickaloon uitkomen.

Als ze Garza niet konden inhalen tegen de tijd dat ze de snelweg opreden, waren ze de klos. Ze hadden geen idee waar hij in reed - Garza was de zandweg afgerend nadat hij de hut had verlaten, en hij had zijn voertuig achter de boomgrens geparkeerd, dus toen Ben en Julie uiteindelijk gewapend tevoorschijn waren gekomen, was hij nergens te bekennen. Alleen het geluid van een startende auto in de verte vertelde hen wat ze moesten weten: Garza was ontsnapt, en hoe langer ze wachtten, hoe groter de kans.

Dus kwamen ze in actie en raasden nu over de hobbels en geulen van de weg alsof ze niet bestonden. Julie wist dat Garza ook snel zou zijn, maar Ben behandelde de weg alsof het de gladste snelweg ter wereld was. Ze zag de kilometerteller en was stomverbaasd dat hij in staat was om 65 MPH te halen op de hobbelige onverharde weg. Het ijs en de met sneeuw bedekte kloven hielpen, maar ze wist ook dat het hun leven in gevaar bracht als ze er een verkeerd raakten of als Ben een verhuld stuk ijzel niet zag.

Maar dat deed er allemaal niet toe - ze gingen snel, en dat betekende dat ze een kans hadden om hun vrienden te redden. Ze laadde het geweer, draaide het raampje open en pakte toen de autogordel. Ze wikkelde hem om haar linkerarm en trok de gordel helemaal uit de behuizing tot hij vastklikte, en liet hem toen los. Ze voelde hoe de gordel zich om haar bovenarm en schouder sloot en testte de weerstand. Een frontale botsing met Garza of een boom of rots uitgezonderd, zou de gordel haar op haar plaats en stabiel moeten houden als ze verder reden.

Ze ging weer zitten en hield zich vast aan de rand van de deur terwijl ze reden. Ben sprak niet, en Julie had dat ook niet nodig. Ze waren een team, altijd al geweest, en ze waren goed samen. Ze hoefden niets door te spreken of te bespreken. Dat zou allemaal later gebeuren. Op dit moment kwam een eenvoudige roofmissie het dichtst bij wat ze zich kon voorstellen.

Weer een paar minuten verstreken en Ben sprak. "Komt eraan, recht vooruit," zei hij door tanden te knarsen. De woorden hobbelden door de lucht toen de SUV over de hobbels stuiterde, maar Julie kon de gitzwarte jeep in de verte zien, zo'n tweehonderd meter hoog.

"Hoelang nog voor we aanvallen?" vroeg ze.

Ben schudde zijn hoofd. "Kan me niet schelen. Jij bent de scherpschutter. Hangt ervan af hoeveel munitie je hebt en hoe goed je denkt de banden te kunnen raken - en *niet* de achterbank."

Ze knikte. "Ik denk een honderd voet of dichter. Breng me daar, dan kan ik misschien de jongens die zich aan de zijkant vasthouden uitschakelen."

"Of ze zijn Mr. Universe-level sterk, of Garza's chauffeur zal langzamer moeten gaan zodat ze zich kunnen vasthouden. Dan zijn we over een paar seconden binnen bereik."

"Begrepen." Ze keek nog eens in haar tijdschrift, leunde voorover en kuste Ben op de wang. "Hou van je. Vermoord ons niet."

"Ik hou ook van jou. En *je vermoordt* ons ook niet."

Ze knarste met haar tanden, leunde uit het raam, en opende het vuur.

HOOFDSTUK 14

GARZA

"GA LINKS OP DE SNELWEG," zei Garza tegen zijn chauffeur. "Negeer wat ik over de telefoon zeg." Edgar Nunez, de jonge Mexicaans-Amerikaan die hij twee jaar geleden had gerekruteerd, knikte bevestigend. Ze hadden het plan al besproken, dus niets van wat Garza net had gezegd was nieuw voor hem.

De jongen was slim, dankzij een vierjarige opleiding betaald door het Amerikaanse leger en een graad in werktuigbouwkunde betaald door Garza zelf. Hij gaf er de voorkeur aan zoveel mogelijk controle te hebben over het leven van zijn mannen, inclusief het opleggen van een niet-huwelijksbeleid zolang ze bij hem in dienst waren. Zijn soldaten waren vrij om te vertrekken, maar hij had ook een loonbeleid dat de meeste jonge mannen deed watertanden.

Vicente Garza betaalde zijn mannen in actieve dienst salarissen die begonnen bij 200.000 dollar per jaar. Bonussen gingen vanaf daar omhoog, afhankelijk van de aangenomen projecten, het aantal uitgevoerde missies, en een algemene kwantitatieve beoordeling aan het eind van het jaar. Vanaf het begin had Garza getracht een organisatie op te bouwen die gebaseerd was op verdienste, kwalificaties en prestaties. Hij was de facto het hoofd, en zijn woord was wet. Maar onder hem streden de mannen om macht en erkenning, en zij kozen hun eigen leiderschap. Veel van zijn beroepsmilitairen verdienden meer dan een miljoen dollar per jaar, een ongelooflijk bedrag in de veiligheids- en defensiesector.

Toch aanvaardde Garza's organisatie, Ravenshadow, missies die even ongelooflijk waren als de salarissen die hij betaalde. Ze vochten in de favela's van Brazilië, de dodelijke outback, en de open zeeën. Ze namen opdrachten aan die niemand anders wilde aannemen, omdat Garza reageerde op één verleiding: geld.

Hij wilde geen macht en het kon hem niet schelen wie er aan de macht was in welk land ze ook werkten. Hij wilde betaald worden, en hij had meer dan één klant verraden die weigerde te betalen wat zijn team waard was. Zijn reputatie reikte tot in alle uithoeken van de wereld, van bedrijven die hun investeringen in energie wilden beschermen op plaatsen waar ze niet mochten komen, tot regeringen die hun wurggreep op de plaatselijke economie wilden beschermen.

Zijn mannen hadden corrupte dictators ten val gebracht zodat een corrupter dictator hun plaats kon innemen, en zij hadden iedereen gedood die in de weg stond van de doelen van hun cliënten.

Hij haalde zijn telefoon uit zijn zak net toen de *ping* van een geweerkogel in zijn oren weerkaatste.

"Baas, ze schieten op ons," zei Edgar.

"Ik hoor het. Doorlopen." Hij bonkte op het dak van de jeep, en binnen enkele seconden hoorde hij zijn mannen terugschieten. Hij wist dat het onwaarschijnlijk was dat ze accuraat zouden zijn terwijl ze zich met één hand aan de bovenkant van de jeep vasthielden en achteruit probeerden te schieten, maar hij zou elke strategie gebruiken die hij tot zijn beschikking had. Hij hield de telefoon weer voor zijn gezicht en draaide het nummer.

Het duurde een paar seconden, maar hij maakte verbinding met een duidelijk signaal.

"Luister, klootzak," begon de stem.

Hij kapte hem af. "Harvey," zei Garza. "Hou je kop. Luister naar me. Als je je vrienden per ongeluk neerschiet, maak ik het voor je af.

Als je *mijn vrienden neerschiet*, vermoord ik jou en je vrienden." Hij draaide zich om en zag Sarah en Reggie voorover in hun stoelen zitten, hun ogen gespannen. "De enige manier om hier levend uit te komen is door ons naar het vliegveld te laten gaan. Anchorage is slechts..." hij stopte midden in een zin, hopend dat de list Ben's oren zou bereiken. "We gaan vertrekken zonder tussenkomst Ben, en ik hoop dat je begrijpt wat het betekent als je me niet gehoorzaamt. Daarna heb je een week. Vind het boek."

Hij wachtte niet tot Ben antwoordde, verbrak de verbinding en wendde zich weer tot zijn chauffeur. "Sla linksaf bij de snelweg."

Edgar knikte nogmaals terwijl de geluiden van zijn soldaten buiten het voertuig doorgingen met vuren.

HOOFDSTUK 15

BEN

BEN HAD MOEITE OM DE SUV RECHT OP DE ONVERHARDE WEG TE HOUDEN. Het ijs en de sneeuw waren van de zijkanten naar binnen geslopen, en hij had al een paar dagen niet geploegd. De SUV schopte en slingerde toen hij het gaspedaal dieper indrukte.

Het telefoontje was binnengekomen net nadat Julie haar eerste schoten had gelost. Hij drukte op een knop op het stuur om het gesprek door te sturen via het Bluetooth luidsprekersysteem van zijn auto, opnieuw onder de indruk van de nieuwe technologieën aan boord. Hij had als volwassene niet veel anders gereden dan een oude pick-up uit 1986 waarmee hij naar Yellowstone was geweest, dus toen hij Julie en de rest van het CSO-team ontmoette, had hij ook kennis gemaakt met het nieuwe tijdperk van de rijtechnologie.

Nadat het gesprek was beëindigd, keek hij om naar Julie, die een korte pauze had ingelast om te horen wat Vicente Garza te zeggen had. "Hij zei dat hij ze naar Anchorage brengt," zei Ben.

Er klonken drie schoten, maar ze gingen rakelings langs de SUV omdat de jeep over een paar hobbels raasde en een bocht in de weg een dennenbosje tussen de twee voertuigen plaatste. Bovendien wist Ben dat kogelvrij materiaal het glas van de voorruit had vervangen kort nadat de CSO het had gekocht.

"Het is een leugen," zei ze.

"Ik denk het wel. Hij is een professionele soldaat. Hij had dit allemaal gepland, en hij wist dat we hem zouden volgen. Maar...

"Maar waar gaat hij dan heen?" vroeg Julie, die de zin voor hem afmaakte.

"Precies."

"Kan overal zijn," zei ze. "De Seward loopt langs de kust, maar er zijn geen steden tot het reservaat die kant op."

"En voor zover we weten, heeft Garza ook een connectie met de rez." Hij sloeg een hand op het stuur. "Weet je *zeker dat* hij niet naar Anchorage gaat?"

"Natuurlijk. Hij zou zich niet vergist hebben. Als hij het zei, is het omdat hij wilde dat wij het hoorden."

"En hij heeft ons nodig als pressiemiddel, dus hij wil ons niet doden, of Reggie of Sarah. Dus dat betekent dat hij ons *kwijt* moet *raken*, maar niet *vernietigen*."

"Nog niet."

"Juist. Nog niet."

Julie snoof even en trok zich toen terug uit het raam, net toen het laatste stuk rechte weg in zicht kwam. Dit stuk onverharde weg van 300 meter was het best onderhouden, schoonste stuk van Bens oprit, en hij wist dat dit hun laatste kans was om de jeep te pakken voordat ze de snelweg op moesten. En door een paar goed geplaatste bomen en een snelle bocht voor ze de snelweg 1 opreden, was zijn oprit bijna niet te zien.

En het betekende dat als ze de jeep niet voor die tijd te pakken kregen, Garza gemakkelijk kon wegglippen en volledig voor hen verloren zou zijn.

Hij trapte het gaspedaal in en negeerde de tekenen van ijs op de weg voor hem. Het zou een hele toer worden om de SUV snel genoeg te laten afremmen om op de snelweg te kunnen invoegen, en hij gokte erop dat er in beide richtingen geen tegenliggers zouden zijn, maar het was een risico dat hij bereid was te nemen.

Garza zat in dezelfde positie, en een botsing met deze snelheid zou de dood van twee van zijn vrienden betekenen. Hij was niet van plan dat te laten gebeuren omdat hij vreesde voor zijn eigen veiligheid, maar wetende dat Julie uit het raam hing, richtend met een aanvalsgeweer met een arm gedraaid in de veiligheidsgordel, was bijna genoeg om hem van gedachten te doen veranderen.

Bijna.

Hij manoeuvreerde de SUV voorzichtig over een stuk ijs aan de linkerkant van de weg, net toen de jeep over een paar honderd meter in het dal belandde en verdween. Ze zouden aan de andere kant weer boven komen, maar Ben zou een paar seconden verblind worden door hun locatie toen zijn voertuig naar beneden dook en uit het zicht verdween. Hij was van plan om aan de andere kant van het gat te zijn en de heuvel te beklimmen als Garza de snelweg opdraaide - het was de enige manier om te weten welke richting hij op zou gaan.

Hij klemde zijn tanden op elkaar. De SUV raasde voort, bleef de weg volgen terwijl hij over ijs, sneeuw en moddervlaktes vloog. Hij duwde het stuur in zachte richtingen om de koers te corrigeren, en net toen hij de heuvel begon te beklimmen, verscheen de jeep weer.

"Daar!" Julie schreeuwde.

"Ik heb het," zei hij onder zijn adem. De jeep reed nu veel sneller, en hij kon zien dat hij zich klaarmaakte om over de snelweg te gaan en naar links te gaan - naar het zuidoosten.

Precies het tegenovergestelde van wat Garza had gezegd.

Ben zette de SUV aan de kant en zei Julie zich vast te houden, maar de weg was hier veel gladder en hij kon het voertuig over de snelweg en op de rechterrijstrook krijgen, zo'n tweehonderd meter van de jeep. Er waren geen andere auto's op de weg, en Ben zei een stil gebed als dank daarvoor.

Julie loste een aantal schoten in de richting van de jeep en Ben zag een van de soldaten die aan het dak van de jeep hing naar zijn arm grijpen. Toen hij dat deed, raakte de jeep een stuk ijs en moest corrigeren, waardoor de man zijn evenwicht verloor en op het asfalt viel. Ben kon het kraken en schrapen bijna horen toen de man tegen het asfalt sloeg en over de weg begon te tuimelen.

De SUV kwam in een razend tempo op de man af.

"Ik heb hem!" schreeuwde Julie. "Denk je dat hij nog leeft?"

Ben zag het haveloze tuig van de man, zijn kleding aan flarden en zijn hoofd een bloederige puinhoop. Hij kwam tot stilstand in het midden van de weg, loodrecht op de rijbaan met zijn borst op de gele lijnen. Toch bewoog de man lichtjes, trok zijn hoofd omhoog en keek Ben aan.

"Ja," zei Ben. "Ik denk het wel."

Hij trok de SUV een klein beetje naar links, net toen de man zich met zijn handen probeerde op te trekken, duidelijk anticiperend op wat er ging gebeuren. Maar Bens voertuig was er al, en hij voelde hoe de schedel van de man in een krater werd geslagen toen hij de impact maakte.

"Laat maar," zei hij. "Ik denk niet dat hij het gehaald heeft."

Julie hoorde hem niet, of ze negeerde hem, want ze begon onmiddellijk weer te vuren.

Ben zag de tweede soldaat aan de rechterkant van het voertuig uit de weg duiken, in een poging de achterkant van de jeep tussen hem en Julie's geweer te houden, maar zonder veel geluk. Terwijl Ben naar voren drukte en Garza naderde, zijn motor veel groter dan die van de jeep, werd de achterkant van de man groter.

Julie schoot twee kogels recht in de man, een in de billen en een door de ruggengraat. De man viel levenloos uit het voertuig, stuiterend op het vuil en de sneeuwbanken aan de kant van de weg.

"Geweldig schot," riep Ben.

"Bedankt - nog één en dan is hun band uit, en dan kunnen we -"

Voordat ze haar zin kon afmaken, slaakte ze een gil. Ben besefte dat hij niet goed genoeg had opgelet, en hij had gemist wat Garza uit het raam had gegooid.

Het kaatste dichter naar hen toe en Ben wist niet zeker wat hij moest doen. Een granaat, zonder twijfel "gekookt" om op een bepaald moment te ontploffen, en hij wist dat Garza niet meer dan een paar kansen nodig zou hebben om er een vlak voor - of onder - hen te laten ontploffen.

Hij week uit naar de linkerrijstrook en merkte toen pas dat er een enorme achttienwieler vanuit die richting op hen afkwam.

Hij trapte op de rem net toen de granaat ontplofte.

HOOFDSTUK 16

JULIE

DE ONTPLOFFING VAN DE GRANAAT TILDE DE RECHTERKANT VAN DE SUV VAN ZIJN BANDEN. Hij gleed zijwaarts en miste ternauwernood de achttienwieler. Ben zag hoe de chauffeur van de semi-truck zijn stuurwiel hard naar links trok terwijl de remmen van de truck hard drukten om hem af te remmen. Hij zag de rook van de wielen en banden en de sneeuw en het vuil dat in de lucht werd getrapt, maar de muur van vuil die op hen neerdwarrelde door de explosie van de granaat blokkeerde het grootste deel van zijn zicht.

Steentjes en grotere stenen sloegen tegen het kogelvrije glas en de zijkant van het frame, en hij hoorde er een paar door Julie's open raam het interieur van het voertuig in kaatsen. Hij hoopte dat de explosie haar niet had geschaad. De stenen werden gevolgd door een nieuwe luchtuitstoot, een soort zuigend gevoel dat hem overviel toen de drukgolf meer lucht door de SUV trok.

De SUV zette zichzelf recht en de schokdempers vingen het grootste deel van de klap op, maar Bens hoofd sloeg tegen het raam toen de auto heen en weer schommelde. Hij vroeg zich af hoe het met Julie ging, maar hij kon het zich niet veroorloven om te kijken. Zijn onderarmen blokkeerden het stuur en hij gaf druk op het gaspedaal toen de aanhanger van de achttienwieler zijwaarts schoof, recht voor hem.

Hij moest uit de weg van de enorme oplegger voordat die tegen hem aan knalde - en door hem heen. Hij wilde niet onder de oplegger terechtkomen, maar hij wilde ook niet vol op de rem gaan staan en de kans lopen dat de chauffeur van de oplegger zijn truck op tijd weer recht kon zetten. Hij stuurde de SUV meer naar links, nu helemaal van de linkerkant van de weg en stuiterend over de rotsen en brokstukken in de berm. Nog een paar meter en hij was helemaal van de weg af, en de oplegger was nog maar een paar meter voor hem.

En het ging snel.

Ben raakte in paniek. Hij gaf een ruk aan het stuur naar links, niet wetend of het hem iets kon schelen of er een boom of een rots in de weg zou staan, en trok tegelijkertijd aan de handrem. De SUV schokte en hij voelde zich naar de voorruit gestuwd worden, alleen op zijn plaats gehouden door de kracht van zijn veiligheidsgordel. De SUV leek te kreunen tegen zijn eigen gewicht toen het voertuig van richting veranderde, en Ben hield zijn adem in toen hij de aanhanger op hem af zag komen.

Kom op. Hij wilde dat het voertuig sneller reed, om uit de weg te gaan van de aanhanger.

Het hielp niet. De trailer bleef rijden, Ben's SUV bleef draaien, en hij wist dat het dichtbij zou zijn.

Er was een klein gat tussen de twee voertuigen toen Bens auto tot stilstand kwam op een boomstam. Hij had het niet gezien, want het was bedolven onder de sneeuw, maar nu lag zijn vooras er met de bodem bovenop, en hoe hard hij ook probeerde, het wilde niet bewegen.

De overgebleven twee meter tussen de twee voertuigen was in een oogwenk verdwenen. Hij schreeuwde iets onsamenhangends net toen de trailer zijn zicht vulde, nog steeds brutaal snel bewegend. Hij rees op, doemde boven hem op, en ramde toen de SUV alsof hij er niet was.

De carrosserie van de rechter voorhoek van de SUV was volledig vernield, maar een stuk van het metalen frame bleef haken aan de rand van de aanhanger en werd meegesleurd toen de aanhanger terug de snelweg op schoof. De SUV draaide rond en werd nu de andere kant op getrokken.

Bens hoofd sloeg weer om, opnieuw tegen het raam, en hij schreeuwde het uit van de pijn. Zijn lichaam voelde aan als een lappenpop, en hij verwachtte dat de veiligheidsgordel elk moment los zou scheuren van zijn omhulsel. Hij probeerde zich schrap te zetten voor wat er ook zou gebeuren of in welke richting hij ook getrokken zou worden, maar hij had geen controle, en zijn lichaam en de harde oppervlakken in de SUV herinnerden hem daaraan.

Hij pingpongde tegen de console, zijn heup krakend tegen de gesp van de veiligheidsgordel, toen zijn schouder plettend tegen de gesp van de veiligheidsgordel aan de andere kant. Op de een of andere manier waren de airbags niet afgegaan, maar hij wist niet of het meer of minder nut zou hebben gehad als dat wel zo was geweest.

De SUV stuiterde en hikte nog een paar keer voordat hij loskwam van de aanhanger. Het had hen terug de snelweg op gesleept, maar de SUV helde wankel over naar rechts en hij wist dat een trekstang en waarschijnlijk twee of drie wielen volledig waren geknakt. Het voertuig leek in te zakken, aan de rechterkant in de grond te zakken, en toen het volledig tot stilstand kwam, kon hij antivries en benzine ruiken, en hij vroeg zich af of er open vuur in de buurt was.

Toen, alsof zijn geest op automatische piloot stond, voelde hij het gevoel van naderend onheil.

Haal Julie.

Hij dwong zichzelf in actie te komen, vechtend tegen de ongelofelijke pijn in zijn zij. Hij moet een rib of twee gebroken of zwaar gekneusd hebben, maar dat was niet de enige pijn die hij voelde. Zijn nek voelde stijf aan, alsof hij op het punt stond helemaal uit elkaar te vallen, en zijn schouder voelde aan alsof er een spijker doorheen was geslagen.

Hij wist dat Julie zich op geen enkele manier staande had kunnen houden tijdens deze waanzin. Hij maakte zijn veiligheidsgordel los en dwong zichzelf langzaam en doelgericht adem te halen. Hij draaide zich om en keek naar de achterbank.

Julie was weg.

Nee...

Hij riep haar naam. "Julie!"

Hij gooide de deur open en viel naar buiten, hoestend toen hij het harde, met rotsen bezaaide asfalt onder de sneeuw raakte. Het voelde koud aan, op een bevredigende en angstaanjagende manier, alsof hij daar voor altijd wilde blijven liggen en gewoon sterven. Hij wist dat het niet moeilijk zou zijn, zoals hij zich voelde, maar hij wist ook dat hij gewoon moest opstaan en het van zich af schudden. Hij was niet meer gewond dan hij in het verleden was geweest, en zijn vrienden waren nog steeds weg - ze hadden hem nodig om in orde te komen.

"Julie," zei hij weer.

"Ben?"

Het was een fluistering, of het was een schreeuw, hij wist het niet zeker. Zijn oren suisden. *Waarschijnlijk van toen ik mijn hoofd stootte,* dacht hij. *Denk ik wel helder?*

"Ben," zei ze opnieuw, deze keer luider. *Nee. Ze is hier.* Hij opende zijn ogen, zich niet realiserend dat ze gesloten waren, en keek op. De steek van de zonnige ochtend trof hem als eerste, brandde door zijn netvlies. Hij sloot ze weer, haalde diep adem - zo diep als zijn zij het toeliet - en opende zijn ogen weer.

"Julie," zei hij. "Ben jij dat?"

"Ja," zei ze. "Ik heb mijn arm flink gekneusd, en het voelt alsof ik een doorboorde long heb, maar omdat ik praat, zal het wel goed gaan."

"Ja, nou, ik weet niet of het mij ook zo goed is vergaan."

Ze fronste haar wenkbrauwen. "Werkelijk? Je ziet er goed uit voor mij."

Hij kreunde. "Waarom kan je me niet gewoon met rust laten om te sterven? Begin sneeuw over me heen te gooien en laat me gewoon met rust?"

"Omdat," zei ze. "Jij kookt het meest. En ik hou van eten."

Hij glimlachte, tegen beter weten in. Op de een of andere manier deed dat ook pijn. "Goed," zei hij. "Help me omhoog."

HOOFDSTUK 17

REGGIE

REGGIE VOELDE DE VERPLETTERENDE PIJN VAN ZIJN EIGEN LICHAAMSGEWICHT TEGEN DE ZIPSBANDEN. Zijn handen waren gevoelloos, al lang niet meer doorbloed door de rest van zijn lichaam, en hij had het gevoel dat hij ze het liefst zou afsnijden.

Sarah leek in orde. *Nou,* dacht hij, *zo "in orde" als je kunt zijn terwijl je ontvoerd bent.*

De jeep was niet van zijn koers afgeweken. Ze reden in zuidelijke richting op de Seward Highway, de open oceaan aan de rechterkant van het voertuig. Garza en zijn chauffeur hadden geen woord meer met elkaar gesproken na hun ontmoeting met Ben en Julie, en die ontmoeting was geëindigd met het opblazen van hun voertuig en daarna overreden te worden door een achttienwieler.

Reggie had Ben en Julie zien overleven, maar zoiets had hij nog nooit gezien. Bens zwarte SUV was achter de grotere vrachtwagen verdwenen toen die uitweek, maar hij zag hoe de SUV door de explosie opzij werd geduwd en in de greppel aan de kant van de weg belandde - precies op de plek waar de oplegger van de vrachtwagen zou komen te liggen.

Hij had zich net voor de botsing afgewend, maar hij had het gehoord. De knarsende, draaiende scheur van metaal op metaal vertelde hem alles wat hij moest weten.

Als ze niet dood waren, waren ze er dichtbij, tenzij Ben een wonder had verricht achter het stuur.

Sarah had niet gekeken. Haar ogen waren vastgeklonken aan de achterkant van het hoofd van de bestuurder toen ze verder reden, en Reggie vroeg zich af wat ze dacht. *Probeerde ze te beslissen hoe te ontsnappen? Wilde ze eigenlijk wel ontsnappen? Wachtte ze tot ik iets zou doen?*

Hij kon het niet zeggen. Alles wat hij van haar wist, zei hem dat het *laatste* wat ze zou doen, was wachten tot ze gered werd. Ze was vreselijk in het spelen van de "dame in nood" rol, en hij nam het haar niet kwalijk. Hij hield de dingen graag zo veel mogelijk onder controle, en hij *haatte het* absoluut om de controle te verliezen. Het probleem was dat hij hier niets had om mee te werken. Hij was volledig buiten werking gesteld, zelfs zijn trouwe zakmes was van zijn lichaam verwijderd toen hij in de auto werd gezet.

Maar deze autorit zou niet eeuwig duren. Garza bracht hen ergens heen, en tenzij hij een manier had om hen weer bewusteloos te maken, had hij een moment - een kort moment - om te handelen. Voor een mens als hij was het al een hele opgave om in en uit een jeep te komen, en dan heb ik het nog niet eens over het feit dat zijn handen vastgebonden waren.

Hij had een paar seconden, gokte hij, wanneer zijn ontvoerders zouden proberen hem uit de auto te rukken. Een paar seconden om zijn handen zo hard als hij kon tegen zijn onderrug te slaan, zodat de ritssluiting losraakte. Hij had die les jaren lang in Brazilië gegeven. "Stedelijke ontsnapping," noemde hij het. Zip ties waren effectief tegen indirecte kracht - draaien, wrijven en scheuren waren bijna niet effectief tegen het breken van de ties. Maar directe kracht, zoals die veroorzaakt wordt door het uit elkaar trekken van de polsen, deed vaak de truc.

Hij zou een afleiding moeten veroorzaken om het voor elkaar te krijgen - en dan zou hij moeten uitzoeken wat te doen als hij eenmaal bevrijd was van zijn banden. Sarah zou nog steeds hulp nodig hebben, en Vicente Garza was een geduchte tegenstander.

De rest van de autorit dacht hij na over deze obstakels en probeerde hij te beslissen wat te doen.

De rit eindigde een kwartier later, en terwijl de jeep van de snelweg afreed en landinwaarts ging, probeerde hij markeringen of tekens te vinden die hun locatie zouden kunnen identificeren. De weg was kaal, maar het was een weg - geen zandpad zoals de oprit naar Ben's hut en het CSO hoofdkwartier - en hij was in goede staat, wat betekende dat er een kans was dat ze een stad zouden tegenkomen, of op zijn minst een andere mens.

Hij wist niet of hij in dat geval iets kon doen, maar het zou hem kunnen helpen zich te oriënteren.

Helaas sloeg de jeep af van deze weg en sloeg af naar het noorden, minder dan een mijl nadat ze de snelweg hadden verlaten. Ze reden over een platgetreden, uitgesleten pad, slechts zo ver als nodig was om uit het zicht van de toegangsweg te geraken. De dennenbomen groeiden snel naar elkaar toe en bedekten hun sporen, waardoor uiteindelijk een dikke muur van groen ontstond, ondoordringbaar en onzichtbaar.

Reggie begon te denken dat ze naar een veilige plaats in de buurt van Ben's hut zouden worden gebracht - ze waren tenslotte maar een uur rijden ten zuiden van zijn land. Maar hoe dichtbij ze ook waren, Ben en Julie zouden ze hier onmogelijk kunnen vinden. Het achter-land van Alaska, had Reggie geleerd, was even onmogelijk als mooi. De bomen konden zowat alles verbergen, en toen hij bedacht hoe afgelegen het grootste deel van de staat was, en hoe groot het was, besefte hij dat het niet uitmaakte of ze een mijl of duizend mijl van Ben verwijderd waren - hier waren ze zo goed als verdwenen.

Maar ze *zouden* hier niet blijven. Toen ze de laatste bocht om waren en de bomen plaats maakten voor een kleine open plek, zag

Reggie een helikopter, waarvan de rotors al begonnen te draaien. De bestuurder van de jeep trok strak in de lijn van de helikopter, parallel aan de romp van het toestel, en Garza sprong er onmiddellijk uit.

"Ga weg," blafte hij.

HOOFDSTUK 18

BEN

"OKÉ," zei Ben, grimassend, "geef maar aan mij."

Hij rolde zijn schouder een beetje heen en weer om de pijn te verzachten. Het deed niets anders dan de blessure prikkelen en meer spanning veroorzaken dan het waard was. Hij probeerde hetzelfde met zijn gezicht, heup, ribben en armen, en merkte dat niets wat hij kon doen de pijn van het auto-ongeluk kon verlichten.

Hij en Julie waren erin geslaagd om halverwege terug te lopen naar de hut, maar mevrouw E had hen opgepikt voordat ze ver waren gekomen. Ze vertelde hen dat ze contact had opgenomen met haar man, die de beveiligingsbeelden bekeek van de camera's op zonne-energie die langs de weg naar de hut waren opgesteld. Hij zou haar op de hoogte brengen, dan kon ze Ben en Julie vertellen wat hij had gevonden.

Dat was een uur geleden, en Ben en Julie hadden gedoucht en zich omgekleed, en Julie had Bens rib- en heupwonden met een gaas-kompres verzorgd en hem een icepack voor zijn schouder gegeven. Geen van hun verwondingen waren ernstig, hoewel Julie haar elle-boog had verstuikt en een paar ribben had gekneusd in het wrak.

En Garza was ontsnapt. Ze had twee van zijn mannen gedood,

maar ze wisten allebei hoe makkelijk het voor de huurling zou zijn om hen te vervangen.

Nu zat mevrouw E kalm op de rand van zijn bank, en Ben wenste dat hij haar stoïcisme kon lenen. Terwijl zij zich voorbereidde om uit te leggen hoe Garza ongezien zijn huis was binnengekomen, terwijl zijn team Sarah en Reggie zonder problemen had neergehaald, kon hij alleen maar denken aan hoe hij ze terug zou krijgen. Hij wilde de man dood, en hij wist dat Julie hetzelfde voelde.

"Ten eerste," begon Mevr. E, "kon hij in uw huis komen, omdat, nou ja, het is niet beschermd. "

Ben fronste zijn wenkbrauwen. "Ik dacht dat je man zei dat we de hele faciliteit konden afsluiten, zelfs automatisch?"

Ze knikte. "Dat deed hij. En dat is waar. Maar de faciliteit is nog niet klaar. We hebben de CCTV-systemen of de automatische triggers nog niet geïnstalleerd - het zou geen zin hebben met al die rondrennende arbeiders." Ze haalde even adem, en keek toen naar Ben. "En je hebt specifiek gevraagd of we jouw hut van veel van de renovaties wilden uitsluiten. Om het 'schilderachtig' te houden, zoals u het uitdrukte."

Ben wierp haar een blik toe, maar besefte toen dat ze hem niet probeerde op te hitsen. *Dat heb ik wel gezegd,* besefte hij. Hij wenste nu dat hij wat minder vasthoudend was geweest om zijn hut 'rustiek' te houden.

"Ten tweede," vervolgde ze, "Garza is niet in het gebouw *geweest,* of de aangebouwde vleugel. Niemand van zijn mannen deed dat. Hij kwam recht naar het huis, naar de hut, waar ze rondkeken en alles vernietigden. Hij zou zeker alarm hebben geslagen als hij zich in het hoofdkwartier had gewaagd, maar dat deed hij niet."

Julie fronste haar wenkbrauwen, en Ben zag haar uitdrukking veranderen toen ze zich iets realiseerde. "Hij *wist dat hij* daar niet naar binnen moest gaan," zei ze. "Hij wist dat het moeilijk zou zijn om weg te komen zonder gepakt te worden."

"Misschien," zei mevrouw E. "Maar hij kwam hier op zoek naar iets, correct?"

Zowel Ben als Julie knikten. "Het Boek der Beenderen," zei Ben.

"Maar als hij het niet in de hut vond, waarom zou hij dan niet het andere gebouw controleren?"

Ben dacht er even over na, maar Julie antwoordde. "Omdat hij wist dat het er niet was?"

"Precies."

"Hij wist dat we het niet hadden," zei Ben. "Waarom is hij dan gekomen?"

"Hij vertelde ons dat," zei mevrouw E. "Hij wilde Reggie en Sarah. Om als pressiemiddel te gebruiken. Daarom is hij gekomen."

Ben dacht nog eens na en schudde toen zijn hoofd. Julie en mevrouw E keken hem aan, wachtend op zijn antwoord, maar hij was al diep in gedachten verzonken. Hij stond op, liep naar de kleine keuken, stapte over gebroken meubilair en fotolijstjes en stopte voor een klein tafeltje dat hij als drankkast gebruikte.

Hij bekeek de flessen - waarvan er bij de inbraak geen waren stukgeslagen - en koos een whisky. Hij was altijd een rum en cola man geweest, de 'makkelijke drinker' waar barmannen blij van werden, en hij had sowieso nooit veel gedronken. Hij en Julie deelden af en toe een fles wijn, en Reggie en hij proefden graag nieuwe whisky's als Reggie die in Anchorage vond, maar als hij op zichzelf was aangewezen, dronk Harvey Bennett net zo lief een glas water als een Cuba Libre.

Hij vond echter dat hij wat extra hulp nodig had om een uitweg uit hun dilemma te vinden. Hij schonk een paar vingers van de amberkleurige vloeistof in, sprenkelde er vervolgens een druppel water uit de gootsteen overheen en draaide zich tenslotte weer om en liep de huiskamer weer in.

"Hij is bang," zei hij.

Julie en Mrs. E keken verward.

"Hij is ergens bang voor. Zijn werkgever - wie betaalt hem? Ik weet het niet zeker. Maar hij is bang om te falen."

"Hoe dat zo?"

"Nou, hij heeft *ons* nodig. Dat heeft hij gezegd. Hij zei dat hij verwacht dat wij dit boek voor hem vinden. Hij zei niet waarom, maar er is één ding dat belangrijker voor hem is dan wat dan ook: geld."

"Juist," zei Julie. "Hij doet alles voor geld, en hij zal nog meer doen om het niet te verliezen."

Mevr. E sprong ertussen. "Dus hij zal niet betaald worden als hij het boek niet vindt. En we weten dat hij zal doden voor wat hij wil..."

Ze viel weg, en Ben keek naar Julie's gezicht. Voor hem sprak haar gezichtsuitdrukking boekdelen. Hij dacht dat hij kon zien hoe ze nadacht over wat Mevr. E had gezegd, en nadacht over wat het werkelijk betekende. *We weten dat hij zal doden voor wat hij wil...* Ben wist dat dat waar was, maar hij was bang voor een andere waarheid.

We weten dat hij zal doden uit gemakzucht.

Hij en Julie waren bijna gedood op de snelweg, zowel door het geweervuur en de granaat, als door de bijna-dood interactie met de enorme semi truck later. Hij had gezien hoe Garza en zijn mannen anderen doodden alleen omdat ze op het verkeerde moment op de verkeerde plaats waren, en hij had gezien hoe Garza zelf Julie, gedrogeerd en onder zijn invloed, hun vriend en leider in koelen bloede van dichtbij liet doden.

Dit was wat Ben zocht in Julie's gezicht om het te vinden. Hij kon het niet vinden - of Julie had nog steeds moeite om de herinnering boven te halen, of ze was er niet helemaal zeker van dat het echt was. Hij wist dat haar droom van de avond ervoor echt gebeurd was, maar hij wist niet of ze er al aan toe was om het volledig te verwerken.

Als hij het was, zou hij er misschien zelfs voor kiezen het *niet te* verwerken. Hij was altijd goed geweest in het verbergen van zijn emoties, ze diep van binnen verborgen houden. Hij was jarenlang parkwachter geweest voordat hij Juliette ontmoette en betrokken raakte bij de CSO, en zijn natuurlijke neiging was om dingen op te kroppen en er niet mee om te gaan. Uiteindelijk, wist hij, zouden die dingen er gewoon niet meer zo toe doen.

Dit geloof was altijd het belangrijkste geweest waar hij en Julie ruzie over maakten. Het was hun eerste ruzie, tegenover elkaar zittend in een hotel-restaurant, toen ze de Verenigde Staten probeerden te redden van een catastrofale vulkaanuitbarsting en de daaropvolgende bacteriële infectie, en het was datgene waar ze het meest over spraken. Vanwege zijn verleden wilde Ben negeren wat hij had meegemaakt tot het hem niet meer deerde, maar Julie wilde om dezelfde redenen over diezelfde dingen praten.

Nu waren de rollen omgedraaid. Hij keek naar de vrouw van wie hij hield, en wist iets over haar verleden dat ze zelf niet helemaal begreep. Ze wist het, maar ze *wist niet* dat ze het wist. En toen die herinnering eindelijk in haar geheugen was gekristalliseerd, wist Ben niet zeker hoe ze zou reageren.

"Dus het is leven of dood voor Reggie en Sarah," zei Julie.

"Waarschijnlijk. Wat we zeker weten is dat wij de mensen *zijn die de meeste kans hebben* om het Boek der Beenderen te vinden. Wij kwamen er het dichtst bij, en als Sharpe en Interpol er niet waren geweest, hadden we dat dagboek nog gehad."

"Maar het dagboek is niet het boek," herinnerde mevrouw E hem eraan. "Het was van Rachel Rascher's overgrootvader, en het verwijst alleen naar het boek."

Ben begon te ijsberen terwijl hij van zijn drankje nipte. "Wat we weten is dat het Boek der Beenderen een verloren dialoog van Plato is. Ergens rond de tijd dat hij zijn *Timaeus en Critias schreef,* schreef hij het Boek der Beenderen, waarin de macht van Atlantis over Athene en het Griekse vasteland wordt opgetekend."

Julie nam de draad weer op. "En toen Raschers overgrootvader het in handen kreeg, gebruikte hij alles wat Plato schreef over het Atlantische ras om nazi-experimenten te rechtvaardigen. Eugenetica, genetische manipulatie, dat soort dingen."

"Denk je dat dit daarover gaat?" vroeg Ben.

Julie haalde haar schouders op. "Dat weten we pas als we het boek vinden. Maar het is me nu duidelijk dat we het boek *moeten* vinden. Om Reggie en Sarah terug te krijgen, maar ook om te zien wat er aan de hand is. Dus ik denk dat we verder moeten gaan waar we gebleven waren."

Ben knikte. Hij wist wat ze bedoelde. Waar ze "waren gebleven" was te ontdekken met wie Rachel Rascher had samengewerkt. Het CSO-team wist dat ze investeringen van buitenaf moest hebben gehad, maar ze wisten niet zeker of die van de overheid of van particulieren waren. Alles wat ze hadden was wat ze uit haar ondergrondse onderzoeksfaciliteit konden halen, en wat ze zich konden herinneren uit het dagboek van haar overgrootvader voordat Agent Etienne Sharpe van Interpol het in beslag had genomen.

Ze wisten dat het onmogelijk zou zijn Sharpe te overtuigen het dagboek te overhandigen, maar ze besloten dat het niet nodig was. Rachel Rascher had, volgens een opmerking die ze had gemaakt, zowel gewerkt vanuit het dagboek van haar overgrootvader dat verwees naar Plato's verloren werk... als vanuit een kopie van de originele tekst, volledig, van Plato's verloren werk zelf.

Zij hadden geen bewijs gezien om dit te staven, maar Bens theorie was dat Rascher samenwerkte met een organisatie die veel groter en machtiger was dan iemand van hen zich had voorgesteld. Als zij werkelijk *toegang* had tot het Boek der Beenderen, zonder het *in haar bezit te* hebben, betekende dit dat ze haar vertrouwden, maar dat ze slechts aan een korte leiband was gebonden.

En het betekende dat de organisatie die aan de touwtjes trok, wie ze ook waren, een machtspositie over haar innamen. Het betekende dat *ze* voor *hen* had gewerkt.

Bens theorie en idee was om deze organisatie op te sporen en toegang te krijgen tot het Boek der Beenderen zelf. De originele, volledige tekst.

Het probleem was dat zijn theorie over de organisatie die het

Boek der Beenderen beheerste, geen organisatie was waar ze mee te maken wilden hebben. Het was een organisatie die bekend stond om haar vermogen om situaties van veraf te controleren, met behulp van een enorm, breed netwerk van operatoren die volledig buiten de radar werkten, in staat om eenzijdig te handelen om haar grotere doel te bereiken.

Het was geen organisatie die Ben en de rest van de CSO kwaad wilden doen, en hun discussies over de zaak na de gebeurtenissen in Egypte bevestigden dat. Maar nu, na de ontvoering van Reggie en Sarah en Garza's ruw ontwaken, waren ze gedwongen.

Ze stonden op het punt een letterlijke hel binnen te gaan.

"Hij zei dat het niet mogelijk was," zei Ben.

"Natuurlijk deed hij dat," zei Julie. "Hij kent ze beter dan wie ook van ons. Maar hij heeft het ook *nooit* geprobeerd."

Ben zuchtte en nam een diepe slok van zijn drankje. *Tijd om te beslissen,* dacht hij. Ze hadden al eerder plannen gemaakt om Raschers weldoeners op te sporen, maar ze waren tot de conclusie gekomen dat er meer voor nodig was dan zij alleen konden - en dat was toen Reggie en Sarah erbij betrokken waren. Nu, met hun tweeën buiten dienst, zou het een onmogelijke taak worden.

Maar het antwoord was hem even duidelijk als dat van Julie en mevrouw E, die mee knikte en Ben in de gaten hield voor zijn beslissing.

"Oké," zei hij. "Prima. Je hebt gelijk. We hebben geen keus. We breken in bij de Vaticaanse Archieven. We nemen het op tegen de katholieke kerk, op hun terrein."

HOOFDSTUK 19

REGGIE

REGGIE KEEK HEM EEN SECONDE AAN, wachtend om te zien wat de man nog meer wilde. Maar Garza aarzelde niet. Hij draaide zich om en liep naar de openende deur van de helikopter.

De chauffeur bleef op de achtergrond, stapte langzaam uit de jeep nadat hij de motor had uitgezet, en stapte toen uit en weg van het voertuig. Hij haalde een pistool uit zijn holster, richtte het op Sarah en keek naar Reggie. "Ga weg," herhaalde hij. Hij moest zijn stem verheffen om boven de rotorspoeling uit te komen.

Eén gewapende man. Eén pistool. Voertuig tussen hem en mij. Reggie telde de situationele variabelen af alsof het een lijst met opsommingstekens was. Hij zwaaide links en rechts terwijl hij zich uit de jeep wurmde, Sarah deed hetzelfde links van hem.

Sarah staat ook *tussen mij en de schutter. Ik kan haar niet als onderpand gebruiken. Garza zal over drie minuten bij de helikopter zijn. Er kunnen nog meer moffen binnen zijn.*

Hij staarde naar de grond, maar liet zijn perifere visie de details invullen. De boomgrens schemerde en bewoog, niets ongewoons. De grond, hard aangestampt ijs en sneeuw, donker en korrelig door de toevoeging van dennennaalden en vuil dat over de witte laag was gewaaid, leek net als alle andere grond die hij hier had gezien.

Toch voelde iets niet goed. Iets zei hem dat hij een fout zou maken door te proberen weg te komen, door terug te vechten. *Garza maakt geen fouten*, herinnerde hij zichzelf. *Garza laat de dingen niet aan het toeval over.*

Maar vanuit zijn ooghoek zag hij Sarah. Met opgeheven hoofd was ze uit het voertuig gestapt en staarde naar de man die een pistool op haar richtte. Ze was iets langer dan de man, haar krullende bruine haar stak nog hoger op.

En er was een traan in haar oog.

Hij had het niet eerder opgemerkt, of het was nieuw. Of het was niets, gewoon een overblijfsel van haar ogen die zich probeerden aan te passen aan de plotselinge daling van de temperatuur toen ze het voertuig verlieten.

Maar het was er, en hij besloot te handelen. Hij draaide zich om naar links en hield de schutter - de enige bekende bedreiging voor hem op dat moment - in zijn gezichtsveld, zodat hij de bewegingen van de man kon zien en tegenwerken voordat hij een schot kon lossen.

Hij dook onder de bovenkant van de jeep, wetende dat een recht schot gemakkelijk door beide zijden van het vinyl en glasvezel frame zou gaan, en riep Sarah's naam. "Ga naar de achterkant van de jeep!" schreeuwde hij.

Sarah hoefde niet twee keer te worden verteld. Ze bukte en deinsde achteruit, net toen de man draaide om op Reggie te schieten. Reggie hoorde de *knal* van het pistool door de lucht klinken, twee keer. Beide schoten raakten de jeep, maar slechts één kwam er doorheen.

Reggie zag dat schot het vuil en ijs raken, slechts centimeters voor hem. Maar hij wist dat Garza's man niet opnieuw zou schieten. Het was nu een blind schot, en hij kon gemakkelijk weer hogerop komen door naar de achterkant van de jeep te gaan.

En dat is waar Reggie hem zou ontmoeten. Hij trok zijn polsen op en sloeg ze weer neer, hard en snel tegen zijn middel en meteen voelde hij hoe de banden losraakten.

Zijn handen waren vrij.

Hij trok Sarah naar zich toe en naar beneden, terwijl hij voor haar uit sprong en haar naar de aarde gooide. Het was een harde worp, en ze slaakte een verbaasde gil toen ze viel. Hij sprong over haar benen heen en hurkte bij de bumper van de jeep, wachtend.

Het duurde maar een halve seconde voor de man tevoorschijn kwam. Reggie was niet verbaasd over de afstand van de man tot de jeep - Garza had hem getraind en hij was niet van plan om te dichtbij te komen. Maar dat betekende dat Reggie's volgende actie perfect synchroon zou moeten lopen met de reactietijd van de man, zo niet iets sneller. Een misstap en hij zou een gat met een grote diameter in het midden van zijn borst hebben.

De man kwam volledig in beeld, en Reggie was al in beweging. Hij had de afstand van de man intuïtief berekend, en liet zijn training het overnemen, en hij lanceerde zijn lichaam voorover tegen de benen van de man.

Hij wilde laag blijven, om te voorkomen dat een toevallige ontlading - of een opzettelijke - hem te pakken zou krijgen. De man zou op zijn beurt reageren, lager mikken en uiteindelijk een schot lossen, maar Reggie hoopte dat hij effect zou hebben en de man zijn schenen zou raken voordat dat zou gebeuren.

Dat deed hij. Reggie's hoofd landde op de rechter scheenbeen van de man, maar hij had zijn vuisten al om zijn beide benen geslagen voordat hij klaar was met vallen. De man viel neer, kruimelde bovenop Reggie's lange, slungelige lichaam, en tegen de tijd dat hij zich realiseerde dat hij geveld was, rolde Reggie zijwaarts en bereidde zijn tweede slag voor.

Deze klap richtte hij op de achterkant van de nek van de man - het dichtst bij Reggie's vuist. Het was geen goede plek om te slaan, maar Reggie wist ook dat de man hem geen tweede kans zou geven. *Kom op, klootzak, maak het makkelijk.*

Hij gooide zijn vuist op de nek van de man, voelde een kleine klap, maar wist dat het lang niet genoeg was. De man gromde, maar rolde toen snel opzij, in een poging Reggie te verrassen en buiten zijn bereik te komen. Reggie was echter voorbereid. Hij greep het shirt van de man en trok hem naar zich toe, waarna hij een snelle stoot uitdeelde in zijn gezicht en kaak.

Het gezicht van de man verslapte, en Reggie maakte het af met nog twee schoten in de ogen van de man. De chauffeur keek naar hem op en grinnikte, waarna hij een been om Reggie's middel wierp. Ze lagen allebei al op de grond, het onhandige gevecht vond plaats in een bijna zittende positie, zodat Reggie niet struikelde.

Hij was echter overrompeld. Het voelde alsof een vrachtwagen tegen zijn rug was gebotst, en hij deinsde een paar centimeter achteruit. Het was genoeg voor de man om een arm vrij te krijgen en hij wond hem op, wierp hem naar voren en ving Reggie tussen zijn tanden.

Reggie kreunde en probeerde opzij te duiken, maar zijn hoofd voelde zwaar aan. Hij zag dubbel, en de twee jeepbestuurders zaten nu gehurkt boven hem, een spervuur van slagen voorbereidend. Reggie keek naar de vier ogen van de man en probeerde te berekenen wanneer de aanval zou komen, zodat hij kon proberen weg te duiken, toen twee Sarahs zijn zicht binnendrongen.

Ze stonden - nee, renden - en hij knipperde met zijn ogen. Op dat moment raakte Sarah de bestuurder, waardoor hij naar voren en naar beneden werd gelanceerd, weer boven op Reggie. Sarah bleef in beweging, nu in de richting van de bomenrij vlak achter hem. Hij zei stilletjes haar naam, opgewonden over de steun, maar besefte toen dat hij nog steeds met de bestuurder te maken had - een enorm gebouwde man, besefte hij nu.

En toen, alsof zijn onderbewustzijn een besef had dat het hem niet had verteld, stopte hij. Zijn vuist was klaar, het gezicht van de man was recht voor het zijne, en hij had de overhand. Maar hij stopte.

Duwde zijn hoofd omhoog en rond om Sarah's ontsnappingspoging beter te kunnen zien.

Ook zij was gestopt.

Iets klopt er niet.

Hij gooide de romp van de man van hem af en de bestuurder krabbelde weg, proberend zich te herstellen voor het geval Reggie opnieuw zou aanvallen. Maar Reggie had de wending in het gevecht gevoeld. Hij wist dat hij niet zou aanvallen.

Hij ging op zijn knieën en draaide zich toen langzaam om, met zijn gezicht naar Sarah.

Ze staarde recht voor zich uit, weg van hem.

Starend naar de bomen.

HOOFDSTUK 20

BEN

MEVR. E was naar het hoofdkwartier van de CSO gegaan om met haar man te praten. Het team was een plan aan het voorbereiden, en hoewel dat plan nog lang niet vaststond, begonnen ze te begrijpen wat ze nodig hadden.

Ben en Julie waren nog steeds in de hut, in een telefonische vergadering met Archibald Quinones. De Jezuïtische priester woonde in Brazilië, vijf tijdzones voor hen in Alaska, en beantwoordde de telefoon bij het tweede belsignaal. Ze hadden elkaar in Brazilië ontmoet, toen Reggie hen aan elkaar voorstelde, en de hulp van de professor bij het opsporen van de geschiedenis van een vreemde genetische eigenschap bij een oude stam in het Amazonegebied was van cruciaal belang geweest.

Zij bleven vrienden en namen zo vaak als zij konden contact met elkaar op, maar geen van hen had de man in meer dan een jaar persoonlijk gezien. Hij verzekerde hen dat het goed met hem ging, dat hij nog steeds in Brazilië woonde en nog steeds parttime geschiedenis doceerde aan de plaatselijke universiteit.

Hij was extatisch om weer van hen te horen, maar zijn houding veranderde snel toen hij het hoorde over Sarah en Reggie.

"Dus, waar denk je dat Garza ze heen zal brengen?" vroeg Quinones.

"Dat is onmogelijk te zeggen," antwoordde Julie. "Ze gingen naar het zuiden op de snelweg, maar..."

"Maar je bent in Alaska. Dus dat betekent letterlijk overal in de Verenigde Staten," zei Quinones grinnikend.

"Juist," zei Ben. "Maar dit is Vicente Garza waar we het over hebben. Hij heeft goede connecties en veel geld. We nemen aan dat hij een helikopter of vliegtuig heeft om ze op te halen en verder weg te brengen. Dus ze kunnen morgen overal zijn."

"Ik begrijp het. En als ze een vlucht nemen, kun je die dan op een of andere manier volgen?"

"Mevrouw E werkt daaraan," zei Julie. "Ze zal met haar man overleggen of hij de vliegroutegegevens kan aftappen. Alles is privé, maar het is er allemaal. De vraag is of hij toegang kan krijgen."

"Natuurlijk. En je zei dat hij het Boek der Beenderen wil? Dit is toch hetzelfde boek dat je in Egypte op het spoor was?"

"Dat is zo. Maar we zochten er niet naar, we waren er gewoon nieuwsgierig naar. We wilden weten wat er aan de hand was - een verloren boek van Plato zou gewicht in de schaal leggen bij antiquiteiten en geschiedenis, maar het lijkt erop dat er meer achter het boek zit dan iemand van ons dacht. Blijkbaar is het belangrijk genoeg voor Garza - of wic hem ook betaalt - dat hij bereid is ervoor te ontvoeren en te doden."

"Enig idee wat er in het boek staat?" vroeg Quinones, zijn stem bijna fluisterend, de vermoeidheid van zijn jaren sluipend door de telefoonlijn.

"Niet echt," zei Ben. "Rachel Rascher deed experimenten in Gizeh in het Nazi-tijdperk, met Die Glocke. In het dagboek van haar overgrootvader stond dat ze problemen met de menselijke lichaamsbouw probeerden op te lossen, maar dat is te vaag om op af te gaan."

"Maar de laatste keer dat we je belden, zei Julie, hadden we de theorie dat de katholieke kerk er op de een of andere manier bij betrokken was. Ofwel een weldoener, of een stille partner, of beide."

"Denk je dat ze nu betrokken zijn bij Garza?"

"We weten het nog niet zeker, maar ja. Er is gewoon geen informatie over het Boek der Beenderen, dus het feit dat Garza nu weet waar Rachel Rascher aan werkte, doet ons denken dat er een rode draad is."

"Maar we wisten niet zeker of de katholieke kerk al eerder betrokken was bij Rascher," zei Quinones.

"Juist," zei Ben. "Maar ik denk dat er genoeg tekenen zijn die erop wijzen dat het mogelijk is. De auto die Sarah in Santorini meenam, stond op naam van een plaatselijke priester. Kan niets betekenen, maar bedenk dan dat zij - wie Rascher ook hielp - de financiële middelen hadden om een grootscheepse extractie te steunen, haar onderzoek, *en uit de buurt* te blijven van de hele Egyptische regering, waarvan we weten dat die niet erg gesteld is op interactie van buitenaf en hele ministeries heeft om gesnuffel en rondsluipen te voorkomen.

"Degene die haar hielp, en degene die Garza nu misschien helpt, heeft de middelen om het voor elkaar te krijgen. Het is een blanco operatie - ze weten niet hoeveel het zal kosten, of hoeveel tijd het zal kosten. Het zou ook een vruchteloze onderneming kunnen zijn. Wie zegt dat het Boek der Beenderen daar ook maar is?"

"Dat brengt me bij mijn vraag," zei Quinones door de bluetooth speaker op de koffietafel. *"Waarom proberen toegang te krijgen tot de archieven? Als de kerk er inderdaad bij betrokken is, denk je dan niet dat ze tijd en geld zouden verspillen door Garza te vertellen het Boek der Beenderen te zoeken als ze wisten dat het al in hun bezit was?"*

Ben knikte, wetende dat Quinones hem niet kon zien. Dit was iets wat hij en Julie al hadden besproken. "Ten eerste zijn we er nog niet helemaal zeker van dat het om de kerk gaat. En als dat zo is, weten we niet zeker of het de *hele* kerk is. Er zijn door de geschiedenis heen facties van de kerk geweest, die op hun eigen voorwaarden opereerden, weg van het pauselijk bestuur."

"Absoluut."

"Ten tweede weten we niet zeker of ze weten dat ze het hebben. Van wat we gelezen hebben, geeft het Vaticaans Archief zo'n beperkte toegang tot zelfs de eigen hiërarchie, dat het kan zijn dat welke factie binnen de Kerk het ook probeert te vinden, geen toegang kan of wil krijgen tot het Archief. Of ze weten niet dat het er is. *Wij weten niet dat* het er is, maar..."

"Maar we moeten ergens beginnen," zei Julie.

"En inbreken in het Vaticaans Archief om een verloren document te vinden dat al dan niet bestaat, en dat daar al dan niet bestaat, is je beste plan."

"Nou, als je het zo stelt, denk ik dat we moeten verduidelijken dat we nog steeds andere ideeën overwegen."

HOOFDSTUK 21

REGGIE

NEE. *Niet bij de bomen.*

Ze staarde naar een *man*. Of, tenminste, dat dacht Reggie.

Maar het was geen *normale* man. Deze man was bijna twee keer zo groot als Reggie, die om te beginnen al lang was.

Mijn ogen houden me voor de gek, dacht hij. *Maar waarom stopte zij dan ook?*

Hij wist dat wat hij zag echt *moest* zijn. *Op een of andere manier.*

De "man" hield een geweer vast, het voorwerp bijna miniatuur in zijn massieve handen. Zijn armen waren boomstammen, zijn benen spindels van steen, de enorme spiermassa op hem in tegenstelling tot alles wat Reggie ooit had gezien.

Wat de...

"Red," hoorde hij een stem zeggen. *Garza.* "Verspil mijn tijd alsjeblieft niet. Ik heb veel werk te doen, en zoals je wel zult zien, is ons onderzoek nog niet klaar voor de mainstream release."

Garza was naar hem toe gelopen terwijl hij en de chauffeur aan het vechten waren en stond nu vlak achter hem.

"We zijn hier eerder geweest, of niet, Red?" vroeg Garza. "Jij, ontzet en verbaasd dat ik je *steeds* een stap voor ben?"

"Ik ben niet..."

"Laat maar, Red. Ik ben niet geïnteresseerd in spelletjes. En ik ben niet geïnteresseerd in wat voor geestig grapje je het laatste uur hebt kunnen maken. We hebben een afspraak, en ik verwacht dat ik die nakom."

Terwijl hij sprak, keek Reggie naar de boomgrens voor hem. Het glinsterende gevoel dat hij eerder had opgemerkt, was geen hallucinatie. Er *was* iets in de bomen, wachtend net uit het zicht achter de dennenbomen en keien.

Ze stapten achter hun schuilplaatsen vandaan, twee rechts van hem en één links van hem en Sarah, en liepen naar voren. Hij dacht dat hij hun stappen kon voelen toen ze door de aarde galmden.

Eerder, toen hij zijn omgeving had geobserveerd en geanalyseerd bij het verlaten van de jeep, hadden zijn ogen verwacht mannen van normale grootte te zien, soldaten, vijanden. Hij had verwacht, zoals hem geleerd was te verwachten, *mensen te zien.*

Maar wat hij nu zag, tartte alle realiteit. Nooit in zijn leven had hij geweten dat zoiets kon bestaan.

En toen zag hij hun gezichten. Deze "mannen" waren helemaal geen mannen, of als ze het waren, waren het de meest misvormde, mismaakte gezichten die hij zich ooit kon voorstellen. Letterlijke monsters. Hun huid hing aan slap kraakbeen dat vastzat aan een rotsvast beendergestel dat er op de een of andere manier voor zorgde dat niet alles aan de grond smolt. De ogen, die in uitgeholde kassen dreven, leken donkerder dan normaal. Hun monden waren een verdraaide kakofonie van kwaad, lippen niet in staat om samen te trekken om afzichtelijke tanden te verbergen die meer willekeurig leken dan doelgericht.

Ze keken op hem neer, beiden staarden en merkten op en zagen dwars door hem heen, en hij vroeg zich af of ze überhaupt iets dachten. Konden ze praten? Fantaseren? Emoties uiten?

Hij schudde zijn hoofd. *Nee, dit kan niet echt zijn.* Hij draaide zich om en keek naar Garza, maar in plaats van de man te zien - zijn oude vijand - zag hij meer wezens.

Nog drie van die beesten.

Bruten in elke zin van het woord, nog drie van hen, stonden over Garza en achter de jeep. De chauffeur stond te kakelen, bloed stroomde uit een wond bij zijn oog, maar ook hij keek alleen maar naar Reggie.

"Dit - dit is niet echt," zei Reggie.

Garza glimlachte. "Ik ben bang van wel, Red. Dit is *heel* echt, en het is het hoogtepunt van onderzoek dat begon kort nadat jij en ik elkaar voor het laatst zagen. Er is meer dat ik je zou willen vertellen, maar ik heb je medewerking nodig.

Reggie schudde zijn hoofd. "Ik - ik kan niet... er is geen..." hij haalde adem en keek Garza recht aan. "Er is geen manier *in de hel* dat ik met je samenwerk. Dit is waanzin."

"Dit is *wetenschap*, Gareth," zei Garza. "En ik heb bijna geen tijd meer."

Hij knipte met zijn vinger, en drie van de reuzen liepen naar hem toe. Hij wendde zich tot Sarah, die met grote ogen naar de woordenwisseling tussen hem en Garza keek. Ook zij nam het in zich op, en Reggie kon aan haar gezicht zien dat ze er niet goed mee omging.

"Waar heb je ons voor nodig?" vroeg Reggie.

Garza liep naast hem, weer met zijn gezicht naar de boomgrens en Sarah. "Ik niet, Gareth," zei hij, zijn stem laag. "Ik heb *je* nodig."

Terwijl hij de woorden uitsprak, richtte de reus die voor Sarah uit het bos was getuimeld zijn geweer naar beneden, recht op de ruimte tussen haar schouderbladen.

"Doe het," zei Garza.

De reus haalde de trekker over.

HOOFDSTUK 22

BEN

"DAT IS MEVROUW E," zei Julie, terwijl ze naar de voordeur van de hut keek. Ze waren nog steeds aan het bellen met Archibald Quinones, en ze hadden het gehad over een deel van het onderzoek dat Archie de laatste tijd had gedaan.

"Ga je gang," zei Ben tegen haar. "Archie, Julie gaat Mrs. E halen. Ze heeft informatie van haar man die ons kan helpen."

"Heel goed," zei Quinones.

"Hallo, Archibald," zei mevrouw E. Ze gebruikte zelden hun verkorte namen, een formaliteit die haar man met haar deelde. Haar Russische accent was nog maar nauwelijks verhuld door de jaren die ze in de VS had doorgebracht. "Ik hoop dat het goed met je gaat.

"Dat heb ik, dank u," zei hij. *"Het spijt me te horen over Reggie en Sarah. Ik wil dat je weet dat ik alles zal doen om je te helpen hen terug te krijgen."*

"Dank u," zei mevrouw E. Ze wendde zich tot Ben en Julie voor ze weer sprak, maar ze hield haar stem luid genoeg zodat Quinones het kon horen. "Mijn man heeft net gebeld met iemand die toegang heeft tot de vluchtgegevens."

"Iets bruikbaars?" vroeg Ben.

"Ja, misschien," zei ze. "Hij had, naar het schijnt, een helikopter klaarstaan. En zoals je misschien al vermoedde, heeft Garza niet zijn hele plan gelogd bij de autoriteiten. Dat is niet nodig, tenzij het vliegtuig onder Instrument Flight Rules, of IFR vliegt. En IFR is alleen nodig voor commerciële vluchten of als je door bewolking, stormen, dat soort dingen moet vliegen."

"Je zei dat hij niet zijn *hele* plan gelogd heeft?"

"Ja," zei mevrouw E. "Hij heeft hoogstwaarschijnlijk besloten dat handmatig vliegen, zonder gebruik te maken van IFR, een betere manier zou zijn om uit het zicht te blijven. Maar hij besloot ook om niet de toorn van de overheid in te roepen. Anchorage heeft het enige klasse C gecontroleerde luchtruim in de staat, *en* er steekt een storm op ten zuiden van daar, waarschijnlijk precies waar ze vandaan vlogen. De man met wie mijn man contact opnam, kon bevestigen dat er een kleine vlucht was geregistreerd - hoogstwaarschijnlijk slechts een eerste vlucht - in een helikopter, die opsteeg van een veld in ongemarkeerd gebied en 45 minuten later landde ten zuidoosten van daar, buiten Whittier."

"Dat is geweldig nieuws," zei Julie. "Kunnen we er -"

"We kunnen er niet op tijd zijn," zei mevrouw E, haar onderbrekend. "Helaas zou het zo lang duren om een vlucht op tijd klaar te krijgen."

"*En je denkt dat dit slechts de eerste etappe van hun reis is?*" vroeg Quinones.

"Wij wel. Ze gaan naar het zuiden, en we hebben nu een identificator die hopelijk weer opduikt, maar verder weten we niet waar we moeten zoeken. U kunt zich voorstellen hoe moeilijk het is om één vliegtuig te vinden, op tienduizenden, die ergens boven het vasteland van de Verenigde Staten vliegen, om over Canada nog maar te zwijgen."

"Juist," zei Ben. "Dus we zijn er geweest?"

"Tenzij de identificator weer opduikt. Maar er is een goede kans dat dat gebeurt. Het probleem is dan dat we niet zeker kunnen zijn dat Garza niet ergens van vliegtuig is veranderd, om ons voor te blijven."

"Geweldig," zei Julie.

"Het is waar we mee moeten werken," zei Quinones. "Dus dat is waar we mee zullen werken. We houden het luchtruim in de gaten en zien wel waar deze helikopter terechtkomt, en dan gaan we daarheen."

Ben was meer dan blij met Quinones' steun, maar hij deelde zijn optimisme niet. Hij had al te vaak in dit soort situaties gezeten om te denken dat ze zoveel geluk zouden hebben. "Kunnen we een voorsprong krijgen?" vroeg Ben.

"We kunnen naar het zuiden gaan," zei Mevr. E. "Maar we weten niet zeker of ze altijd die kant op zullen blijven gaan. In het beste geval gaan we langs de kust naar de Pacific Northwest en dan zien we wel waar ze zijn."

"In het beste geval," zei Julie, "komen we erachter waar het Boek der Beenderen is. Of waar *hij* denkt dat het is."

"Dat is waar," zei Quinones. "Hij zal zich nog steeds richten op zijn prioriteit - het vinden van het boek. Reggie en Sarah meenemen was een onderpand om jullie erbij te betrekken, maar dat is ondergeschikt aan zijn grotere doel."

Ben knikte. *Het is allemaal te veel om te verwerken,* dacht hij. *Dus, neem de dingen stap voor stap.* Hij wist dat hun eerste - en daarom enige - prioriteit het redden van Reggie en Sarah was. Dat betekende Garza en zijn mannen opsporen, en als de enige manier om hen op te sporen was het Boek der Beenderen te vinden en het naar hem te brengen, dan zouden ze dat doen.

"We moeten het boek vinden," zei Ben. "Julie en ik kunnen naar het zuiden reizen. Mrs. E, het is waarschijnlijk het beste als u hier blijft en een oogje in het zeil houdt."

Ze knikte. "Natuurlijk."

"En dat betekent dat je ons op de hoogte kunt houden van eventuele veranderingen, of nieuwe informatie."

Weer knikte ze.

"We gaan naar Seattle. Dan zijn we tenminste in de Verenigde Staten, en vanaf daar kunnen we overal heen vliegen. Kan je man...

"Hij zal in Seattle een privé-jet voor je klaar hebben staan," zei mevrouw E.

"Perfect." Ben keek naar Julie. "Is dat goed?"

Ze forceerde een glimlach. "Dat moet wel. Archie kan uitzoeken hoe we in het Vaticaan komen, en hoe we toegang kunnen krijgen tot het Archief. Misschien kunnen we iemand die hij kent om toegang te krijgen 'lenen'."

"Ja," zei Quinones. *"Ik zal er onmiddellijk aan beginnen. Verwacht een update tegen de tijd dat je Seattle bereikt. Het is midden in de nacht in Italië, maar ik heb een paar contacten die dichter bij huis zijn, en nog meer op slechts een telefoontje afstand. En er is nog genoeg onderzoek dat ik moet doen om volledig te begrijpen waar we tegenover staan."*

Ben keek om zich heen naar het team - het *overgebleven* team - van de Civilian Special Operations. Sinds ze de groep hadden gevormd, hadden ze antwoorden gezocht op vragen die hun eigen regering niet kon, niet wilde of niet mocht stellen, en ze waren daar meestal in geslaagd. Ze hadden problemen na zowat elke bocht, maar ze waren er beter door geworden.

Deze keer, echter, hadden de problemen hen gevonden.

De vlucht naar Seattle-Tacoma International Airport was vlot verlopen, en zowel zij als Ben hadden een beetje kunnen uitrusten. Julie wist dat Ben een hekel aan vliegen had, maar zijn fobie was grotendeels weggenomen, dankzij het grote aantal vluchten dat van het CSO-team werd verwacht.

Ze keek toe hoe hij wakker werd vanuit haar stoel aan het raam van het kleine commerciële vliegtuig. Hij had een stoel aan het gangpad gekozen, maar met een passagier geruild toen hij ontdekte dat zij de stoel tussen die van hem en Julie hadden gereserveerd. Nu zat de beer van een man geplet tussen twee kleinere vrouwen - Julie aan de ene kant, en een piepklein oud vrouwtje aan de andere.

Hij snoof, en ging toen rechtop zitten. "Zijn we er bijna?" vroeg hij.

"We zijn al geland, Ben," zei Julie lachend. "Hoeveel van die rum en cola heb je gedronken?"

Ben zag eruit alsof hij net betrapt was op stelen. "Wat? Ze geven je van die kleine flesjes en een halve liter frisdrank in een dun plastic bekertje, en daar moet ik tevreden mee zijn?"

"Elk exemplaar kost ook acht dollar."

Ben haalde zijn schouders op. "Het is op kosten van het bedrijf," zei hij. "Trouwens, ze waren zwak."

"Je was bewusteloos vanaf ongeveer een half uur na de vlucht tot nu."

"Korte vlucht."

Julie lachte weer. "Maakt niet uit. We moeten naar de vracht- en expeditieterminal aan de andere kant van het vliegveld waar Mr E's vliegtuig zal zijn."

"En misschien heeft Quinones dan nieuws voor ons."

"Misschien," mompelde ze. Ze wist dat Archie zou bellen, maar ze was niet optimistisch dat hij veel te zeggen zou hebben. Toegang krijgen tot het Vaticaans Archief - legaal of niet - was geen sinecure. Ze hadden het er al over gehad nadat ze uit Egypte waren teruggekeerd, en in hun korte gesprekken erover sindsdien hadden ze het afgedaan als een onmogelijkheid.

Toch was er hoop. Als de katholieke kerk op de een of andere manier betrokken was bij het werk van Rachel Rascher, was het mogelijk dat ze in de archieven een aanwijzing vonden.

Zo niet... wist ze niet wat te denken. Ze hoopte dat Ben een plan had waar hij nog aan werkte, iets dat hen nog steeds in staat zou stellen het Boek der Beenderen te vinden en hun vrienden terug te krijgen.

"Daar," zei Ben, wijzend.

Julie volgde zijn vinger. Een man stond buiten het raam van het vliegtuig, direct op de tarmac, met een bordje waarop *Bennett stond*.

"Het lijkt erop dat Mr. E ons het gedoe om door de terminal te gaan heeft bespaard," zei Ben.

"Wij? Op dat bord staat alleen jouw *naam*."

"Ik denk dat Mr. E ons probeert te vertellen dat hij wil dat de bruiloft eerder vroeger dan later plaatsvindt," zei Ben.

Hun huwelijk was al drie keer gepland - en uitgesteld. Wanneer ze ook probeerden iets op poten te zetten, het leek wel of het leven in de weg stond. En vaker wel dan niet was hun versie van "het leven" dat in de weg stond eigenlijk iemand, ergens, die hen probeerde te vermoorden.

"Nou, ik ben klaar als jij dat bent."

Ben fronste zijn wenkbrauwen. "Wat bedoel je daar nu weer mee? Gaan we hier trouwen? Op een vliegveld?"

"Ik ben klaar om *uit het vliegtuig te stappen*, Bennett," zei Julie. "Dat is wat ik bedoelde."

Hij knikte, knipperde een paar keer, en Julie vroeg zich weer af hoeveel van de rum en cola hij had gedronken.

De stewardess kwam direct naar hun stoelen toe voordat het vliegtuig de terminal had bereikt, en ze begeleidde Julie en Ben naar de voorkant van het vliegtuig. "We hadden een verzoek voor jullie twee om eerder van boord te gaan dan onze andere passagiers. Er staat een ander vliegtuig op jullie te wachten, en jullie hebben toestemming om daar direct heen te gaan."

"Dank je," zei Julie.

De vrouw bracht hen naar de voorkant van het vliegtuig net toen de deur openging. Ze werden naar een trap aan het einde van de jetway geleid, en namen deze naar beneden en op het tarmac. De man met een bordje was daar, stelde zich voor en vroeg hen hem te volgen.

Ze liepen een paar honderd meter naar een hangar waar een Learjet stationair stond te draaien, en Julie en Ben beklommen de trap naar dit kleinere vliegtuig. Binnen was de romp wit geschilderd en alles wat ze zagen was versierd met kunstleer en hout. Ben plofte meteen neer in een stoel aan het gangpad en haalde zijn telefoon tevoorschijn.

"Bericht van Archie," zei hij.

"Ja?" Vroeg Julie. "Ga ervoor." Ze ging in de stoel tegenover hem zitten, gespte haar gordel om en wachtte toen tot Ben op play drukte.

"Ben, Julie," Archie's boodschap begon. *"Ik hoop dat jullie vlucht goed is verlopen. Ik ben op weg naar de universiteit, waar ik me kan uitspreiden en toegang heb tot de bibliotheek daar. Ik bel je weer als je op je volgende bestemming bent, waar dat ook mag zijn."*

Julie zag Ben naar haar kijken. Ze schudde haar hoofd, alsof ze wilde zeggen: *niets te melden.* Ze had nog niets van mevrouw E of haar man gehoord over waar ze nu heen zouden gaan. De kans was groot dat zij het ook niet wisten, en dat het vliegtuig naar het zuiden zou gaan vliegen tot ze de kans hadden gehad Garza's helikopter weer op te sporen.

"Hoe dan ook, ik wilde je iets laten weten. Ik heb nagedacht over ons 'plan', of in ieder geval ons doel. Het - het blijft een gok, maar ik denk dat ik misschien een manier heb om het te bereiken."

Ben keek weer naar Julie. Ze glimlachte.

"Ik kan meer uitleggen, maar ik moet de indeling van de stad onderzoeken. Geef me een paar uur, en ik zal u dan inlichten."

Het bericht eindigde, en Julie sprak als eerste. "Het lijkt erop dat we ergens komen."

"Hoop het," zei Ben. "Maar zo niet, dan zullen we moeten hopen dat Mr. E die helikopter kan opsporen."

VICTORIA REYES ZIPPELDE OVER DE CAMPUS EN TERUG NAAR HAAR KANTOOR. Haar lunch was onderbroken vanwege een cryptische, vage voicemail die ze op haar telefoon had gekregen.

Professor Reyes, de boodschap begon. *We moeten praten. Bel me alsjeblieft op dit nummer en vertel dit gesprek aan niemand.*

Ze had het kunnen uitstellen, het bericht tot later kunnen negeren, maar er was iets intrigerends aan de stem van de man - diep, voorzichtig, welbespraakt. Een zweem van een Zuid-Amerikaans accent, maar onberispelijk Engels. Ergens tussen de 50 en 70 jaar oud.

Ze haalde het telefoonnummer door een spam-filtering app op haar telefoon, gewoon om te zien of het nummer publiekelijk geregistreerd was bij iemand. Ze was verbaasd dat dit het geval was, en nog verbaasder om te ontdekken wie de beller was.

Archibald Quinones.

Zij kende de naam - Quinones was een gewaardeerd historicus die in Brazilië woonde, en hij had verhandelingen gepubliceerd over de Jezuïetenbroederschap en hun betrekkingen met de Spaanse Kroon en de Inca-bevolking gedurende de jaren van de veroveringen. Zij had ze met belangstelling gelezen en ze in haar geheugen gegrift als iets dat op een dag nuttig zou kunnen zijn, maar niet van cruciaal belang voor haar huidige projecten.

Victoria was altijd al, wat haar vader noemde, 'bijdehand'. Leerzaam, betrokken, en in alles geïnteresseerd. Ze blonk uit op school, waar lezen en memoriseren sterke punten waren, en ze had beide in overvloed. Ze was een beetje een autodidact, ze had een bijna perfect geheugen voor historische feiten, en een onnatuurlijk vermogen om een tapijt van geschiedenis te bouwen op basis van schijnbaar losstaande stukken en draden.

In haar werk verwees ze vaak naar de rijkdom van de menselijke geschiedenis als een 'nooit eindigende quilt', een voortdurende verzameling verhalen en personages en settings die voortdurend opnieuw werd bewerkt, opgelapt, gerepareerd. Het was haar droom om deze quilt af te maken, om het hele web van de menselijke geschiedenis samen te voegen en alle stippen en lapjes met elkaar te verbinden tot een perfect, lineair verhaal.

Dit was natuurlijk onmogelijk. Maar dat had Victoria nooit tegengehouden. Ze was getrouwd geweest, gescheiden, had drie doctorale graden en twee doctorale graden gehaald, elke keer cum laude afgesloten, was erkend als een van de beste geschiedenistalenten onder de 50, en ze was nog steeds pas midden dertig.

Haar succes was niet minder dan meteorisch, en ze kreeg vaker banen en spreekbeurten aangeboden dan ze kon tellen.

Maar haar passie, en haar doel, was eenvoudig: *het verhaal van ons leven begrijpen*. Haar missie in het leven was groter dan een positie aan een prestigieuze universiteit of met haar gezicht op de omslag van een bestseller. Ze was van plan om de grootste mysteries van de mensheid op te lossen, en dat in één mensenleven.

Ze had geen tijd voor afspraakjes, hoewel er genoeg vrijers waren. Ze had geen tijd om boeken te schrijven, hoewel ze meer woorden per week schreef dan de meeste van haar afgestudeerde studenten. Ze had voor veel dingen geen tijd, ook niet voor een sociaal leven.

Maar ze had tijd om te praten met historici als Archibald Quinones. De Jezuïeten waren altijd al een raadsel voor haar geweest - een groep mannen binnen de Katholieke Kerk die oorspronkelijk hadden bestaan als de bolwerken van de Paus tijdens de Spaanse verovering. De mannen waren belast met het beschermen en beveiligen van de talloze geheimen van het Vaticaan. De orde was in de loop der eeuwen geëvolueerd, maar haar belangstelling voor de orde was nog altijd even groot.

Ze bereikte haar kantoor, haalde haar telefoon weer tevoorschijn en draaide het nummer dat Quinones haar had gegeven. Ze ging achter haar bureau zitten, schudde met de muis van haar computer om hem wakker te maken, en wachtte tot de man opnam.

"Hallo?"

"Ar - Mr. Quinones," begon ze.

"Alsjeblieft, noem me Archie. Ms. Reyes, neem ik aan?"

"Ja. Dank u. Ik -" ze realiseerde zich dat ze geen idee had wat te zeggen. "Ik hou van je werk."

Er was een grinnik. *"Nou, dank u voor dat. Maar het is omwille van* uw *ongelooflijk werk dat ik contact met u opnam."*

"Mijn werk?"

"Ja, inderdaad. Uw artikel over de overeenkomsten tussen broederschappen onder wereldreligies was zeer goed onderzocht."

"Dank u, Mr. - Archie. Ik ben gevleid dat u de tijd nam om het te lezen. En dank u voor uw hulp. Ik heb altijd al een gesprek met u willen hebben."

"Nou, die discussie moet zeker gebeuren. Maar vandaag heb ik daar helaas weinig tijd voor - in plaats daarvan moet ik om uw hulp vragen."

"Natuurlijk," zei Victoria. "Alles."

Archie pauzeerde aan de andere kant van de lijn. *"Ms. Reyes, ik heb uw hulp nodig bij het begrijpen van... de gebeurtenissen die hebben plaatsgevonden."*

"Gebeurtenissen."

"Ik heb vier vrienden in de Verenigde Staten die worden aangeval-

len. Twee zijn er ontvoerd. Ik denk dat de twee anderen worden opgejaagd en in groot gevaar verkeren."

"Mijn God, Archie," zei Victoria. "Je moet - je moet bellen -"

"Alsjeblieft, er is meer. Geloof me, als ik iemand kon bellen die zou kunnen helpen, zou ik het doen. Maar mijn handen zijn gebonden, en ik denk dat de enige manier om ze te vinden - waar ze heen zijn gebracht, of waar de anderen heen moeten - is om meer informatie te vinden."

Victoria wachtte, luisterend naar het geluid van de ademhaling van de oudere man. Hij pauzeerde, dacht na. *Probeert te beslissen of hij me vertrouwt?*

"Victoria, als ik mag. Ik geloof dat de ontvoering iets te maken heeft met de katholieke kerk."

Victoria ging rechter op haar bureaustoel zitten. Als ze thee had gedronken, zou ze die over haar bureau hebben uitgespuugd. *"De Katholieke Kerk."*

"Ja," zei Archie. *"Zoals u weet, ben ik lid van de broederlijke Sociëteit van Jezus - een katholiek jezuïet. Als de zaak anders was, zou ik de Kerk nooit van zoiets beschuldigen. Maar... ik geloof stellig dat zij mijn vrienden tegenwerken, en - ik kan dit niet genoeg benadrukken - ik heb geen enkele reden om te geloven dat mijn vrienden iets verkeerds hebben gedaan."*

"Ik begrijp het," zei Victoria. Ze draaide een lok van haar lichtbruine haar tussen haar duim en wijsvinger. Een oude gewoonte waar ze in viel in tijden van stress of diep nadenken. "U maakt deel uit van een broederschap - een van de vele binnen de kerk. Zouden deze mensen - degenen die achter je vrienden aanzitten - deel kunnen uitmaken van een andere sekte? Eentje die misschien... *wil* dat er iets binnen de kerk verandert?"

"Bijna zonder twijfel, ja. De Kerk is veel te groot en verspreid om een aanval als deze te kunnen coördineren. Trouwens, ik denk dat als het Vaticaan op deze manier zou samenkomen, verenigd in één front tegen mijn vrienden, ze... niet echt een kans zouden maken."

"Waar," zei Victoria. "Dus vertel me - wat is het dat de Kerk wil? En waarom zou je daarom je vrienden ontvoeren?"

Weer een pauze, deze keer langer. Victoria voelde dat ze op het punt stond iets te horen wat Archie voor zichzelf wilde houden. Ze stond op het punt het scherm van haar telefoon te controleren om te zien of het gesprek was verbroken, toen Archie opnieuw sprak, zijn stem bijna fluisterend.

"Ms. Reyes, heeft u ooit gehoord van het Boek der Beenderen?"

Ze greep de telefoon steviger in haar hand, vingers wit. Haar mond viel open.

HET BOEK DER BEENDEREN.

Victoria had die naam al meer dan vijf jaar niet meer gehoord. Zij had het in één adem horen noemen met andere verloren werken uit de oudheid, zoals de *Ab Urbe Condita Libri,* het Quichotisch eerbetoon van Shakespeare, *Cardenio,* en tal van afzonderlijke werken van Aristoteles. *Het Boek der Beenderen,* of de *Hermocrates,* was een verloren werk van Plato, maar velen geloofden dat het zelfs nooit geschreven was. In haar professionele loopbaan vereiste haar onderzoek referenties die *echt* waren, dus had ze er weinig tijd aan besteed.

"Ik dacht dat Plato nooit aan *Hermocrates* was begonnen," zei ze.

"Dat is wat ik ook geloofde," zei Archie. *"Hermocrates zou, zoals je weet, de derde dialoog worden in zijn reeks discussies die ook* Timaeus *en* Critias *omvatte. Aangezien* Critias *halverwege zijn zin eindigde, denken wij dat Plato gestorven is voordat hij zelfs maar aan* Hermocrates *kon beginnen."*

Victoria wachtte, wetende dat het beter was een professor en een professionele denker tijd te gunnen om te praten, om hun ideeën de tijd te geven zelf naar voren te komen.

"Maar we hebben altijd aangenomen dat hij stierf voordat hij

Critias af had. Wat ik geloof - wat mijn vrienden geloven - is dat hij met Critias is gestopt omdat de boodschap van Hermocrates *veel belangrijker was."*

"Kun je dat uitleggen?"

"Ja. Er is een langer verhaal, maar mijn vrienden waren betrokken bij een incident in Egypte ongeveer een maand geleden dat me ertoe bracht dit 'Boek der Beenderen' *te bestuderen."*

"Een naam die eraan gegeven is door samenzweringstheoretici en marginale wetenschappers,' spotte ze. *Hermocrates was,* net als *Timaeus* en *Critias,* de naam van een echte historische figuur, een Syracusische politicus die ongetwijfeld een prominente rol zou hebben gespeeld in Plato's dialoog.

"Dat is waar, maar in Egypte vond mijn team een dagboek dat naar het originele manuscript verwijst.

"Dus hij schreef *Het Boek der Beenderen* - de *Hermocrates* - in plaats van *Critias* af te maken?"

"Wij denken van wel. Bovendien heeft hij nooit toegestaan dat het werd gekopieerd en opgetekend, zoals hij met zijn andere werken had gedaan. Het Boek der Beenderen bevatte genoeg krachtige informatie - informatie die Plato dicht bij zich zou hebben willen houden - dat hij het nooit uit zijn zicht heeft verloren."

"Hoe heeft je team in Egypte het dan in handen gekregen?"

"Dat - dat is een lang verhaal," zei Archie. *"Voor een andere keer. Maar ze hebben een dagboek onderschept dat stukken van het manu-script bevatte - gekopieerd, natuurlijk -"*

"Hoe weten ze dan dat het accuraat is? Of echt? Iedereen kan een..."

"Het spijt me, Victoria. Ik weet hoe geïntrigeerd je bent over de details, maar we hebben misschien niet veel tijd om mijn vrienden terug te krijgen. Als je je ongeloof even kunt opschorten, beloof ik je dat we de fijne kneepjes van wat ik je vertel later kunnen bespreken."

Victoria glimlachte. Ze zou inderdaad genieten van wat persoon-lijke tijd met een gewaardeerde collega. Misschien kon ze het departement zelfs zover krijgen dat het de kosten van de reis naar Brazilië zou vergoeden. "Deal," zei ze. "Van nu af aan, wat je zegt is de waarheid.

"Dank u. Het dagboek kwam helaas in handen van een Interpol agent... en we denken dat het weg is, verloren in een ongeorganiseerde kluis van bewijsmateriaal. Maar de informatie in dat dagboek, de stukken van het manuscript van Plato's Hermocrates... *Victoria, dat waren experimenten.*

"Experimenten?"

"Ja - Die Glocke, de Nazi bel, was blijkbaar een soort wapen, oorspronkelijk beschreven in Hermocrates. *De vrouw die het dagboek bezat was een afstammeling van Sigmund Rascher, de Nazi weten- schapper die -"*

"Dat is... gruwelijk."

"Ja, dat is zo. Erger nog, we denken dat deze vrouw een groter... experiment plande. Iets wat lijkt op de bel, maar op een veel grotere schaal."

Victoria schakelde de luidsprekerstand van de telefoon in en legde hem op haar bureau, met de voorkant naar boven. Ze opende een notitie-app op haar computer en begon te typen.

"Maar dit gesprek gaat niet over die vrouw. Haar experimenten zijn, gelukkig, voorbij. In plaats daarvan wil ik uw hulp bij het vinden van dit Boek der Beenderen. *Plato's 'verloren' dialoog,* Hermocrates.*"*

"Oké," zei Victoria, "ik wil graag helpen. Maar vertel me eens, Archie - waarom nu? Waarom is het zo belangrijk dat de katholieke kerk het *Boek der Beenderen* vindt? Hoe helpt dat om je vrienden te vinden?"

"De man die ze meenam legde het zo uit: zijn cliënt, van wie we denken dat het een organisatie binnen de katholieke kerk is, werd opge- dragen het boek te vinden. Hij wist dat mijn vrienden de beste optie waren om het te vinden."

"Oké," zei ze. "Klinkt logisch. Maar... *waarom?* Wat staat er in het Boek der Beenderen dat..."

Ze stopte. Knipoogde twee keer. Staarde naar iets dat ze net op het scherm had geschreven.

> *Boek der Beenderen (Hermocrates) - 'onvoltooid' boek van Plato*
> *Trilogie:*
> > *Timaeus: Speculatie over de menselijke wereld; introduceert Atlantis*
> > *Critias: Details val van Atlantis; overmoed. Beschrijving van Atlantisch eiland*
>> *Hermocrates (Boek der Beenderen): Details...*

"Oh mijn God," fluisterde ze.

"Sorry? Wat was dat?"

"Ik denk... dat ik weet wat ze willen."

"De... Kerk?"

"Nou, wie er ook achter je vrienden aanzit. Ik geloof dat er nog een ander deel is aan de sage van Atlantis, en Plato stopte met zijn werk aan Critias omdat hij ons iets *moest* vertellen. Hij moest ons *waarschuwen.*"

"En weet je wat dat is?"

"Ik - ik denk het wel." Ze keek nog eens naar haar aantekeningen, nam toen de telefoon op en zette de luidspreker uit. "Ik geloof dat het Boek der Beenderen gaat over de *mensen* van Atlantis. Specifiek, hun *capaciteiten.* Elk boek van Plato wordt steeds korreliger, specifieker. *Timacus* beschrijft Atlantis en de ideale staat, *Critias* gaat over het eiland, de geografie zelf, en dus zal *Hermocrates* beschrijven hoe de Atlantische *mensen* waren. Je zei dat het boek hun experimenten beschrijft?"

"Ja, dat is zo. Tenminste het gedeelte dat mijn vrienden zagen."

"Wel, ik geloof dat er meer in het boek staat dat daarop lijkt. Maar bovenal, en waarom Plato zo bang was om *Critias af te* breken en *Hermocrates* af te maken, is dat het boek niet alleen beschrijft hoe het ras van Atlantis *was,* het beschrijft ook hoe dat ras *is.*"

"Wil je zeggen -"

"Dat ben ik. Ik geloof dat Plato *Het Boek der Beenderen* schreef, niet omdat hij een *gevallen* mensenras wilde beschrijven, maar een bevolking die *er nog was.*

"En," voegde ze eraan toe. "Ik denk dat de kerk denkt dat ze daar ergens zijn, en dat ze hen willen vinden.

HOOFDSTUK 26

REGGIE

REGGIE'S ARMEN EN BENEN WERDEN STEVIG TEGEN EEN HARD OPPERVLAK GEDRUKT. Hij trok en bokte met zijn benen, maar niets bewoog.

Hij kon niets zien.

Hij wist niet of zijn ogen open waren en duisternis registreerden of dat ze gewond waren. Hij kon niets voelen.

Hij probeerde te schreeuwen en trok zo hard hij kon aan de banden, maar hij was geschokt toen hij hoorde dat zijn stem snel weerklonk in de nauwe ruimte waarin hij zich bevond. Het klonk alsof het plafond zich direct boven hem bevond, op slechts enkele centimeters afstand. Hij trok zijn hoofd omhoog, reikend met het enige beweegbare voorwerp dat hij tot zijn beschikking had.

Hij had gelijk - het plafond was hard, en het was nauwelijks een centimeter boven zijn hoofd. Plotseling voelde hij de drang om over te geven. Hij begon zwaarder te ademen, zijn longen spanden tegen de ijle lucht.

Waar ben ik in godsnaam?

De doos drukte op hem. Hij voelde het kleiner worden. *Is dit allemaal een deel van mijn verbeelding?*

Hij realiseerde zich plotseling waar de doos hem aan deed denken, en het gevoel van misselijkheid keerde terug.

Een doodskist.

Nee, dat kan niet waar zijn. Hij was niet dood. En waarom zou Garza al die moeite doen om mij op deze manier te vermoorden? Waarom schiet hij me niet gewoon in de rug, zoals...

Hij probeerde zich te herinneren wat er gebeurd was. *En hoe lang geleden?*

Hij zag Sarah, zag zichzelf, staande met Garza in de bossen van Alaska. Ze waren bang. Doodsbang. Hij herinnerde zich dat hij rondkeek, en zag...

Hen.

De... reuzen. *Is dat wat ze echt zijn?*

Hij vroeg zich af of Garza trucs met hun geest had uitgehaald, hen dwong iets te zien wat er niet echt was. Hij had dat al eerder gedaan; de man had veel trucs in zijn mouw en Reggie dacht geen moment dat hij niet de capaciteiten zou hebben - een nieuw medicijn, misschien - om het voor elkaar te krijgen.

Hij had gezien wat Garza Julie had aangedaan. Met hun vriend Joshua. Het had hen allemaal verscheurd, en alleen omdat Julie zich er niets van leek te herinneren, konden ze verder gaan.

Hij concentreerde zich weer op zijn huidige hachelijke situatie. Hij zat in een doos, te oordelen naar het holle, dode geluid van de muren en het plafond om hem heen. Het was koud, maar niet ellendig. De lucht voelde inderdaad ijl aan, maar was goed te ademen.

Hij concentreerde zich op de feiten, op de objectieve waarheid over zijn omgeving om hem heen.

Net zoals ik geleerd heb.

Ze hadden hem getraind om met dit soort situaties om te gaan, maar hij had nooit gedacht dat hij oog in oog zou komen te staan met reuzen - mannen die bijna twee keer zo groot waren als hij. Ze moesten minstens twee meter lang zijn. Hij probeerde zich de langste persoon voor te stellen die hij ooit had gezien. *Een basketbalspeler? Hoe lang zijn die? Eén meter tachtig?*

Alsof hij een klap voor zijn kop kreeg, herinnerde hij zich Garza's woorden. *Doe het.* Sarah was gevallen, geraakt door de kogel die de reus in haar rug had geschoten.

Sarah.

Hij worstelde weer, vocht weer, en viel weer stil.

Er was geen manier om te weten of ze dood was. Geen manier om er iets aan te doen als ze dat niet was. Hij vroeg zich af of ze in zo'n kleine kist als deze werd bewaard.

En waarom?

Hij kon er niet achter komen wat Garza met hen van plan was. Hij had reuzen - althans, het begin ervan. Reggie herinnerde zich de walgelijke, verwrongen gezichten van de enorme mannen. *Is dat het probleem? Zijn de soldaten nog niet 'af'?* Garza wil ze misschien voor zijn leger, om zijn troepen te versterken.

Het zou zeker een dodelijke kracht zijn, als Garza het voor elkaar zou krijgen.

Maar nee - Garza *had* Reggie daar niet voor nodig. Waarom zou hij? Hij had de reuzen al, en Reggie wist dat de man bijna onbeperkte middelen had via zijn netwerk, dus hij zou Reggie's hulp nergens bij nodig hebben.

Garza had hem meegenomen - was hem aan het meenemen - ergens heen. Hij had hen verteld dat ze het Boek der Beenderen moesten vinden, Plato's verloren dialoog over Atlantis en de oude geheimen van de stad. Het was hetzelfde boek waar Rachel Rascher het over had gehad in Egypte, en...

Dat was het.

Reggie probeerde recht te zitten, maar hij stootte zijn hoofd tegen de bovenkant van de kist. Pijn schoot door zijn voorhoofd en naar beneden, maar hij schudde het van zich af. *Rachel werkte voor iemand.* Rascher, wijlen het Ministerie van Oudheden in Egypte, had gewerkt aan het perfectioneren van een wetenschappelijk experiment uit het Nazi-tijdperk, *Die Glocke genaamd*, waarmee ze volgens haar de zuiverheid van levende proefpersonen kon 'testen' - in wezen ontdekken of ze tot het 'meesterras' behoorden of niet.

Volgens Reggie was ze een mafkees die verdiende wat ze kreeg. Haar wetenschappelijk experiment had veel mensen gedood, en misschien nog wel duizenden meer als ze de volgende fase had kunnen uitvoeren.

Maar zelfs aan het eind van hun missie in Egypte, had Reggie's team de sinistere waarheid ingezien:

Niemand had dit voor elkaar kunnen krijgen.

Garza, wist Reggie nu, werkte voor dezelfde persoon als Rascher. Haar middelen, net als die van Garza, leken eindeloos, en dat betekende dat er waarschijnlijk een groep of organisatie aan de andere kant van het chequeboekje zat die het niet erg vond een bankrekening leeg te trekken om hun doel te bereiken.

Hij wist niet wat dat doel was, maar dat hoefde hij ook niet.

Hij moest Garza stoppen, Sarah vinden, en uit deze doos zien te komen.

Niet noodzakelijk in die volgorde.

Hij glimlachte bijna. Hij voelde zich beter. Hij had zichzelf door de jaren heen getraind om op situaties te reageren met logica en rationeel denken in plaats van emotie. Hij had door de jaren heen zijn eigen verleden verwerkt en geleerd dat de middelen die hij al tot zijn beschikking had - middelen die hij *altijd tot zijn* beschikking zou hebben, wat er ook gebeurde - alles waren wat hij nodig had om ermee om te gaan.

Hij had nu een doel - het was geen plan, maar het was genoeg om er een te maken. Hij kende de antagonist, hun verlangen, hun sterke punten. Hij kende zichzelf, zijn eigen zwakheden.

Garza was niet onoverwinnelijk, evenmin als zijn leger van reuzen. Garza was een mens, en de reusachtige soldaten ook. Hij begreep ze niet helemaal, en wist ook niet waar Garza *echt* op uit was, maar hij wist genoeg.

Garza wilde Reggie als onderpand. Hij *had* hem nodig als onderpand, omdat hij Ben en Julie en Mrs. E nodig had om het Boek der Beenderen te vinden.

Maar hij had het boek niet zelf nodig. Garza had het nodig voor zijn cliënt. Hij moest *betaald* worden.

Reggie vroeg zich bijna af of de reuzen - de gemuteerde mannen - een deel van de betaling waren. Dat de klant Garza zou toestaan ze te houden, ze te perfectioneren, als hij zijn deel van de afspraak nakwam. Of dat ze hem genoeg geld zouden geven om ze te blijven onderzoeken.

Dus als Garza hem nog niet gedood had, was dat omdat hij hem levend nodig had, ofwel om Ben en Julie te verleiden het Boek der Beenderen te vinden, ofwel omdat Garza niet zeker was of Reggie op een andere manier nuttig zou zijn.

Maar voor nu, leefde hij. En hij had het gevoel dat dat zo zou blijven.

HOOFDSTUK 27

VICTORIA

VICTORIA'S OGEN SPIEDDEN OVER DE TEKST VOOR HAAR, half lezend, half de woorden herhalend die ze al zo vaak had gezien.

"Gedurende vele geslachten, zolang de goddelijke natuur in hen bleef, waren zij gehoorzaam aan de wetten en welgezind jegens de god, wiens zaad zij waren..."

De tekst kwam uit Plato's dialoog *Critias*, en beschreef wie de oude Atlantiërs waren en hoe zij uit de gratie van hun 'god', Poseidon, vielen. Ongeveer 9.000 jaar vóór Plato's geschriften viel het ras van Atlantis landen en staten aan en veroverde het, waaronder Libië en gebieden in Egypte, en alleen Athene kon 'de koers van een machtige schare tegenhouden'.

Victoria had de dialogen vaak genoeg gelezen; voor haar betekende het meer dan eens lezen dat het in wezen in het geheugen was gegrift. Ze was in staat om lange reeksen van de teksten te herhalen voor haar klassen en de onmiddellijke toegang tot Plato's geschriften was meer dan eens nuttig gebleken in haar carrière.

Vandaag las ze echter met een doel: ze had een nieuw stukje van haar puzzel. Haar 'oneindige quilt' had een nieuw lapje, en ze had nu alleen nog een plaats nodig om het te leggen. Ze wilde ook weten *waar ze* het kon leggen - welke andere stukken geschiedenis sloten aan op Plato's verhalen over Atlantis? Welke andere delen van de geschiedenis beschreven deze mensen? Zij had in de loop van haar carrière ontdekt dat de menselijke geschiedenis nooit in een vacuüm bestaat. Alles was verbonden met al het andere. Alles stond in *verband* met al het andere.

Ze las verder, deze keer met een doel, met een vraag aan Plato zelf: *Wat probeer je me te vertellen? Waar waarschuw je me voor?*

Victoria ging naar het eind van de *Critias* tekst, en las het laatste bekende geschreven verslag van Atlantis:

"Maar toen het goddelijke deel begon te vervagen, en te vaak en te veel werd verdund met de sterfelijke vermenging, en de menselijke natuur de overhand kreeg, gedroegen zij zich onbetamelijk, omdat zij hun fortuin niet konden dragen, en voor hem die het oog had om te zien, werden zij zichtbaar vernederd, omdat zij het schoonste van hun kostbare gaven aan het verliezen waren; Maar voor hen, die geen oog hadden om het ware geluk te zien, leken zij heerlijk en gezegend op het ogenblik, dat zij vol gierigheid en ongerechtvaardigde macht waren."

Toen het goddelijke deel begon te vervagen... Victoria had de woorden al eerder gelezen, maar deze keer sloot ze haar ogen en probeerde te mediteren op de regel die haar het meest opviel. *Goddelijk deel. Werd te vaak verdund.*

Zij wist dat de mythologie van Atlantis de god, Poseidon, als zijn godheid aanvoert. Poseidon baarde kinderen bij een menselijke vrouw, Cleito, en samen kregen zij vijf tweelingen.

Zonen van God, dochters van mannen.

Zij noemden de oudste van deze halfgoden Atlas, de zoon die het eiland Atlantis kreeg, en naar wie de oceaan werd genoemd.

Zonen van God, dochters van mannen...

Die zin speelde zich herhaaldelijk af in haar hoofd, maar de betekenis was nog steeds onbewust. Ze wist niet zeker waar ze het vandaan had, waar ze het had gelezen. Zij liet het bestaan in combinatie met haar actieve gedachten over Plato's tekst, vertrouwend op haar instinct en intuïtie dat haar onderbewustzijn haar de details zou geven wanneer zij die nodig had.

Toen het goddelijke deel begon te vervagen. Zij dacht nog eens na over deze regel, wetend dat het trekkende gevoel in haar achterhoofd een teken was dat zij dicht bij een doorbraak was, een nieuw begrip van de tekst. Zij had altijd aangenomen dat dit 'goddelijk deel' de afstamming was die de Atlantiërs verbond met hun godheid, Poseidon. Afstamming was altijd een machtig instrument geweest in de oudheid, een instrument dat koningen en vorsten koos en een oligarchische samenleving creëerde op basis van familiebanden.

Hoe sterker de banden, hoe machtiger de persoon.

Maar hoe zit het dan met 'te vaak verdund raken'? Zou Plato iets anders kunnen beschrijven dan de verdunning van een geslacht door extra-familiale relaties? Zou Plato het kunnen hebben over een fysieke, letterlijke verdunning?

Victoria dacht na over wat Archibald Quinones haar had verteld, over de vrouw in Egypte die had geëxperimenteerd met informatie die ze volgens haar had gevonden in het *Boek der Beenderen.* De vrouw had gewerkt met... een chemische stof? Een soort van veranderingsmiddel? Het Nazi klokken experiment, Die Glocke, zou ook een soort chemisch oorlogswapen zijn geweest, maar de geallieerden hadden het nooit ontdekt na de oorlog.

Zouden het 'goddelijke deel' en de 'verdunning' iets te maken kunnen hebben met een verminderde dosering van een of andere chemische stof? In die zin zou het Atlantische ras - de bron van hun kracht - genoeg zijn 'verdund' dat zij uiteindelijk hun kracht verloren. Hun ondergang zou onvermijdelijk zijn geweest.

Zij concentreerde zich weer op de tekst die voor haar lag.

"Zeus, de god der goden, die volgens de wet regeert en in staat is zulke dingen te doorzien, zag dat een eerbaar ras in een erbarmelijke toestand verkeerde en wilde hen straffen, opdat zij zouden worden gekastijd en verbeterd, en verzamelde alle goden in hun allerheiligste

woning, die in het midden van de wereld is geplaatst en alle geschapen dingen overziet. En toen hij hen had samengeroepen, sprak hij als volgt.

En dat was het dan. Plato's werk, *Critias*, eindigde midden in een zin. Of de rest was verloren gegaan in de tijd, of Plato had het nooit afgemaakt.

Archibald Quinones had beweerd dat dit laatste het geval was - dat Plato gewoon was overgegaan op een andere, meer dringende, dialoog. De *Hermocrates*, het laatste boek van Plato's Atlantis trilogie, is ook verloren gegaan in de tijd.

De laatste paragraaf van *Critias* bevatte geen nieuwe antwoorden voor haar, hoewel er enkele intrigerende zinnen waren. *Verzamelde alle goden in hun heiligste woning, die, geplaatst in het centrum van de wereld...'*

Was het 'centrum van de wereld' Atlantis? Voor de Atlantiërs, zeker. Mogelijk. Maar vanuit Plato's perspectief? Waar zou *hij* het 'centrum van de wereld' plaatsen?

Dit waren de vragen waarmee zij worstelde toen de kantoortelefoon op haar bureau begon te rinkelen.

HOOFDSTUK 28

GARZA

VICENTE GARZA LEUNDE NAAR DE PILOOT TERWIJL HIJ IN ZIJN HEADSET SPRAK. "ETA?"

De piloot, met één hand aan de stuurknuppel, keek op zijn horloge. "Ongeveer zeventien uur. We moeten vier keer bijtanken, maar dat duurt minder dan een uur."

"Heel goed," zei Garza. Hij wendde zich tot zijn telefoon, die een verbinding had met de satellietverbinding aan boord, waardoor zijn telefoon internet en mobiele toegang had. Hij opende zijn gecodeerde messaging app en typte een vraag uit.

> *Status?*

Hij hoefde maar een paar seconden te wachten op een antwoord nadat het bericht was verzonden.

>> *Zoals gepland. Beginnen met fase vier-processen vanmiddag.*

> *Prima. Waarschuw me als er anomalieën zijn.*

>> *Affirmatief.*

Een pauze, en dan:

>> *Hoe hebben de fase-vijf proefspecimens zich gehouden?*

Garza dacht even na, om te beslissen hoe hij de vraag zou beantwoorden. Het was niet nodig om in details te treden; de man aan de andere kant van de lijn was een wetenschapper. Hij zou details willen, maar alleen die met betrekking tot de adrenaline, hartslag, spierslijtage, enzovoort van de specimens. Garza had die informatie niet. Deze test was een echte vuurproef, en hoewel er niet echt geschoten *was*, had hij een goed gevoel voor de capaciteiten van de reuzen.

> *Moeilijk te beoordelen. Geen slachtoffers, maar ook geen directe confrontatie. Ik verwacht aanzienlijke uitputting, mogelijk schade aan botstructuur.*

Hij hoefde niet op het antwoord van zijn wetenschapper te wachten om te weten dat de man het nog steeds een slecht idee vond om de reuzen zo vroeg in het veld te brengen. De vluchten alleen al - de massieve mensen achter in een vrachtvliegtuig proppen en ze over de wereld vliegen - waren een beproeving geweest voor alle betrokkenen, niet in het minst voor de reuzensoldaten zelf.

De wetenschappers en onderzoekers die Garza in dienst had, hadden hem gewaarschuwd voor de problemen die hij kon verwachten als hij de wetenschappelijke experimenten in het veld zou brengen: langdurig verlies van botdichtheid, spierfalen, zelfs de dood. De proefpersonen waren er niet klaar voor, hadden ze hem verteld. Ze zouden waarschijnlijk fysiek beginnen af te breken, figuurlijk en misschien letterlijk. Ze waren er nog niet klaar voor - ze waren nog niet sterk genoeg.

Maar hij wilde het zeker weten. Zijn team had een ongelooflijke job gedaan met het bouwen van deze soldaten. Jarenlang hadden ze in laboratoria over de hele wereld gewerkt, elk een klein stukje van een puzzel afwerkend dat niemand behalve Garza in zijn geheel kon zien. Ze hadden hun taken uitgevoerd, hun problemen bestudeerd, oplossingen aangedragen... en hij had zijn beste wetenschappers het allemaal voor hem laten samenvoegen.

Dat proces begon jaren geleden. Vandaag, was hij dichtbij. Hij wilde zijn onderzoek overdragen en zijn laatste betaling ontvangen. Maar hij had *bewijs* nodig dat wat hij zocht legitiem was. Hij moest weten dat het *echt* was.

Het zien van de soldaten eerder in het bos was *echt*. Hij moest zichzelf dwingen om onbewogen te blijven, onaangedaan door de monsters die uit het bos kwamen lopen. Hij had ze in het lab gezien, hun beelden, dossiers en rapporten, maar ze in het echt zien - ze echt zien *werken* - dat was wat hem had overtuigd.

Hij had naar dit doel toegewerkt gedurende het grootste deel van zijn carrière. Hij besefte het toen nog niet, maar dit was zijn ultieme prijs. Hij had zijn hele carrière besteed aan het opbouwen van een leger. Een groep mannen zo goed getraind en losgekoppeld van hun eigen verlangens dat hij elk van hen volledig kon controleren. Ze waren autonoom in de zin dat hij ze een richting kon wijzen en ze zouden marcheren, niet stoppen tot ze verdere orders kregen. Ze zouden alles en iedereen die in hun weg stond vernietigen - en hadden dat ook gedaan.

Het beste van alles was dat zijn leger, Ravenshadow, te koop was. Hij werkte voor geld. Niets anders kon taalbarrières doorbreken, continenten en oceanen doorkruisen, en zelfs de meeste afwijkende meningen het zwijgen opleggen dan geld.

En nu had hij de kans om de volgende generatie supersoldaten te bouwen en te verkopen. Deze mannen waren de toekomst, en nu had hij het bewijs van het concept. Ze hadden niet actief een vijand aangevallen, maar ze hadden zijn doel perfect bereikt.

Hij dacht terug aan Reggie's gezicht toen hij ze had gezien. Met een slappe mond, voor één keer in zijn leven compleet verbijsterd. Garza had hetzelfde gevoeld - de meeste van de mannen waren meer dan negen voet lang, en hun pezige spieren golven over hun massieve frames als wijnstokken rond een boomstam. Hij zag hoe Reggie's gezicht eerst ongeloof, toen ontzag en daarna pure angst vertoonde.

En *dat* was zijn merk. Dat was zijn product. Garza had Ravenshadow nodig om angst en ontzag op te roepen bij zijn vijanden en zijn aanhangers - zo zou hij zijn doel bereiken.

Maar er was nog een laatste stukje van de puzzel, één dat hij moest vinden. Zijn laatste klant had de soldaten net zo hard nodig als hij, en ze waren bereid een ongelofelijk bedrag te betalen om ze te krijgen. Maar zij, net als hij, hadden een afgewerkt product nodig, geen halfbakken schema. Ze hadden de complete soldaat nodig, en voor Garza en zijn team van wetenschappers, was de complete soldaat nog steeds een droom.

Zijn cliënt had hem laten weten dat er een antwoord op zijn dilemma was, en hij was er dichtbij. Ze hadden hem opgedragen de laatste rustplaats op te sporen van een mysterie waar ze al eeuwen naar op zoek waren. Die plaats zou het laatste stukje van zijn puzzel zijn, en dan zou zijn missie voltooid zijn.

HOOFDSTUK 29

BEN

DE GEZAGVOERDER HAD HUN VLUCHTPLAN GELOGD EN WAS EEN UUR GELEDEN VERTROKKEN – NAAR ROME, Italië - terwijl ze wachtten tot Archibald Quinones bij hen terugkwam.

Daarom was Ben overstuur toen hij Archie's eerste zin hoorde toen de verbinding tot stand kwam.

"Wat je probeert te doen is onmogelijk," zei Archie's stem door de kleine luidspreker van de telefoon.

Ben keek op naar Julie aan de overkant van het gangpad, met een bezorgde blik op zijn gezicht. Hoe hij ook dacht dat zijn gezicht eruit zag, hij wist dat wat hij voelde nog dieper zat.

"Dus, we gaan naar Rome. Naar Vaticaanstad. Moeten we de piloot laten omkeren?" vroeg hij.

"Nee," zei Archie. *"Maar laat me je inlichten over waar ik ben met het onderzoek. Het Vaticaans Archief is het privé-archief van de paus,"* zei Archie. *"Doorgegeven van de ene Paus op de andere, zijn het letterlijk de notities, verzamelingen en rollen van ontelbare generaties, bewaard en beschermd door degenen die in het Archief werken."*

Ben wachtte tot Archibald Quinones ter zake kwam.

"Ik heb een paar opties onderzocht hier in de universiteitsbibliotheek. Er zijn kaarten, boeken en een paar wetenschappelijke artikelen

over het Archief. Ik had een paar ideeën, maar het lijkt erop... althans als we deze publicaties mogen geloven, dat we niets kunnen doen om binnen te komen."

"Hoe goed beschermd is het?" vroeg Julie.

"Het gaat er niet alleen om hoe goed het beschermd is,' zei Archie. *"Het gaat erom* waar *het beschermd is. "*

Ben fronste zijn wenkbrauwen.

"Er zijn bewakers - de Vaticaanse Zwitserse Garde - zoals er overal bewakers zijn in het Vaticaan. En er hangt geheime politie rond die voor de katholieke kerk werkt. Maar het zijn niet de bewakers die me zorgen baren."

"Je zei dat er een manier was," zei Ben. Julie knikte.

Er was een pauze, toen het geluid van hoesten. *"Ik zei dat ik aan een oplossing dacht. Maar laat me bij het begin beginnen - het zal allemaal logischer zijn op die manier.*

"Ten eerste, wat veel mensen denken dat het Vaticaans Geheim Archief is, is onjuist. Het oorspronkelijke plan voor het Archief, opgericht door Paus Paulus de V, genaamd het 'Archivum Secretum Apostolicum Vaticanum', was eenvoudigweg een 'privé' of 'persoonlijk' - vandaar het woord 'secretum' - archief voor de pauselijke brieven. Het was bedoeld als een opslagplaats voor de gevoelige maar cruciale verzamelingen van decreten en documcntcn waarbij de paus betrokken was, als auteur of als ontvanger.

"Na verloop van tijd werd het de perfecte plaats om een levende geschiedenis van de pauselijke zetel bij te houden, evenals de geschiedenis van de wereld zelf. Het werd breder, het accepteerde alles en werd een bibliotheek van informatie - alles wat met het Vaticaan te maken had, kreeg natuurlijk een plaats. Maar uiteindelijk kreeg alles wat betrekking had op de wereld in het algemeen, dat door de Paus en zijn raad belangrijk werd geacht, een plaats in het Archief.

"Dus alles wat de vroege kerk 'belangrijk' vond, belandde in het Archief."

"Precies. Sommige mensen denken dat kopieën van oude manuscripten, die allang verloren zijn, in het Archief liggen."

"Zoals boeken geschreven door Plato."

"Dat is mijn gedachte. Natuurlijk, als er iets van dien aard in zou zitten, zou het vrijwel zeker veel meer onder de loep genomen worden dan de rest van het Archief. Sommigen beweren zelfs dat er documenten zijn - correspondentie - tussen Mussolini en de Paus. Documenten die het gerucht kunnen bevestigen dat het Vaticaan medeplichtig was aan bepaalde oorlogsmisdaden tegen de Joodse bevolking tijdens de Tweede Wereldoorlog."

"Wow," zei Julie. Ben floot. "Dat is een serieuze zaak."

"Dat is zo. En dat is precies waarom ik denk dat het onmogelijk is om toegang tot het Archief te krijgen als de Paus het niet wil."

"Kunnen we niet gewoon toegang krijgen tot een 'minder veilig' gebied?" vroeg Ben. "En dan rondsluipen en kijken of er iets is wat ze ons niet vertellen? Mr. E zou de technologie hebben om er zeker van te zijn dat we stil zijn, en eventuele camera's -"

"Het zijn niet de camera's, noch de bewakers, waar ik echt bezorgd over ben."

Ben is gestopt.

"Ik verzeker u beiden, dat ik de potentiële beveiligingsfouten in het ontwerp van het Archief heb geanalyseerd, althans het gebouw dat er nu staat. Maar het is ingewikkelder dan dat. Ten eerste, het Vaticaan geeft alleen toegang aan 'legitieme' geleerden. Degenen die zij waardig achten. Het is expliciet en zonder twijfel verboden terrein voor journalisten, studenten en ieder ander.

"En als ze toegang verlenen, vindt die toegang plaats door te lopen door de Cortile del Belvedere, omringd door bewakers en politie. Eén ingang, één uitgang."

"Kun je toegang krijgen?" vroeg Julie. "Je bent tenslotte geen student en ook geen journalist. Je staat nog steeds publiekelijk vermeld op de website van je universiteit."

"Ja, dat is waar. En misschien zou ik dat kunnen. Maar dat is de

ware reden waarom ik belde. Ik geloof niet dat persoonlijke toegang mogelijk is."

"Kunnen we de veiligheidsproblemen niet oplossen?" vroeg Ben.

"Misschien kunnen we dat. Maar er is een groot probleem met dat plan, en ik weet niet of we dat kunnen oplossen: Ik weet niet precies waar de archieven zijn."

"Wacht," zei Ben. "Wat? Je zei net dat het toegankelijk is via de... Corteel del Belva-iets, toch? In Rome?"

"Dat is juist. Dat is de publiekelijk bekende locatie van het Archief. Maar ik ben er niet helemaal van overtuigd dat het Archief zich op een bepaalde plaats bevindt."

Bens kaak viel open. *Natuurlijk,* dacht hij. *Als de paus documenten wilde verbergen, waarom ze dan allemaal op dezelfde plaats?*

"Sinds 1881 geeft de Paus toegang tot zijn privé-archieven, als je voldoet aan de geloofsbrieven die ik eerder noemde. Maar waarom zouden we geloven dat die mensen toegang hebben tot alle *archieven? Waarom zouden we verwachten dat de Paus niet een paar duizend documenten - of meer - op een andere plaats zou verbergen?"*

"Denk je dat er meer dan één Archief is?" vroeg Julie.

"Dat weet ik niet. Maar ik geloof dat er niet maar één locatie is voor het Archief. Het is één netwerk, maar ik geloof dat er veel toegangspunten zijn in het Vaticaan, afhankelijk van het niveau van toegang."

"Oké, dus we moeten uitvinden hoe we toegang krijgen tot de meest geheime?"

"Nee. Het probleem is dat het Archief niet werkt als een traditionele bibliotheek. Men krijgt geen toegang tot het Archief om er vervolgens vrij in te grasduinen. Er is geen gecentraliseerde database die toegang geeft tot het Archief - computer of anderszins.

"Om een tekst te vinden, mag de geleerde maximaal drie voorwerpen per dag vragen, en slechts drie. Als hij iets vraagt dat niet bestaat, of helemaal niets, wordt hij verzocht te vertrekken, en moet hij de volgende dag opnieuw beginnen."

"Klinkt onbeleefd."

"En om een document aan te vragen, moeten ze kiezen uit een cata-logus geschreven in het Latijn. Als de titel die zij wensen niet precies is wat er in de catalogus staat, zullen zij misschien nooit vinden wat zij zoeken."

"Dus als Plato's oorspronkelijke titel, vertaald naar het Latijn, niet *Het Boek der Beenderen was,* hebben we misschien pech?"

"Precies."

"Oké," zei Ben. "Dus wat stel je voor? Je zei dat je iets had bedacht."

"Ik wel," zei Archibald. *"En hoewel het een risico is, denk ik dat het de beste kans is die we hebben. Bovendien houdt het onze namen en gezichten uit het systeem."*

"Daar ben ik een voorstander van, zei Julie. "Het enige wat we nodig hebben is dat een ander land ons bezoekrecht permanent intrekt."

"En we hoeven niet in te breken in de Archieven?" vroeg Ben.

"Nee," zei Archie. *"Niet het Archief."*

Ben voelde dat deze missie moeilijker zou worden.

"In plaats daarvan moet u toegang krijgen tot de pauselijke vertrekken."

"Het spijt me - wat?" vroeg Julie.

"De pauselijke kamers. De privévertrekken van de Paus."

HOOFDSTUK 30

BEN

"KLINKT ONMOGELIJK," snoof Ben. Hij nam een slok van zijn rum en cola en wierp toen een blik uit het raam. Er was niets dan witte wolken, kilometers ver. Ze bevonden zich op 30.000 voet boven de oceaan en vlogen 450 mijl per uur. De piloot had hen een half uur geleden de update gegeven - nog tien uur tot Rome - en hoezeer hij ook probeerde de waarheid te negeren, hij kon het niet helpen aan het feit te denken dat ze de wetten van de fysica aan het tarten waren, door de lucht vliegend in een enorme, zware metalen buis.

Ben had altijd al een afkeer van vliegen gehad. Hij wist niet wanneer het begonnen was. Of waarom. Maar zolang hij zich kon herinneren, had hij er een hekel aan om de controle te verliezen. Het was geen vertrouwenskwestie; hij wist dat piloten goed opgeleid waren, en dat vliegen, statistisch gezien, een van de veiligste manieren van transport was.

Maar er was nog steeds iets *verontrustends* aan. In de jaren dat hij Julie kende, had hij door het hele land moeten reizen, en ook inter-continentaal, en hij was er steeds beter in geworden. Hij voelde niet langer de behoefte om een glas whisky en een Dramamine of Xanax achterover te slaan, maar dat betekende niet dat hij niet voortdurend de ramen controleerde op tekenen van catastrofale motorstoring. Bij elke turbulentie greep hij met alle kracht die hij had de armen van zijn stoel vast.

Julie hielp. Een relatie hebben met een vrouw die in alle opzichten zijn gelijke was en toch op de een of andere manier alle goede dingen had die hij niet was, was een van de wonderbaarlijkste dingen die hij ooit had meegemaakt. Hoe ze verliefd waren geworden was hem nog steeds een raadsel, maar hij was niet van plan iets goeds in twijfel te trekken, vooral nu hij dat goede ding nodig had om zijn gedachten van de vlucht van een dag af te leiden.

Julie was van de andere kant van het gangpad naar de stoel naast die van Ben verhuisd en bestelde een glas witte wijn bij de stewardess. Na hun gesprek met Archibald Quinones had Ben zich bij mevrouw E. gemeld, die een update van haar man had gekregen.

De helikopter, geregistreerd als N942FY, had een tussenstop gemaakt in Juneau, Alaska, waar hij had getankt en was verder zuidwaarts gevlogen naar Portland, Oregon. Van daaruit was hij naar Sacramento, Californië gevlogen, had bijgetankt, was toen weer opgestegen en ging naar het zuiden, bestemming onbekend. Mr. E had zijn vrouw laten weten dat hij een MLAT, of multilateratie, track had van de helikopter, maar dat vanwege de lange tijd van de laatste tankbeurt, alsmede het feit dat de helikopter veel langzamer was dan een vliegtuig, hij dacht dat het mogelijk was dat Garza en zijn gevangenen waren overgebracht naar een sneller vliegtuig. De helikopter had het vliegveld in Sacramento nog niet verlaten.

Mevrouw E was nog steeds in de veronderstelling dat Garza op weg was naar het zuiden, en er was in feite één enkel vliegtuig, gevolgd met het nieuwere ADS-B-systeem, dat een rechtstreekse vlucht naar Lima, Peru, had gelogd. Er was geen openbare informatie over de vlucht, noch waren er logboekgegevens van de vlucht, waardoor de heer en mevrouw E dachten dat het om een particuliere chartervlucht ging. De heer E was nog bezig om die gegevens te achterhalen, als ze al bestonden.

De sleutel was dat mevrouw E geloofde dat de vlucht naar Peru van Garza was, op een privé charter, en hij was de verloren tijd aan het inhalen. Verder geloofde ze - en Ben moest het daarmee eens zijn, gebaseerd op de informatie die ze op dit moment hadden - dat Garza *wilde dat* ze wisten waar ze waren. Hij had het hen nog niet verteld, maar Ben wist maar al te goed dat de man, als hij dat wilde, volledig kon verdwijnen.

Het feit dat hij via drie luchthavens had gevlogen, zijn transponders werkend had gehouden, zich aan alle vluchtvoorschriften had gehouden en niet had geprobeerd zijn stappen te verbergen, betekende in wezen dat hij gevonden *wilde* worden.

Het was Ben bijna een raadsel waarom hij hen niet gewoon had verteld dat hij naar Peru ging. Misschien wist Garza het ook niet zeker. Peru kon een stukje van de puzzel zijn, of het kon net zo goed een uitvalsbasis zijn. Of een plek ver genoeg weg om Reggie en Sarah veilig buiten bereik te houden.

Maar waar in Peru? Wat was zijn doel?

Voor zover Ben wist, was het hoofdkwartier van Ravenshadow in Philadelphia - althans, dat was het geweest. *Waren ze verhuisd?* Een internationaal kantoor zou Garza ten goede kunnen komen, maar Ben wist niet zeker of hij Zuid-Amerika als uitvalsbasis zou hebben gekozen.

Dus was er nog iets anders? Was er een reden dat ze naar Peru gingen?

En na er een paar minuten over nagedacht te hebben, vroeg Ben zich af: *Gaan ze er echt heen?* Mevr. E was tenslotte helemaal niet zeker - hun gegevens waren niet volledig, en hun analyse was op zijn best voorlopig. Er was echt geen manier om te weten waar Reggie en Sarah terecht zouden komen, maar ze moesten beslissen.

Archibald Quinones stond op het scherm voor hem en Julie, die Julie's laptop had geopend en verbinding had gemaakt met de WIFI aan boord. Het beeld en de video waren haarscherp, en Ben wist dat hetzelfde onmogelijk zou zijn op een commerciële vlucht met 300 passagiers. Hij voelde zich in de watten gelegd. Gratis drankjes, onbeperkt eten aan boord en niemand die zich door de gangpaden wurmde.

Vijftien jaar geleden schraapte ik poep uit toiletten in een nationaal park, zei hij tegen zichzelf. *Vijftien jaar geleden was ik alleen. Vijftien jaar geleden was ik bang. Vijftien jaar geleden...*

Hij keek naar Julie. Even werd hij teruggezogen naar het verleden, naar de tijd dat hij alleen in Yellowstone was, daarna in Rocky Mountain National Park als uitwisselingsranger, en toen weer terug in Yellowstone. De jaren van eenzaamheid, nauwelijks contact met zijn collega's en rangers.

En toen... *zij*. Ze was in zijn leven neergedaald als een tornado, non-stop en onophoudelijk, hem dwingend haar te vergezellen door de kronkels van haar leven. Hij werd erin getrokken, verteerd, verliefd op haar. Maar als er zoiets bestond als liefde op het eerste gezicht... dan was wat zij hadden meegemaakt dat niet.

Hij glimlachte toen hij terugdacht aan hun eerste maand samen. Samen door de Verenigde Staten rijdend, overnachtend in hotels en bed and breakfasts, ruziënd over de beste manier om de natie te redden. En toch, door de schrijnende ervaring van het verlies van zijn moeder en ontelbare andere zielen, waren hij en Julie dichter tot elkaar gekomen. Ze hadden hun meningsverschillen op de een of andere manier opzij geschoven en het volgehouden, en toen het stof was neergedaald, hadden ze zich gerealiseerd dat hun meningsverschillen niet zo drastisch waren als ze hadden gedacht.

In feite realiseerden ze zich dat hun verschillen juist datgene was wat hen naar elkaar toe trok. Julies extraverte aard was een perfecte aanvulling op Bens meer teruggetrokken, introverte aard. Zij trok hem mee naar een wereld waarvan hij nooit gedacht had er deel van uit te maken, en ondanks alles was hij haar rots, een solide, onbeweeglijke structuur waarop zij hun toekomst konden bouwen.

En hoewel het beeld van die toekomst voortdurend veranderde, soms een beetje onscherp en dan weer ondoorzichtig, wist Ben dat Julie er voor hem het middelpunt van was. Wat er ook gebeurde, ze zaten er samen in.

REGGIE

DE DOOS BOVEN REGGIE'S HOOFD KRAAKTE OPEN, alsof hij van bovenaf gespleten was. Hij hijgde toen nieuwe, frisse lucht naar binnen stroomde, en hij voelde hoe de koele, droge lucht de kleverige nattigheid van zijn gezicht duwde.

Zijn ogen pasten zich aan, maar het was moeilijk te zien waar ze nu waren. Het was donker, maar ze waren binnen. Een gebouw - maar geen modern uitziende structuur. Reggie draaide zijn hoofd heen en weer en zag een laag plafond, gebarsten en ongelijk. Steen. Het licht dat erop viel, kwam ergens anders vandaan.

Een schaduw verscheen boven Reggie's kist. Een man, geen reus.

"Mr. Red," zei de stem van de man. *Garza.*

Hij rolde met zijn tong in zijn mond, in een poging om wat speeksel te produceren. "Wa - waar ben ik in godsnaam?"

"Dit is een veilige locatie die mijn team eind vorig jaar heeft opgezet," zei Garza. "Het is afgelegen, dus ik hoef geen volledige staf te onderhouden."

"Afgelegen waar?"

Garza glimlachte terwijl hij voorover leunde om Reggie's armen en benen los te maken van de bindingen. "Ik zou je de coördinaten kunnen geven, maar ik denk dat je tot dezelfde conclusie zou komen als ik - we zijn in het midden van nergens. Een *enorm niemandsland.*"

"Wat wil je van me?"

Voordat zijn linkerbeen en -arm vrij waren, zag Reggie twee soldaten - van normale grootte - achter Garza staan. Ze hadden allebei een geweer in hun hand, en Reggie hoefde het gewicht ervan niet te voelen om te weten dat ze volledig geladen waren.

"Ik wil alles weten wat je weet over het Boek der Beenderen."

Reggie ging rechtop zitten en probeerde zijn omgeving te bekijken. Hij wilde Garza aan de praat houden, om tijd te winnen. Hij moest ontsnappen, een uitweg vinden uit... waar hij ook was.

"Oké," zei Reggie. Hij haalde zijn schouders op. "Prima. Het is een boek, geschreven door Plato. Lang geleden."

Garza's gezicht vertoonde geen emotie. De twee mannen naast hem stapten dichterbij toen Reggie's linkerbeen eindelijk werd bevrijd. Garza stapte achteruit en voegde zich bij zijn mannen.

De kamer waarin zij zich bevonden was donker, het enige licht werd geleverd door een enkele bouwlamp die aan de verste muur was opgesteld, en die een gelige gloed wierp op de ruimte voor Reggie. Die ruimte was gevuld met de drie mannen voor hem, en achter hen een lange, lege muur. Het plafond was niet zo laag als hij eerst had gedacht, of het liep schuin omhoog.

De hele ruimte voelde ondergronds aan, alsof zij zich in een stenen gebouw bevonden dat in de grond was verzonken.

"Dus... kan ik nu gaan?"

Garza glimlachte weer. "Meneer Red, hoe meer u ons vertelt, hoe minder pijn u uzelf doet."

Het was Reggie's beurt om te lachen. "Ah, ik snap het. Marteling. Je denkt dat je informatie uit me krijgt door fysieke pijn te veroorzaken. Nou, dat is prima. Het zou niet mijn eerste keer zijn met dat soort intieme aanrakingen."

Garza trok een wenkbrauw op.

"Plus, ik denk dat jij en ik op dezelfde golflengte zitten - alles wat ik weet over het Boek der Beenderen weet jij ook."

Hij zat nu op de rand van de kist, en hij duwde zich naar voren en stond op. De twee soldaten die naar hem keken waren gespannen, maar hij was niet van plan te ontsnappen.

Nog niet.

Hij kraakte zijn nek en nam nog een kans waar om rond te kijken. De ruimte achter hem strekte zich uit over een meter of twintig, en de lamp stond in het midden van de tegenoverliggende muur. Hij kon daarachter niets zien.

Buiten de mannen, de kist en het licht, leek het alsof de kamer leeg was.

"Vertel ons over je vriendin, Red."

Reggie wierp zijn ogen terug op Garza.

"Sarah? Wat is er met haar? Ik dacht dat jullie speciale technologie en zo hadden. Zoals Facebook. Hebben jullie Facebook?"

"Ik wil niet weten wat ze voor ontbijt at, Red. Ik wil weten wat ze *weet*."

"Over het Boek der Beenderen? Hetzelfde als ik. Niets bruikbaars."

"Dat geloof ik niet."

"Geloof wat je wilt," schoot Reggie terug. "Ik weet helemaal niets van dat stomme boek, en dat wil ik ook niet. Rachel Rascher heeft er veel mensen door vermoord, en als ik het ooit vind, verbrand ik het."

"Dat zou een ongelukkige keuze zijn, Red."

"Waarom is dat?"

"Omdat ik het nodig heb."

"In dat geval zal ik jullie beiden verbranden."

Garza staarde even naar Red, draaide zich toen om en begon naar de zijkant van de kamer te lopen. Zijn soldaten volgden, beide mannen volgden Reggie toen ze vertrokken. Hij volgde Garza toen hij de hoek van de donkerste ruimte naderde, en werd toen verrast toen hij plotseling leek te zweven.

Trappen.

Door het licht was het hem niet eerder opgevallen, maar in de hoek van de kamer bleek een trap te zijn. Maar het waren geen normale trappen. Elke was ongeveer twee meter hoog, misschien twee-en-een-half diep. Hij keek toe hoe Garza en de mannen langzaam de zes trappen opgingen en tegen de muur wachtten. Eén man tikte met de kolf van zijn geweer tegen de muur en die verschoof onmiddellijk. Kraakte open.

Het was een deur, ook bijna onzichtbaar, ook groot. Van vloer tot plafond zo'n drie meter, schatte hij. Hout of steen, Reggie kon het van hieruit niet zeggen. *Maar het was een deur. Dus dat is de weg naar buiten,* dacht hij. Hij keek toe hoe de deur op verborgen scharnieren openging en probeerde een blik te werpen in de donkere ruimte erachter.

Hij durfde zich niet te bewegen, want hij wist dat de mannen niet zouden aarzelen om hem met hun wapens terug te vechten. Het enige wat hij kon doen was blijven staan en wachten.

En let op.

Hij hield alles in de gaten toen ze de kamer verlieten - hij probeerde door de deur naar buiten te kijken, in wat voor ruimte daarboven en daarachter was. Hij probeerde te zien of de mannen op een andere manier bewapend waren, maar dat lukte niet.

En hij probeerde patronen te herkennen in de manier waarop ze bewogen. Hoe ze hun hoofd vasthielden als ze liepen - sleepten ze met hun voeten of keken ze omlaag als ze stappen zetten?

Het was allemaal informatie. Niet alles zou nuttig of bruikbaar zijn, maar het was toch informatie.

"Meneer Red," zei Garza, vlak voordat hij de kamer verliet. "U bent vrij om hier rond te lopen. Er is maar één uitgang, en die bewaken ze elke minuut van de dag. Zelfs als u zou ontsnappen, betekent uw vrijheid Dr. Lindgren's onmiddellijke dood."

Dus ze leeft nog, dacht Reggie. Hij grijnsde. "Denk je dat je me laat wachten? Dat het? Dat ik moe word van hier beneden rond te ijsberen, hongerig, dorstig?"

"Nee," zei Garza. "Ik verwacht niet dat je het zo lang volhoudt."

Reggie fronste zijn wenkbrauwen.

"Toen ik mijn soldaat je vriendin liet neerschieten, Red, deed hij dat met een rubberen kogel van dichtbij. Die wond is nog steeds open in haar rug, en we zijn van plan om dat zo te houden."

Reggie verstijfde.

"Het voordeel van een schone, open wond zoals die van haar is dat we er *nieuwe* middelen in kunnen brengen, zonder angst voor directe infectie.

Reggie hapte naar adem. Zijn keel stokte, en hij struikelde bijna.

"Het zou *je verbazen* hoe veerkrachtig het menselijk lichaam is, Mr. Red. Homeostase is een wonderbaarlijk iets. We experimenteren met zoiets hier en in mijn Philadelphia labs. Het vermogen van het zoogdierenlichaam om zijn temperatuur te reguleren, vreemde indringers te keren, en wonden te genezen is anders dan vele andere dingen in de natuur.

"Maar dat werk heeft een prijs, Reggie. Het menselijk lichaam houdt niet *van* vreemde indringers. Zoals je vast wel weet, is een open schotwond een opmerkelijk pijnlijk iets.

Reggie probeerde te slikken, maar merkte dat zijn mond weer droog was. Hij probeerde te spreken.

"En ik denk dat u zult merken dat deze kamer, hoewel zeer effectief om het buitengeluid tot een minimum te beperken, niet *helemaal* geluiddicht is."

Nee.

Hij balde zijn vuisten. Probeerde zijn benen te dwingen te bewegen. Niets werkte, niets functioneerde. *Kom op, man*, zei hij tegen zichzelf. *Je bent getraind voor dit. Je bent* beter *dan dit.*

Maar hij wist dat het zinloos was. De Havik had hem gevangen en teruggebracht naar zijn nest, en er was niets dat hij kon doen om dat te veranderen.

Niets, natuurlijk, maar vertel de waarheid.

HOOFDSTUK 32

VICTORIA

"HALLO?" antwoordde ze. Victoria snoof en knipperde een paar keer met haar ogen. Ze besefte dat ze haar ogen al meer dan een uur niet van haar computerscherm had gehaald, en dat haar contactlenzen jeukten.

"We weten waar u mee bezig bent, Ms. Reyes."

Haar handen voelden onmiddellijk klam aan. *Wat in hemelsnaam?* "Wie is dit?"

"Wij vragen u beleefd uw onderzoek naar dit onderwerp te staken en het aan ons over te dragen. Wij zoeken uw hulp en zullen u spoedig persoonlijk om hulp vragen."

"Draai mijn... *welk* onderzoek stopzetten?"

"Je bent aan het watertrappelen, Ms. Reyes. In een zee van haaien. En alles wat er nodig is, is een kleine snee. De haaien zullen zich in een oogwenk tegen u keren. Beschouw dit als de enige waarschuwing die je zal krijgen."

"Wat de f -"

De telefoon verbrak de verbinding. Victoria hield het oortje nog een paar seconden op haar hand en sloeg het toen terug op de hoorn. Een stuk van het goedkope plastic brak en zeilde over haar bureau.

"Werd ik zojuist bedreigd?" vroeg ze zich hardop af. Ze ging rechtop in haar stoel zitten en duwde hem een beetje naar achteren, waarna ze om zich heen keek. Ze voelde zich plotseling kwetsbaar, alsof ze tentoongesteld was in een museum, en er zich nu menigten om haar heen verzamelden en naar haar wezen.

Maar... haar kantoordeur was gesloten, en het kleine raam achter haar bureau had de gordijnen dicht. Niemand kon haar zien, en er liep niemand in de gang rond. Ze was alleen.

Ze stond op en schudde haar hoofd. "Dit is onzin. Ik laat me niet bedreigen op mijn werk, door..." ze had geen idee wie er gebeld had, en besloot toen dat dit haar eerste zaak zou zijn. Ze zocht in de schooltelefoon, probeerde de kleine LED-letters te zien en probeerde door het dialoogvenster met recente gesprekken te navigeren. Ze had de telefoon nooit echt hoeven gebruiken voor veel meer dan het beantwoorden van gesprekken - de meeste professoren, Victoria inbegrepen, gaven gewoon hun mobiele nummers aan hun studenten. Het maakte haar niet uit dat mensen haar nummer hadden. De meeste afgestudeerde studenten waren te goed voor nachtelijke grappen en als er al informatie te halen viel uit haar telefoonnummer, dan waren er genoeg gemakkelijkere manieren om diezelfde informatie te krijgen.

Ze had dus nog nooit het archaïsche drie-knops systeem van haar kantoortelefoon moeten doorlopen, en het kostte haar maar liefst vijf minuten om de meest recente beller te vinden. Toen ze het nummer draaide, was ze verbaasd een bekende stem te horen aan de andere kant van de lijn.

"*Dit is Patty, Departement Geschiedenis.*"

"Patty?" vroeg Victoria.

"*Ja - Victoria? Hoe gaat het met je?*"

"Ik - ik ben in orde. Ik ben net... gebeld door dit nummer, denk ik."

Patty lachte. "*Nou, ik heb niet gebeld, en ik denk niet dat ik weet hoe ik moet bellen op deze dinosaurussen die we als telefoons hebben.*"

Victoria glimlachte. "Nee, dat is prima. Is er... een manier om te zien of iemand een oproep via uw telefoon heeft geleid?"

"Een manier? Zeker, ik wed dat die er is. Een manier voor mij *om het te doen? Victoria, ik ben 67 jaar oud en heb net uitgevonden hoe je een iPad gebruikt, en die heeft maar één knop. Dit oude ding heeft er drie."*

"Ik begrijp het - maak je geen zorgen. Ik betwijfel of we iets zouden vinden."

"Nou, het spijt me dat ik niet meer kan helpen. Je klinkt een beetje overstuur, ben je oké?"

"Het - het is gewoon ... Ik weet het niet. Ik dacht dat ik misschien een oproep gemist had of zoiets en zag dit nummer op mijn telefoon. Kan gewoon een IT-foutje zijn."

Het gebruik van de 'IT storing' regel werkte op elke faculteit en administratie van de school die geboren was voor 1975, en Victoria gebruikte het wanneer ze er snel uit moest. Het was nuttig gebleken om uit te leggen waarom ze te laat kwam op vergaderingen, waarom haar biografie nooit was bijgewerkt op de website van de universiteit, en waarom haar 'verplichte' e-mailberichten over het nieuwste en het beste in de religieuze geschiedenis zelden werden verzonden.

"Oké, Victoria. Nogmaals sorry."

Ze hing op en fronste haar wenkbrauwen. Degene die gebeld had, had zeker zijn nummer doorgeschakeld naar de telefoon van haar administratief assistent, wetende dat zij nooit de oorspronkelijke beller zou kunnen vinden.

Maar ze hadden hun stem ook niet verhuld. En de beller, een man, had het voornaamwoord 'wij' gebruikt. Werkte hij voor een groep? Of probeerde hij haar bang te maken?

Moet ze de politie bellen? Wat konden zij doen - in het IT lab van haar campus gaan zoeken naar de telefoongegevens? En ze had weinig om op af te gaan. Ze wist echt niet welk 'onderzoek' ze bedoelden. Haar hele *baan,* naast lesgeven, was onderzoek, en het meeste daarvan had niets met haar werk te maken.

Toch kon ze het gevoel niet van zich afschudden dat er iets mis was. Het was geen loos dreigement geweest. De beller had aangenomen dat ze wist waar 'ze' het over hadden, en na Archie's telefoontje...

Het was allemaal te veel. Ze haatte het om te doen, maar ze moest haar eigen telefoontje plegen. Naar een man waarvan ze wist dat hij haar in de juiste richting kon wijzen. Ze had hem niet gezien, of zijn stem gehoord, in meer dan acht jaar. Maar nu was het tijd. Als hij haar telefoontje zou beantwoorden, wist ze dat hij kon helpen.

Ze haalde haar mobieltje weer tevoorschijn en scrolde naar beneden naar de 'Rs,' naar zijn naam.

Haar naam.

Ze aarzelde slechts een seconde voor ze op 'bellen' drukte. De telefoon piepte onmiddellijk en de verbinding begon. Ze hoorde het rinkelen, en het scherm lichtte op met de naam van haar ex-man.

Bellen: Mark Reyes.

HOOFDSTUK 33

JULIE

ARCHIE QUINONE'S STEM KLONK DOOR DE VIDEOCHAT OP DE COMPUTER VOOR JULIE, waardoor ze wakker werd. Zowel zij als Ben hadden de afgelopen acht uur grotendeels doorgeslapen, tot hun piloot geland was in Barcelona, Spanje.

Van daaruit werden ze naar een ander, kleiner vliegtuig gebracht dat op hen wachtte op de tarmac. Toen Ben had gevraagd waarom ze in Barcelona waren gestopt om van vliegtuig te wisselen in plaats van bij te tanken, had de piloot zijn schouders opgehaald. 'Ik kreeg orders om van vliegtuig te wisselen,' was alles wat hij had gezegd.

Ben en Julie hadden zichzelf achter in een klein propellervliegtuig gepropt en vertrokken over de uitgestrekte Middellandse Zee richting Rome. De WIFI tijdens de vlucht was vervangen door een vlekkerige mobiele verbinding waarvan de piloot hen had verzekerd dat die werd ondersteund door satellieten, en dat ze zonder problemen hun discussie met hun team zouden kunnen voortzetten - hij had hen zelfs een paar geluiddichte headsets met microfoon gegeven en een splitter die rechtstreeks verbinding kon maken met Julies computer.

Julie wist dat Ben gespannen zou zijn; hij haatte vliegen, en hoe kleiner het vliegtuig, hoe meer de angst toenam. Maar hij was hier, en hij leek - tot nu toe - kalm.

Ze richtte haar aandacht weer op de computer en Archie's gezicht erop. Ze draaide het volume van haar koptelefoon hoger en stelde haar microfoon zo in dat Archie haar kon horen boven het geluid van de vliegtuigmotor uit.

"Er is een geheim netwerk van ondergrondse en verhoogde tunnels in en rond het Vaticaan. De meest opmerkelijke heet de Passetto di Borgo, en strekt zich uit over ongeveer een halve mijl van het Vaticaan naar Castel Sant'Angelo. Het was de ontsnappingsroute die paus Alexander VI en paus Clemens VII gebruikten tijdens de plundering van Rome.

"Het netwerk is ook gebruikt voor het clandestien verzamelen van inlichtingen en handel," vervolgde Quinones. *"Lopers brengen nieuws van buiten de stadsmuren naar het binnenste heiligdom van de paus. Verschillende groepen hebben door de eeuwen heen de tunnels voor verschillende doeleinden gebruikt, maar er is één constante die altijd heeft bestaan: die tunnels zijn gemaakt voor, en worden nog steeds gebruikt, het delen van geheime inlichtingen, naar en van de Paus zelf.*

"Ik zal u een kaart van het tunnelsysteem van het Vaticaan sturen. Ik moet een kopie vinden in mijn bibliotheek als we klaar zijn met tele-foneren, maar wees u ervan bewust dat het waarschijnlijk verouderd is. Het werd dertig jaar geleden samengesteld door een jezuïet die daar werkte. Veel ervan is giswerk, en alles is een lappendeken van meest waarschijnlijke locaties."

"Klinkt veelbelovend," zei Julie, na een diepe zucht.

"Het is het beste wat we hebben."

"Wat zoeken we precies als we binnen zijn?" vroeg Ben.

"Om die vraag te beantwoorden, zie je een afbeelding die ik je net heb gestuurd. Het is een dia van een van de presentaties die ik geef in mijn cursus Katholieke Symbologie, en het is een verzameling afbeel-dingen van enkele symbolen die voorkomen in en op pauselijke bullen."

"Stieren?"

"Correspondentie," antwoordde Quinones. *"Ja. Van het Latijnse woord 'bulla', wat 'zegel' betekent. Elke paus door de geschiedenis heen*

had een verzameling lakzegels die ze gebruikten voor hun openbare en privébrieven, om de inhoud ervan te authenticeren. Sommige van deze zegels werden door latere pausen overgenomen, maar elke paus had een persoonlijk zegel dat uitsluitend voor privé- en geheim gebruik was bestemd - vergelijkbaar met het persoonlijke logo of merkimago van een paus.

"Gewoonlijk nam de paus zijn eigen privézegel aan, dat gebaseerd was op zijn openbare zegel - misschien dezelfde elementen, maar op een andere manier gerangschikt. Van sommige pausen, zoals paus Clemens IV, weten we dat ze een heel ander privé-zegel gebruikten, de Piscatory Ring, of Ring van de visser.

"Er zijn gissingen geweest over het ontwerp van de privé-zegels van andere pausen. Aangenomen wordt dat paus Benedictus XVI een vorm van de Piscatorische Ring heeft gebruikt die was aangepast om zijn privé-correspondentie te stempelen, maar dat kunnen we natuurlijk niet met zekerheid weten."

Ben en Julie leunden naar de computer, en Julie opende een nieuw venster om de afbeelding te vinden die Quinones had gestuurd.

Julie zag op het scherm een verzameling cirkelvormige afbeeldingen, elk gelabeld met de naam van het symbool en een vertaling, of de naam van de paus die het zegel als het zijne had aangenomen. Zij herkende een paar symbolen van de zegels - het christelijke kruis, wat leek op een andere versie van het kruis, en het symbool van het Vaticaan zelf.

"Juist," zei Ben. "Zo kon de paus een brief versturen door het tunnelsysteem van het Vaticaan en de ontvanger kon de echtheid ervan verifiëren door het waszegel erop."

"Precies," zei Quinones. *"En gezien het feit dat alleen mensen in de naaste kring van de paus kennis zouden krijgen van het ontwerp van hun privé-zegel, konden ze tevreden zijn dat hun geheime communicatie veilig was."*

"Heel interessant," zei Ben.

"Het is," voegde Julie eraan toe. "Dus dit is wat we zoeken? Het privé zegel van de paus?"

"Ja," zei Quinones. *"Als we het zegel hebben, kunnen we een brief vervalsen van de paus aan de aartsbisschop die hoofdarchivaris is bij het Archief. Van daaruit moeten we in staat zijn om de informatie te krijgen die we nodig hebben."*

"Betekent dat dat de aartsbisschop het Boek der Beenderen terugstuurt door de Vaticaanse tunnels? Wat als de paus en de hoofdarchivaris *al hebben gecommuniceerd* over het Boek der Beenderen? In dat geval zou een nieuw verzoek om hetzelfde verdacht zijn."

Er was een pauze. *"Het lijkt een kleine kans, maar als we het bericht goed opstellen, kunnen we de archivarissen misschien zelf, via meerdere verzoeken, blokken informatie laten sturen. Als we het kunnen verspreiden en het Boek der Beenderen in stukken kunnen krijgen, kunnen we er misschien genoeg van krijgen om te begrijpen waar Garza echt naar op zoek is."*

Julie dacht even na. *Een kleine kans, inderdaad.* Maar het was alles wat ze hadden. Op z'n minst zouden ze het Pauselijk Zegel, het geheime symbool dat de Archieven ontsloot, in handen hebben. Met dat alleen al zouden ze toegang krijgen tot een schat aan informatie.

Als ze het zegel konden krijgen...

Op het scherm vervolgde Quinones. *"Maar zoals je waarschijn-*

lijk al geraden hebt, moet je weten welk zegel het juiste is. Veel van de publieke zegels zijn omgezet in postzegels, maar ik heb uit betrouwbare bron vernomen dat de Paus nog steeds een echt zegel van was gebruikt voor zijn geheime correspondentie."

"Weet je hoe het eruit zal zien?" vroeg Julie. "Er kunnen er meer dan één zijn."

"Inderdaad, dat zal er zijn," antwoordde Quinones. *"Naast de openbare, officiële zegels en stempels van het pausambt, zou er meer dan één geheim zegel zijn. Maar er zijn een paar aanwijzingen die ons in de goede richting kunnen leiden."*

"Aanwijzingen die duidelijk genoeg zijn om de juiste te vinden?" vroeg Ben.

"Ik geloof van wel. Ten eerste, het privé zegel zal er een zijn zonder geschrift. Elk publiek zegel heeft de naam van de paus ergens rond of in de afbeelding gekrabbeld. Omdat het een openbaar zegel is, probeert de paus zijn betrokkenheid bij deze brieven niet te verbergen.

"Ten tweede, de huidige paus is de allereerste jezuïet paus.

HOOFDSTUK 34

VICTORIA

"VIC, WAT JE ME VRAAGT TE DOEN IS... WEL, HET KAN MIJN ONTSLAG BETEKENEN. OP STAANDE VOET."

Victoria Reyes zuchtte en trok de telefoon weg van haar oor. "Ik weet het. Het spijt me. Ik zou jou en je familie nooit in gevaar brengen als het niet serieus was."

Haar ex-man, Mark Reyes, de man met wie ze vijf jaar van haar leven had gedeeld, werkte ook voor de universiteit. Zo hadden ze elkaar ontmoet; haar voortdurende technische problemen leidden ertoe dat ze Marks kantoor belde en om een persoonlijke ontmoeting vroeg. Die ontmoeting ging van het uitleggen van POP en IMAP email servers tot het bespreken van varianten op spam emails tot het delen van email adressen met elkaar.

En na een paar van deze e-mails ontmoetten de twee elkaar in een restaurant buiten de campus om een biertje te delen en hun toekomst samen te bespreken.

In die tijd werkte Victoria als lerares-assistente aan haar doctoraal, en ze was al snel verliefd geworden op Mark.

Ze hadden van elkaar gehouden, maar toen Victoria wat volwassener werd en ze zich realiseerde dat haar carrière altijd voor haar gezin zou gaan, zegde ze hun huwelijk met tegenzin af. Mark was er kapot van, maar hij begreep het - hij had altijd kinderen gewild, en om zijn vrouw eindelijk te horen toegeven dat ze niet 'dat type mens' was, leek hem zowel verdriet te doen als de hoognodige afsluiting te geven.

Het had haar verbaasd te horen dat hij minder dan twee jaar later hertrouwd was, en dat hij en zijn nieuwe vrouw nu een dochter van één jaar hadden, en dat er nog een op komst was. Een klein stukje van Victoria's hart veroorzaakte een steek van spijt toen ze het nieuws had gehoord, maar ze wist nog steeds dat haar uiteindelijke doel iets heel anders was dan zich te settelen en een gezin te stichten.

"Mark," zei ze. "Ik ben bang."

Mark zuchtte deze keer. Ze hoorde geschuifel - hij ging naar een andere kamer, waarschijnlijk zijn kantoor aan huis. *"Wacht even,"* zei hij. *"Ik moet op afstand inloggen, maar ik ga een VPN gebruiken. Het is niet waterdicht, maar het houdt in ieder geval iedereen die meekijkt buiten schot."*

Victoria was zeker niet onintelligent, maar netwerken en IT was als een vreemde taal voor haar. "Uh, tuurlijk. Ja, VPN."

Ze hoorde Mark lachen. *"Het is een - laat maar. Sorry. Hoe dan ook, geef me een minuut om verbinding te maken, en dan zal het recht omhoog trekken."*

Ze had Mark gevraagd of hij kon achterhalen wie haar had gebeld. Ervan uitgaande dat de man het telefoonsysteem van de universiteit had gehackt, was er een kans dat hij daarvoor een vast telefoonnummer had gebruikt, wat betekende dat het te traceren was. Tenminste, dat is wat Mark haar had verteld. Ze begreep er niets van, maar hij had haar uitgelegd hoe het allemaal in zijn werk zou kunnen gaan, en haar toen gezegd de politie te bellen - zij zouden kunnen beslissen of en wanneer een 'technische overname' van de telefoonlijnen van de universiteit nodig was.

Maar ze wilde niet wachten - ten eerste, Archie's vrienden hun leven stond op het spel. Ten tweede, vreesde ze dat het hare dat ook zou kunnen zijn. Ze had een antwoord nodig, en wel veel sneller dan wat de campuspolitie kon geven.

"Ok, ik ben binnen. Wacht even. Er zijn... oké, ik denk dat dit het is. Je zei dat het telefoontje kwam wanneer?"

Ze had de tijd onthouden, en ze vertelde het hem. Hij bevestigde de tijdsaanduiding en las haar toen een getal voor.

Ze typte het in op haar computer en zag dat het netnummer in Washington D.C. lag. Mark vertelde haar dat hij een app op zijn telefoon had waarmee hij in een belregister kon zoeken om een omgekeerde zoekopdracht uit te voeren. Het duurde een paar seconden, en Mark zei de naam toen het voltooid was.

"Het telefoonnummer staat geregistreerd op naam van Dieter Luthig', zei hij.

"Dieter? Wat is dat voor een naam?"

"Duitser, misschien? Het soort kerel dat serieus genoeg is om onschuldige professoren te bedreigen. Herken je hem?"

"Helemaal niet, maar ik ben nu aan het zoeken. Het lijkt op...

Ze stopte en klikte door een paar artikelen op haar computer terwijl ze spraken.

Nee, dacht ze. *Dat kan niet waar zijn.*

Zij kwam op een pagina die een blog leek te zijn, geschreven door ene Dieter Luthig. Het was geschreven in het Engels, maar ze kon zien dat het gebroken was, alsof het automatisch vertaald was, en slecht. Het meeste leek wartaal te zijn, onzinnig gebrabbel.

"Dit zou zijn site kunnen zijn," zei ze, terwijl ze Mark een link doorstuurde. "Hij is een gek, dat is zeker."

"Waar gaat het over?"

"Kan ik niet zeggen, eerlijk gezegd. Het heet gewoon 'Een Website voor Erudiet Licht,' en het stond niet eens op de eerste pagina voor de naam van de man. De eerste regel van het eerste bericht begint gewoon met, 'Smiling Guy Uttered...'"

"Hmm," zei Mark. *"Interessant."*

"Wat?"

"Ik heb het door een verkeersanalysator gehaald - ik wilde alleen weten of iemand het ooit bezocht heeft."

"En?"

"Het is... zeker een populaire plaats."

"Wacht, echt?"

"Te oordelen naar deze resultaten, ja," zei Mark. *"Het lijkt erop dat de site ergens in de buurt van de 200.000 hits had - niet uniek, maar toch indrukwekkend."*

"200,000? Dat is ongelofelijk. Dit jaar?"

"Nee, Vic. Deze maand."

Victoria deed een hand voor haar mond. Iets aan deze website werkte niet. Er was *geen manier waarop* het bijna een kwart miljoen hits zou hebben gegenereerd in een enkele maand - een maand ze waren nog niet eens halverwege - en nog steeds ergens op de tweede pagina van Google zitten. Ze wist dat Google's algoritme afhankelijk was van gemakkelijk te ontleden taal en een duidelijk onderwerp, om resultaten te kunnen tonen, maar ze wist ook dat verkeer een belangrijke rol speelde in de lijst van websites.

Deze man - Dieter Luthig - had op de een of andere manier een onzinnige blog vol onleesbare tekst gemaakt, en toch waren er mensen die het lazen. Verder had zijn cryptische bericht aan Victoria het meervoudige voornaamwoord "wij," gebruikt in plaats van "ik. Of het nu Dieter's aanmatiging was of dat hij het meende, het leek erop dat er meer dan één persoon achter het telefoontje zat.

Ze scrolde verder naar beneden. Nog meer onzinberichten, gevolgd door een galerij van afbeeldingen met gebroken links, en dan, onderaan de pagina, een logo.

"Mark," fluisterde ze.

"Ja, ik kan je horen. Heb je iets gevonden?"

Ze leunde dichter naar haar scherm, het beeld bestuderend.

Een eivormig wapenschild, vol draaikolken en andere onleesbare symbolen, bezat twee engelenvleugels, die zich uitstrekten van de onderkant van het ei tot de bovenkant. Onder het ei bevond zich een driehoek, die naar boven wees. En binnenin de driehoek, alsof hij omhoog keek naar de gekuifde vleugels, zat een alziend oog.

"Het is... ondersteboven."

"Wat is er?"

"Dit beeld - hun logo, denk ik. Het lijkt precies op... Ik moet het opzoeken, maar het lijkt precies op het logo van een oude organisatie, maar dan ondersteboven."

"Welke organisatie? Zijn ze in DC?"

"Nee," zei ze, terwijl ze haar hoofd schudde. "Deze organisatie bestaat al honderden jaren niet meer, en zelfs dan heeft het een vlekkerige geschiedenis. Maar... zoals ik al zei, ik weet niet zeker of dit dezelfde is. Het logo lijkt te kloppen, maar het is net een omgekeerde versie van de oude groep."

"Welke oude groep, Vic?"

"Het was een groep die eind 1800 in Napels, Italië, werd gevormd, maar zij baseerden het op een *veel* oudere, een die in Egypte was ontstaan, of tenminste gebaseerd op Egyptische geloven en systemen. Het heet de Oude en Primitieve Rite van Memphis-Misraim. Ik vond een foto van hun logo." Ze klikte op het resultaat en vergrootte het in een tweede venster, om het te vergelijken met het andere.

"Nooit van gehoord."

"Ja, het is obscuur."

"Je bent een genie, en daarom weet je dat."

"Nee," zei ze, glimlachend. "Hoewel ik het waardeer dat je het eindelijk toegeeft. Ik weet van de Rite van Memphis-Misraim omdat het een oude orde was binnen een veel nieuwere, veel bekendere groep."

"En dat is?"

"De Vrijmetselaars. De Oude en Primitieve Rite van Memphis-Misraim is een Rite binnen de Vrijmetselarij, gebaseerd op de geschiedenis van Egypte en bekend om zijn onregelmatige aantal van 99 graden."

Terwijl ze de woorden uitsprak, realiseerde ze zich dat er een schaduw over haar open deur was gevallen. Het was nu donker, en ze besefte dat ze bijna alleen was in het kantoorgebouw. *Misschien kwam Patti naar beneden om te kijken hoe het met me gaat? Dacht ze.*

De schaduw bewoog, en ze voelde haar huid kriebelen.

"Mark," zei ze.

"Nog steeds hier."

"Mark, ik denk dat hier iemand is. Ze zijn... ze zijn buiten mijn kantoor, en ik weet niet..."

De telefoonlijn verbrak de verbinding, en de schaduw die zich achter haar deur verborg veranderde in de vorm van een mens.

Victoria schreeuwde, maar het was te laat.

HOOFDSTUK 35

BEN

"WACHT EENS EVEN," zei Ben. "Jezuïet, zoals jij?"

"Ja, Ben. De Jezuïeten zijn leden van de Sociëteit van Jezus, een broederlijke orde van katholieken, gesticht door Ignatius van Loyola in 1534. Het is gewoon een broederschap, zoals de Vrijmetselaars, maar het is er een die bestaat binnen de Katholieke Kerk. Gelovige mannen die de extra last van het missiewerk voor de Kerk op zich hebben genomen."

Ben was opgegroeid in een kerk die alleen met Pasen en Kerstmis werd bezocht, maar dat was een katholieke kerk. Hij had wel wat van de woorden en zinnen gehoord die Quinones gebruikte, maar hij wist niet precies wat het allemaal betekende. "Dus, de paus die we nu hebben is een Jezuïet?"

"Hij is. De eerste. En ik weet dat hij nog steeds hecht is met veel Jezuïeten in en rond het Vaticaan, en ook over de hele wereld. Mijn gok is dat hij een versie van het Jezuïtensymbool - onze IHS, zo u wilt - als onderdeel van zijn zegel zal hebben."

Ben keek naar Julie's computer en de afbeelding van pauselijke zegels en symbolen erop. Het zegel van de Jezuïeten was gelabeld, en hij kon de IHS zien met een letter in wat leek op een zon.

"Iota, eta, en sigma. De Griekse letters voor I, H, en S. Het zijn de

letters waarmee de woorden beginnen, Iesous Hominem Salvator, of 'Jezus, Redder van de mens'."

"En hoe zit het met de veiligheid? Zijn de pauselijke vertrekken niet moeilijk te betreden?"

"Niet als jij de paus bent," zei Archie, met een grijns op zijn gezicht.

Ben rolde met zijn ogen. "Wow, Archie," zei hij. "Je bent net zo goed met grapjes als met plannen."

Archie hief zijn handen op, handpalmen omhoog, en haalde zijn schouders op. *"Ik verontschuldig me. Ja, het zal moeilijk zijn, maar het is niet onmogelijk. Het Apostolisch Paleis, gelegen in het centrum van het Vaticaan tussen de Sixtijnse Kapel en de Sint-Pietersbasiliek, is afgesloten met de kracht die je zou verwachten. Bijna de hele Zwitserse Garde patrouilleert en zweeft er, want het is de traditionele woonplaats van de paus en de thuisbasis van ontelbare kunstwerken.*

"Er zijn 135 mannen in de Pauselijke Zwitserse Garde, en de meesten van hen zijn op locaties rond het meeste voetverkeer in en uit

het Vaticaan: de Piazza San Pietro, de Basiliek, en de musea eromheen in het noorden."

"Ik dacht dat je zei dat het niet onmogelijk was," zei Ben.

Archibald lachte. *"Het zal niet onmogelijk zijn. Het Apostolisch Paleis was het huis van de paus, maar de huidige zittende paus woont eigenlijk in een heel ander gebouw. Hij verhuisde zijn residentie naar de Domus Sanctae Marthae, of Saint Martha's Hotel, dat is als een gastenverblijf voor het Vaticaan. Het is waar de leden van het pauselijk conclaaf verblijven wanneer zij een nieuwe paus kiezen."*

"Woont de paus in een hotel?" vroeg Julie.

"Ja, dat is precies wat het is," zei Archie. *"Het beste van alles is, merk op waar het hotel is. Het ligt aan de zuidkant van de stad, langs de Stazione Vaticana. Maar het is niet de locatie van het hotel* boven de grond *waar ik uw aandacht op wil vestigen. Wat ik u wil laten opmerken is het hotel net aan de andere kant van de muur van de Domus Sanctae Marthae. Dit hotel is in de loop der jaren in andere handen overgegaan, maar het is trouw gebleven aan zijn eerste doel: dienen als permanente locatie voor de ingang van het tunnelstelsel van het Vaticaan."*

"Een ingang?"

"Ja. Ergens in dat hotel, in de kelder, is een ingang naar het tunnelsysteem dat zich uitstrekt tot in de diepten van het Vaticaan."

"Heb je het gezien?" vroeg Ben.

"Persoonlijk, nee. Maar ik heb vrienden die er over gesproken hebben. Ze zeggen dat het makkelijk bereikbaar is, als je het zoekt."

Ben lachte. "Nou, dat is ervan uitgaande dat de man die het zoekt slimmer is dan een parkwachter van Yellowstone."

"Het is lang geleden dat je in Yellowstone bent geweest, Harvey," zei Archie. Ben had hem niet nodig om de betekenis achter zijn woorden uit te leggen, maar hij deed het toch. *"Je bent slimmer dan je denkt, en daarom ben je nu hier. Niemand anders in de wereld verkeert in de positie waarin jij verkeert, om je vrienden terug te brengen en uit te zoeken wat Garza werkelijk wil."*

"Geen druk," zei Ben. Hij wist niet zeker of Quinones hem gehoord had boven het geluid van de ronkende motoren uit, maar op het scherm, na een paar seconden voor de vertraging, glimlachte Quinones.

Het vliegtuig daalde een paar meter in de lucht, en Ben's maag kromp ineen.

"We moeten ons klaarmaken om te landen," zei Julie. "Archie, dank je. We gaan ons klaarmaken om op de grond te komen, dan beginnen we meteen. Ga naar het Vaticaan, zoek de pauselijke vertrekken in het hotel, haal zijn privé zegel."

"Ik wens jullie geluk, beste vrienden," zei Archie. "Ik heb hier over een uur een afspraak met een andere oude vriend. Ik hoop dat hij kan helpen Garza te lokaliseren en waar hij Reggie en Sarah mee naar toe neemt. Ik zal jullie na die ontmoeting een update sturen, en laat me alsjeblieft weten hoe het met meneer en mevrouw E gaat met hun eigen onderzoek."

"Dat doen we,' zei Ben. "En dank je, Archie, Nog iets dat we moeten weten?"

Het vliegtuig schommelde weer, en Ben voelde zich onwillekeurig de armleuning van de stoel nog steviger vastgrijpen. *Hoe sneller we op de grond zijn, hoe sneller ik me kan ontspannen,* dacht Ben.

Maar zijn handen klemden zich nog steviger vast toen het vliegtuig nog een meter of tien recht naar beneden zakte. Bens ogen werden groot en Julie schakelde de verbinding van de koptelefoon over naar het kanaal van de piloot.

"Zijn we oké?" vroeg Julie.

Ben hoorde de stem van Julie en het antwoord van de man door zijn eigen headset. "Proberen - stationair draaien, maar - maken... te landen."

Wat?

Ben's gedachten gingen tekeer, en zijn hart ging sneller kloppen om bij te blijven. *Kunnen we niet aan land komen? We weten niet of we kunnen? Wat heeft hij gezegd?*

Hij keek naar Julie, probeerde de kalmte te lenen die hij in haar ogen zag. Het lukte niet.

Het vliegtuig schudde weer en Bens hele lichaam werd naar voren gelanceerd tegen de rugleuning van de copilootstoel voor hem.

HOOFDSTUK 36

BEN

DE VEILIGHEIDSGORDEL DIE BEN DROEG SNEED IN ZIJN MIDDEL ALS EEN HEET MES, maar het deed zijn werk. Ben voelde hoe zijn lichaam naar achteren en naar beneden in zijn stoel werd getrokken, maar niet voordat zijn gezicht tegen de harde, met tapijt beklede stoel van de copiloot voor hem smakte.

Julie was er beter aan toe, haar veiligheidsgordel zat blijkbaar iets strakker om haar middel, maar Ben had nauwelijks de kans om haar te controleren. Het vliegtuig week uit naar rechts en Bens arm en schouder klapten tegen de armsteun en het klaptafeltje waar ze de laptop op hadden gezet.

De laptop zeilde door de cabine en ontplofte in stukken toen hij in contact kwam met het raam van het vliegtuig. Julie gilde, maar Ben was in gedachten verzonken door zijn eigen verwondingen. Zijn gezicht bloedde, maar hij wist niet zeker waar het bloed precies vandaan kwam. Hij hief zijn linkerarm op om naar zijn neus te grijpen, maar voor zijn hand het kon bereiken barstte zijn schouder in een gulp van pijn uit en ook hij schreeuwde.

"Wat is er aan de hand?" schreeuwde hij naar de piloot.

Geen antwoord, behalve het schommelen van het vliegtuig.

Pas toen keek Ben uit het raam.

Zijn maag leek weg te vallen in zijn darmen. Hij probeerde te slikken, maar vond alleen droog, schurend schuurpapier in zijn mond. De Middellandse Zee was daar, buiten het raam, hem begroetend door *veel* sneller te naderen dan hij zich goed voelde.

Erger nog, het draaide. Eerder, de *hele wereld* draaide. Bens ogen probeerden zich aan te passen, zich vast te houden aan iets wat hij kon begrijpen, maar het was een hele klus. Uiteindelijk zag hij een gebouw in de verte.

Rome?

Hij kon het niet weten, maar zicht op de horizon hielp hem tenminste zich te oriënteren. Het probleem was dat de horizon ook draaide. Hij schommelde op en neer, kwam dan bijna verticaal te staan, en kwam dan weer naar beneden.

Ben wilde overgeven, maar hij greep Julies arm en kneep. Dat hielp een beetje, maar het kleine vliegtuigje bokte tegen zijn inspanningen in en gooide hen beiden opzij.

Lucht. Er was ergens lucht, die snel ontsnapte. De cabine was op de een of andere manier doorbroken, en hij kon de zwakke waarschuwingssignalen van de piloot en de waarschuwingen horen.

Hij besefte eindelijk wat er gebeurde, maar het was te laat.

"Zet je schrap - inslag," hoorde hij de piloot schreeuwen. Hij hoorde het uit de mond van de piloot, niet uit zijn koptelefoon.

Beugel? Brace op wat?

Ben's ademhaling versnelde tot hij zich totaal en volkomen buiten controle voelde.

Dit is het, dacht hij. *Mijn nachtmerrie.*

Het vliegtuig leek zichzelf recht te trekken, maar toen maakte het een steile duikvlucht. Ben hoefde niet - *wilde niet* - maar hij keek uit het raam, en het bevestigde zijn ergste vermoedens.

Ze vlogen recht op het oppervlak van de Middellandse Zee af.

Hij zag toen dingen die hij nooit meer dacht te hoeven zien. Hij wist het niet zeker, maar het leek alsof hij droomde, ook al kon hij het hoofd van de piloot nog volledig zien, het schommelen en zwaaien van Julie in zijn perifere visie, de wijzerplaten en lichten van het vliegtuig die zongen en tjilpten en alarmeerden.

Hij zag zijn vader, Johnson Bennett. Jong, bijna net zo oud als Ben nu was. Staand en schreeuwend, lachend, hem en Zachary terug roepend naar het kamp voor het avondeten.

Zach.

Ben voelde een pingeling in zijn hart toen het vliegtuig door een onzichtbare poort stuiterde. *Waarom heb ik hem nooit gebeld?* Dacht hij. *Het was zo makkelijk als een telefoontje. Nu zal hij het nooit weten...*

Toen zag hij zijn moeder. Diana Torres. De vrouw die Julie had ontmoet toen ze op de vlucht waren voor een zich verspreidende ziekte. De vrouw die aan die ziekte was bezweken. Hij zag haar gezicht toen hij haar vertelde wat hij al die jaren had gedacht.

Hij zag haar tranen.

Toen zag hij zijn eigen ogen. Recht voor hem, op hem neerkijkend, wenkend. Ook huilend.

Hij stak een hand uit, hoefde nauwelijks een spier te verroeren dankzij de versnelling van hun val, en veegde een natte plek uit zijn oog weg.

Dit is het.

Hij zag de Middellandse Zee naderen, sneller en sneller. De piloot begon te schreeuwen, geen woord maar een geluid, gewoon een schreeuw.

De horizon kantelde, de piloot trok hard de andere kant op, en Ben voelde een scheur in zijn zij, alsof hij deel uitmaakte van het vliegtuig zelf. Het vliegtuig, en Ben, kreunde onder het gewicht. De druk van dit alles deed hem zijn ogen sluiten.

Het geschreeuw - van de piloot, van Julie, van het vliegtuig, van hemzelf - het kwam allemaal samen in een puinhoop van woede en lawaai. Het steeg steeds weer op, luider dan Ben voor mogelijk hield. Hij zou sterven van de oorpijn nog voor het vliegtuig neerstortte.

Dan... niets.

De wereld om Ben heen eindigde in zwartheid, duisternis. Stilte.

HOOFDSTUK 37

VICTORIA

"WAAR BRENG JE ME HEEN?" Vroeg Victoria. Haar handen waren vastgebonden, en haar voeten met ducttape aan elkaar. Toch was de man die haar in het busje had gegooid voorzichtig geweest om haar eerst vast te gespen.

"Bent u Dieter Luthig?" riep ze. "Ik weet wie u bent. Voor wie je werkt."

De man stopte, glimlachte toen hij op haar neerkeek. "Nee," zei hij. "Dat ben ik niet. En jij weet niets."

Victoria voelde aan de telefoon in haar zak, het nummer dat ze had ingedrukt om opnieuw te bellen was nog steeds verbonden. *Hopelijk.* Ze had nauwelijks genoeg tijd gehad om het mobieltje in haar achterzak te proppen voordat de indringer een pistool met geluiddemper tevoorschijn had gehaald, het op haar had gericht en haar de kamer uit had gedwongen.

Ze had de man aan het praten gekregen, maar ze hoopte dat het luid genoeg zou zijn voor Archie om het te horen. *Als hij al had geantwoord.*

"Waar breng je me heen?" vroeg ze opnieuw. "Je hoofdkwartier? Washington, D.C.?"

Hij lachte en sloeg toen de deur in haar gezicht dicht. De man was alleen, en hij liep langzaam rond de auto voordat hij instapte, waarschijnlijk om te kijken of iemand de ontvoering had gezien. Er kwam een blauwe gloed door de achterruit naar binnen, en ze vond het ironisch dat ze bijna direct naast een van de campus noodoproep posten geparkeerd stonden.

Zij had geen stem aan de telefoon gehoord, maar zij hoopte dat dit alleen maar betekende dat Archie de situatie begreep, dat hij zweeg en hoopte dat haar ontvoerder niet zou merken dat hij meeluisterde.

"Je weet al een tijdje van me af, nietwaar?" vroeg ze.

De man zette de auto in zijn achteruit en keek naar haar in de achteruitkijkspiegel. "Uw werk en reputatie hebben verstrekkende gevolgen."

"Wat betekent dat in godsnaam?"

"Het betekent ja, Ms. Reyes, we weten het al een tijdje van u."

"Wie? De Oude en Primitieve Rite?"

De man trok zijn wenkbrauw op, en Victoria was blij te zien dat ze hem had verrast.

"U *bent* echt een begaafd academicus, Ms. Reyes. Maar je bent slechts dicht bij de waarheid. En zoals met de ultieme waarheid, is dichtbij komen erger dan er helemaal naast zitten."

Ze fronste haar wenkbrauwen. *Dat betekent dat ik dichtbij ben, maar nog niet helemaal. Wil hij dat ik het raad? En wat zijn de gevolgen als ik het fout heb?*

"Dus het is niet de Oude en Primitieve Rite, neem ik aan? De Memphis-Misraim sekte van de Vrijmetselarij? En waar breng je me in godsnaam heen?" vroeg ze voor de derde keer.

De auto reed de snelweg op, en ze merkte toen waar ze waren - ongeveer drie blokken van de universiteit was een regionale lucht-haven die toegang verschafte tot een handvol grotere internationale luchthavens. De man leidde de auto van de snelweg en op de toegangsweg, in de richting van de luchthaven.

"Heb je een privé-jet volgetankt?" vroeg ze. Ze wilde hem aan de praat houden, om Archie - als hij er nog was - in de strijd te houden. "Hebben jij en je vrienden van Mason ergens een geheime bunker?"

"We zijn niet meer vrijmetselaar dan Amerikaan, Ms. Reyes. Ja, we leven in Amerika, en ja, we hebben veel van de tradities en conventies van de Vrijmetselaars geleend, maar daar houden de gelijkenissen op."

Zijn stem was diep, traag en welbespraakt, en in de loop van de zinnen liet hij die doorklinken tot een cadans, een licht accent dat zij probeerde te plaatsen. *Italiaans? Spaans?* Ze realiseerde zich ook dat deze man niet dezelfde man was die haar had bedreigd. *Maar werkten ze samen? Beiden deel van dezelfde Mason-achtige factie?*

"Onze activiteiten hebben ons over de hele wereld gebracht, maar we hebben één enkele missie: de verandering teweegbrengen die deze wereld zo hard nodig heeft. Om de katalysator te zijn voor een *nieuw* Amerika. Een *nieuwe* wereld."

"Ja," zei Victoria. "Dat hele *Nieuwe Wereld Orde* ding is eerder geprobeerd. Weet je nog hoe dat is afgelopen?"

"Wij zijn geen *Nieuwe Wereld Orde.*"

"Goed om te weten," zei ze. "Maar dit ontvoeren en misleiden past niet echt bij je doel.

"Eigenlijk wel. Dit is geen 'ontvoering' maar meer een 'bescherming'."

"Bescherming tegen wat?"

"Bescherming tegen onze vijanden. Van de groep die je *echt* ten val wil brengen. Van de groep die je hebt gezworen te onthullen."

"Beëdigd tot - waar heb je het over?"

"U bent een fenomenale onderzoeker, Ms. Reyes, met een briljante geest die bijna elk probleem kan overwinnen dat u hem voorlegt. Uw veronderstellingen en gevolgtrekkingen zijn indrukwekkend, maar komen dicht genoeg bij de waarheid om degenen die haar willen onderdrukken kwaad te maken."

Victoria schudde haar hoofd. "Maar ik weet niet waar je *het over hebt. Welk* onderzoek?"

"Uw artikel, *De Spanjaarden in Zuid-Amerika: Verovering... of Inquest?*"

Ze stond op het punt te protesteren, tegen de cryptische communicatiestijl van de man, toen ze een schok van herkenning voelde. *Nee... Dat* was verwant? Ze herinnerde zich de krant, herinnerde zich bijna elk woord van het artikel dat was gepubliceerd in een kwartaalblad. Ze had niemand haar punten horen prijzen of beargumenteren, en aangezien het onderwerp een relatief obscuur onderwerp was met een al even obscuur standpunt, was ze niet verbaasd geweest.

Het uitgangspunt was eenvoudig: Ze stelde dat de Spanjaarden naar Zuid-Amerika waren gekomen om een veel genuanceerdere reden. Iets anders dan eenvoudige verovering en de jacht op goud en schatten. Ze had geschreven dat de Spaanse kroon, geïnteresseerd in het bevorderen van hun religieuze overtuigingen, soldaten en missionarissen naar de Nieuwe Wereld had gestuurd om de waarheid over een specifieke groep mensen te achterhalen. Gebaseerd op haar onderzoek naar de geschiedenis van een groep mensen in Zuid-Amerika genaamd de Chachapoyas, geloofde zij dat de mensen honderden of zelfs duizenden jaren eerder van ergens in Europa naar de regio waren gemigreerd.

De Spanjaarden, dacht zij, waren in deze mensen geïnteresseerd om redenen die haar of de premoderne wereld onbekend waren. De Chachapoya's waren brute strijders en krijgers, die eerdere veroveraars, zoals de Inca's, talloze malen van zich af wisten te slaan, en ervoor kozen een betrekkelijk rustig en vredig leven te leiden, ergens verborgen in een vallei die hun naam deelde.

Vanuit het perspectief van een historicus was het allemaal fantastisch: ze had weinig om mee te werken, en daarom was haar artikel gevuld met meer vragen dan antwoorden. Ze poneerde een interessante stelling, maar ze wist dat ze weinig harde bewijzen had om er een academische redenering achter te zetten, dus had ze het meer geschreven als een interessestuk dan als een door vakgenoten getoetste theorie.

"De... Chachapoyas," zei ze. "De stam met de lichte huidskleur, vermoedelijk van Europese afkomst."

De man knikte, en zij ging verder. "En de Spanjaarden - zij probeerden hen te vinden. Had ik gelijk?"

Nogmaals, een knikje.

"Dus dat betekent dat de Spanjaarden - de kroon *en* de kerk - iets van hen wilden? Waarom de helft van hun legers en marine naar een onbekende plek halverwege de wereld sturen? Zelfs als er goud was, zou het een ongelofelijke investering en toewijding vergen om alleen al voet aan wal te zetten, laat staan het land te veroveren."

"Waarom, inderdaad? Nogmaals, een perfecte vraag die om een antwoord smeekt."

"Een antwoord dat je me zeker niet zult geven?"

"Een antwoord," zei de man, "dat je al hebt."

HOOFDSTUK 38

REGGIE

HET GESCHREEUW WEKTE HEM.

Bloedstollende, nare dingen. Luider dan hij had gedacht, vooral omdat de havik gelijk had. De kelderruimte waarin Reggie zich bevond was niet *helemaal* geluiddicht, maar het scheelde niet veel. De kamer voelde aan alsof je diep in een grot zat, wat niet ver bezijden de waarheid was, aangezien de vloer, de muren en het plafond uit rots waren gehouwen.

Maar hij kon het geschreeuw nog steeds horen, en het achtervolgde hem zelfs toen hij wakker was.

Sarah.

Hij kende de stem, het zacht-vurige timbre van de vrouw op wie hij verliefd was geworden, ook al was die stem nu gemaskeerd achter een muur van ellende.

Ze schreeuwde zo hard dat Reggie dacht dat ze haar stem zou verliezen, en toen verstomde ze tot jammeren.

Hij ijsbeerde, net zoals Garza zei dat hij zou doen.

Hij was razend, zijn geest maakte overuren. Hij *moest* eruit.

Waar zijn Julie en Ben?

Hij vroeg zich af of ze hadden ontdekt waar Garza hen heen had gebracht en misschien hierheen op weg waren.

Maar nee. Dat zou niet de missie zijn. Hij kende Ben goed genoeg om te weten dat ze achter het Boek der Beenderen aan zouden gaan. De reden waarom Garza hen had meegenomen - zonder het boek, was er weinig hoop dat ze hun vrienden terug zouden krijgen.

Maar waar was het Boek der Beenderen? Misschien was het in de buurt van waar hij nu was? Misschien lag het in de kamer ernaast, wachtend tot zij het vonden en het aan Garza gaven.

Wachtend om dit alles te beëindigen. Om Sarah te bevrijden.

Ik hoop het.

Gareth Red kende Vicente Garza beter dan de meeste mensen. Hij had met hem in het leger getraind, toen The Hawk had geprobeerd Red - een jonge, getalenteerde scherpschutter - te rekruteren voor zijn paramilitaire privé-eenheid, Ravenshadow.

Hij wist dat Garza maar door één ding werd gemotiveerd: hebzucht. De zucht naar macht had de man volledig verteerd, en zijn greep naar fondsen en middelen had een monsterlijke kracht van jonge mannen gecreëerd die bereid waren alles voor hun baas te doen.

En ze *hadden* alles gedaan. Moord, verkrachting, marteling - Reggie had er verhalen over gehoord. Garza's mannen waren niet alleen goed opgeleid en intelligent, ze waren meedogenloos.

Reggie was een van de meest getalenteerde van hen allen; wat hij miste aan ervaring maakte hij goed met ruw talent. Maar hij had één grote tekortkoming waardoor hij snel uit Ravenshadow's gelederen verdween.

Hij zou niet zomaar *iets* doen.

Hij zou niemand blindelings volgen.

Hij had die fout al eerder gemaakt, en sindsdien maakte hij hem onbewust, maar als Gareth Red iets was, dan was het een fatsoenlijk mens. Hij vocht voor wat juist was - en hij sloot zich af als hij voelde dat de strijd allesbehalve rechtvaardig was.

Hij *haatte* Garza, Ravenshadow, en alles waar ze voor stonden. Hun klanten vroegen nooit naar The Hawk's methodes, dus hielden ze hem in het zwarte. Hij had een fortuin verdiend door contracten te verkopen voor internationale aanslagen, door op te treden tegen corrupte regeringen, zelfs door de macht over te nemen van een bananenrepubliek die te strak vasthield aan de teugels van een gewas waar een rivaliserend productiebedrijf controle over wilde.

Maar na de gebeurtenissen in Philadelphia die zijn goede vriend en medesoldaat dood hadden achtergelaten, en met zijn en Sarah's gevangenneming, had Reggie zijn besluit genomen.

Dit was persoonlijk.

Niets kon hem tegenhouden om de havik en zijn team huurlingen te vernietigen.

Een andere schreeuw stopte hem in zijn spoor. Hij hoorde Sarah's stem, maar voelde een ander gevoel van verdriet dat niets met haar te maken had.

Hij herinnerde zich een ander moment van hulpeloosheid. Staande in het kantoor van een dokter in een abortuskliniek.

Een meisje, een bang meisje, maar een meisje waar hij van hield. Een meisje dat *zijn* meisje in zich droeg.

Het was haar beslissing geweest, had de dokter hen verteld.

Haar beslissing *alleen*.

Ze waren niet getrouwd, en zelfs dan... Reggie wist al die tijd dat hij er niet tegen kon vechten.

Maar hij had het geprobeerd.

En faalde.

Sarah gilde weer, en Reggie viel op zijn knieën.

Hij huilde, grote, warme tranen die hij al lang niet meer op zijn gezicht had gevoeld.

De baby had nooit een naam gehad; dat wilde ze niet. Maar nadat ze was vertrokken, uit zijn leven verdwenen net als hun kind, was Reggie haar Clair gaan noemen in zijn gedachten. *Kleine Clair,* dacht hij. De nachtmerries hadden hem daarna nog jaren elke nacht wakker geschud, en achtervolgden hem soms nog.

Kleine Clair.

En nu Sarah.

Zijn hoofd viel, de tranen verzamelden zich op de vloer voor hem.

Het leek erop dat hij nu twee mensen was, twee verschillende persoonlijkheden in één.

Een van die personages wilde huilen, hier zitten huilen om de momenten die hij nooit had gehad. In het verleden leven, zoals hij had geprobeerd zichzelf te trainen om dat niet te doen.

Maar de andere persoonlijkheid won. Hij stond op, zijn vuisten stevig genoeg gebald om een menselijke schedel te verbrijzelen, en hij liep naar voren.

Naar de trap.

De andere persona had maar één ding aan zijn hoofd, en hij stond toe dat het zijn gedachten vulde, dat het zijn bewuste brein vulde en de rest van de emoties verdrong.

Hij stond onderaan de trap en wachtte tot Sarah's geschreeuw was weggeëbd.

De andere persoonlijkheid wilde iets, en het werd zijn enige focus.

"Garza!" schreeuwde hij. "Ik ben klaar om te praten!"

De andere persoonlijkheid wilde doden.

HOOFDSTUK 39

BEN

"BEN!"

Ben probeerde zijn ogen te openen, maar de omringende druk dwong hen dicht te blijven. Hij probeerde het opnieuw.

Warmte.

Het was warm hier, bevredigend.

Hij probeerde zijn ogen opnieuw, niets. *Goed. Ze blijven dicht.*

Hij voelde een kriebel op zijn gezicht, iets dat er tegen aan streek. Het was nat. Maar warm.

"Ben!"

Hij sperde een oog open. Er kwam iets in zijn hoofd - nee, alleen zijn oog. *Wat krijgen we nou?*

Hij zag lichtstrepen, azuurblauwe vormen die door zijn eenogige zicht dansten. *Wat is er mis met het andere oog?* Dacht hij.

Hij voelde nog een borstel, nog een por, deze keer harder. Toen een greep. Het trok aan hem - *rukte* hem.

Hij opende zijn mond om te schreeuwen, ontdekte dat zijn mond nog werkte, maar toen verslikte hij zich meteen. Hoesten.

Paniek sloeg toe, en eindelijk pasten zijn ogen zich aan.

De wereld om hem heen was blauw. Donker en steeds donkerder.

Waar ben ik?

Het kwam toen allemaal terug. Het vliegtuig, het laatste bericht van de piloot, het heen en weer schommelen en de...

De crash.

We stortten neer in de Middellandse Zee.

Toen pas merkte hij Julie op. Haar gezicht, niets dan een silhouet, maar hij kende haar vorm. Haar haar zweefde rond haar hoofd, een engel.

Hij reikte naar haar, maar kwam er toen achter dat hij te ver weg was.

"Ben, je moet..."

De rest hoorde hij niet. Hij besefte dat hij weggleed, viel. *Viel.*

Hij was aan het zinken.

Hij voelde naar zijn veiligheidsgordel. Hij was het vergeten, maar het hield hem binnen, het ding dat waarschijnlijk zijn leven had gered, nam het nu net zo gemakkelijk weg.

Waar zit verdomme de ontgrendelknop?

Hij vond het, probeerde het open te klikken. Het wou niet bewegen, maar hij probeerde opnieuw. En nog eens. Eindelijk voelde hij de klik, het geluid ervan werd gedempt door de immense druk van het water rondom hem.

Zodra hij de heupgordel had vastgeklikt, voelde hij zich stijgen, zijn eigen drijfvermogen duwend tegen de zwaartekracht van de oceaan. Zijn rechterarm richtte zich omhoog naar het open gebroken raam, terwijl zijn linker nutteloos aan zijn zijde bungelde. Hij kon de pijn daar voelen, het doffe, langzame kloppen, maar het koude water hielp. De warmte die hij had gevoeld was nu volledig verdwenen, vervangen door een deken van pure terreur die aanvoelde als koude naalden die hem van alle kanten raakten.

Zijn arm zweefde omhoog door het raam terwijl het vliegtuig naar beneden vloog, en toen vond zijn hand die van Julie.

Hij greep het en hield zich vast, zodat zij hem omhoog kon trekken.

Zijn lichaam kronkelde, maar zijn hand bleef rond die van Julie.

Hij besefte dat ze op iets zweefde, maar hij kon niet zeggen wat. Haar silhouet bleef onbeweeglijk, zelfs toen hij vocht, schoppend tegen de trekkracht van het kleine raampje rond zijn middel. Gelukkig was het net groot genoeg voor zijn bovenlichaam om erdoor te passen, en door zijn benen samen te trekken glipte het langs hem heen en zeilde naar beneden, de duistere diepte in.

Zijn hoofd schoot uit het water, zijn mond wachtte nauwelijks om het oppervlak te doorbreken voordat hij een grote hap lucht naar binnen zoog.

"Ben, ben je in orde? Vroeg Julie. Haar stem was driftig. "Ik - ik heb het geprobeerd, maar ik kon er niet bij. De riem. Ik dacht - ik dacht..."

Hij probeerde te spreken, maar hij moest ademhalen. Nog een keer ademen, dan nog een, en uiteindelijk viel hij met zijn gezicht naar beneden op het ding waar Julie op dreef. Een vleugel, afgebroken van het vliegtuig.

"Ben..."

"Het is goed," zei hij, hijgend. "Je - je bent in orde."

Ze lachte, een beetje uitzinnig in haar stem. "Ja - ja, ik ben oké. Maar je was -"

"Ik heb het gehaald," zei hij. "Maar ik ga *nooit* meer vliegen."

Ze dook met haar hoofd naar beneden en keek naar het water om haar heen. Ben deed dat ook. Overal lag puin. Voorwerpen die hij niet kon identificeren, sommige wel. Een stoelkussen - misschien het drijfmiddel waar hij stewardessen over had horen praten? Een blikje met iets, blijkbaar gevuld met genoeg lucht om te blijven drijven. Een tas, een soort rugzak.

"Onze spullen," fluisterde hij.

Ze knikte. "Het is weg, Ben. Alles. Onze telefoon, mijn computer. En de piloot..."

Ze was nog niet klaar, maar Ben keek naar beneden. Het water was helder tot op een meter of vijftien, daarna verdween het in inktzwarte duisternis. Het vliegtuig - en de piloot, blijkbaar - waren al lang weg.

"Het is oké," zei hij. "Het komt wel goed met ons."

"Ben, we kunnen niet blijven -"

"Julie, we redden ons wel. We moeten alleen naar Rome. Oké?" snoof hij. Hij kon de temperatuur van het water niet zeggen, maar dat deed er niet toe. Hij was niet omgekomen bij een vurig vliegtuig-ongeluk. "We zijn dicht bij iets, zie je?"

Hij wees naar het gebouw dat hij in de verte had gezien. Het stond op een heuvel, verheven boven het land eromheen, maar genesteld tussen vele andere gebouwen. Klein, alsof ze deel uitmaakten van een kleine stad. Het land strekte zich uit tot aan de randen van zijn zicht.

Goed, dacht hij. *Dat betekent dat we dichtbij zijn, wat* het *ook is.*

Het land was minder dan een mijl ver. Zwembaar, maar ze zouden moe zijn. Als de stad aan een strand lag, was er een kans dat de diepte van de Middellandse Zee hier uitmondde in een lange, ondiepe zandbank die tot aan de kust reikte. Misschien konden ze er een stuk over lopen.

"Is het Rome?" vroeg Julie.

"Ik denk het niet," zei Ben. "Ik weet het niet zeker, maar ik denk dat de kust van Italië een stuk dichter opeengepakt en stedelijker is dan dit. Ik had tijdens de vlucht ook een hele tijd geen land gezien, dus ik denk dat dit een van de grote eilanden in het noorden van de Middellandse Zee is, tussen Spanje en Italië."

"Corsica, waarschijnlijk," zei Julie. "Dat is echt de enige die onderweg is."

Ze zaten aan weerszijden van de vleugel, en het vliegtuig leek niet te zinken, dus Ben haalde diep adem en probeerde zich op zijn gemak te voelen. Hij stak zijn hand uit en legde die op die van Julie, wier armen over een van de vleugelkleppen van het vliegtuig waren gestrekt.

"Goed," zei Ben. "Iemand zal hier snel zijn, dan. We moeten gewoon..."

"Ben," zei Julie, haar stem bijna fluisterend. "Ik zag de piloot, voordat hij... stierf."

"Wat bedoel je?" Vroeg Ben. "Ben je in orde?"

"Ja, ik ben in orde. Ik heb het over de piloot zijn... reactie. Het leek hem niet uit te maken."

"Over... doodgaan?"

"Ja."

"Wat zeg je nu?"

Ze pauzeerde en keek om zich heen alsof ze iets zocht. Ben deed hetzelfde, en behalve de kustlijn, kon hij niets zien. Geen vliegtuigen, geen boten, zelfs geen vogel in de lucht.

"Ik zeg dat het hem niet uitmaakte of hij met het vliegtuig neerstortte. Hij *leefde nog*, Ben. Ik heb het gezien. Ik werd uit de zijkant van het vliegtuig gegooid - het kreeg een enorm gat toen we het water raakten. Maar ik zwom terug om je te zoeken, en ik zag de piloot, door het cockpit raam. Hij keek... naar me."

"Naar jou aan het kijken?"

"Alsof hij wist wat er gebeurde, en hij vond het goed. Ik kan het niet met zekerheid zeggen, Ben, maar ik denk dat hij het expres deed."

Ben spotte. "Wat? Heeft hij het vliegtuig expres laten *neerstorten*?"

Ze haalde haar schouders op en veegde haar ogen af van de zeestraal. "Ben, ik zag het vliegtuig. Beide motoren. De staart, alles."

"Ja?"

"Het was *prima*, Ben. Helemaal prima."

"Het kan een defect aan het instrument zijn, een probleem met de communicatie, je weet dat Reggie zegt dat -"

"Ben," Julie stak een hand op. "Er was niets mis met de communicatie of de instrumenten. En als dat wel zo was, het is buiten een heldere dag, en we vlogen niet echt hoog boven de wolken. Hij had bijna perfect zicht. Hij gebruikte waarschijnlijk niet eens computernavigatie."

"Julie, wat probeer je te zeggen?"

"De motoren waren *in orde,* Ben. Er was geen zichtbare schade aan het vliegtuig, en ik zou elk ander vliegtuig in de buurt gezien hebben. Vind je het niet vreemd dat we vlak voor de kust neerstortten, maar er *toevallig* geen andere vliegtuigen of helikopters in de lucht waren op dat moment?"

"Ik denk het. Ik weet het niet."

"En dan de piloot. Zijn gezicht. Alsof hij het wist. Van dit alles. Deed het met opzet."

"Denk je dat hij zichzelf opzettelijk gedood heeft? Een zelfmoordmissie."

"Ben, we zijn hierheen *omgeleid.* We zijn in Barcelona van vliegtuig verwisseld. Waarom? Waarom niet gewoon bijgetankt en doorgereden, zelfde vliegtuig en alles? Dat slaat *nergens* op, tenzij de piloot ons in *dat* vliegtuig wilde hebben."

In een flits, klikte het allemaal voor Ben. Ze had gelijk. De verandering van vliegtuig, dezelfde piloot, het feit dat hij had gewacht tot ze bijna op Corsica waren, tot er niemand anders in de buurt was - geen vliegtuigen, boten, helikopters. Hij had het expres gedaan, maar dat was niet het ergste.

Hij keek naar Julie, keek recht in haar ogen. "Het betekent dat hij niet alleen opereerde. Dit was geen pech. Het betekent dat hij voor iemand werkte."

Ze knikte. "Iemand die ons dood wil."

HOOFDSTUK 40

JULIE

ZE ZWOMMEN NAAR DE KUST. Het was koud, maar gemakkelijk - ze waren maar een paar meter verwijderd van een lange, brede, ondiepe zandbank die hen naar de kust voerde. Ze kwamen aan op een leeg strand in een zachte baai, het idyllische dorpje uitgestrekt op de heuvel boven hen. Ze hadden besloten dat het eiland Corsica was, en Julie vroeg zich af of iemand in de kleine huisjes en gebouwen aan dit stuk kust het vliegtuig het water had zien raken.

Julie wist dat de crash niet van deze afstand was geweest, en er was ook geen rook, vuur of puin. Tegen de tijd dat ze de zandbank hadden geraakt, was de vleugel die ze hadden achtergelaten ook uit het zicht gezonken.

Toen ze op het strand stond en naar het water keek, was er absoluut geen spoor van het vliegtuig. Niemand wachtte hen op op het strand, en niemand reed hen tegemoet toen ze de weg bereikten.

"Hoort Corsica bij Italië?" Vroeg Ben. "Klinkt Italiaans voor mij."

Ze haalde haar schouders op. "Frankrijk, denk ik? Maar ik weet het niet zeker. Ik denk dat Napoleon hier geboren is, of hij is hier gestorven. Hoe dan ook, het is een omweg, en ik wil deze reis niet langer maken dan nodig is."

"Mee eens," zei Ben. "Laten we die heuvel op en over gaan - het lijkt erop dat dat dicht bij het centrum van het eiland is."

Ben had het mis.

Nog voor zij de top van de kleine heuvel hadden bereikt, zag Julie een bergachtig gebied, dat zich over de gehele breedte van haar gezichtsveld uitstrekte, voor zich uittorenen. Ze probeerde zich op een kaart te herinneren hoe groot dit eiland was, maar dat lukte niet. Ze hadden een weg van dit eiland nodig, en meer bepaald een weg *naar* Rome.

"Uber?" vroeg Ben, toen hij een auto voorbij zag rijden met het alomtegenwoordige logo op de voorruit van het voertuig.

"We hebben geen telefoons. Moet je daar geen app voor gebruiken?"

"Ah," zei Ben. "Nou, ik denk dat ik blij ben dat ik de oude school ga volgen." Julie zag hem in zijn achterzak reiken en er een drijfnatte portefeuille uithalen. Hij liet het een paar seconden uitdruipen en opende het toen. "Creditcards zijn toch waterdicht?"

"Heb je geld?"

Ben schudde zijn hoofd. "Nope, niets."

Julie pakte de kaart en begon te lopen. "Ik denk dat er op de een of andere manier een stad is. Laten we hopen dat het deze kant op is."

Ben volgde haar, en binnen een kwartier kwamen ze bij een kleine winkel op de hoek en een benzinestation met een bord in het Frans, en daarna een kleinere tekst in het Italiaans.

"Ik denk dat we allebei gelijk hadden," zei Julie. "Nu maar hopen dat ze Mastercard accepteren."

Het benzinestation accepteerde wel creditcards, en het kostte hen geen enkele moeite om een goedkope, internationaal ontgrendelde flip-telefoon en wat snacks te kopen. Ben kocht ook een goedkoop t-shirt met de tekst *Ik heb Corsica bezocht en alleen dit shirt gekocht,'* maar Julie's kleren waren al grotendeels opgedroogd en ze koos ervoor ze aan te houden.

Het totaalbedrag leek redelijk - de kassière rekende het bedrag in euro's om - hoewel dat onmogelijk met zekerheid te zeggen was zonder de huidige wisselkoers te kennen, maar Julie gaf er niet om. De kredietkaart was hun reddingslijn, hun toegang tot de buitenwereld. Het zou hen in staat stellen, zodra ze een hotel of internetcafé met toegang tot de buitenwereld gevonden hadden, om uiteindelijk mevrouw E en Archie te kunnen bellen.

Het duurde nog een kwartier om zo'n hotel te vinden, en aangezien zij meestal droog waren en eruit zagen als alle andere toeristen die zij hadden gezien, had het hotelpersoneel er geen moeite mee hen naar een computer met betaal-internet te verwijzen.

Daar stuurde Julie een e-mail naar mevrouw E en de rest van het team, via een beveiligde webmailserver die ze speciaal voor die reden hadden opgezet. Ze hadden ontdekt dat ze aan land waren gegaan in de buurt van een stad genaamd Campomoro, dus planden ze een rit naar de andere kant van Corsica, naar een stad genaamd Porto Vecchio. Uiteindelijk vond Julie een plaatselijke veerbootmaatschappij die elk uur boottochten organiseerde, en één halte op de tocht was een stad aan de Italiaanse kust genaamd Civitavecchia, op slechts een uur rijden van het Vaticaan. De overtocht met de veerboot was in totaal iets meer dan 133 mijl, en de overtocht zou ongeveer vijf en een half uur duren.

In totaal - als alles volgens plan verliep - zouden ze in minder dan acht uur in Rome zijn.

Een verspilde acht uur, dacht Julie. *Maar het is beter dan niets.*

Ze boekten de veerboot en de taxi, en binnen enkele minuten stopte een Italiaanse man met een Franse baret op en de grootste sigaar rokend die Julie ooit had gezien, in een Toyota pick-up truck. Hij stootte een enorme slok rook uit, draaide zijn raampje omlaag en claxonneerde.

Julie en Ben bekeken dit alles vanuit de lobby van het hotel. Niemand van het hotelpersoneel leek het erg te vinden, en ze waren al op weg naar buiten toen de man voor de tweede keer toeterde.

De rit was, verrassend, informatief en aangenaam. De naam van de man was Ricard, geboren in Lyon, vele jaren geleden naar Corsica verhuisd, en zijn gezin van drie onderhoudend met taxikosten. Hij wees ons op een paar toeristische locaties tijdens hun rondrit over de zuidkant van het eiland.

Julie had liever een stille reis gehad, met een hoofdtelefoon met ruisonderdrukking, in de cabine van een vliegtuig, maar dat van Ricard was niet het ergste dat ze ooit gehoord had. Ben van zijn kant vond het op de een of andere manier rustgevend genoeg om een dutje te doen terwijl hij op de achterbank van de verlengde cabine zat.

Ze was uitgeput maar springlevend. Tegen de tijd dat ze de stad Porto-Vecchio bereikten, wenste Julie dat ze gewoon een hotel konden boeken voor de avond, een glas wijn bestellen en kijken naar de zonsondergang boven de bergen van Corsica.

Maar Reggie en Sarah waren nog steeds ergens daarbuiten. Garza leefde nog. Het Boek der Beenderen zou in de verkeerde handen vallen, tenzij zij er eerst bij konden komen.

Ze moesten doorzetten.

Julie haalde adem nadat ze betaald hadden, stapte uit het voertuig en liep naar de veerhaven. De taxivrachtwagen piepte toen hij zich losmaakte van het gebouw en in volle vaart de snelweg weer opreed. Voor haar en dicht bij de waterlijn stonden auto's en mensen te wachten om de enorme dubbeldeks veerboot op te gaan, en ze kon stoom zien opstijgen uit het watcroppervlak voor de veerboot.

Ben pakte haar arm.

"Wat is er?" vroeg ze.

"Daar," fluisterde hij, terwijl hij haar een steegje in trok. Hij wees met een knikje van zijn hoofd naar een auto die aan de andere kant van het terrein geparkeerd stond. Drie mannen, allen met zonnebril en zwarte spijkerbroek, stonden naast de auto. Hun overhemden waren allemaal verschillend, waarschijnlijk een poging om op te vallen tussen de rest van de toeristen en de Corsicaanse bevolking, maar ze waren allemaal strak ingestopt, en Julie - zelfs van de over-kant van het terrein - kon spieren zien opzwellen onder hun mouwen. Ze waren gebruind, met goed verzorgd haar, en ze leken uit Europa of Amerika te komen.

Het ergste van alles was dat zij de flits van een geweer zag toen het van de handen van een vierde man, nog steeds in het voertuig, overging op een van de mannen die zich het dichtst bij haar bevonden.

"Denk je dat ze hier voor ons zijn?" vroeg Julie.

"Wil je blijven om het uit te zoeken?" vroeg Ben terug.

Ze gromde, en wees toen naast de veerboot. "Daar. Een kleinere boot. Iets snellers."

"Ik hou van je stijl, Jules," zei Ben. Ze liepen met hun hoofd naar beneden langs de rand van de parkeerplaats bij de gebouwen die naar het water afdaalden. De veerboot was begonnen met mensen aan boord te laten, en de mensen die links van hen stonden te dringen begonnen een rij te vormen. "Ze zullen de rij in de gaten houden," zei Ben. "In de veronderstelling dat we via de veerboot naar Italië gaan."

"Nou, dat is een goede veronderstelling," zei Julie. "Aangezien dat *precies is* wat we van plan waren te doen."

"Denk je dat ze ons gevolgd zijn?"

"Nee," zei ze. "Anders hadden ze ons al gezien. Ik denk dat het jouw kredietkaart was. Ze kunnen onze tijdelijke machtigingen zien, en ze wisten waar ze moesten zoeken - het zijn waarschijnlijk dezelfde mensen waar de piloot bij betrokken was. Zij hebben het vliegtuig neergehaald, of de piloot overtuigd het te doen."

"Oké," zei Ben. "Dan nemen we zeker die boot. Zie je de eigenaar ergens?"

Ze schudde haar hoofd en probeerde bij te blijven toen Bens langere benen zich begonnen uit te strekken toen hij sneller ging. Hij bereikte als eerste de waterscooter, draaide zich om om haar erin te helpen, en eenmaal ingestapt keek ze om zich heen.

Het luchtte haar op om een volle jerrycan met benzine bij de buitenboordmotor te zien, maar ze had geen idee hoeveel benzine er in de tank zat. Het zou genoeg moeten zijn.

Ben bukte om aan het koord van de motor te trekken, en op dat moment gebeurden er twee dingen. Ten eerste kwam de man die blijkbaar de eigenaar van de boot was om de hoek van een van de gebouwen gevlogen en schreeuwde in het Italiaans naar hen.

Ten tweede liepen de vier mannen die het voertuig hadden verlaten aan de andere kant van het parkeerterrein, in de buurt van de rij voertuigen die op hun beurt wachtten om de buik van de veerboot op te gaan. Julie zag ze gemakkelijk, hun zwarte kleding en zonnebril in schril contrast met de rest van de glanzende, lichtere voertuigen om hen heen. Ze liepen niet op volle snelheid, maar ze wist dat ze ruim binnen schootsafstand zouden zijn voor ze de boot verlieten.

"Ben," zei ze, haar stem driftig. "Tijd om te gaan."

"Hebbes," zei hij. Eindelijk trok het koord de motor volledig over en de motor begon te sputteren en kwam toen tot leven. "Laten we gaan!"

Voordat ze zich ergens aan kon vasthouden, schoot de boot weg van zijn aanlegplaats en in de open haven.

"Ben," zei ze. "Ik weet niet of deze boot het zal halen!"

"Wat bedoel je?"

"De motor, de benzinetank - ik heb geen idee of het groot genoeg is om ons er helemaal heen te duwen."

Ben keek haar aan, en ze probeerde na te denken. Er moest een oplossing zijn. Er moest een uitweg zijn. Ze liet haar ogen over het gebied dwalen. De veerboot docmde links boven hen op, maar dat was niet waar Julie zich op concentreerde.

Direct achter het bootje, aan de oever opgesteld en zo dichtbij dat ze dacht haar eigen spiegelbeeld in hun zonnebril te kunnen zien, hieven de vier mannen bruut uitziende aanvalsgeweren op en richtten die op hun boot.

En toen openden ze het vuur.

HOOFDSTUK 41

BEN

BLIJKBAAR WAS HUN ONTSNAPPINGSPOGING NIET ONOPGEMERKT GEBLEVEN. Kogels weerkaatsten tegen de metalen achtersteven van de kleine boot, sommige raakten het water met een sissend geluid en een kleine plons. Julie en Ben doken in het midden van de boot, maar er was niets dat hen tegen het geweervuur kon beschermen. Niets, in feite, helemaal niets.

Ben voelde een plotseling gevoel van spijt - ze werden beschoten door een groep getrainde moordenaars met krachtige geweren in een minuscuul bootje met niets om hen te beschermen, maar mogelijk nog erger dan dat was het feit dat er niets anders dan een vijf-gallon kruik benzine in de boot was.

Geen medische apparatuur, geen communicatiemiddelen, zelfs geen vishengel of reddingsvest.

Ze moesten weg van deze mannen, en veilig naar Rome - of ze zouden er helemaal niet geraken.

Ben navigeerde de kleinere, slankere boot om de massieve veerboot heen en stapte er voor uit, nog steeds gehurkt voor de motor. Hij stak zijn hoofd een beetje omhoog en zag dat de vier mannen nu drie waren. Eén man was verdwenen, maar in plaats van dat zijn stress verminderde, kreeg Ben een zinkend gevoel in zijn maag.

Waar is hij?

"Ben!" riep Julie. "Daar!" ze wees in de richting tegenover de veerboot, aan de stuurboordzijde van hun boot, en Ben volgde haar blik.

Nee.

De man - Ben herkende zijn zonnebril en t-shirt met een bekend tekenfilmfiguur - stuurde een boot naar de rand van het dok waar zijn team stond te wachten.

En de boot was *veel* groter dan die van Ben. Het leek op een klein jacht, en Ben kon het kielzog van de twee motoren aan de achterkant van de boot zien toen hij langzamer bij de kade kwam. Hij stopte echter niet, en binnen enkele seconden waren de drie mannen aan boord en snelden ze naar Ben en Julie toe.

Hun geweren waren nog steeds getrokken, en ze hadden de boot van Ben en Julie in hun vizier.

"Klote," zei hij.

"Kunnen we nog sneller?"

"Niet tenzij er nog een motor onder een van de stoelen verstopt zit."

De 'stoelen' waren niet meer dan houten planken die over de hele breedte van de boot waren vastgeschroefd. Drie van hen, en geen enkele had iets eronder.

"Niets hier," zei Julie. "Niet eens een touw. Wat is het plan?

"Hoop je dat we eerder in Rome zijn dan zij?"

Julie's ogen ontmoetten die van Ben, en hij wist dat zij hetzelfde dacht als hij. *We kunnen ze niet ontlopen. We zullen niet in Rome geraken voor zij ons bereiken.*

Ben wist dat ze een ander plan nodig hadden. *Denk na, Ben.* Hij had ooit het lichtpistool van een boot als wapen gebruikt, maar dat was aan land geweest, en hier hadden ze geen lichtpistool. Hij overwoog een van de stoelen in de boot als wapen te gebruiken - de houten latten zouden zwaar genoeg zijn om schade aan te richten - maar het zou een doodvonnis zijn om te wachten tot alle vier de schutters dichtbij genoeg waren om iets nuttigs te doen.

Julie stond nu recht voor hem. "Ze zullen niet stoppen."

Ben fronste zijn wenkbrauwen.

"Ze zullen ons niet met rust laten tot wij - of zij - dood zijn."

"Ja, dat had ik al door," zei Ben. "Maar we hebben weinig middelen hier. Wie zijn ze eigenlijk? Ik kan me niet voorstellen dat Garza huurlingen zou sturen om ons te doden als hij wilde dat we het Boek der Beenderen zouden vinden."

"Hij probeerde ons te vermoorden in Alaska."

"Goed punt. Maar misschien was dat slechts een waarschuwing, zodat we wisten dat hij serieus was."

Julie trok een gezicht. "Toch denk ik dat je gelijk hebt. Dit lijken niet Garza's mannen te zijn. Ten eerste, zijn mannen dragen altijd zwart. Deze jongens dragen gewone kleren, en die vreselijke zonnebril."

"Dus huurmoordenaars?"

"Misschien. Maar ingehuurd door wie?"

Ben antwoordde niet, maar bracht de boot naar de meer open wateren aan de rand van de haven.

"Ik heb een idee."

Hij trok een wenkbrauw op, wachtend op haar uitleg. "Draai naar links. Ga terug naar de veerboot."

Ben draaide de boot zachtjes om, richtte hem naar het noorden en volgde de kustlijn van Corsica. De veerboot lag op ongeveer driehonderd meter afstand, maar hij begon zich in hun richting te bewegen. De andere boot zag hun manoeuvre en draaide, hun hoek afsnijdend.

"Ze halen ons in," zei hij. Zijn stem was niet luider dan een fluistering, maar Julie hoorde hem.

"Ik weet het," zei ze. Haar ogen waren gericht op de veerboot.

"We kunnen ons niet achter de veerboot verstoppen, Jules."

Ze glimlachte en keek toen naar Ben. Toen legde ze hun plan uit.

"Het zal niet werken," zei Ben. "Het is te riskant."

"Het is het enige plan dat we hebben. Trouwens, je hebt altijd al eens een James Bond-achtige boot achtervolging willen proberen."

"Ik had niet gedacht dat het zo zou zijn. Bond heeft altijd wel een leuke technologie of een geheim wapen."

Ze knipoogde naar hem. "Je hebt me."

Hij snoof en keek toen terug naar hun achtervolgers. De boot haalde hen in, maar hun eigen vaartuig was sneller dan Ben dacht. Ze hadden niet veel tijd, maar hij hield hun vaartuig gericht op het achtereind van de veerboot.

Julie ging voor hem zitten, en hij keek haar recht in de ogen. "Weet je waarom ik heb gewacht om te trouwen? Waarom ik zo terughoudend ben geweest?"

Julie's ogen verwijdden zich. "Moeten we - moeten we hier nu over praten?"

Hij haalde zijn schouders op. "We hebben net genoeg tijd."

"Dat doen we niet, Ben. Koude voeten krijgen is normaal, maar het duurt meer dan vijftien seconden om beneden te komen tot..."

"Dat gebeurt niet," zei Ben. "Het zal tien minuten duren."

Ze keek naar hem, maar sprak niet.

"Ik hou van je, Jules. Meer dan wat dan ook. Meer dan ik ooit dacht dat ik van iemand kon houden. Maar het is waar, en dat heb ik altijd gedaan."

"Ben, ik hou ook van jou. Maar we doen niet - "

"Wacht even," zei hij. "Laat me tenminste uitpraten."

Ze knikte. Ze veegde haar oog af, maar Ben kon niet zeggen of ze tranen kreeg van het gesprek of van de wind.

"Toen ik jou ontmoette, haatte ik mensen. Ik zei dat tegen mezelf omdat ik wilde denken dat het waar was, en ik begon het zelfs te geloven. Ik haatte het idee dat iemand zo betrokken kon raken bij een ander, dat als ze diegene zouden verliezen, hun hart eruit gerukt zou worden.

"Ik heb dat meegemaakt, Jules, en ik wilde mezelf ertegen beschermen."

Ze knikte weer.

"Maar ik heb geleerd - jij hebt me geleerd - dat we mensen zijn voor een reden. Of dat mensen *gemaakt zijn* om samen te zijn. Dat waren *we*, en dat redde ons leven. Ik besloot dat ik het zou volhouden, kijken hoe het zou zijn om een tijdje samen te zijn. Ik bleef wachten tot de andere schoen zou vallen, weet je? Om uiteindelijk te realiseren dat ik al die tijd gelijk had en dat alleen zijn echt was waarvoor ik was gemaakt.

"Maar toen kwam de CSO, en er was niet veel tijd om dat uit te zoeken. Ik stopte het in mijn achterhoofd, en ging gewoon door. Ik dacht dat het er niet toe deed, maar ik realiseerde me dat ik er nog steeds over nadacht. Het nog steeds overweeg."

"Ben... suggereer je dat je *niet* wilt trouwen?"

"Wat? Nee - dat bedoelde ik niet. Ik probeer te zeggen dat het komt door de CSO - *omdat* we de hele tijd samen zijn... werk, thuis, persoonlijk leven, professioneel leven - het komt *door dat* alles, dat is *waarom* ik met je wil trouwen."

"Uh, sorry - Ik weet niet zeker of ik je kan volgen."

Ben reikte met zijn vrije hand naar voren en pakte Julie's hand vast. "Jules," zei hij. "Ik dacht dat ik tijd nodig had om 'alles op een rijtje te zetten'. Ik dacht dat ik dat nodig had in het bos, in Yellowstone, nadat ik jou had ontmoet. Ik dacht dat ik het nu ook nodig had. Tijd weg van de CSO, van jou, om 'dingen uit te zoeken'. Om *zeker te weten* of ik dit voor de rest van mijn leven wilde."

"En?"

"Nou, ik realiseerde me dat ik helemaal geen tijd nodig had. Ik wist het al, ik moest het alleen aan mezelf toegeven. Jules, jij bent de ware. Jij bent het altijd geweest, en ik was gewoon een idioot die mezelf probeerde te vinden. Je kende me al die tijd al, je hebt hiervoor getekend, en je hebt gewoon gewacht tot ik het besefte.

"Nou, het wordt verdomme tijd dat je het beseft, hotshot."

Hij lachte.

"Maar we hebben een probleem."

"Wat is dat?"

Ze wees. "Dat duurde *veel* langer dan tien seconden."

Ben zuchtte en keek toen achter zich. De andere boot was hen ingehaald, en drie van de mannen stonden op de boeg en richtten hun geweren op hen.

"Klaar?" Vroeg Ben.

"Klaar als ik ooit zal -"

De mannen openden het vuur, en Ben dook weg. Er klonken schoten langs de romp van de boot, en hij zag dat één kogel de zijkant was binnengedrongen, een klein gaatje net boven de waterlijn achterlatend. Hij probeerde de motor stil te houden - ze waren nog maar een paar meter van hun bestemming verwijderd - maar het was moeilijk om laag te blijven en tegelijkertijd te rijden.

Hij keek op om zich te oriënteren, net toen Julie over de rand van de boot in het water gleed.

"WE HEBBEN EEN STUK VAN HET BOEK DER BEENDEREN GEVONDEN," zei Reggie. "In Egypte, in een grafkelder onder de Sfinx."

Garza zat achterover in zijn stoel, de voorste twee poten van de grond. Hij zat tegenover Reggie, die in de kelderruimte in een soortgelijke stoel zat, een halve meter van The Hawk. Zijn lijfwachten stonden achter hem en opzij. Ver genoeg weg dat Reggie een moeilijke kans zou hebben om op hen af te komen, dichtbij genoeg dat hun schot niet zou missen.

Het had hem al zijn moed gekost om niet naar de trap te rennen toen de drie mannen terugkwamen. Hij was in het midden van de vloer gaan staan, bij de tafel waarop zijn kist was neergezet, en wachtte op hun komst. Eén man had twee stoelen bij zich, die hij tegenover elkaar in het midden van de kamer plaatste.

Reggie wilde ze doden. Hij dacht dat hij misschien zelfs een kans had, maar hij wist dat ze een recht verwachtten. *Voorbereid* op een gevecht.

Hij moest vechten tegen gevoelens van angst. Voor wat er van Sarah geworden was. Toen hij Garza door de deur had geroepen, was het geschreeuw gestopt.

Maar was dat een goede zaak of een slechte zaak?

Hij besloot mee te spelen, om haar tenminste een kans te geven.

"Het was een dagboek, iets waar Rachel Rascher's overgrootvader tijdens het nazi-regime aan had gewerkt."

"Sigmund Rascher," zei Garza.

Reggie knikte. "Ja. Sadistische klootzak..."

"Ik weet wie hij is, dank u."

Reggie snoof. Hij had de zin willen afmaken. *Net als jij, klootzak.* Hij staarde naar Garza, zich afvragend hoe lang hij het spelletje mee moest spelen om Sarah's vrijheid te winnen.

Hij wist dat het veel te veel gevraagd was om te verwachten dat ze beiden zouden worden bevrijd, maar hij moest het spel spelen voor Sarah's bestwil.

"Hoe dan ook, ze zette de experimenten voort die hij in de jaren '30 was begonnen. Mensen verdrinken in ijskoud water, ze laten stikken om de effecten te bestuderen van vliegen op grote hoogte in zuurstofarme omstandigheden. Dat soort dingen."

"En Die Glocke."

"Ja," zei Reggie. "De Klok. Een Nazi experiment waarvan ze dachten dat het hen in staat zou stellen mensen te 'testen' op een soort van zuiverheid."

"Het Arische ras, neem ik aan."

"Ja, ik denk het. Blond haar, blauwe ogen. Ik denk dat die eigenschappen niet genoeg waren voor de SS. Ze wilden meer bewijs dat hun mensen perfect waren, dus maakten ze een machine om het te bewijzen." Hij grinnikte. "Maar het werkte niet."

"Is dat niet zo?"

"Nou, we denken dat het mensen prima *doodde*. Maar het werkte op een elektrisch geladen chemische stof, die een gif in de lucht verspreidde en iedereen in de buurt infecteerde. Sommige mensen overleefden het, de meesten niet."

"En dat was een mislukking?" vroeg Garza.

Reggie haalde zijn schouders op. "Arsenicum doodt mensen in

voldoende hoge doses. Maar mensen hebben andere immuunreacties - ze zijn veerkrachtiger, beter in staat om te vechten tegen ziekteverwekkers."

"Klopt," zei Garza. "Dus misschien had het niets te maken met ras, maar meer met het vinden van de sterkste van de bevolking."

"Juist," zei Reggie. "Jammer dat ze geen reuzen hadden." Hij trok een wenkbrauw op naar zijn ex-baas en glimlachte.

"Wat stond er nog meer in het dagboek, Red?"

"Wanneer ga je Sarah laten gaan?"

"Als ik voel dat je me alles hebt verteld wat ik moet weten."

Reggie zuchtte. *Dat gaat nooit gebeuren.* "Kijk," zei hij. "Ik heb het dagboek nooit gelezen. Een man van Interpol heeft het meegenomen, vlak nadat we *ternauwernood* uit de tempel ontsnapt waren. En trouwens, het was niet het volledige Boek der Beenderen, alleen fragmenten die Raschers grootvader had overgeschreven."

"Waar werkte ze nog meer aan?"

"Hoe moet ik dat in godsnaam weten?"

"Wil je over Sarah horen?" vroeg Garza. "Weet je wat accuzuur doet met een open wond, Red?"

Red schoot uit de stoel, maar stopte zichzelf na slechts een paar centimeter. De soldaten bij Garza gaven geen krimp.

Ze zijn zo goed getraind als ik vermoedde, dacht hij. *Ze verwachtten een reactie, maar deinsden niet terug.*

Hij ging weer zitten. "We dachten dat ze het serum - wat die troep in De Klok ook was - probeerde te gebruiken om de hele bevolking te testen. Een gigantische versie van Die Glocke, zo je wilt."

"Maar ze had de uitrusting niet?"

"De machine? Dat is makkelijk. Zij was ook in de positie om het te doen." *De Grote Piramide van Gizeh. Het ultieme chemische wapen.* "Nee, ze had geen energie meer. Ze had een team wetenschappers die aan een synthetische versie van dat serum werkten, omdat het originele spul, dat ze in die tempel vond, opraakte.

"Ah," zei Garza. "Maar ze heeft het nooit afgemaakt."

"Nee, godzijdank. Maar ze dacht dat er meer van het originele spul - *veel* meer - verborgen was in de Hall of Records. "

"*De* Hall of Records?"

"Ja, de verborgen rijkdom aan kennis die het Atlantische ras had verzameld tot hun ondergang. Niemand heeft het ooit gevonden, natuurlijk, maar men zegt dat de Bibliotheek van Alexandrië een filiaal was van deze oude Hal, of dat er originele rollen uit de Hal der Archieven in zaten."

"En het Boek der Beenderen beschrijft waar deze zaal is?" vroeg Garza.

"Wie weet? Ik heb het nooit gelezen. Maar dat is wat Rachel Rascher geloofde, en - vermoed ik - uw cliënt."

Garza gaf hem een vreemde blik. "Dat is juist."

"Wat willen ze ermee? Wat is de Hall of Records voor hen?"

"Niets," zei Garza.

"Niets?"

"Ze willen niets te maken hebben met de Hall of Records. Voor hen is het een doodlopende weg."

Reggie fronste zijn wenkbrauwen. "Wat bedoel je daar nu weer mee? Willen ze de Hall of Records niet? De schat die erin zit? De kennis?

"Er is niets in de Hall of Records, Red. Het is een klucht, een fictie. Een verzinsel van Plato om ontdekkingsreizigers op een wilde ganzenjacht over de wereld te sturen."

"Maar hoe weet je dat? Het Boek der Beenderen wordt verondersteld..."

"Het Boek der Beenderen heeft nog veel meer geheimen. Verhalen over de grootste antediluviaanse beschaving op de planeet, één die de beschavingen van vandaag evenaart. Het bevat de kracht om de grootste wetenschappelijke ontdekkingen van de mensheid te ontsluiten. Maar het vertelt niemand wat er in de Hall of Records staat."

"Waarom niet?" vroeg Reggie.

"Omdat de Great Hall of Records slechts een mythe is. Een allegorie. Plato was daar dol op, zoals je wel weet. Hij creëerde de Hall of Records legende als een manier om de verzamelde wijsheid van de Ouden uit te leggen. Het is hun werk, hun kennis. Maar het is geen fysieke plaats, Red. En wat hij beschrijft, waar hij zegt dat de Hall of Records leeft, is niets meer dan een lege huls van een tempel. Gewoon een oud bouwwerk, duizenden jaren weggegooid. Er is daar niets."

Reggie was in de war. "Ik... begrijp het niet. Hoe kun je dit allemaal weten?"

"Omdat mijn cliënt het Boek der Beenderen heeft. *Het meeste in* ieder geval, behalve een paar belangrijke hoofdstukken die ze heel graag willen vinden. Maar wat ze hebben vertelt ons precies waar de Hall of Records - of in ieder geval wat Plato de Hall of Records noemt - ligt."

"En?"

"En?" vroeg Garza. "Wat bedoel je, 'en?' Dat is het - er is daar niets. Zoals ik al zei, een lege huls van een tempel. Vergeten voor de moderne wereld, maar nooit meer dan een leeg canvas."

"Maar hoe kun je..."

"Ik kan er zeker van zijn, Reggie, omdat je erin zit."

Reggie's ogen keken naar Garza en toen naar de muren om hen heen. Het plafond, de vloer, het was allemaal van steen. Witgrijze steen met een bijna blauwe tint in direct licht. Glad, alsof met de hand uitgehouwen en eeuwenlang geschuurd.

Nee, dacht hij. *Er is geen manier.*

Maar het moest waar zijn. Hij herkende de ruimte. Het was niet dezelfde ruimte, maar hij was gemodelleerd naar en ontworpen door dezelfde handen als de ruimte onder de Sfinx bij Gizeh.

Niet gekerfd door de oude Egyptenaren, maar door een nog veel ouder ras.

Je zit erin, had Garza gezegd.

"Gareth Red," zei Garza, glimlachend terwijl hij zijn armen open naar zijn zijden hield. "Welkom in de Grote Zaal der Records."

HOOFDSTUK 43

JULIE

HET WATER WAS KOUDER DAN ZE HAD VERWACHT, maar Julie kon haar adem inhouden en haar ogen gesloten houden tijdens de eerste onderdompeling. Toen ze haar hoofd onder de golven voelde zakken, trapte ze - en richtte haar hoofd recht naar beneden. Ze moest diep genoeg komen.

Ze hoorde het gebrul van de motor van de boot boven haar, en ze zwom naar beneden, wachtend op de seconde. Ze hoopte dat de boot van hun vijand op Ben gericht bleef, in de veronderstelling dat ze haar geraakt hadden en overboord hadden doen vallen. Maar als ze stopten om te controleren...

Ze hoorde de motor pas vijftien seconden later - *waren ze al te dicht bij hem?* - terwijl ze naar de kustlijn begon te zwemmen.

Ze kon haar adem niet lang genoeg inhouden om onder water te zwemmen, maar ze dacht dat ze minstens halverwege kon komen. Ze zou snel naar boven komen om te ademen, en dan haar onderwaterreis hervatten.

Ze hoopte ook dat Ben de aanvallers lang genoeg kon afweren zodat zij in positie kon komen. Hun geweren waren accuraat, en Julie wist dat de huurlingen goed genoeg getraind waren om ze effectief te gebruiken, maar ze hoopte dat Ben een moeilijk genoeg doelwit was om op open water te raken. Toch was hun boot sneller dan die van Ben, en ze wisten niet eens of dit plan zou werken...

Stop. Ze hapte naar lucht, haalde diep adem, zowel om haar longen te vullen als om een diepe zucht te slaken om haar te helpen ontspannen, en waagde toen een blik om zich heen.

Ze zag de vier aanvallers het eerst. De drie mannen stonden nog op de voorkant van de boot - dat was goed. De bestuurder richtte zich op de kleinere boot voor hen, en Julie kon Ben nauwelijks zien, laag gehurkt achter in hun vissersboot en op weg naar de plek die ze hadden afgesproken.

Zij ging naar beneden voor het tweede deel van haar reis en kwam zeven seconden later naar boven om de boten net onder de horizonlijn te zien.

Ze bereikte de eerste boei op hetzelfde moment dat Ben de hoek om ging achter de veerboot en aan bakboord verdween, maar ze had geen tijd om het te vieren. De tweede boei was nog ruim twee meter weg, en ze dacht dat Ben de achtersteven van de veerboot aan bakboord zou bereiken net toen zij klaar was.

De boei was een drie meter hoog metalen beeld in de vorm van een miniatuur vuurtoren, en het had een 'verboden te vissen' afbeelding op een bord aan twee van zijn zijden, evenals een tweede bord aan een kant die een 'no wake' logo had. Ze herkende de borden en de boei - ze waren alomtegenwoordig op het meer waar ze was opgegroeid - een manier om de grens af te bakenen rond een zwemplek of een langzame zone.

Ze zwom nog een keer onder water, toen onder de boei zelf, en stak haar hand uit met haar handpalmen open. Haar linkerhand voelde het touw dat de boei aan het anker bevestigde, en ze trok het omhoog. Er zat een klein beetje speling in de lijn, en ze raakte in paniek toen hij strak kwam te staan en ze het anker voelde grijpen.

Kom op.

Ze rukte opnieuw, deze keer met haar voeten tegen de zijkant van de boei, en ze voelde het touw en het anker meegeven. Het anker was een eenvoudig piramidevormig gewicht, waarschijnlijk niet meer dan tien pond, en ze trok de lijn zo snel als ze kon op.

Ze kwam weer boven om te ademen en bleef de lijn met zich meeslepen, het kloppen van haar hart negerend en het zachte zoeken dat zich in haar longen begon op te bouwen. Ze concentreerde zich op haar missie en bereikte de tweede boei net toen ze het verraderlijke geluid hoorde van Bens kleine bootje dat de hoek van de boeg van de veerboot omsloeg.

Maar dat was niet het enige wat ze hoorde.

Het geweervuur was nu bijna constant, de mannen hadden duidelijk door dat Ben hen meenam op een schilderachtige tocht door de Corsicaanse haven. Vanuit haar ooghoeken zag ze de boten heen en weer slingeren, terwijl ze om de andere boeien in de haven heen en weer voeren, en de schutters wisselden van positie op de voorkant van hun boot terwijl ze op Ben schoten.

Voor wat het waard was, Julie zag dat de achterste boot niet veel dichter bij die van Ben was gekomen, maar het was nu gemakkelijk binnen wat zij 'dichtbij' zou hebben genoemd. Het feit dat ze Ben nog niet geraakt hadden was een wonder, maar ze zag ook dat Ben heel laag achter in de boot bleef.

Zij zag dat zijn motor rookte - een lange zwarte rooksliert trok achter hem langs en verdween in de lucht achter de boot. Ze wist dat dat slecht nieuws was, maar het leek ook het bijkomende effect te hebben van het creëren van een moeilijke barrière voor de mannen om doorheen te mikken.

Gewoon hier komen, dacht ze. *Gewoon hier geraken zonder op te blazen.*

Dat deed hij.

Ze verborg zich achter de tweede boei en gluurde naar buiten om Ben de boot te zien richten tussen de twee boeien waar ze net tussen was gezwommen. De boot hoestte, en ze stelde zich voor dat hij kostbare brandstof lekte.

De tweede boot was in feite iets langzamer gaan varen. Hij hield gelijke tred met die van Ben, maar leek ver genoeg weg te zijn om tenminste het rookspoor veilig te kunnen volgen, zonder erin te verdwalen. Maar toch, hij voer snel.

Maar Julie hoefde haar aanval niet langer te timen. De rook zou haar machinaties verbergen, en ze hoopte alleen dat de boeien en hun lijnen het zouden houden.

Zij kroop hoger op de kant van de boei, wikkelde het touw van de *eerste* boei om de kleine vuurtoren van de *tweede* boei, dan weer over zichzelf, en liet toen het anker vallen.

De lijn ging strak, en ze zag de boeien, twintig voet uit elkaar, naar elkaar toe leunen. Ze hielden dat een paar seconden vol, toen begon het anker te zinken.

De lijn die tussen hen in gespannen was, rees ongeveer een meter uit het water, tot aan de top van de vuurtoren, en de eerste boei begon naar de tweede toe te bewegen, om de spanning op het touw te verminderen.

Maar de boot vol schutters schoot onder de lijn door toen die nog in de lucht hing, en het raakte als eerste een man die in het midden van de boot stond.

Julie zag hoe het touw weer strak kwam te staan, de man vast-hield en hem vastbond terwijl de boot verder voer. De boot ging vooruit, maar de man was nog steeds in de lijn gewikkeld, en hij kreeg snel gezelschap van zijn teamgenoten.

De drie mannen werden - hard - van de achterkant van de boot gesmakt. Ze stapelden zich in het water, de een op de ander twee, en verdwenen in de haven. Hun wapens landden vlakbij, maar zonken onder het wateroppervlak voordat een van hen zich kon herstellen.

Ze keek naar de twee boten. De bestuurder van de tweede boot was langzamer gaan varen en begon om te draaien, maar Ben stond al in haar richting en stoomde op haar af.

Ze deed haar zet.

HOOFDSTUK 44

REGGIE

NADAT GARZA EN ZIJN MANNEN DE KAMER VERLIETEN, bleef Reggie ijsberen. Deze keer had hij echter een doel.

Ga weg, haal Sarah, vermoord Garza.

Het was nu duidelijk waar Garza op uit was. Hij had de betaling van zijn cliënt nodig, het geld voor het vinden van het Boek der Beenderen. Maar de kers op de taart voor hem zou informatie in het boek zelf zijn - informatie die hem zou helpen de monsterlijke reuzen die hij op een of andere manier had gemaakt af te maken.

Reggie wist niet of ze een mislukt wetenschappelijk experiment waren, of dat ze speciaal gebouwd waren op basis van een nieuwe technologie. En ze waren op de een of andere manier incompleet - zwakker dan ze hadden moeten zijn, of breekbaar op de een of andere manier. Reggie zag er iets van in Alaska, toen ze de open plek op struikelden en hij een glimp opving van hun schijnbaar gesmolten gezichten.

Maar Garza geloofde dat wat er ook mis mee was, hersteld, geperfectioneerd kon worden. En wat er ook voor nodig was om ze te perfectioneren, hij dacht dat hij het zou vinden in het Boek der Beenderen. Wat Garza ook had gedaan om de reuzen te 'kweken' was een onvolledig antwoord. Hij had iets nodig, en hij geloofde dat het ontbrekende deel van het Boek der Beenderen het antwoord zou hebben. Iets vergelijkbaars met de chemische stof die Rachel Rascher had gevonden? Iets met bijna-mystieke eigenschappen, een nieuw element? Wat het ook was, Garza wilde het in handen krijgen.

En de Hall of Records.

Reggie draaide zich om en nam de ruimte in zich op, verlicht door de enkele werklamp. *Is dit de Hall of Records?* Dacht hij. *De 'Great' Hall of Records?*

Het leek moeilijk te geloven - er was hier niets. Geen markeringen op de muren, geen verraderlijke artefacten. En Garza had gesuggereerd dat ze het zo gevonden hadden. Helemaal leeg. Betekende dat dat Plato gewoon een verhaal vertelde? Een les, vermomd als geschiedenis? Hij had het eerder gedaan, en veel historici geloofden dat zijn verhalen over Atlantis waren verzonnen als een argument tegen overmoed.

Maar... Reggie had Atlantis met zijn eigen ogen gezien. Zeker, het was niets meer dan een oude, ingestorte beschaving die lang had gevochten met zijn mediterrane rivalen, maar het was niettemin echt. Ze hadden er bewijs van gevonden, en hij vond bewijs van hun technologische bekwaamheid onder de Grote Sfinx.

Hij probeerde het samen te stellen, maar hij wist dat er nog niet genoeg stukjes waren. Garza wilde het Boek der Beenderen voor zijn cliënt, die het wilde... voor wat? En wie was die klant?

Hij was sceptisch dat het de katholieke kerk was, maar het was niet onmogelijk. Waarschijnlijker, dacht hij, was het een tak binnen de Kerk, een kleinere organisatie die als schurken opereerde om meer macht te krijgen.

Maar hoe zou het Boek der Beenderen hun die macht brengen? Wat zat er voor hen in?

Hij schudde zijn hoofd. *Denk daar later over na. Voor nu: ga weg.*

De trap naar de zware deur was de enige uitweg uit de kamer. Daar was hij zeker van, maar hij had toch elke centimeter van de stenen kamer uitgekamd. Hij kon de trap opklimmen, maar die was waarschijnlijk op slot.

Ongeveer een uur geleden was een man binnengekomen en had een emmer water op de bovenste trap laten vallen. De helft was eruit gemorst, maar Reggie was nooit kieskeurig. Hij slurpte het koele, verfrissende water uit de emmer en ging verder met zijn onderzoek van de kamer.

Een emmer, voor een kwart gevuld met water. Een kistje van hout, aan elkaar gespijkerd met lange, dunne dekspijkers. Het stond op een metalen tafel, iets wat hij in een scheikundelab of dierenziekenhuis zou kunnen vinden. Een werklamp, 16.000 lumen verdeeld over de twee vierkante lampbehuizingen. De stekker zat in een snoer dat door een klein gaatje in de muur liep.

Dat was alles. Hij had geen gereedschap, geen uitrusting, geen telefoon. Hij droeg dezelfde kleren als op hun laatste dag in het bos: een flanellen hemd met lange mouwen, een wollen 'jeans' en twee paar merinoswollen sokken onder zijn legerlaarzen.

Hij droeg niet eens een horloge.

Denk, Reggie.

Hij vroeg zich af waarom Garza hem alleen had gelaten in deze kamer, zonder vastgebonden of geboeid te zijn. Helemaal vrij om rond te lopen. Er waren zelfs geen camera's binnen, dus hij werd niet in de gaten gehouden.

Toen drong het tot hem door. *Hij weet dat ik niet kan ontsnappen.*

En als hij *kon* ontsnappen, waar zou hij dan heen gaan? Garza zou de plaats vol laten krioelen met genoeg grunts - of reuzen - om hem niet ver te laten komen.

En zelfs *dan* zou Garza hem zo ver van het gebaande pad hebben gebracht - de 'middle of nowhere', had hij gezegd - dat als hij hier levend uit kon komen, met Sarah, dat ze dan nog steeds in de middle of nowhere zouden zijn. Hij had misschien geen rekening gehouden met Reggie's overlevingskunsten, maar met een extra persoon op sleeptouw was het een kleine kans dat ze het zouden overleven.

Dus hij was 'vrij' in de zin dat Garza hem niet nauwlettend in de gaten hield. Dat gaf hem niet veel houvast, maar het kleine beetje houvast dat het gaf, was hij van plan te gebruiken.

Een plan begon zich te vormen in zijn hoofd, en Gareth Red ging aan de slag.

HOOFDSTUK 45

JULIE

DE MANNEN LAGEN NOG STEEDS OP DE BODEM VAN HET WATER. Ze kon twee van hen zien, maar beiden leken bewusteloos. Ze zwom naar een van hen toe, in de hoop dat ze een mes of een pistool aan hun riem hadden.

Ze vond de derde man terwijl ze zwom. Hij was op de een of andere manier in het touw gewikkeld en werd onder water gehouden, en haar voet schopte hem toen ze passeerde. Hij worstelde even tegen de lijn en reikte naar Julie, maar zij ging opzij en zwom verder.

De twee andere mannen waren bewusteloos, een met het gezicht naar boven op het wateroppervlak en een met het gezicht naar beneden. Ze greep de man die het dichtst bij haar was, de man met het gezicht omhoog, en vond zijn zak. Er zat niets in.

Ze begon naar de tweede man toe te zwemmen, maar het water om haar heen ontplofte in een razernij. Ze hoorde de geweerschoten, dook instinctief weg, en trok zich toen onder water. Ze gleed naar de kant, net onder de man met het gezicht naar beneden, en trok hem naar zich toe, hem gebruikend als een menselijk schild.

Ze opende haar ogen weer en zag door het wateroppervlak heen, naar de man die aan het schieten was.

De chauffeur.

De boot was bestuurd door de vierde man, en hij stond nu op de rand van zijn boot, op Julie te richten met zijn eigen aanvalsgeweer.

Shit.

Ze zou zich niet eeuwig kunnen verbergen. De man leek zich niets aan te trekken van zijn neergehaalde teamgenoten, noch leek hij haast te hebben om ze terug te halen. Hij richtte, loste een paar schoten, toen zag Julie iets verbazingwekkends.

De man *schoot* naar voren, liet het geweer vallen en zeilde door de lucht. Hij landde met een plons ongeveer een meter van haar vandaan, net toen ze naar boven kwam om een luchtje te scheppen. Op de plaats van de man op de rand van de boot stond Ben, bijgekomen van de perfecte tackle die hij de bestuurder had toegediend. Hij hervond zijn evenwicht en tuurde door het water, op zoek naar Julie.

Toen zij kwam om te zwaaien en zijn naam te roepen, dook de bestuurder weer op en spetterde in het rond terwijl hij op haar afkwam.

Ze begon achteruit te lopen, water naar de zijkanten gooiend terwijl ze probeerde weg te komen.

Toen hoorde ze de *knal* van het aanvalsgeweer. Ze huiverde en sloot even haar ogen, maar toen ze ze opende, lag de man op het water, stil.

"Jules!"

Ben's stem.

"Julie, gaat het?

Ze knikte, en vond toen haar eigen stem. "J - ja, ik ben goed."

Zij ontmoette zijn ogen, zag hun opluchting en zwom naar hem toe, waar hij haar uit de Middellandse Zeehaven en in de boot viste. Ze lag op het dek van de boot, hijgend. Ben stond over haar heen, greep haar hand in zijn beerachtige greep terwijl hij zijn nieuwe aanvalsgeweer aan zijn zijde hield.

"Dat was... anders."

Ze lachte. "Niet precies wat ik verwachtte dat er zou gebeuren op weg naar Rome."

"Maar het werkte," zei hij. "Het werkte perfect. Goede beslissing."

"Ja, ik denk het," antwoordde ze. "Maar laten we dat misschien... nooit meer doen?"

"Akkoord. Ik denk dat ik mijn CSO leider kaart zal spelen en Mr. E zal vragen ons te voorzien van een betere uitrusting van vuurwapens."

Hij pauzeerde.

"En ik vlieg nooit meer iets anders dan eerste klas."

Ze lachte weer. "Technisch gezien *zaten* we in de eerste klas in die Cessna. We hebben alleen..."

"Eerste klas in een privéjet. Met een heleboel whisky. En een heleboel wapens. Waterdichte geweren."

"Eerlijk," zei Julie. Ze gooide haar haar naar achteren - ze hield het tegenwoordig relatief kort, alleen een plukje achter haar oor was genoeg om het in het gareel te houden - en liep naar het stuur. "Het beste van alles is dat we geen nieuwe auto hebben. Een tweemotorige ook. Zo te zien is hij volgetankt en heeft hij nog een paar volle tanks. Dat moet meer dan genoeg zijn om ons naar Rome en terug te brengen."

"Hoop het," zei Ben. "En deze is veel sneller. Rij jij de eerste etappe?"

"Zeker. Waarom kijk je niet rond voor een kaart of een radio? Er moet op zijn minst iets zijn. Oh, en laat me weten wat de paardenkracht van die motoren is."

Ben gaf haar een rare blik.

"Wat?" vroeg ze, terwijl ze de gashendel omlaag duwde en de boot vooruitduwde. "Mijn vader en zijn broer hadden een vissersboot toen ze opgroeiden. Hij liet ons allemaal leren hoe we moesten rijden. En een goede schatting voor het aantal verbrande gallons per mijl is een tiende van de paardenkracht."

"Goed om te weten," zei Ben. "Het lijkt op een Yamaha 350-HP of zoiets. Is dat genoeg?"

Ze knikte. "Dat is perfect. Ervan uitgaande dat we een volle tank hebben, kunnen we die met ongeveer 35 gallon per uur laten lopen, en voor een vissersboot als deze, schat ik dat de tank ergens tussen de 250-300 gallon kan bevatten. De extra tank aan de achterkant voegt daar nog eens 100 aan toe."

"Dus..." zei Ben. "Is dat genoeg?"

"Gemakkelijk. We moeten 133 mijl afleggen, ervan uitgaande dat we het op de juiste stad kunnen houden. En dat gemiddelde is als we vol gas geven, dus we kunnen wat langzamer gaan om brandstof te besparen, al is dat niet nodig. Misschien is het handig om de veerboot te volgen en in hun baan te blijven om zeker te zijn dat we op de juiste plaats komen."

Ze startte de motor om de snelheid te testen, en ze was onder de indruk toen ze de snelheidsmeter op 60 MPH zag staan. Met die snelheid zouden ze in iets meer dan drie uur aanleggen in Italië.

"We zullen een betere tijd halen dan met de veerboot," zei Ben, en verwoordde haar gedachten. "Laten we naar het westen gaan en kijken waar we landen. We kunnen ons op een stad richten als we land zien."

Ze knikte, draaide de gashendel helemaal open en ging achter het stuur staan. Heel even voelde ze hoe de wind haar haar opstak en rond haar ogen waaide, en ze voelde zich weer een kind dat met haar vaders boot het meer op voer.

Ze probeerde dat gevoel vast te houden, maar het verdween bijna zodra ze het erkende.

HOOFDSTUK 46

BEN

NA AANKOMST IN DE HAVENSTAD SANTA MIRANELLA, Italië, huurden zij prompt een kleine auto en een papieren kaart van Italië, alsmede een kleine "burner" telefoon, waarmee zij mevrouw E. opbelden.

Ze moesten het geweer achter een vuilcontainer in een steegje laten terwijl ze de auto huurden, maar toen ze de papieren in handen hadden, reed Julie langs en Ben pakte het. Het voelde vreemd om zo'n wapen in hun compacte sedan te hebben, maar Ben wist dat hij het liever bij zich hield dan het risico te lopen weer eens met lege handen te worden betrapt. Ze waren van plan het geweer in de kofferbak van de auto te laten tot ze in het hotel waren.

Rome was een korte rit over de snelweg, en ze waren binnen de stadsgrenzen in ongeveer een half uur. Julie had de boot voor ongeveer de helft van hun reis over het water bestuurd, en nu zat zij achter het stuur van de auto.

Ben was hier nog nooit geweest - Italië, Rome, of het Vaticaan - en hij was onder de indruk van de architectuur. Rome, een stad die in de loop van tweeduizend jaar heeft bestaan, zich heeft aangepast en vele malen opnieuw is uitgevonden, was een lust voor het oog voor

Ben, een man die geïnteresseerd is in geschiedenis maar nooit veel tijd in andere landen heeft kunnen doorbrengen.

Deze reis was niet anders, en hij voelde zich gefrustreerd dat hun missie hier was om binnen te komen, een katholiek relikwie te vinden, en weer naar buiten te gaan. Er zou geen tijd zijn voor verkenning, historische studie, onderzoek, of enige ontspanning.

Er zou ook geen tijd zijn om te eten. Julie was bij een grote fastfood keten naar binnen gereden om een stapel te nemen van wat al klaar stond. Ben had het broodje en de wrap verorberd en weggespoeld met wat water, maar de geuren van de broodverkopers en cafés die ze op hun weg door de stad passeerden deden hem wensen dat ze meer tijd hadden.

Een van zijn levensdromen was om een 'food tour' door de wereld te maken - langs de beste restaurants in de beste foodie steden van de planeet. Hij was altijd al geïnteresseerd in *eten*, maar pas sinds kort - nadat hij zijn beste vriend Reggie had ontmoet - was hij meer geïnteresseerd in de meer genuanceerde aspecten van eten, zoals hoe het werd gemaakt, waarom het werd geserveerd waar het werd geserveerd, en de verhalen achter de maaltijden.

Julie was niet zo'n fan van eten als Ben, maar hij wist dat ze om haar eigen redenen verliefd was op de stad. Ze was katholiek opgegroeid, haar vader en moeder waren devoot, haar hele jonge leven tot aan de middelbare school. Toen ze naar de universiteit ging, had haar schoolopleiding voorrang gekregen op haar religieuze leven, maar ze had vastgehouden aan haar overtuigingen en ze meegenomen in haar relatie met Ben.

Zij gingen niet naar de kerk en Julie beoefende geen openlijke katholieke tradities, maar hij wist dat zij veel waarde hechtte aan de tradities en de geschiedenis van de Kerk.

Het was onwerkelijk om in een stad te zijn die al tien keer zo lang bestond als zijn hele *land*. Het was verbijsterend om door gebouwen, straten, steegjes en zakencentra te slingeren die vijftien jaar oud konden zijn of vijftienhonderd. Ze passeerden moderne boetiekjes, kleine bakkerijtjes en oud uitziende kerken en kathedralen, en naast alle historische plaatsen waren er tal van modern ogende voorzieningen, van benzinestations tot winkelcentra en mobiele telefoonwinkels.

Vaticaanstad, de 'stad in een stad', gluurde door de ramen van de huurauto naar Ben. Vaticaanstad, het kleinste land ter wereld, is een monarchie en wordt volledig omringd door een twee kilometer lange muur die zichzelf scheidt van de rest van Rome, Italië. Ben zag de gebouwen aan zich voorbij trekken op de Via de Porta Cavalleggeri, dan op de Via della Stazione Vaticana, tot Julie hun bestemming aanwees.

Het hotel was klein, geplet tussen twee grotere gebouwen die er aan beide zijden bovenuit staken, maar het had een schilderachtige, gastvrije uitstraling. De hotelhouder bezat blijkbaar een paar van deze kleine gebouwen in de hele stad en gebruikte ze als kortetermijnverhuur en bed-and-breakfasts, die overal in opmars waren. Het verbaasde Ben niet dat hij in Rome hetzelfde aantrof, maar hij was wel verbaasd dat ze hen zonder veel omhaal in hun kamer toelieten, aangezien hij en Julie uit een ander land kwamen en alleen Ben's identiteitsbewijs bij zich hadden - geen tassen of extra kleren, geen camera's of telefoons, en geen andere identificatie. Verder deed de baliemedewerker niet moeilijk over het feit dat ze illegale toeristen in het land waren. Hij vroeg niet naar paspoorten of reisdocumenten van welke aard dan ook - geld was blijkbaar het enige geld dat ze nodig hadden.

Toen ze waren ingecheckt, daalden Ben en Julie de trap af naar de lobby, waar ze een deur vonden die naar het achterste gedeelte van het gebouw leidde. Ze wachtten even en bekeken het voetgangersverkeer. Afgezien van een piccolo die baliemedewerker was geworden, zagen ze slechts één andere werknemer en geen gasten. De bediende bleek een kok te zijn, want het was een verfomfaaid uitziende jongen met een wilde bos donker haar die rond zijn oren en bijna op zijn met eten besmeurde overhemd viel. Hij wierp hen nauwelijks een blik toe terwijl hij snel door de lobby liep naar een diepere ruimte van waaruit Ben een vage geur van een soort pasta kon ruiken.

"Lijkt verlaten," zei Ben.

"Alleen een klein hotel," antwoordde Julie. "Maar dat is goed nieuws."

"Ja, maar laten we hopen dat deze ingang naar de geheime Vaticaanse tunnel makkelijk te vinden is. Denk je dat de werknemers ervan weten?"

"Ik betwijfel het," zei Julie. "Archie zei dat de tunnels dateren van voor de meeste moderne gebouwen hier in Rome, en toen de architecten van het Vaticaan overlegden over de bouw ervan, verborgen ze de deuren in kasten, kelders en onder trappenhuizen. Geen van de deuren zou duidelijk zijn voor iemand die er niet naar zoekt."

"En deze moet naar een ondergrondse tunnel leiden, niet naar een bovengrondse. Dus dat betekent dat we toegang moeten krijgen tot de kelder."

"Ik denk dat een plaats als deze op zijn minst een kleine wijnkelder heeft. Daar beginnen?"

Na een paar minuten rondsnuffelen achter gesloten - maar niet afgesloten - deuren vonden zij de deur van de kelder. Het was een korte deur, en hij leidde naar een halve trap die onder de fundering van het gebouw naar beneden liep. Ben moest bukken om naar binnen te gaan, maar merkte dat hij zich bijna tot volledige hoogte kon uitstrekken toen hij eenmaal in de krappe kelderruimte was.

In de kelder vond Julie een enkele lamp met een trekkoord, maar de lamp verlichtte de hele kamer. Drie muren rondom hen waren bedekt met rekken met wijnflessen, die allemaal op hun kant lagen en onder een lichte hoek. Er waren kleine handgeschreven etiketten op de houten rekken onder een paar secties, maar de meerderheid van de wijnen waren alleen te herkennen aan hun eigen etiketten, en Ben kon geen bepaalde volgorde in de collectie zien. De witte wijnen stonden ertussen, de rode, de cider en de ales.

"Enig idee?" vroeg hij.

"Misschien nemen we een korte pauze? Samen een fles delen voor we gaan?"

Ben lachte. "Ik zou wel willen, eigenlijk. We kunnen allebei wel een pauze gebruiken."

"Yeah. Maar ik denk dat als iemand een pauze verdient, zijn het Reggie en Sarah."

"Oké, eerlijk. Dus, zullen we het gebied uitkammen? Jij neemt de linkermuur, ik de rechtermuur? Ontmoeten we elkaar in het midden aan de andere kant?"

Ze knikte en ging aan het werk, en Ben volgde haar. Na tien minuten de hele kelder te hebben doorzocht, inclusief de korte muur aan de andere kant van de kamer, haalde Ben zijn schouders op. "Er is hier niets."

"Nou..." Zei Julie, terwijl ze ergens in prikte. "Wacht even."

Ben probeerde te zien wat ze had gevonden en strekte zijn hoofd omhoog en over haar schouder.

Op dat moment, voordat hij kon opmaken waar ze naar keek, hoorde Ben een klap en een luid geschreeuw van ergens boven.

DE SOLDAAT KWAM LATER DIE DAG TERUG, blijkbaar om Reggie wat eten te geven. MRE's, zo te zien, maar Reggie kon het niet goed zien. Hij had één oog open, nauwelijks, en het andere goed dichtgeknepen. Hij keek naar de soldaat door een enkel spleetoog.

Reggie was teruggegaan naar zijn kist, erin gekropen en deed alsof hij sliep. Hij had de emmer, nu leeg, meegenomen en op een meter of twee van de tafel gezet, in de hoop dat de soldaat hem zou pakken in plaats van hem te vervangen door een nieuwe. Hij wilde dat de soldaat zich veilig genoeg voelde om hem te pakken zonder te dicht bij Reggie te komen.

Helaas liet de soldaat het eten gewoon op de bovenste trap vallen, net zoals hij met het water had gedaan.

Maar vijf minuten later kwam de soldaat terug, deze keer met een maat. Een andere gewapende bewaker kwam achter de eerste de kamer binnen, met een SMG in zijn hand die op Reggie's 'slapende' lichaam was gericht. De eerste bewaker daalde de trap af, op weg naar de lege emmer.

Ik wist het, dacht Reggie. *Ze* hebben *maar één emmer.*

Het beste van alles is dat geen van beide mannen scheen te merken dat het licht in de kamer gedimd was.

Toen de soldaat het dichtst bij Reggie was, deed hij zijn zet.

De man draaide zich om terwijl hij knielde om het handvat van de emmer te grijpen, en keek even weg van Reggie. Reggie schopte tegen de dunne planken die de bodem van zijn kist vormden en brak het hout gemakkelijk weg. Hij sprong op en uit de kist, recht op de man af, die met de emmer in zijn ene hand rommelde terwijl hij in zijn andere hand zijn wapen probeerde te pakken.

Reggie schopte hem in zijn lies, en sprong toen snel achteruit. Hij duwde de tafel omhoog en op zijn kant, waardoor de kist op de grond viel.

Maar hij had nu enige bescherming, en het was net op tijd.

Een kogel ketste af op het tafelblad, waarachter Reggie hurkte. Ze deukten het metaal, maar doorboorden het niet - het kleine machine-pistool kon op geen enkele manier van die afstand doorboren - en Reggie wachtte.

De eerste man zou zich nu gemakkelijk hersteld hebben, en zou wachten op zijn teamgenoot om zijn volley te beëindigen om aan te vallen.

Die aanval kwam, en hij kwam snel. Reggie zag de emmer het eerst, omhoog gegooid en over de rand van de tafel, en hij hield instinctief een arm omhoog om zijn hoofd te beschermen toen de emmer viel.

...wat precies was wat de andere aanvaller wilde. Terwijl Reggie's blik in de richting van de vliegende metalen emmer was getrokken, haastte de man zich achter de tafel en richtte zijn pistool op Reggie.

Reggie zag dat de man op het punt stond te schieten, maar hij was te dichtbij, en Reggie profiteerde. Hij schopte, hard, gericht op de knieën van de man. Zijn linkerlaars maakte contact met het been van de man en hij ging neer.

Reggie bleef laag en probeerde de tafel tussen hem en de tweede schutter te houden, maar hij kwam uit de tafel en draaide rondjes op de stenen vloer, waarbij hij zijn hand boven het gezicht van de man bracht, net toen deze zijn evenwicht probeerde te hervinden.

De man draaide zich om, net op tijd om Reggie's vuist te zien neerkomen.

Maar het was niet Reggie's vuist die hij zou voelen. In plaats daarvan ontplofte zijn oog onmiddellijk toen de gloeilamp die Reggie uit de werklamp had gehaald, de punt zorgvuldig afgebroken op de rand van de kist, in het gezicht van de man sloeg.

Overal spoot bloed, meer dan Reggie had verwacht. Maar ja, hij had nog nooit een oogbal doorboord met een vlijmscherpe glazen gloeilamp.

Het effect was onmiddellijk en diepgaand. De Ravenshadow man implodeerde en zakte in elkaar terwijl hij kreunde van de pijn. Reggie reikte over het middel van de man en rukte zijn geweer van zijn zijde, waarna hij twee kogels in de man plantte - één tussen zijn schouders en één achter in zijn nek.

Hij stopte daar niet. Reggie verschoof zich weer, deze keer in de tegenovergestelde richting. Hij kwam omhoog en richtte, terwijl hij door het geluid van de voetstappen precies wist waar de *tweede* schutter heen was gegaan. Hij vuurde nog twee schoten in de borst van die man, waardoor hij tegen de achtermuur vloog. Hij droeg lichaamsbescherming, dus een derde schot in de nek van de man maakte de klus af.

Hij rende naar de man voordat hij zijn ogen in de dood had gesloten en nam de SMG uit zijn handen. Het *kan nooit kwaad om teveel wapens te hebben.*

Hij stond op het punt te vertrekken toen hij nog een blik op de gevallen huurling wierp. De man droeg zijn kogelvrije vest boven zijn hemd. *Het kan ook nooit kwaad om teveel bescherming te hebben.*

Reggie trok het bebloede vest van de man aan en controleerde zijn nieuwe uitrusting. Een MGP-84, ontwikkeld in Peru voor bescherming in kleine ruimtes. Hij kon er Uzi-kogels mee afvuren, het werd in de jaren '90 geïntroduceerd en hij had er meer dan een paar zien opduiken in Brazilië, meestal gekocht en verkocht op de zwarte markt en in het kartel.

Hij slingerde de MGP over zijn schouder en onderzocht het andere wapen. Dit kende hij maar al te goed. Een IMBEL IA2, gebruikt als het voornaamste geweer van het Braziliaanse leger. Er waren 60.000 van die geweren gemaakt, en sindsdien waren er heel wat illegale versies aangespoeld op de schietbaan die hij in Brazilië bezat.

Het beste van alles was dat hij er meer dan 10.000 kogels doorheen had gedraaid, en hij wist dat een goed onderhouden A2 in zijn handen dodelijk was.

Game over, Garza.

Reggie liep naar de bodem van de trap en maakte een laatste inventaris op. Ervan overtuigd dat hij niets anders nodig had van de twee neergeschoten bewakers, begon hij de trap te beklimmen. Ze waren nog groter dan hij eerst had gedacht. De schemerige kamer had hem voor de gek gehouden - deze trap was drie meter breed en tweeënhalf hoog.

Hij sprong naar voren en begon te klimmen. Hij moest snel zijn - de kamer waar ze hem hadden vastgehouden was misschien bijna geluiddicht, maar de zware deur stond open tijdens de schermutseling. Als iemand van Garza's team in de kamer erboven was, zouden ze de geweerschoten zeker gehoord hebben.

Hij plantte een voet net binnen de open deuropening, wachtend. Luisterend.

Hij hoorde niets en kroop verder naar buiten, de open ruimte achter de trap in. De lucht voelde warmer aan, vochtiger. De ruimte voelde ook groter aan. Er was licht in de kamer, maar het leek maanlicht te zijn, en niet veel ook. Het viel door kleine rechthoekige spleetjes naar beneden, nauwelijks groot genoeg om ramen te kunnen noemen. De kamer zelf was rond, als een citadel of minaret van een kasteel.

En in het midden van de kamer, liggend op een grote stenen cirkel, lag Sarah.

HOOFDSTUK 48

REGGIE

Haar armen en benen waren vastgebonden met vinyl cinch riemen die over haar lichaam waren gespannen en in ringen hingen die op de stenen vloer waren gekit.

Haar hoofd lag met het gezicht naar beneden op de stenen pilaar en was de andere kant op gericht, maar Reggie kon zien dat ze hevige pijn had. Ze hadden haar kleren van haar schouders tot halverwege haar rug gestript, waardoor de wond van de rubberen kogel zichtbaar werd.

Reggie kwam naderbij, op zijn hoede voor iets of iemand die hem in de donkere spleten van de schimmige kamer zou kunnen opwachten. Gelukkig waren er geen hoeken in de kamer, hoewel er onder de rechthoekige ramen genoeg gedeelten waren die een persoon hadden kunnen verbergen. Hij zorgde ervoor dat hij langzaam maar veerkrachtig door het midden van de kamer liep, klaar om op elk moment toe te slaan en zich achter de stenen tafel te verstoppen.

Maar er kwam niemand. Geen van de Ravenshadow mannen of Garza dook op uit een schaduw, en er werden geen schoten gelost. Hij had een onbehaaglijk gevoel, maar schudde het van zich af. *Eén doel per keer. Eén moment tegelijk.*

Hij keek op Sarah neer. Haar bronzen rug was bezaaid met

donkere vlekken. Opgedroogd bloed. Hij zag een gruwelijk web van donkerblauwe lijnen die zich vanuit de centrale schotwond naar buiten werkten. Het leek erop dat Garza zijn woord gestand had gedaan - de lijnen waren aderen, vergiftigd en naar buiten uitstralend, die het gif naar de rest van haar lichaam brachten.

Wat heeft hij in godsnaam gedaan?

Reggie moest vechten tegen de woede, tegen het verlangen om alles wat hij zag te vernielen in zijn jacht op Garza. Sarah's leven stond op het spel, en ze had medische hulp nodig.

"Reggie?" fluisterde ze.

Oh, God. Ze is wakker.

"Sarah," zei hij. "Sarah, rust gewoon. Niet doen..."

"We moeten hier weg. We moeten vertrekken. Nu."

Reggie haalde een hand door zijn haar. "Ja, uh... wat dat betreft."

"Reggie, er is geen tijd. Die man - Garza? Hij zei... hij vertelde me..."

"Shh," zei Reggie. "Rust maar uit. Ik ga dit uitzoeken."

"Nee," zei ze, haar stem smekend. Hij zei me... hij zei dat hij wist dat je zou -"

Plotseling baadde de kamer in verblindend wit licht. Reggie duwde zijn elleboog over zijn ogen en draaide zich toen om. Hij haalde zijn arm weg en probeerde zich te oriënteren, terwijl hij het geweer omhoog bracht en in dc aanslag.

Hij had bijna een volledige cirkel gedraaid toen hij een langzame klap hoorde vanuit de ruimte onder de ramen links van hem. Hij draaide zich om, klaar om te vuren op wie het ook was.

"Neem het schot en Sarah sterft," zei de stem. *Garza.* Hij stapte uit de schaduw. "Ik waardeer je bereidheid om een paar van mijn nieuwe rekruten te testen."

Reggie fronste zijn wenkbrauwen.

"Die twee mannen beneden - goed gedaan, Red. Weet je, de beste manier om een beveiligingssysteem te testen is om het onder druk te zetten. Goed getrainde druk, zoals jij. Wees gerust, ik zal mijn veiligheidsprotocollen verbeteren gebaseerd op jouw kleine MacGyver routine daar beneden."

"Wat is er met haar?" vroeg Reggie, terwijl hij een duim over zijn schouder naar Sarah wierp.

"Zoals je hebt gezien, verspreidt het gif dat we haar hebben gegeven zich, en het zal haar zenuwstelsel binnen twee dagen verteren. Een dag vanaf nu en ze zal alle motoriek verliezen. Uren vanaf nu, hevige pijn." Hij hoestte. "Nou, meer pijn dan ze nu heeft."

Sarah kreunde.

"Je bent een klootzak," zei Reggie. "Ik dacht dat we tot een overeenkomst zouden komen, maar ik wist dat ik je niet kon vertrouwen. Dat is waarom ik niet..."

"De waarheid vertellen?" Zei Garza. "De waarheid dat je gelooft dat de katholieke kerk de organisatie is die op zoek is naar het Boek der Beenderen?"

"Je hebt het niet gevraagd."

"Ik zei toch dat ik *alles* wilde weten wat je weet."

"Laat haar vrij en ik vertel je alles wat je wilt weten."

"Daar is het te laat voor, mijn vriend," zei Garza. "Ik heb het Boek der Beenderen nodig - de ontbrekende stukken ervan - en ik heb ze *nu* nodig. Jij en je vriendin zijn niet langer van enig nut voor mij, en je andere vrienden, die stuntelende idioot Harvey Bennett en zijn kleine flirt Juliette, lijken op een zijspoor te zijn beland in Rome."

Rome? Dacht hij. *Wat doen ze in godsnaam in Rome?*

"Dus je hele team heeft weer eens bewezen waardeloos te zijn. Mijn cliënt verwacht het Boek der Beenderen binnen een dag, en ik verwacht dat ik me aan die afspraak houd."

Garza draaide zich naar een donkere plek langs de muur en knikte. Een deur begon open te gaan, weer een van de massieve, verborgen scharnierende deuren. Twee Ravenshadow mannen stonden aan weerszijden ervan, nu verlicht door het licht dat van de andere kant naar binnen scheen. Reggie kon niet zien wat er achter de deur was.

"Ik laat je bij mijn mannen. Zij zullen afmaken wat we hier vandaag zijn begonnen."

Reggie voelde de aanwezigheid van meer mannen, nu achter hem, die naar voren stapten en de centrale kamer binnengingen.

Shit.

Hij wilde wegrennen, beginnen met schieten. Hij kon wel tegen een paar klappen. Misschien drie, als ze niet op levensbedreigende plaatsen waren. Maar dat zou Sarah's dood garanderen. Hij had geen tijd om haar te bevrijden, en zelfs als hij dat kon, zou hij zich niet uit de kamer kunnen vechten terwijl hij haar droeg.

Hij deed het enige waarvan hij wist dat het hem een kans zou geven om lang genoeg te leven om haar te redden.

Reggie stapte naast de stenen pilaar, legde zijn wapen op de grond en hief zijn handen boven zijn hoofd.

HOOFDSTUK 49

BEN

"WAT WAS DAT IN GODSNAAM?" vroeg hij.

Een paar seconden later, hoorde hij geweerschoten.

"Shit," fluisterde hij, terwijl hij naar de trap liep. "Wie zijn die kerels eigenlijk? Jules, we kunnen hier niet beneden blijven. We zijn schietschijven -"

"Ze weten dat we hier zijn, Ben," zei Julie, haar stem kalm en gelijkmatig. "Dat is *waarom* ze hier zijn. We hebben geen tijd meer - we *moeten* de ingang van de tunnels vinden."

Ben luisterde even. Meer geweerschoten, dichterbij deze keer. *Ze komen naar binnen.* Hij vroeg zich af of de mannen op de een of andere manier wisten dat ze in de kelder waren, en of Ben en Julie zich daarin bevonden. Hij vroeg zich af of het dezelfde mannen waren - of deel van dezelfde groep - die hen in Corsica hadden aangevallen.

"Ben, kom hier," fluisterde Julie.

Hij liep terug naar haar zijde en bewoog zijn hoofd uit de weg van het licht. Onder Julies vingers zag hij een fles wijn, bedekt met stof en ogenschijnlijk niet anders dan de rest van de flessen op dat rek. Hij was vol, met de kurk nog op zijn plaats aan de bovenkant.

"Wat is daarmee?"

"Het etiket," zei Julie, wijzend op het rek waar het op stond.

Hij keek naar beneden toen Julie wat stof van het etiket van de fles veegde. In plaats van een handgeschreven papieren etiket, had iemand een symbool in het rek zelf gekrast. Het was piepklein, bijna onzichtbaar, en alleen door de verlichting van de kamer had het een kleine schaduw aan de binnenkant, waardoor het tegen het rek afstak.

"Dat is het symbool voor het Vaticaan," zei Julie.

Ze had gelijk. Hij herkende een vereenvoudigde versie van het Vaticaans zegel - twee gekruiste sleutels met een touw ertussen, een kroon erboven.

"Dat moet iets betekenen, toch?" vroeg Ben.

Julie draaide naar links, toen naar rechts, fluisterend in zichzelf. "We kwamen uit die richting... dit is... ja, ik denk dat het dat moet zijn. Ik denk dat het Vaticaan daar is, in de richting van het zegel."

Ze stak haar hand uit en trok aan de wijn. Ben keek toe hoe... er niets gebeurde.

"Het zit vast," zei Julie, haar stem werd razend.

Ben hoorde geen schoten meer, maar hij wist dat er niet veel werknemers in het hotel waren. Hij hoopte alleen dat wie daar ook was veilig was; dat de geweerschoten bedoeld waren als waarschuwingen.

Maar hij had het gevoel dat wie hen ook achterna zat, zich niets zou aantrekken van een paar onschuldige levens die tussen hen en hun doel stonden. Hij wist dat Garza's team geen tijd zou verspillen met het maken van die beslissing, maar deze mannen waren op de een of andere manier anders. Op de een of andere manier kouder.

Wie zijn dat?

Hij had geen tijd om over de vraag na te denken. Voetstappen, diep en dreigend, klonken op de vloer boven hem, en hij hoorde lage mannenstemmen naar elkaar roepen terwijl ze elke kamer controleerden en leeghaalden. Over een paar seconden zouden ze de kelderdeur vinden, en als Ben en Julie voor die tijd geen uitweg zouden vinden...

Julie probeerde het opnieuw, deze keer door de fles aan de voorkant op te tillen in plaats van hem naar voren te trekken. Ben hoorde een klik, en toen een dieper gesis toen een koele luchtstroom van de vloer stof rond hen opblies.

"Wat was dat?" vroeg hij.

Julie draaide zich naar hem om. "We hebben iets geopend." Ze keek rond op de vloer en wees toen. "Daar!"

Ben stapte naar de plek waar ze wees. Een vierkant, elke zijde ongeveer twee meter lang, was afgetekend op de vloer. Ben had het niet eerder opgemerkt, en hij nam aan dat het kwam door de zorg die de ambachtslieden van deze kamer hadden besteed aan het leggen van de vloerplanken. Maar toen Julie de wijnfles had verplaatst, was er lucht uit de kieren gestroomd, waardoor stof en puin werden weggeduwd.

"Het is een deur," fluisterde hij.

"We hebben geen tijd om het te controleren," zei Julie. "Ik ga eerst, jij volgt. Sluit het daarna af."

Hij knikte, maar Julie stond al te wachten voor de zware vierkante planken. Ben tilde hem open en zag een trap, vervallen en verrot. De houten planken op de trap leken vergaan, maar Julie aarzelde niet. Ze schoot de treden af, het kraken en kreunen ervan maakte Ben een beetje ongerust, maar ze hielden stand.

Julie verdween in de diepte van de trap, haar gestalte gemakkelijk verduisterd door de diepe schaduwen van binnenuit. Geen van de stralen van de kelderlamp bereikte haar.

Ben haalde adem. *Bang voor vliegtuigen, bang voor hoogtes, en nu bang voor kleine ruimtes?* Hij had zich nooit gerealiseerd dat dit een angst voor hem was, maar hij had geen tijd om veel meer te registreren dan dat. Het geschuifel en de stemmen van de mannen boven en achter hem dreven hem vooruit.

Hij liet zich in het trappenhuis vallen, hurkte, draaide zich toen om en trok de vierkante deur dicht. Hij wist dat de soldaten de gemarkeerde lijnen van het luik gemakkelijk zouden vinden, maar hij gaf zichzelf liever een kans om weg te komen.

Zodra het luik dicht ging, verdween elk druppeltje licht dat ze hadden gehad, en Ben werd ondergedompeld in complete duisternis. Hij huppelde snel de trap af tot hij Julies uitgestoken hand voelde. Hij hoorde haar met iets ritselen, en toen kwam er een blauwachtige gloed uit haar handpalm.

"Hier," zei ze, terwijl ze de goedkope flip-phone omhoog en voor zich hield. De stenen muren om hen heen leken naar binnen te duwen, zich samen te persen tot een steeds kleinere ruimte, maar ze konden tenminste zien. "Het is niet veel, maar we hoeven tenminste niet in het donker te lopen."

"Lopen?" Zei Ben. "Ik ben aan het joggen. Ik laat me hier echt niet pakken door die klootzakken. Ik wist dat we het geweer mee hadden moeten nemen."

"Er was geen manier om het binnen te smokkelen terwijl de piccolo er was," zei Julie. "Laten we gewoon de straat oversteken en het Vaticaan in gaan, dan kunnen we zien waar we zijn. Ik denk niet dat het een lange reis is - hopelijk zijn we ver genoeg vooruit zodat we hier weg kunnen voordat die kerels ons in de gaten krijgen."

"Ja, hopelijk."

Hij wilde er niet aan denken wat het zou betekenen als ze er niet uitkwamen voordat ze gezien werden.

Ben haalde adem, knipperde met zijn ogen, en ging toen voorwaarts, terwijl Julie's zaklamp hen de weg wees.

HOOFDSTUK 50

JULIE

HET PAD DOOR DE ONDERGRONDSE TUNNEL EINDIGDE BIJ EEN ANDERE TRAP. Het hele pad was pikdonker, afgezien van het licht van Julies open telefoon, en tijdens hun wandeling kon ze aan beide kanten kleine gaatjes langs de wanden zien - bevestigingspunten voor zaklantaarns. Ze stelde zich een tijd voor uit het verleden toen de betrekkingen en spanningen tussen het Vaticaan en Rome hoog opliepen, toen deze tunnels bemand zouden zijn geweest door Zwitserse wachters en Vaticaanse soldaten, de routes in en uit de stad verlicht met zware fakkels.

Ze kreeg het koud toen ze eraan dacht. Deze plek - Rome, het Vaticaan, deze tunnels - was *oud*. Oud, vooral vergeleken met het land waar ze vandaan kwam. De Amerikaanse geschiedenis ging nauwelijks 200 jaar terug, en misschien wel twee keer zoveel als ze de tijd voor de Revolutionaire Oorlog meetelde. Rome, daarentegen, bestond al van voor Christus op aarde rondliep.

Het was prachtig, en ze voelde de diepte van de geschiedenis en het belang van elke steen onder haar voeten terwijl ze liep. Toen ze de trap aan de andere kant van de gang bereikten, pauzeerde ze om op adem te komen. Ben was daar, wachtend.

De trap was hoger dan de trap die ze hadden gebruikt om de tunnel binnen te gaan - het was mogelijk dat deze ingang hen naar een hoofdverdieping zou leiden in plaats van een kelder of souterrain. In plaats van een vierkant luik in de vloer, hing de deur bovenaan deze trap aan oude ijzeren scharnieren en leek naar binnen open te gaan.

Ze hoorde het onmiskenbare geluid van zware voetstappen die door de gang weergalmden.

"Ze zijn hier," fluisterde ze.

Ben knikte. "Hier gaat niets," zei hij. "Laten we eens kijken waar deze tunnel uitkomt."

Hij duwde hard, en Julie hoorde het krakende geluid van oud hout en verroest ijzer kreunen tegen zijn gewicht. Maar hij gaf mee en de deur ging open. Een zwak lichtspettertje viel in de tunnel naar buiten, maar Ben liep door de open ruimte naar de kamer erachter, die het licht tegenhield. Zij volgde haar, maar Ben was gestopt in de kleine ruimte er net achter.

"Ben?" vroeg ze.

"Uh..."

Ze ging hoger op haar tenen staan en gluurde over zijn schouder. "Ik denk dat we..."

Hij deed nog een stap naar voren en Julie volgde weer, en ze sloot de deur achter zich. Toen ze zich weer omdraaide, stond Ben te glimlachen.

"Het is een badkamer," zei hij. "We zitten in een kast zonder deur, als een hoekje. Maar dit is zeker een badkamer."

Julie keek om zich heen en hield haar telefoon omhoog. De kamer waar ze waren binnengestruikeld was inderdaad een toilet. Ze stonden in een kleine opslagruimte in de hoek van de kamer, en recht voor hen stond een oud, gebarsten toilet. Ernaast hing een trekkoord aan het plafond. De grotere kamer erachter was te donker om goed te kunnen zien, maar het leek erop dat ze in een oud, ongebruikt toilet waren.

"Het lijkt erop dat ze het net afgesloten hebben," zei Ben. "Het is hier stoffig en bedompt. Niemand zal deze plek snel gebruiken."

"Die kerels achter ons wel," zei Julie, terwijl ze om Ben heen schuifelde en de grote kamer in ging. "Er moet hier toch een deur naar buiten zijn?"

Ze zag het voordat ze haar zin had uitgesproken, en in een paar seconden stonden ze voor een standaard deur. De knop zat op slot. Ben probeerde hem te verschuiven, maar de deur leek ook van buitenaf op slot te zitten.

"Het wil niet wijken," zei Ben. "Wacht even, ik denk dat ik het kan breken..."

Een tikkend geluid klonk van de andere kant van de deur. Een nerveus gerammel voegde zich erbij, en Julie keek naar Ben.

Toen hoorde ze een geluid van achter hen - voetstappen.

"We hebben geen tijd meer," fluisterde ze. "De soldaten zijn hier."

"En wie er ook aan de andere kant van deze deur is, ontgrendelt hem," voegde Ben eraan toe.

Ze stonden, hand in hand, te wachten tot de deur openging.

Voetstappen vielen op de trap achter de deur in de nis. Zwaar, broedend gebonk van de laarzen van de soldaten.

Julie sloot haar ogen.

De deur ging open, en de hele kamer werd gevuld met schitterend licht.

Ben haastte zich naar voren en trok Julie met zich mee. Hij rende *door* de gedaante in de open deuropening de hal in, en Julie viel bijna om toen ze naar buiten strompelde. Twee gedaanten, elk met een aanvalsgeweer, zwaaiden langs Ben en door de open deur. Ben draaide zich om en sloeg de deur weer achter hen dicht, al schreeuwend voordat ze de kans hadden gehad om te zien wie hen had bevrijd. Hij hoorde geweervuur van beide kanten.

"Pak - de deur - de soldaten..." hijgde hij. "Achtervolgen ons... sluit het af en haal wat bewakers. We zijn...

"Precies op tijd," zei een man. Hij had een dik Italiaans accent, maar sprak met een autoriteit en vertrouwen dat Julie meer vertelde dan zijn woorden. "Hoewel het me verbaast dat je zonder wapens bent gekomen."

Julie zag de man net toen hij sprak. Hij droeg een volledig zwart uniform, een holsterpistool en een griezelig uitziend aanvalsgeweer over zijn schouder. Hij had een korte baard op een rond gezicht, maar Julie kon zien dat de man verre van mollig was. Hij was ongeveer vijftig of vijfenvijftig jaar oud en droeg zijn gewicht goed, en ze nam aan dat het grootste deel van dat gewicht spiermassa was.

De man werd geflankeerd door nog twee gelijk geklede mannen, maar beiden leken minstens tien jaar jonger. Hun ogen waren op Julie en Ben gericht, maar ze kon zien dat ze de deur in hun perifere gezichtsveld onderzochten. *Wachtend.* Op wat er ook uit zou komen.

De leider stapte nonchalant naar voren en legde zijn hand op een vergrendelingsmechanisme, waarna hij de deur dichtduwde. Hij vergrendelde de deur en schoof een stutbalk die aan de voorkant van de deur was gemonteerd, naar beneden in een holte in de vloer.

Hij greep naar een walkie-talkie aan zijn riem en sprak er in; de woorden klonken in het Italiaans. "Rochat, Gerber, rapporto." Hij wachtte even en hield een hand tegen zijn oor terwijl hij luisterde naar het antwoord.

Blijkbaar tevreden, knikte hij. Julie hoorde geen geweerschoten meer van de andere kant van de muur komen. Het gevecht in de tunnel was afgelopen.

Toen hij een stap achteruit deed, merkte Julie dat de deur volledig was gecamoufleerd in de muur van de gang. Zelfs het lijstwerk liep langs de buitenkant van de deur, een ononderbroken lijn die het licht gebloemde behang op de bovenste helft van de muur scheidde van de donkerblauwe verf op de onderste helft.

Afgezien van het metalen slotje en de beugel, zou de deur naar de oude badkamer onzichtbaar zijn geweest.

"Een oud watercloset, zoals je misschien al begrepen hebt."

"Ik dacht dat dit hotel in de jaren 90 gebouwd was," zei Julie.

"Dat was het inderdaad," antwoordde de man, terwijl hij zich naar haar omdraaide. "Maar het staat boven op een ouder gebouw dat een andere bestemming heeft gekregen. De benedenverdieping - in het bijzonder deze kamer en een paar andere - is verzegeld en onveranderd gebleven.

"Je bedoelt geheime tunnels verbergen," zei Ben.

"De tunnels zijn geen geheim," zei de man, met een nieuwsgierige uitdrukking op zijn gezicht. "Ze zijn gewoon *verboden terrein* voor de meeste mensen."

Julie stapte naar voren, naar de man toe, en was verbaasd dat de twee andere mannen ook zo reageerden. Ze pauzeerde even. "Sorry, ik - wij - zijn verdwaald. We kunnen..."

De man stak een hand op. Ze keek naar het gezicht van elke man, in een poging om hun rol hier te begrijpen. *Zitten ze in hetzelfde team?*

De leider sprak weer in de radio en een van de mannen naast hem draaide zich om en keek naar de gang. Geweer getrokken, wachtend.

"Mr. en Mrs. Bennett - of Richardson, mijn verontschuldigingen - er is mij verteld dat u hier zou zijn."

Julie fronste haar wenkbrauwen. Ze kon voelen dat Ben zich naast haar verkrampte.

"We werden op de hoogte gebracht van uw komst toen u het hotel naast de deur binnenging. Onze camera's en bewakingssystemen waarschuwden me, en we volgden uw bewegingen door het gebouw. Het lijkt erop dat je anderen ook naar onze locatie hebt geleid?"

Julie wist dat het geen vraag was, maar eerder een uitbrander.

"Alstublieft, volg mij."

De man draaide zich om en begon weg te lopen. Ben verstijfde. "Ik ga nergens heen totdat je me vertelt wat er aan de hand is."

De soldaat naast Ben hief gewoon zijn geweer en richtte het direct op hen.

Ben pauzeerde, maar Julie duwde hem vooruit.

"Goed," zei hij. "Maar ik wil antwoorden."

De leider bleef in beweging, een meter of tien bij hen vandaan, en hij sprak over zijn schouder. "Het zijn altijd antwoorden die we willen, Mr. Bennett, maar nooit vragen."

HOOFDSTUK 51

BEN

BENS POLSEN BLOEDDEN BIJNA, maar hij negeerde de pijn. Ze waren aan een groot eikenhouten tafelblad vastgemaakt met handboeien die veel strakker waren aangetrokken dan hij nodig zou hebben gevonden. De handboeien waren met een zware metalen ring aan de tafel vastgemaakt, en hij wist dat het zinloos zou zijn om ertegen te vechten.

Maar dat betekende niet dat hij er blij mee was.

De man die de leiding had, had hen naar een soort wachtkamer in de buurt van de lobby van het hotel geleid, waar hij gezelschap had gekregen van nog drie van de in het zwart geklede bewakers, en toen naar een kleinere kamer naast de wachtkamer was geleid. Daar werd hij in de stoel gedwongen en werden zijn handen vastgebonden, waarna hij bijna een uur aan zichzelf werd overgelaten.

Hij en Julie waren onmiddellijk na binnenkomst in de wachtkamer van elkaar gescheiden, en hij probeerde te zien waar zij heen was gebracht. De mannen die hem behandelden waren hard, onzorgvuldig, en ergerden zich aan hem. Niemand sprak met hen, en na een paar minuten schreeuwen en proberen om iemand zijn vragen te laten beantwoorden, gaf Ben het op.

Hij begreep het na ongeveer dertig minuten verblijf: hij was hier een gevangene.

Ben en Julie zouden ondervraagd worden.

Zijn besluit was nu eenvoudig: hij had twee opties.

Hij kon zich eruit liegen. Hopen dat de mannen zouden begrijpen dat hij en Julie gewoon verdwaald waren in het hotel - ze waren binnengekomen via de hoofdingang en hadden de 'geheime' deur gevonden, en wilden gewoon even rondkijken.

Het was een gok, maar kon hij iets beters verwachten met de tweede optie?

Hij kon de waarheid vertellen. De mannen vertellen dat ze hier waren om eigendommen van de paus te stelen, om een frauduleuze boodschap naar een aartsbisschop te sturen die hen toegang zou geven tot een oud, topgeheim document?

Hij kon niet beslissen welke van de beschikbare opties tot een beter resultaat zou leiden.

En erger nog: welke beslissing zou Julie nemen? Als zij in een soortgelijke kamer zou worden ondervraagd, tot welke uitkomst zou zij dan komen? Wat zou ze de mannen vertellen?

Hij dacht na over deze beslissingen toen de deur openzwaaide en dezelfde man binnenkwam die hen in de gang had gevonden. Zijn gezicht was leeg, zijn uitdrukking een geoefend niets. Hij was een professional, en dit was niet zijn eerste keer dat hij iemand ondervroeg.

"Mr. Bennett," zei de man.

"Hoe weet je mijn naam?"

"Zoals ik al zei, we zagen je het hotel binnengaan. Iedereen die het St. Michael binnengaat wordt *nauwlettend* in de gaten gehouden. Voor het geval er zoiets als dit gebeurt."

"Zoiets als wat?" Vroeg Ben.

"Waarom vertel jij het me niet?"

De man nam plaats tegenover Ben aan de eikenhouten tafel en maakte zijn kraag een stukje los. Ben zag het schijnsel van een ketting rond de hals van de man, het zilver glinsterde tegen het fluorescerende licht. Hij maakte zijn overhemd los en ging toen achterover zitten, Ben aankijkend.

"Ik weet niet wat je van ons wilt," zei Ben. "Je hebt de deur in de gang van het slot gehaald, maar we waren net..."

"In de hoop dat je vrij het huis van de zetel van het Vaticaan binnen zou lopen?"

"Ik wilde zeggen dat we op verkenning waren, om het hotel te zien. De deur ging dicht, en..."

"En op een of andere manier vergrendelde het zichzelf en werd het van buitenaf vastgezet."

Ben snoof en haalde toen zijn schouders op. "We werden achtervolgd."

"Door wie?"

Bens ogen verwijdden zich een beetje. Hij probeerde het tegen te houden, maar het was te laat.

"Wat is er, Mr. Bennett?"

"Het waren je eigen mannen, is het niet?" vroeg Ben. "De jongens die ons achtervolgden - ze volgden ons de hele tijd. Ze schoten ons vliegtuig neer en joegen ons rechtstreeks naar jullie toe. Je vervalste een vuurgevecht in de tunnels, in die verlaten kamer. Waarom?"

"Mijn mannen zijn trouw aan het Vaticaan."

"Iets zegt me dat je mannen loyaal zijn aan jou."

De man verschoof in zijn stoel, maar wendde zijn blik niet af van Ben. "Mr. Bennett - Ben, geloof ik? Dit onderzoek kan op twee manieren eindigen: je vertelt me *precies* waarom je hier bent, en waarom je vriendin hier is, en dan beslissen we hoe we verder gaan. Of je vertelt het me niet, en ik hou je hier tot ik tevreden ben."

"Ben je snel tevreden?"

De man reageerde niet.

"Die eindes klinken een beetje vaag. Waar hebben we het over, een gevangenis?"

De man reageerde weer niet.

"Kijk," zei Ben, terwijl hij zijn polsen zo hoog mogelijk hield. "Ik weet verdomme niet wie je bent, of wat je denkt dat ik hier doe. En het kan me ook niet schelen. Maar ik heb iets nodig, en als ik het niet krijg, zullen er mensen sterven."

De wenkbrauw van de man ging omhoog en hij leunde naar voren. "Kunt u wat specifieker zijn?"

"Nee."

"Kun je me vertellen wie er zal sterven?"

"Vrienden."

"Hun namen?"

Ben fronste zijn wenkbrauwen. "Ik dacht dat je ons op het spoor was. Onze namen en alles kende."

De man zuchtte. "Ben, dit is niet een van je Amerikaanse televisieprogramma's. Dit is het Vaticaan. We weten wie komt en gaat uit ons land, en we weten wat ze willen. Als we het *niet* weten, praten we met ze. We kennen jullie namen omdat ze vermeld staan in particuliere beveiligingsdatabases die -"

"Heb je overheidsservers gehackt?"

"We hebben het internet, Ben. Jullie zijn hierheen gevlogen met jullie door de overheid uitgegeven identiteitsbewijzen. En je hebt ingecheckt in het hotel met jullie echte namen. *En* die namen zijn verbonden aan verschillende *escapades*, als ik me niet vergis. We zagen jullie twee het hotel verkennen, op zoek naar iets... en toen zagen we jullie de wijnkelder ingaan, waar jullie de ingang vonden naar een door het Vaticaan gecontroleerde tunnel."

Ben ging weer zitten, zijn armen nu op tafel. "We moeten hier iets vinden. Dat is het."

"Wat moet je vinden?"

"Een... souvenir. Een postzegel."

"Een postzegel. Zoals een postzegel?"

Ben antwoordde niet.

De man kauwde even op de binnenkant van zijn lip en keek Ben scheel aan. Hij haalde zijn telefoon tevoorschijn, tikte een paar keer op het scherm, en legde het toen met zijn gezicht naar beneden op tafel.

"Mr. Bennett," zei hij. "Mijn naam is Roger Godiva."

"Zoals de chocolaatjes?"

"Ja, zoals de chocolaatjes. Ik ben hoofd van de beveiliging van het Departement van Pauselijke Zaken in het Vaticaan. Wat dat voor u betekent, is dat ik het laatste woord heb over alle bezoeken aan het Vaticaan, zolang ik dat nodig acht. Ik heb mijn leven gegeven aan de Kerk en aan de Paus, en ik wil niet dat dat leven verspilde moeite is."

"Oké, Mr. Godiva," zei Ben. "We zitten op dezelfde bladzijde. *Ik ben* niet van plan om in de weg te staan van dat... prachtige leven."

Godiva staarde Ben een lang moment aan, toen stond hij op.

"Zijn we hier klaar?" Vroeg Ben. "Ik moet echt ergens heen."

Hij wachtte nog een paar seconden voor hij antwoordde. Godiva bewoog zich toen naar voren en drukte zijn vuisten tegen het tafelblad naast zijn telefoon. Hij leunde voorover en reikte zijn hoofd naar Ben. Zijn halsketting viel uit zijn hemd en bengelde even, waarbij Ben's oog viel op de hanger. Hij trok het terug in zijn overhemd terwijl hij sprak.

"We onderzoeken een bedreiging die eerder vandaag werd gemeld. Een moordaanslag op de paus, meneer Bennett. Om die reden moeten we u en uw vriendin vasthouden tot nader order, maar ik heb zojuist de opdracht gekregen om u om veiligheidsredenen buiten de muren van het Vaticaan te plaatsen. Deze zaken kunnen... hoe zal ik het zeggen? nogal vermoeiend."

"Een *moordaanslag*?" vroeg Ben. "Waar heb je het over? Wij hebben niets te maken met..."

"Spaar je verhalen, Ben," zei Godiva. "Daar is weinig tijd voor. Jij van alle mensen zou moeten weten hoe ernstig deze bedreiging is."

"En waarom is dat?"

"Omdat jij en ik de man die ons waarschuwde goed kennen."

Ben's gezicht betrok.

"Archibald Quinones stuurde ons eerder vandaag een e-mail, waarin hij ons informeerde over uw voornemen.

"KOM MET ME MEE."

De stem van de man was bot, kortaf en to the point. Julie keek naar hem op, met haar handen vastgeketend aan de zware tafel waarachter ze zat, en klapperde met haar polsen. Het was dezelfde man die hen naar het hoofdkwartier van de pauselijke beveiliging in het hotel had gebracht, maar hij was nu alleen.

Ze rolde haar ogen op, een blik van ergernis, en de man stapte naar voren.

"Goed," zei hij. "Ik ga je losmaken van de tafel, maar ik zal de handboeien weer omdoen. Mijn mannen staan buiten deze deur, dus als er enig geluid van een gevecht is, zullen ze binnenkomen. En ze zullen je doden. Begrijp je dat?

Ze knikte. "Waar is Ben?"

"Harvey wacht op ons."

Ze fronste haar wenkbrauwen, maar stelde geen vragen. De man maakte haar boeien los, haalde ze van de metalen ring op de tafel en trok haar stoel voor haar uit terwijl hij de boeien om haar polsen weer vastmaakte.

"Waar gaan we heen?" vroeg ze.

"Buiten het Vaticaan."

"Waarom?"

"Harvey zal je inlichten. Voor nu, loop alsjeblieft naar de deur en open hem. Ik zal direct achter je zijn."

Ze deed wat haar gezegd werd, en ze vond Ben, eveneens geboeid, wachtend op haar aan de andere kant van de deur in de gang. De jongere soldaten die hen een uur geleden hadden vergezeld, stonden ook te wachten, hun wapens getrokken.

"Alsjeblieft," zei de man. "Die kant op." Hij wees naar de gang en Ben en de twee soldaten begonnen te lopen. Ze werden naar een deuropening geleid die naar buiten leidde, en toen werden Julie en Ben op de achterbank van een kleine sedan gezet.

"Waar gaan we heen, Godiva?"

"Stap in het voertuig, Bennett." Godiva's stem was lager, bijna een gemopper nu. Wat zijn plan ook was, Julie voelde dat hij geen tijd meer had.

Toen Julie in de auto stapte en een van zijn soldaten de deur dichtsloeg, hoorde ze Godiva opnieuw spreken in zijn radio. "... incontreremo in Peru."

Incontreremo in Peru?

Ze sprak of verstond geen Italiaans, maar het klonk alsof Godiva het woord *Peru* had gezegd.

Julie wendde zich tot Ben, gebruik makend van de weinige momenten die ze alleen in de auto hadden. "Hij zei iets over Peru," zei ze.

"Peru? Zoals het land?"

Ze knikte. "Ben, denk je -"

"Het moet met elkaar te maken hebben. Wat Garza ook van plan is, hij is betrokken bij deze... moordaanslag."

"Moordaanslag?"

Ben keek haar aan alsof ze gek was. "Heeft Godiva je niet ondervraagd?"

"Nee, hij - ik wist niet eens dat dat zijn naam was. Ze lieten me daar een uur binnen. Er kwam niemand binnen."

"Hmm," zei Ben. "Hij liet me bijna een uur alleen. Toen kwam hij binnen en vroeg naar onze plannen en wat we hier kwamen doen."

"Wat heb je hem verteld?"

"Niets. Ik bedoel, ik denk dat ik de postzegel heb genoemd."

"*Raad eens*?"

"Hij leek er niet om te geven. Of als hij dat wel deed, ondervroeg hij me daar niet meer over. Hij vertelde me alleen dat we verplaatst moesten worden buiten het Vaticaan omdat er een aanslag zou worden gepleegd op de Paus."

Julie schudde haar hoofd. "Maar... waarom denkt hij dat wij erbij betrokken zijn?"

"Omdat hij zei dat Archie de man was die hem getipt heeft."

Julie's ogen verwijdden zich. "*Archie*. Hij zei dat Archibald Quin-ones *hem had* gebeld en hem had verteld dat er een..."

"Ja," zei Ben. "Een moordaanslag. En op een of andere manier denkt hij dat wij erbij betrokken zijn."

De autodeur ging open, en een van de soldaten stapte op de bestuurdersstoel.

"Ben," fluisterde Julie. "Het is een leugen. We zijn niet..."

"Silenziosa!" zei de soldaat terwijl hij de motor van de kleine auto startte.

Ben negeerde hem. "Ik weet het. En ik denk dat hij dat ook weet. Er is hier iets anders aan de hand, en we gaan naar..."

"*Stai zitto!*" zei de jonge soldaat opnieuw.

Deze keer stopte Ben met praten. De auto schoof naar voren, en de soldaat richtte hem op een smalle opening tussen twee gebou-wen. Julie draaide haar nek om en zag een andere auto achter hen, deze met Godiva op de voorstoel en de andere soldaat aan het stuur.

Vreemd, dacht ze. *Godiva gaat met ons mee, waar we ook heen gaan. Hij moet ons in het vizier willen houden.*

Ze reden een paar minuten en Julie zag de poorten van het Vati-caan toen ze erdoorheen gingen, weer terug in de straten van Rome.

De radio van de soldaat kwam tot leven, en ze hoorde Godiva's stem bevelen geven in het Italiaans.

Ze kon er niet veel van verstaan, maar ze hoorde enkele van de straatnamen die hij had gezegd, zoals ze die zag op de borden die ze passeerden. Na een kwartiertje rijden, zag ze de kust.

En toen hoorde ze de radio weer, deze keer met een paar woorden die ze herkende.

"... gli Americani... la sparizione."

Ze ging rechterop zitten. Hoewel ze de Italiaanse taal niet machtig was, begreep ze *wel* een beetje het neefje van de Romaanse taal, het Spaans. En een van de woorden die ze had gehoord, klonk haar vreemd bekend in de oren.

Sparizione. Het Spaanse woord waar het haar aan deed denken was *desaparición.*

Om te verdwijnen.

Ze wendde zich weer tot Ben, die haar al aankeek. Ze hield haar geboeide handen tegen haar hals en gleed er met haar vinger horizontaal overheen.

Ben begreep de beweging onmiddellijk. Zijn gezicht stond stoïcijns, maar ze kon de woede achter zijn ogen zien opbouwen.

Hij knikte langzaam.

HOOFDSTUK 53

REGGIE

REGGIE WAS OMRINGD DOOR MONITOREN EN ZOEMENDE MACHINES, brancards die op hun zij lagen en tegen een muur waren gestapeld, en felle ziekenhuislampen.

Hij was al eerder in een ziekenhuis geweest, dus dat verbaasde hem niet. Waar hij *wel verbaasd* over was, was het feit dat dit ziekenhuis in een oude tempel lag.

Of in welk bouwwerk ze ook waren geweest. Reggie had zich in een houten doodskist in een kelder bevonden, was toen ontsnapt naar een ronde kamer met stenen muren, en zat nu vastgebonden op een tafel in een andere kamer van dezelfde stijl. Hij dacht dat hij in hetzelfde oude complex was als waar hij en Sarah waren geweest, hetzelfde complex dat Vicente Garza gebruikte als zijn verborgen hoofdkwartier.

Ze hadden van deze kamer een geïmproviseerd ziekenhuis gemaakt, en hij kon zijn vitale functies zien op een van de schermen naast zijn bed.

Een vrouw kwam binnen, gevolgd door een man. Beiden droegen witte labjassen, en beiden hielden klemborden vast.

"...omdat bijna *alle* bacteriën in het menselijk lichaam op de een of andere manier verwant zijn aan Candida."

De vrouw schudde haar hoofd. "Dat is duidelijk niet waar."

"Het is overdreven, maar het komt in de buurt. Als het niet Candida is, weet ik niet wat het is."

"We weten dat het Candida is, maar we weten niet zeker welke stam. Van Candida albicans is bekend dat het in bepaalde situaties osteoporose kan veroorzaken, en die..."

"Die situaties zijn duister en uiterst zeldzaam, en worden waarschijnlijk veroorzaakt door iets *anders dan* albicans die ermee reageert."

"Dr. Prichard, dat is precies mijn punt. We zoeken niet naar Candida albicans, we zoeken naar wat de *andere* giststam kan zijn."

De man, Dr. Prichard, zuchtte. "Ik weet het. Ik denk gewoon hardop. Deze - tests, als we ze zo kunnen noemen - zijn zo onduidelijk dat ik ze niet als bruikbare gegevens kan beschouwen. We hebben meer tijd nodig met de proeven op primaten en meer overtuigende labresultaten voor..."

"Garza gaat ons die tijd niet geven," zei de vrouw. "Dat weet je. Hij wil deze fase *morgen* afronden. "

Reggie gromde, en beide dokters draaiden zich naar hem om.

"Oh," zei de vrouw. "Ik - ik wist niet dat je wakker was. De soldaten zeiden dat je verdoofd zou worden."

"Ja, nou, het kost veel om deze man te verdoven. Waar ben ik in godsnaam?"

"Dit is de medische vleugel."

"In Detroit?"

De dokters keken hem vreemd aan.

"Ah, wel, het was het proberen waard. Zeg, denk je dat ik het teken kan krijgen? Ik heb later een afspraakje met een hete dame die ze boven ergens vasthouden, en ik..."

"Ms. Lindgren is veilig, Mr. Red."

"Waar is ze?"

"Precies waar ze eerst was. Haar wond geneest niet, maar onze orders waren om dat zo te houden. Vertrouw erop dat ze veilig is, op dit moment."

"Waarom ben ik hier? Wat gaan jullie idioten met me doen?"

"We testen een medicijn gebaseerd op de Candida albicans gist-stam, en we hopen dat het helpt de groei in je skeletstructuur te regenereren. Deze eerste doseringen zullen...

"Wacht, wacht. Wacht even," zei Reggie. "Je injecteert me met *gist*? Om *welke* skeletstructuur te regenereren hebben we het over? De mijne?

De dokters keken hem wezenloos aan; de vrouw werkte met haar handen aan een injectiespuit gevuld met een halfdoorzichtige vloeistof.

"Ja, ik denk niet dat ik het toestemmingsformulier getekend heb om één van je kleine experimenten te zijn. Heeft Garza je hierheen gestuurd? Waar is hij in godsnaam?"

Reggie hoorde een stem over een verborgen luidspreker. *"Ik ben hier, Gareth. In de kamer hiernaast, kijkend naar je vorderingen via een camera. Ik hoop dat je Drs. Prichard en Jenner behulpzaam vindt. Ze behoren tot de beste genetici die er te koop zijn."*

"Wat voor pillen je ook in me gaat stoppen, weet dat het niets verandert aan het feit dat ik je ga vermoorden.

"Sarah zei hetzelfde een uur geleden, Red. Een vurige vrouw, die vrouw. Haar lichaam had het moeilijk met de eerste doseringen, maar zoals ik al zei - Prichard en Jenner zijn de beste die er zijn. "

Reggie rukte hard aan zijn boeien en smakte ze tegen de tafel.

"Die riemen zijn veel sterker dan jij, Red, maar ik geniet ervan je te zien worstelen. Het herinnert me eraan hoe onbezonnen en naïef je bent, jezelf in deze onmogelijke situaties brengen. Het ironische is - over ongeveer een jaar, na je volledige dosering, zou je eigenlijk sterk genoeg kunnen zijn *om los te breken. "*

Reggie's hart ging tekeer. "Dus dat is het, Garza? Je maakt een reus? Verander je me in een van je krankzinnige freaks?"

"Die 'krankzinnige freaks' waren vrijwilligers, Red. Leden van mijn team."

"Hoe heb je dat gedaan?"

"Dat is wat mijn genetici proberen uit te zoeken. Wat konden de Ouden mengen met de Candida albicans gist om zo'n snelle botgroei te veroorzaken? Ze hebben ons een paar stukjes van de puzzel nagelaten - de overblijfselen van hun medicijnen, hun legenden, en het Boek der Beenderen."

"Die je nodig hebt om de rest van de puzzel uit te zoeken."

Garza pauzeerde, maar beantwoordde de vraag niet. "Mijn wetenschappers hebben opdracht gekregen door te gaan met testen, met het oefenen en bijschaven van hun methodes, totdat ze mij een leger van reuzen kunnen leveren."

"Dat *heb* je al, hoor. Die zes infanteristen in Alaska."

"Ze zijn een opmerkelijk begin, dat geef ik toe. Maar je hebt ze zelf gezien. Ze zijn kwetsbaar. Zwak op ongewenste plaatsen. Hun lede-maten zijn zo vaak uitgerekt, gebroken en weer hersteld dat hun spieren het niet bij kunnen houden. Die mannen zullen binnen een jaar dood zijn, al weten ze het nog niet. Hun lichamen zijn niet in staat om zulke gigantische systemen te beheren."

"Je vermoordt ze langzaam."

"Mannen als jij hebben zo'n grimmige kijk op de wereld, Red,' zei Garza. *"De werkelijkheid is iets genuanceerder - deze reuzen die ik aan het maken ben, deze 'beesten', zoals ze genoemd zullen worden, zijn niet de eerste in hun soort. In feite, zijn ze niet eens de grootste van hun soort. Ik dood niemand, Roodkapje, maar herstart slechts het begin van een verbazingwekkend, oud ras."*

"Ze woonden hier, nietwaar?"

"Scherpe observatie, Red. Ja, zij hebben deze plek gebouwd. Duizenden jaren geleden verbannen uit hun thuisland, kwamen ze hier. Bouwden hun tempels en huizen net als hun oude, en verstopten zich in deze vallei, in de hoop hun dagen in eenzaamheid en vrede te slijten."

"Geweldig verhaal," zei Reggie. "Maar ik noem het onzin. Deze reuzen konden zich verstoppen, bouwden hun kleine oase, en waren zo lang onaangedaan? Hoe hebben ze het overleefd?"

"Dat deden ze niet," zei Garza. *"Hun ras verwaterde doordat ze zich vermengden met de plaatselijke bevolking, en uiteindelijk werd bekend dat ze hier waren. Ze probeerden hun isolement te bewaren, maar...*

Garza stopte. Reggie glimlachte. *Ik heb hem aan het praten gekregen, nu heeft hij te veel gezegd.* "Maar wat?"

Er was een pauze, toen kwam Garza's stem terug over de intercom. *"Maar niets. Ik heb te veel gezegd. Dokters, ga verder met de eerste dosis."*

De dokters draaiden zich terug naar Reggie's bed en staken hun handen uit. Ze hielden elk een grote spuit vast, gevuld met de half-doorzichtige vloeistof.

"Waar gaat dat ding heen?" vroeg Reggie.

"Garza heeft ons opgedragen te werken aan de wederopbouw van de structuur van je bovenste humor. Deze eerste dosis gaat direct in het bot, en vanwege de aard van de gistmoleculen, kunnen we niet riskeren ze te verdoven."

"Ah, prachtig. Er gaat niets boven een schot in het bot."

"Correct," zei Dr. Jenner, haar stem klonk door de stenen kamer met de emotie van een robot. "Het is een zeer pijnlijke operatie."

Dr. Prichard grinnikte. "Hoewel het niets is vergeleken met het breken."

"De... breuk?"

"Wel, natuurlijk. Om de gist in de bloedbaan van het bot te krijgen, moet er een grote breuk in de structuur van het bot zijn."

"Een *aanzienlijke breuk?*" Reggie huiverde.

"Ja, Mr. Red. Een aanzienlijke breuk."

HOOFDSTUK 54

BEN

DE AUTO VERTRAAGDE TOEN HIJ DE HOOFDWEG VERLIET, en Ben zag een bord dat het gebied aanduidde waar ze *Punta Rossa* binnenreden. Hoge heuvels, bedekt met dichte bossen, ontmoetten zijn blik toen hun chauffeur weer versnelde. Hun voertuig werd snel door de bomen opgeslokt, en ze reden verder, een van de heuvels op in de richting van de oceaan.

Julie leek kalm, maar hij wist dat ze hun opties overwoog. *Moeten we aanvallen zodra we uit het voertuig zijn? Of nu aanvallen, nu het nog één tegen twee is?*

Hij wierp een blik op Julie, en zij knikte naar hem.

Ik denk dat dat het is.

De chauffeur stuurde de auto naar de kant van de weg om een fietser in het midden van de rijbaan te passeren, maar Ben zag geen andere voertuigen of mensen op de weg. De zon ging onder, en de zware bomen bedekten hun omgeving in een schaduwrijke duisternis.

Ben keek in de achteruitkijkspiegel naar de ogen van de soldaat. De jongen moest niet ouder zijn dan vijfentwintig, en hij dacht terug aan de tijd dat hij zo oud was. *Ik was verdwaald, zwierf rond als een nomade, probeerde uit te vinden wat het leven met me wilde.* Hij vroeg zich af of het kind ook zulke ervaringen had gehad. Hij vroeg zich af of de jongen zich hiervoor had opgegeven - voor het doden van onschuldige burgers door ze naar een afgelegen gebied te drijven en ze in koelen bloede te executeren.

Hij vroeg zich ook af wat het betekende: als de jongen betrokken *was*, en wist wat hij deed, waarom dan? Welk doel diende het? *Wie diende* het? Ben wist inmiddels dat iedereen, ongeacht ras, religie, opvoeding of geloofssysteem, dacht dat ze gelijk hadden. Ze geloofden dat ze de helden van hun eigen verhaal waren.

Wat was het verhaal van dit kind, en in welk geloofsysteem had hij zich begeven?

De jongen zag zijn ogen in de spiegel, en Ben glimlachte. Hij dacht dat de jongen niet goed genoeg Engels sprak om zijn spreektaal op te pikken. "Weet je het zeker, vriend?"

De jongen fronste en staarde hem aan.

"Oké, man. Jouw begrafenis."

De jongen bleef hem negeren, en Ben merkte dat ze het einde naderden van een lange klim op een heuvel. Een oud, klein kasteel stond boven op een rotspunt, uitkijkend over het water. In de verte stond een modern communicatiedepot en een satellietstation als een schildwacht op een soortgelijke rotspunt. Twee naast elkaar geplaatste versies van hetzelfde ding.

De auto ging van de weg af en reed een andere eenbaans grindweg op. De banden knarsten, en Ben zag hun bestemming. Een oude, vervallen muur, pokdalig door de tand des tijds en het weer. Hij stond alleen, loodrecht op de rand van de klif. Ben wist toen wat het plan was.

Het was ruw, maar eenvoudig. Twee Amerikanen, hun lichamen aangespoeld met kogelgaten in hun schedels. De autoriteiten zouden de schuld geven aan lokale bende-activiteiten en ze terugsturen naar hun thuisland, waar ze begraven zouden worden en herinnerd voor een volledige lengte van de nationale nieuwscyclus.

Dit is het dan. Tijd om te gaan.

Ben aarzelde niet. Hij reikte tot over het hoofd van de bestuurder en trok zich toen onmiddellijk terug - hard. De nek van de jongen ontmoette de metalen ketting van Ben's handboeien en hij stikte, spuugde terwijl hij probeerde de controle over het voertuig te behouden.

Julie was echter al in beweging. Ze rukte het stuur uit de handen van de jongen en duwde hem hard naar rechts, zodat hij op de rem moest trappen toen ze van de weg af rolden. Toen de auto tot stilstand kwam, gooide ze snel haar portier open en rende naar de bestuurderskant.

De auto achter hen, die Godiva en zijn andere jonge soldaat vervoerde, reed nog een paar honderd meter verder, en kwam nu net de heuvel op. Ze hoorde het gas geven, en ze wist dat ze haar gezien hadden.

Maar het was te laat. Binnen een paar seconden had ze de deur van de jongen open en zijn veiligheidsgordel losgemaakt, terwijl Ben zijn handen stevig om de nek van de man hield. De soldaat hapte naar adem en bloed - ofwel uit Bens polsen, ofwel uit de nek van de jongen - droop op de kraag van de soldaat.

Ze wachtte tot Ben zijn greep verslapte en zijn handen omhoog bewoog en rukte de man toen van de voorstoel. Hij viel op de grond, nog steeds happend naar lucht, en Julie schopte hem hard in zijn buik, waardoor hij kreunde van de pijn en nog harder kokhalsde. Toen knielde ze neer en trok zijn pistool.

Ze hield het omhoog en richtte op het naderende voertuig. Ben en Reggie hadden haar geholpen haar te trainen, maar ze was al snel beter dan Ben en bijna net zo goed als Reggie zelf met handvuurwapens geworden. Het was een gemakkelijk schot, maar ze wist niet zeker hoeveel kogels er nog in het pistool zaten, en ze wilde niet het risico lopen van een vuurgevecht tussen haarzelf en twee gewapende mannen.

Dus wachtte ze. De auto ging nu snel, recht op hen af. Ben viel uit de achterkant van hun auto en landde boven op de bestuurder, hield hem vast.

Ze richtte. Ze richtte haar blik. Ze kon de ogen zien van de bestuurder van de tweede auto, de soldaat van het hotel. Godiva schreeuwde naast hem, maar ze negeerde hem.

Ze haalde de trekker over. Twee keer, toen een derde keer. Het goedkope voorruitglas van de sedan was niet kogelvrij, en leek ook de richting van haar tweede twee kogels niet te veranderen. Ze sloegen in het gezicht van de jonge bestuurder, zijn hoofd viel naar beneden.

De auto stond nu op 2 meter van hen, en de voet van de jongen was op het gaspedaal gevallen toen hij stierf.

Ze huiverde en maakte zich klaar om opzij te springen, toen de auto een scherpe bocht naar rechts maakte. Hij bleef op de grindweg, stof en puin achter zich aan schoppend, en toen hij haar passeerde - nauwelijks haar rechterarm missend - zag ze Godiva's paniekerige gezicht op de passagiersstoel.

Hij schreeuwde, maar ze had het gevoel dat het niet meer van woede was. Hij was bang, maar zijn angst duurde maar een seconde.

De auto schoot van de klif, zeilde naast de oude stenen muur, en was weg.

Ze haalde adem en liep naar de rand. Ze wilde niet kijken, maar ze moest het weten.

Daar, op de bodem van de klif, stond de auto. Total loss, totaal onherkenbaar. Alleen een hoopje verwrongen, rokend metaal lag op een groot rotsblok. Zeestralen spatten tegen het wrak, en ze zag stukken van de auto in het water drijven, tegen de rots op beuken.

De sedan was naar beneden gestuiterd toen hij viel, en de nu gezichtsloze bestuurder was op de rotsen uitgeworpen. Ze zag Godiva's lichaam niet, maar het leek erop dat er een groeiende poel van zwartheid in de buurt van het wrak was, die uitliep op het oppervlak van de rots.

Ben was er.

"Dat... dat was me wat," zei hij. "Mooi schot."

Ze trilde, en ze voelde zijn hand in haar schouder knijpen. "Ik wist... het niet. Ik wist niet wat ik moest doen, Ben. Ik heb gewoon... het pistool van die jongen gepakt en..."

"Je wist precies wat je moest doen."

"Dat deed ik, maar ik *dacht er niet* over na. Alsof - alsof ik het eerder heb gedaan. "

Julie ademde nu snel. Ze had nooit gedacht dat ze in staat was iemand op die manier te doden. Van dichtbij, recht in het gezicht. Ze zag de ogen van de jongeman in haar gedachten, zijn gezicht zoals het het ene moment bestond en het volgende implodeerde.

Dat heb ik al eerder gedaan.

Ze wendde zich tot Ben.

Hij keek naar haar, keek naar haar.

"Ben, ik... ik denk..."

"Het is goed, Jules. We praten er later wel over. Nu moeten we uitzoeken hoe we in Peru kunnen komen."

HOOFDSTUK 55

BEN

Veertien uur Later

"Archie, kun je ons horen?"

Ben kantelde het scherm van de iPad op de standaard en schoof het over het tafeltje zodat hij en Julie het konden zien. Ze hadden de iPad in Rome gekocht, met Bens creditcard, evenals vliegtickets naar Peru, andere kleren voor hen beiden en een paar dingen die ze nodig achtten voor de volgende etappe van hun reis. De tickets hadden ongeveer vijfendertighonderd dollar gekost, maar Bens creditcard, gefinancierd door de CSO, had een limiet die alleen Mr E kende - hij had slechts een ogenblik geaarzeld voordat hij hem aan de kaartjesverkoper op Leonardo da Vinci International Airport had gegeven, maar hij had zonder problemen en zonder ophef de instapkaarten gekregen.

Hij maakte zich even zorgen toen ze veilig aan boord van het vliegtuig waren en begonnen op te stijgen. *Zijn we te laat om Reggie en Sarah te redden?* vroeg hij zich af. *Wie zit er achter ons aan? En wat willen ze? Weten ze dat we naar Peru gaan?*

En vooral, de belangrijkste vraag: *zijn ze wel* in *Peru?*

Ze hadden ongeveer acht van de zestien uur in het vliegtuig geslapen, en hoewel Bens gedachten over de gebeurtenissen van de afgelopen dag waren gegaan - hun bijna-doodervaring in het kleine propvliegtuig, hun achtervolging per boot in de haven van Corsica, en hun gevecht met de Vaticaanse bewakers - was hij in staat geweest om te slapen. Ze hadden gehoopt dat door aan boord te gaan van een groot, internationaal verkeersvliegtuig, hun achtervolgers zich wel twee keer zouden bedenken voordat ze het vliegtuig neerhaalden. Toch overviel Ben een gevoel van angst toen hij Archie's gezicht zag op het scherm voor hem.

Heeft hij ons verraden?

"Ik kan je horen, Ben," zei Archie. Het gezicht van de oudere man was gerimpeld, zijn dikke, zwarte haar wapperde om zijn oren, verfomfaaid, alsof hij net ontwaakt was uit een nachtrust. *"Voordat we praten, weet alstublieft: Ik geloof dat mijn thuiscomputer gehackt is. Ik ben de afgelopen dag in de universiteitsbibliotheek geweest, om te proberen dit allemaal te begrijpen.*

"Dat weten we," zei Julie, die een zucht van opluchting slaakte. "We werden betrapt in het Vaticaan, vlak nadat we het hotel waren binnengekomen. Ze hielden ons vast en vertelden Ben dat *jij* een moorddreigement had doorgebeld."

"O, jee," zei Archie. *"Het is erger dan ik dacht. "*

"Is dat zo?" Zei Ben. "We zijn nog niet eens aan het deel toegekomen waar we buiten de stad werden gebracht en een heuvel op werden gedreven om geëxecuteerd te worden."

Archie's gezicht betrok. Ben kon zien dat de verlichting van de bibliotheek waar de man zich bevond schemerig was, ingesteld op de nachtelijke uren. Zijn gezicht leek verweerd, ouder op de een of andere manier, het schimmige licht speelde hem parten. *"Het - het spijt me zo, Harvey. Ik bedoelde niet...*

"Het is oké," zei Ben. "Tot nu toe zijn we vandaag nog niet geëxecuteerd. En voor zover bijna-doodervaringen gaan, was dat niet eens de ergste van de dag."

Ze vertelden hun teamgenoot over de gebeurtenissen die tot hun gevangenneming hadden geleid, en wat ze hadden geleerd.

"We denken dat Roger Godiva, de veiligheidsagent in het Vaticaan, niet precies is wie hij zegt dat hij is.

"*Zonder twijfel,*" zei Archie. "*Hij moet betrokken zijn bij welke factie dan ook die probeert de machtsstructuur in Rome omver te werpen. Dezelfde factie die gisteren een collega van mij ontvoerde.*"

"Een factie?"

"*Weer een* ontvoering?" vroeg Julie.

"*Ja,*" zei Archie. "*Ze is een briljant professor en ze heeft veel verhandelingen geschreven over de Kerk en haar vele geheime ordes en facties. En als ik zeg factie, bedoel ik als een broederlijke orde of een andere organisatie. Godiva staat in mijn database als een vroom katholiek, geboren en getogen in Rome. Een lid van de Sociëteit van Jezus, zo kende hij mijn naam.*

"Is hij ook een Jezuïet, dan?" vroeg Julie.

"*Ja, daar lijkt het op. Maar vergeet niet - de jezuïetenorde is een grote, internationale organisatie. We zijn met velen, en we zitten niet altijd op dezelfde golflengte. Ik kan gemakkelijk geloven dat er een groep Jezuïeten is die de huidige Paus kwaad wil doen, boos is over zijn liberale neigingen en hoopt het systeem omver te werpen.*"

"Zouden ze zover gaan om die vent *te vermoorden?*"

"*Het is al eerder gebeurd. Paus Johannes VIII werd doodgeknuppeld, en een paar werden gewurgd. Paus Clemens I werd in zee gegooid met een anker om zijn nek.*"

"Wow," zei Ben. "Mensen raken *echt* opgewonden over religie."

"*Inderdaad. Er zijn minstens twintig pausen vermoord. Herinner je je de eerste paus, Sint Petrus?*"

"Ondersteboven gekruisigd, als ik me mijn zondagsschoollessen goed herinner."

"*Ja. En paus Johannes Paulus II werd neergeschoten en ernstig gewond in 1981, precies op het Sint-Pietersplein. Dus ja, ik geloof dat er genoeg zijn die onze Paus kwaad willen doen, inclusief sommigen binnen mijn eigen orde.*"

"Ken je Roger Godiva?"

"Dat weet ik niet, maar hij heeft een hand gespeeld die ons nu zal helpen de andere leden van zijn factie op te sporen, wie het ook zijn."

"Hij had vier soldaten bij zich," zei Julie. "Twee van hen bleven in de tunnels en verjoegen... wie *er* ook achter ons aanzat. En de andere twee..."

Haar stem daalde, en Ben stak zijn hand uit en pakte haar hand. De wonden op hun polsen, waar ze geboeid waren geweest, stonden op een rij, een enkele rij rode, gebarsten huid. "De ene is in kritieke toestand, maar hij zal nooit meer goed kunnen praten. De andere onderging hetzelfde lot als Godiva."

"Ik begrijp het," zei Archie. *"Er zijn dus minstens twee facties waar we mee te maken hebben. De soldaten in de tunnels, waarschijnlijk dezelfde groep die uw vliegtuig in de Middellandse Zee heeft neergehaald. En de bewakers van het Vaticaan, die vrijwel zeker een groep zijn binnen de katholieke kerk zelf."*

"De katholieke groep zou de groep kunnen zijn die het Boek der Beenderen wil," zei Julie.

Ben nam de draad weer op. "Dat betekent dat de *andere* groep het boek *ook* wil, of ze willen gewoon niet dat de katholieken het hebben."

"Ja, dat heb ik ook begrepen. En als die theorie klopt, werkt Vicente Garza in dienst van de Katholieken - de groep binnen het Vaticaan die hun eigen Paus omver willen werpen. Het kan ook zijn dat Garza voor een andere sekte binnen de kerk werkt; we hebben gewoon niet genoeg informatie om dat op dit moment te weten."

"Is er een manier om erachter te komen wie ze zijn?" vroeg Julie.

Ben verschoof in zijn stoel. "Ja," zei hij. "Archie, toen ik in de kamer was en door Godiva werd ondervraagd, viel zijn halsketting uit zijn hemd. Er zat een hanger aan met een soort slang eromheen gewikkeld. Die hanger had ook wat symbolen erop. Het was iets dat ik eerder heb gezien, maar ik kon het niet plaatsen."

"Kun je het beschrijven?"

"Eigenlijk kan ik het wel uit mijn hoofd tekenen." Ben greep naar de achterzak van de stoel voor hem en haalde er een potlood uit, waarna hij naar Julies dienbladtafel reikte en een servet pakte.

"Het was als een ovaal. Of een ei. En binnenin was dat... dat ziende oog ding dat op ons geld staat. En vleugels, misschien?" Ben krabbelde op het servet, en Julie keek over zijn schouder mee terwijl Archie op het scherm wachtte. "En twee pilaren, die naar elkaar toe leunen, maar elkaar niet raken. Alsof ze iets omhoog houden; gewoon een ronde stip."

Hij leunde achterover, en hield het servet omhoog zodat Archie het kon zien.

Op het scherm van de iPad zag Ben hoe Archie's gezicht smolt in een spookachtige witte schaduw.

"Herken je het?" vroeg Ben.

"Ik wel. De elementen afzonderlijk zijn onmiddellijk herkenbaar, hoewel ik ze nooit samen heb gezien. Maar ik weet, zonder twijfel, wat ze allemaal voorstellen."

"Wat is dat?" vroeg Julie.

"Elk van die symbolen - het alziend oog, de pilaren, de vorm die ze samen maken, en de vierkante maat erachter - de omgekeerde driehoek.

"Deze symbolen zijn enkele van de meest iconische symbolen van het genootschap van Vrijmetselaars."

HOOFDSTUK 56

VICTORIA

DE KAMER WAS ROND, gemaakt van steen. Niets dan een enkele ronde pilaar stond in het midden ervan. Het stond op een verhoogd podium, ook van steen. De hele ruimte was ongeveer zo groot als een klein amfitheater, misschien twee- of driehonderd voet van de ene kant naar de andere. Het plafond strekte zich ver boven de lichtlijn uit en Victoria kon de schimmige lijnen van stenen steunen zien, die naar het midden van het geheel liepen.

Victoria Reyes schudde de slaperigheid uit haar ogen. *Heb ik geslapen?* Ze herinnerde zich dat ze naar het vliegveld reed, de auto stopte bij een onopvallende hangar bij de hoofdingang, en toen...

Niets.

Ze was een paar minuten geleden wakker geworden, en moest door een deur lopen, en toen bevond ze zich in deze kamer.

Zijn we dan nog op het vliegveld?

Haar geest trok haar terug naar het moment, haar zintuigen kwamen snel terug en werden scherper. Ze nam de ruimte in zich op, bewonderde de architectuur. Zoiets had ze nog nooit gezien. Ten eerste leek het te zijn gehouwen uit één massief blok steen, een beeldhouwwerk zo groot als een berg. Ten tweede klopten de verhoudingen niet - ze had iemand zien binnenkomen via een deur tegenover haar, en deze deur was onevenredig hoog. De pilaar in het midden, waar die ook voor diende, leek ook groot. Te hoog om als tafel te gebruiken, te kort om als standaard te dienen, en de diameter was gemakkelijk 2 meter.

"Weet je waar je bent?" hoorde ze een stem vragen.

Ze schudde haar hoofd.

"Spreek alstublieft voor de raad, Ms. Reyes."

Ze wierp haar ogen naar links en rechts. Als er anderen in de kamer waren dan de man die haar had aangesproken, kon ze die niet zien.

"Ik niet," zei ze.

"Weet je het zeker?"

Ze zuchtte. "Een tempel? Een offergraftombe? Een voorbereidingskamer voor je geheime vrijmetselaars rituelen?"

Er was een lichte grinnik van achter haar, dan een snelle bedekkende kuch.

"De Vrijmetselaars hebben altijd rituelen uitgevoerd om ons te herinneren aan onze geschiedenis en voorouders. Wij..."

"Ik ben een professor en een gepubliceerd onderzoeker van de ingewikkeldheden van oude culten,' zei ze. "Ik heb geen lezing nodig over wie de Vrijmetselaars zijn."

"Heel goed, Ms. Reyes," zei de man. "In dat geval moet u weten dat het een zeldzame gebeurtenis is dat u, een vrouw, in deze kamer bent."

"Nou," zei Victoria. "Ervan uitgaande dat dit niet een tweejaarlijks vrouwengebeuren is voor jullie afdeling, dan is dit inderdaad een opmerkelijke gebeurtenis.

"Wij zijn geen 'hoofdstuk', in de traditionele zin..."

"*Maar* het is niet ongehoord," zei Victoria. "Door de geschiedenis heen is in uw gelederen gediscussieerd over het aantal vrouwen dat betrokkenheid bij de organisatie heeft geclaimd. Elizabeth Aldworth, bijvoorbeeld, droeg de regalia in het openbaar nadat ze was toegelaten tot de loge van haar vader.

"En Salome Anderson verborg zich in de logeerkamer van haar oom, leerde uw geheimen kennen, en werd toegelaten om haar tot geheimhouding te zweren. En -"

Ze stopte zichzelf, realiserend dat *zij* nu degene was die de les las.

Er was een pauze, en toen stapte er links van haar een man uit de schaduw. Ze herkende hem niet, maar hij droeg een schort, het traditionele logeerschort dat ze al zo vaak had gezien. Deze had het kompas van de vrijmetselaar en de letter "G", die stond voor geometrie, maar er stond ook het omgekeerde engelvleugelige logo op dat ze op de website had gezien toen ze met Mark praatte, vlak voor haar ontvoering.

"Mijn collega had gelijk. U *bent* een bijzondere geest, Ms. Reyes. Ik moet me verontschuldigen voor onze barbaarse manier om uw hulp te vragen, maar..."

"Je vraagt om mijn *hulp*? Door me te ontvoeren, me hierheen te brengen, en... Waar *zijn* we eigenlijk?"

"Je staat in de tempel van mijn voorouders. *Onze* voorouders." De man hief een arm omhoog, en zij zag nog zeven mannen uit de schaduw treden, elk met hetzelfde logeerschort aan. Ze omringden haar, drukten zich op haar.

Ze voelde zich weer eens bedreigd. "Wa - wat is dit? Ben ik een soort offer?"

Een paar seconden lang heerste er een zware stilte, en Victoria was bang dat haar hart zo hard zou kloppen dat de tempel om hen heen zou instorten.

Toen... gelach. De man stapte dichter naar haar toe en glimlachte. Zijn ogen waren vriendelijk, maar ernstig. Blond haar, grijzige huid. Ze kon niet zien of hij dichter bij de dertig of de zestig was, dus ze gokte ergens in het midden. "Ms. Reyes," zei de man. "Wij zijn de Gilde Rite, een oude sekte vergelijkbaar met de Vrijmetselaars, maar met een paar belangrijke verschillen."

"Ben jij Dieter Luthig?" vroeg ze.

"Ik... ben het niet. Maar uw speurwerk is bijna net zo indrukwekkend als uw intellect. Ms. Reyes, de Gilde Rite dateert van voor de meeste Rites met een grootteorde. We beweren zelfs dat onze wortels nog voor de tijd van Noah liggen."

"Noah... dat is antediluviaanse geschiedenis. In principe onbetrouwbaar."

"Goed punt," zei de man. "Maar bedenk eens: wat was de *reden* van Noachs bestaan?"

"Bijbels gesproken?" Vroeg Victoria. "Om de wereld te redden."

"Correct. Hoe?"

"God droeg hem op de mens en de dieren te redden, terwijl God de slechtheid in de wereld uitroeide." Zij viel weer in haar lesmodus toen zij tekst voordroeg uit het Boek Genesis, hoofdstuk 6: *"Nu was de aarde verdorven in Gods ogen en was vol geweld. God zag hoe verdorven de aarde was geworden, want alle mensen op aarde hadden hun wegen verdorven. Toen zei God tegen Noach: "Ik ga een eind maken aan alle mensen, want de aarde is door hen vervuld van geweld. Ik zal hen en de aarde zeker vernietigen.""*

"Ja, en hij deed dit door een wereldwijde overstroming te veroorzaken. Eén die voorkomt in het oorsprongsverhaal van elke beschaving. Een verhaal dat, zou ik zeggen, *heel* betrouwbaar is."

"Goed, dat geef ik toe," zei Victoria. "Maar wat *betekent* dat? Omdat jullie van voor Noach zijn, zijn jullie belangrijker dan *de echte* Vrijmetselarij?"

"Nee, het betekent alleen dat onze missie, net als die van Noach, zo verstrekkend is als de menselijke geschiedenis zelf. Onze missie is er een die generaties duurt in plaats van levens, millennia in plaats van eeuwen."

"Je bent net zo cryptisch als de broer die je stuurde om me te ontvoeren."

"Nogmaals, het spijt ons vreselijk voor de methode die is gekozen om uw medewerking te verkrijgen. Maar geloof me, onze strijd nadert zijn hoogtepunt, en we wensen echt uw hulp."

"Hoe? Waar heb je hulp bij nodig?"

"Ms. Reyes," zei de man. "Sinds de tijd van Noach, lang ervoor en lang erna, zijn we in oorlog geweest. Koning David voerde oorlog, evenals zijn zoon Salomo, waar de eerste vrijmetselaarsrituelen werden gebaard. Zijn vriend, Hiram, was ook in oorlog."

"Mannen zijn altijd in oorlog geweest," zei Victoria.

"Luister naar uw woorden, Ms. Reyes," zei de man. "U *weet* het antwoord op de vraag die u zoekt."

"En welke vraag denk je *dat* ik zoek?"

"U wilt weten met wie we precies in oorlog zijn."

HOOFDSTUK 57

JULIE

"DIT KOMT OVEREEN MET WAT VICTORIA ME VERTELDE," zei Archie. *"Ze was in staat me terug te bellen, vlak voordat ze in haar kantoor werd aangehouden. Ze liet de telefoon aan staan, en de man die haar meenam - waarvan ik niet geloof dat hij haar kwaad wil doen - heeft hem niet van haar afgenomen. Ik was in staat om kleine fragmenten van hun gesprek te horen."*

"Je denkt toch niet dat hij haar iets zal aandoen?" vroeg Julie. Ze keek naar het scherm en toen uit het raam van het vliegtuig. Ze vlogen op ongeveer 30.000 voet, en ze zag alleen maar een witte zee. Ze wist dat ze zich boven water bevonden, dus als ze door de wolken heen kon kijken, zou ze niets dan een blauwe zee zien.

"Ik weet het niet - hij zei iets over 'bescherming', wat een leugen kan zijn, maar ik geloof dat deze man denkt dat hij en Ms. Reyes aan dezelfde kant van de dingen staan. Dat ze haar nodig hebben voor haar verstand en kennis van hun gedeelde geschiedenis."

"Nou, we kunnen niet het risico nemen dat hij liegt," zei Ben. Hij drukte een duim en een vinger tegen de brug van zijn neus. "Nadat we Garza hebben gevonden, Reggie en Sarah hebben teruggebracht en hebben gestopt met wat die 'factie' ook aan het doen is, gaan we ook Victoria Reyes terughalen."

Op het scherm knikte Archie. *"Ik ben trots op je inzet en je wens om deze misstanden recht te zetten, Harvey. Maar ik vrees dat we zwaar in de minderheid en overtroffen zijn."*

"Heeft me nog nooit tegengehouden," zei Ben.

"Inderdaad, dat is niet zo. Maar nogmaals, dit is iets dat buiten onze expertise ligt. Zelfs als Reggie en Sarah met ons mee zouden vechten, denk ik niet dat dit een groep is om mee te spotten."

"Er zal niet worden *getreuzeld,*" zei Ben.

"Heb je een plan, dan?" vroeg Julie. "Als we eenmaal in Peru zijn, wat ga je dan doen?"

Ben haalde zijn schouders op. "Zoek iemand om te slaan."

"We kunnen misschien bij ze in de buurt komen, maar ik vrees nog steeds dat ze goed beschermd zullen zijn. Als Reggie en Sarah door Garza naar Peru zijn gebracht, hebben we met zijn team te maken. Maar als Victoria Reyes ook door haar ontvoerders is meegenomen, hebben we misschien met een heel ander leger te maken."

"Hoe weten we dat hij haar daar ook heen brengt?"

"Ze leek verbaasd toen de man haar vertelde dat ze haar werk hadden gevolgd. In het bijzonder een artikel dat ze jaren geleden had gepubliceerd, maar ik kon de titel niet horen. Maar ik hoorde een woord - een woord dat ik herkende - dat me tot deze conclusie leidde. Ze zei 'Chachapoyas' meer dan eens in hun gesprek."

"Wat is een Chachapoyas?" vroeg Ben.

"Niet wat, *maar* wie. *De Chachapoyas zijn een Zuid-Amerikaanse volksstam die zich zo lang als men zich kan herinneren tegen de Inca-macht heeft verzet. Tot aan de Spaanse verovering leefden ze in een geïsoleerde vallei die ook gewoon Chachapoyas werd genoemd - vooral omdat we nooit precies hebben kunnen vaststellen waar die vallei ligt."*

"Dus we gaan naar een geheime vallei in Peru die al honderden jaren niemand heeft gevonden?"

"Ik heb het verkleind tot een straal van 1500 km2, en ik denk dat ik het zoekgebied nog verder kan verkleinen. De Chachapoyas waren bouwers, en zij zullen bouwwerken in hun vallei hebben neergezet.

Mijn oude universiteit heeft 3D-kaarten met LIDAR van het hele Amazonebekken, inclusief de omliggende gebieden in Peru, Columbia en Venezuela.

"Als Garza je vrienden daar mee naar toe neemt, dan zullen we ze daar vinden."

"Wij?" vroeg Julie. "Maar Archie, jij bent..."

"Oud?" grijnsde de man op het scherm, de lijnen in zijn gezicht en voorhoofd werden dieper. *"Ik ben oud, maar ik meen me te herinneren dat ik met uw groep door het Amazonegebied ben getrokken, en ik heb het er toen levend vanaf gebracht."*

"Archie, we waren *allemaal* bijna dood in die jungle."

"Maar dat deden we niet, en ik ben hier om erom te lachen. Harvey, Juliette - jullie vormen een uitzonderlijk team. Maar elk team, hoe uitzonderlijk ook, heeft een wijze oude wijze nodig. Je weet nooit wanneer je moet stoppen met 'mensen slaan' en op een andere manier door het probleem moet gaan denken."

"Touche, oude man," zei Ben, glimlachend. "Blij om een extra stel hersens aan boord te hebben, vooral omdat ik zelden op mijn eigen kan vertrouwen."

"Perfect. Ik zal nu gaan. Ik moet me voorbereiden op mijn deel van deze reis, en ik heb meer onderzoek dat ik wil doen. Ik geloof dat we de stukjes nu hebben, vrienden. De puzzel is nog wazig, maar hij komt steeds duidelijker in beeld. Ik ben vol vertrouwen en optimistisch."

Julie was niet zo optimistisch, maar ze was blij dat ze dat van Archibald kon lenen. De man had hen door meer dan één vreselijke situatie geholpen, en ze waren er als overwinnaars uitgekomen. Hij was een aanwinst voor hun team, ongeacht zijn leeftijd.

HOOFDSTUK 58

REGGIE

DE VOLGENDE KEER DAT REGGIE WAKKER WERD, had hij het koud.

Nog steeds vastgebonden op een tafel, deze was van steen, maar op de een of andere manier voelde de steen kouder aan op zijn rug dan de metalen ziekenhuistafel had gedaan.

Hij zweette, maar zijn rug leek bevroren. Hij kreunde en voelde een golf van misselijkheid door zijn binnenste zwemmen.

"Gaat het?"

Een zachtmoedige stem, die ergens achter hem vandaan kwam. Of... dichtbij hem. Hij kon het niet zeggen - de kamer was bijna pikdonker, en hij lag op zijn rug in het midden ervan. Hij kneep zijn ogen dicht, en opende ze toen weer.

"Wie - wie is daar?"

"Ik ben het..."

De stem was zwak, bijna een fluistering, maar het was vlak achter hem.

"Sarah?"

Hij probeerde zich te bewegen, op te staan, maar hij merkte dat zijn voeten weer vastgebonden waren. Eén hand was vrij, en hij gebruikte die om zijn ogen af te vegen. Zijn andere hand werd uitgestrekt en boven zijn hoofd vastgezet. Hoofdpijn schoot door zijn schedel toen de misselijkheid voorbij ging, maar hij schudde beide gevoelens van zich af en probeerde zich te concentreren.

"Ja."

"Sarah, ik ben het. Reggie. Ik - ik was in... het was alsof..."

"Een ziekenhuis. Gewoon een kamer."

"Ja. Ja, dat is precies wat het was. Twee rare wetenschapper dokters waren daar binnen. Ze..."

"Ze gaven je een dosis *Candida albicans* gebonden met een vloei- bare acetaminophen coating, om te helpen met de toediening."

"Wa - wat betekent dat?"

"Het betekent dat ze je een shot hebben gegeven van een of andere rare troep op basis van gist."

"Ja, ik hoorde ze dat zeggen. Hebben ze dat bij jou ook gedaan?"

Ze antwoordde niet, maar hij voelde haar knikken. Hij was eerst verward, toen probeerde hij zijn hand te bewegen.

"Ze hebben ons op die rots in het midden van de kamer gezet," zei Sarah. "Op onze rug."

Hij wilde net reageren toen hij zich realiseerde wat ze bedoelde. "Oh, mijn God. Sarah, je rug. Ben je in orde? Je bent neergeschoten, en toen..."

"Ik ben oké," zci zc. "Voorlopig wel. Het doet pijn, maar het is een doffe bonk. Die dokters hebben me een beetje opgelapt toen Garza klaar was met me te martelen. Het wordt elk uur beter."

"Toch zegt iets me dat onze *situatie* er niet beter op wordt."

Ze snoof. "Nou, we zijn tenminste samen."

Reggie grinnikte, maar merkte dat hij zo stevig vastgebonden zat dat zelfs zijn longen moeite hadden zich te bewegen. Hij kon zich niet voorstellen wat Sarah voelde.

"Ja, ik denk dat er dat is. Samen sterven, toch?"

"Ik was niet van plan vandaag te sterven," zei Sarah.

"Nou, goed. Ik denk dat we tot morgen kunnen wachten."

Sarah liet een enkele ademloze lach horen, en viel toen stil. Een minuut later hoorde Reggie haar stem weer. "Hé, Rooie?"

In Reggie's ogen sprongen onmiddellijk scherpe tranen. Sarah was hem Rood gaan noemen, omdat het haar onhandig leek hem Gareth te noemen en er geen gemakkelijke manier was om Reggie af te korten. Het was vertederend als ze het zei, in tegenstelling tot iedereen in het verleden die hem bij zijn achternaam had genoemd. "J - ja?" Hij verslikte zich in het woord.

"Ik wilde je alleen zeggen dat, uh, wat er ook gebeurt, ik -"

Een van de massieve stenen deuren schoof links van Reggie open, en Sarah sneed zichzelf de pas af. Reggie zoog snel een hap lucht naar binnen.

"Goedenavond, jullie twee," zei een mannenstem. Felle schijnwerpers flikkerden aan de zijkant van de kamer, en Reggie kneep met zijn ogen toen hij zich aanpaste.

Garza.

"De *Havik* zelf," zei Reggie. "Terugkomend naar zijn hol om over zijn slachtoffers te waken. Je bent net een Batman schurk, weet je dat? Geen hersens, één coole truc die je steeds weer gebruikt, en absoluut geen exit-strategie."

"Is dat zo?"

"En als we geluk hebben," ging Reggie verder, "vertel je ons alles over je plannen. Net op tijd voor Sarah om de dag te redden."

"Als je geluk hebt."

Reggie slikte. Hij voelde zijn vertrouwen wankelen.

"Maar," zei Garza. "Ik denk niet dat je geluk hebt, Red. Ik denk dat je een idioot bent. Een gevoelloze, onbezonnen idioot, en ik denk dat *je* één trucje hebt, maar het is niet eens 'echt cool.' Het is je vermogen om te vechten, om je handen en voeten te gebruiken op een manier waar het menselijk lichaam niet voor gemaakt is. Je bent behendig, in staat om een opening te zien waar je uitdager dat niet kan."

Reggie forceerde een lach. "Ah, is dat het dan? Je bindt mijn armen en benen vast zodat ik niet tegen je kan vechten? Dus het is een beetje meer een gelijkwaardige competitie?"

Garza liep door de kamer en stapte op het verhoogde platform dat hun ronde stenen platform bevatte. Hij leunde over Reggie's gezicht. "Dichtbij, Mr. Red. *Heel* dichtbij."

Reggie werkte aan wat speeksel, bereidde zich voor om te spugen.

"Maar ik heb absoluut geen interesse om met je te vechten. Dit is geen stripverhaal, Red. Ik heb plannen, en ik heb mensen die op me wachten. Ik vertelde je vrienden dat - dat mijn weldoeners wachten, en ze zijn niet van plan om 'nee' te accepteren voor een antwoord, noch zullen ze toestaan dat ik knoei met hun tijdlijn.

"Je vrienden weten dat - ik heb ze dat zelf verteld. Toch zijn ze niet hier. Ze zijn *hier niet in de buurt*, voor zover ik kan zeggen. Dus weet je wat dat betekent?"

"Ze moesten hun favoriete televisieprogramma inhalen?"

"Het betekent dat we bijna geen tijd meer hebben, en dat ik verder ga met mijn plannen *zonder* het *Boek der Beenderen*. Een kleine tegenslag voor mij, maar, vermoed ik, een *groot verlies* voor jou."

"Nah," zei Reggie. "Ik heb nooit van dat verdomde boek gehouden. Veel mensen stierven erdoor."

"Inderdaad," zei Garza. "Roodkapje, heb je je situatie geanalyseerd? De manier waarop ik je getraind heb?"

Reggie voelde zijn hart breken. *Waar heeft hij het in godsnaam over?* Hij was net wakker geworden, had met Sarah gesproken, maar hij kon niet goed zien in het schemerige licht.

Hij wilde Garza het plezier van de overwinning niet gunnen, maar Reggie kon het niet laten om zich heen te kijken. Hij nam zijn omgeving in zich op - herkende de kamer waarin hij zich bevond, zag Garza boven hem staan, het hoge, donkere plafond ver boven zijn hoofd. Hij voelde Sarah naast zich liggen, dichtbij hem, maar niet sprekend. Hij voelde...

Zijn arm.

Hij probeerde het te schudden, zijn pols te bewegen, maar die zat stevig vast aan de stenen plaat. Toch was het... anders. Hij voelde warmte, een zacht kloppend hart.

Sarah.

Zijn pols was vastgebonden aan die van Sarah, en hun beide armen waren boven hun hoofd uitgestrekt. Zij lagen op de stenen plaat, hoofd tegen hoofd, met hun gezicht naar boven, maar hun beide rechterarmen waren uitgestrekt, samengebonden en aan de plaat vastgemaakt.

"Wat krijgen we nou?

Maar dat was niet alles wat hem opviel. Hij keek omhoog, recht boven zijn hoofd. Een glimmend, glinsterend voorwerp staarde op hem neer. Lang en plat, de scherpe rand ervan fonkelde in de felle schijnwerpers. Bijna zoals...

"Oh, shit," fluisterde hij. Hij voelde hoe Sarah steeds weer naar adem hapte en stilletjes begon te huilen toen ze zich hun hachelijke situatie realiseerde.

"Red," zei Garza. "Ik heb hier aan een project gewerkt dat zijn vruchten zal afwerpen. Je hebt het begin van dat project gezien, maar - zoals ik al eerder zei - het is nog lang niet af. Die reuzen, de soldaten waarop ik mijn onderzoek heb getest, bevinden zich nog in een bèta-fase, zo u wilt. Sterke spieren, maar hun botten zijn uiterst zwak. Ze breken af. Een tijdje nuttig, maar na verloop van tijd..."

"Je dokters... ze hebben me ingespoten met wat er in ze zit. Dat gist spul."

"Correct. Het is verwant aan *Candida albicans,* maar het is iets anders. Sneller groeiend, is het in staat om te overleven in het menselijk lichaam. We ontdekten het hier, binnen deze muren. Eeuwenlang sluimerend, waren we in staat om het te activeren en te gebruiken voor levende toepassingen. Wij denken dat het deze mensen, de oorspronkelijke bewoners van deze plek, heeft geholpen om zo groot te worden. Het veroorzaakt een snelle botgroei bij zoogdieren, maar zoals ik al zei, het is verre van perfect."

Snelle botgroei. Reggie huiverde. Er *moet een aanzienlijke breuk in de structuur van het bot zijn...* "Een aanzienlijke breuk..."

"Ja, Mr. Red. Om de gistcellen direct aan je skeletstructuur te laten hechten, moeten we een breuk veroorzaken. De huid en spieren hebben geen moeite om weer aan elkaar te groeien, en de botten, gesterkt door de gist, zullen verharden en van beide kanten uitzetten."

Reggie keek omhoog. Het dreigende lemmet dat boven hem hing, keek terug.

"We *zijn* hier echter geen barbaren," zei Garza. "'Breken' betekent alleen dat de gist direct toegang moet hebben tot de mergproductie-faciliteiten van de botten. Het kan een nette breuk zijn, maar het moet wel breken."

"Je bond ons vast aan een guillotine," zei Reggie, zijn ademhaling ging snel. Zijn stem was driftig, zijn ogen schoten heen en weer. "Je gaat *onze handen afhakken.* Van ons allebei."

Sarah's snikken namen in volume toe.

"Ja," zei Garza. "Dat is het plan. Ik heb het *Boek der Beenderen* nodig om *precies* te begrijpen hoe dit oude gist werkt, maar zoals ik al zei - ik zal niet eeuwig wachten. Als je vrienden niet arriveren met het boek in de hand in precies..." hij pauzeerde om op zijn horloge te kijken. "Zevenenveertig minuten, zal deze kling vallen. Mijn dokters hebben me verzekerd dat je het grote bloedverlies zult overleven, en ze zullen waarschijnlijk je handen weer aan elkaar kunnen hechten. Daarna kunnen we beginnen met de tweede fase van het veranderen van jullie beiden in een van mijn reuzen.

Garza draaide zich om, maar draaide zich vlak voor hij wegging nog een keer om. "Maar ik heb ze ook wat adrenaline laten klaarmaken, die ze meteen daarna zullen toedienen, om ervoor te zorgen dat je zo lang mogelijk wakker blijft."

HOOFDSTUK 59

VICTORIA

"WEET JE, DAT IS WAAR," zei Victoria. "Ik wil wel weten met wie jij denkt dat je in oorlog bent."

"En het antwoord op die vraag ligt in de eigenlijke *vraag* die je stelt."

Ze zuchtte en wenste dat iets in haar carrière voor één keer gemakkelijk zou zijn. Ze had dan wel het unieke vermogen om stukken geschiedenis samen te voegen op een manier die zinvol was en een boeiend tapijt vormde, maar dat betekende niet dat het haar gemakkelijk *afging*. Ze zwoegde vaak achter haar computer op zoek naar de perfecte link, het ontbrekende stukje dat ergens in de wereld bestond.

Maar vandaag - of vanavond, hoe laat het ook was - was ze moe. Ze was moe van het samenstellen van dingen, en deze kleine test die deze vrijmetselaarscultus haar liet ondergaan om haar waarde te bepalen was meer dan cryptisch. Ze had meer informatie nodig. Ze had meer *stukken nodig*. Haar tapijt bevatte wat de meeste mensen wisten van de Vrijmetselaars - zij waren een mannen broederschap opgericht in de jaren 1700 in Londen, maar velen beweerden dat hun geschiedenis zich al veel eerder uitstrekte. Zij bestonden als een broederschap die werkte aan wederzijdse voordelen in hun landen en gemeenschappen door hun geld, moeite en tijd te doneren.

Deze mannen leken duidelijk minder op een vrijmetselaarsloge en meer op een kring van spionnen, die werkten aan een doel dat nog moest worden onthuld.

Ze wilden haar hulp, maar ze hadden haar nog niet verteld hoe. *Wat moet ik dan doen? Hoe word ik verondersteld hen te helpen?* Ze vertelden haar dat ze in oorlog waren, maar ze hadden haar nog niet verteld tegen wie ze vochten. Een beetje bijbelse geschiedenis kennen was niet genoeg - de bijbel was een boekwerk van historische en afwijkende informatie, gevuld met verhalen en legenden en personages en -

Ze schudde haar hoofd. *Is dat het?*

Ze dacht aan de personages waar ze het over hadden gehad. Hiram Abiff, of Hiram I van Tyrus. De koning die bevriend was met een andere koning, Salomo, voor wie hij de tempel bouwde. Salomo, de zoon van Hiram's andere vriend, koning David, de beroemde bijbelse man die Goliath ten val had gebracht.

Goliath.

Ze dacht na over wat ze wist van de oude strijder. Een "reus" uit Filistijnen, vechtend tegen de Israëlieten, die verslagen werd door de steen van de jonge David. De Dode Zee Rollen en de Septuagint beschreven de man als "vier el en een spanwijdte," wat hem zou hebben geplaatst op een lengte van twee meter en negen inches.

Toen dacht zij aan de vorige verzen in Genesis. Ze sprak ze hardop uit: *"Toen de mensen in aantal begonnen toe te nemen op de aarde en er dochters aan hen werden geboren, zagen de zonen van God dat de dochters van de mensen mooi waren, en zij trouwden met wie zij maar wilden. Toen zei de Heer: 'Mijn Geest zal niet eeuwig met de mensen twisten, want zij zijn sterfelijk; hun dagen zullen honderdtwintig jaar zijn.'"*

"De oorlog die we sindsdien hebben uitgevochten, Ms. Reyes."

Ze liep naar het podium, stapte daar op het ronde altaar en

leunde ertegen. "Vechten jullie tegen... het volk van Goliath? Kanaän?"

"In zekere zin, zeker. Maar hun voorouders, de Nephilim. De Anakim, hun nakomelingen, evenals het volk van Gath, de Raphaim."

"De bijbelse reuzen."

"De zonen van God en de dochters van de mensen."

Victoria's lichaam verstijfde. *Zonen van God, en de dochters van mannen.*

Ze dacht terug aan haar gesprek met Archibald Quinones, de professor uit Brazilië. Hij was bezorgd over zijn vrienden die ontvoerd waren en ergens naar toe waren gebracht, allemaal in een list van hun ontvoerders om Plato's verloren boek, *Hermocrates,* of het *Boek der Beenderen, te vinden.*

In de geschiedenissen van Atlantis had Poseidon, een god, kinderen gebaard bij een vrouw genaamd Cleito, een menselijke vrouw. In de geschriften stond dat engelen altijd aan mensen verschenen als mannen, en in Genesis, en ook in andere apocriefe teksten, baarden sommige van deze engelen kinderen met menselijke vrouwen, waardoor de...

"Benei Elohim," fluisterde ze.

"Ja," zei de man. Hij stond nu voor haar, bij het altaar. "Benei Ha'Elohim - Zonen van God."

Ze sprak niet vloeiend Grieks of Hebreeuws, maar ze kende deze term. "Het betekent 'kind of kleinkind,' of..."

"Ga door," zei de man.

"Een lid van een gilde."

"Correct."

"En *Elohim,*" zei ze. "Een gewoon woord, vaak gebruikt als een naam voor God. Maar het betekent letterlijk 'machtigen'. *Benei Elohim* betekent 'Gilde van de Machtenigen'."

"Ja," zei de man, die nu nog dichterbij kwam. "De Gilde Rite - het Gilde van de Machtenigen..."

"De Nephilim. De 'zonen van God, dochters van mensen' die de vloek van Gods bestaan waren in de tijd voor de zondvloed. De reden dat hij de aarde wilde zuiveren van alle mensen."

"Maar dat deed hij niet, of wel?"

"Dat deed hij niet. Genesis 6:4: '*De Nephilim waren op de aarde in die dagen - en ook daarna - toen de zonen van God naar de dochters van mensen gingen en kinderen bij hen kregen. Zij waren de helden van weleer, mannen van faam.*'

"Ze waren er nog *na* de zondvloed. Verbannen naar de landen buiten de bijbelse verslagen. David vocht tegen Goliath, een afstammeling van ditzelfde volk. Salomo vocht ook tegen hen, en zijn tempel - de plaats waar de Ark des Verbonds zou hebben gestaan - werd voor dit doel gebouwd."

Victoria's gedachten raasden. Haar wandtapijt werd uitgebreid, opgelapt, bewerkt en opnieuw ontworpen. Het was alsof jaren van onderzoek tegelijkertijd op hun plaats vielen. Haar overtuigingen, doelen en dromen kwamen naar boven, en ze had het gevoel dat ze een decennium vooruit was gegaan.

"Jullie zijn hier omdat jullie geloven dat deze mensen, de Nephilim, nog steeds hier zijn."

"We *weten dat* ze nog steeds hier zijn," zei de man. "Deze groep - de Rite van het Gilde - bestaat al millennia, opgejaagd door onze vijanden, gekastijd door regeringen en bevolkingen als een radicale sekte. Maar wij hebben nooit de intentie gehad om iemand van hen te kwetsen of te schaden, maar om de waarheid - *de ultieme* waarheid - aan het licht te brengen."

"Een verheven doel," zei Victoria. "Maar je knecht vertelde me dat je probeert een Nieuwe Wereld Orde op te bouwen."

"Nee," zei de man. "Maar hij heeft het technisch gezien niet mis. Wat wij proberen te doen is de Nieuwe Wereldorde te herstellen die al had moeten bestaan. De orde die God zelf aan ons heeft doorgegeven in zijn eigen woorden, in zijn eigen boek. *De Zonen van God en de Dochters van de Mensen*' zijn de mensen die hij de leiding gaf over zijn wereld. '*De Nephilim waren op de aarde in die dagen - en alles daarna - toen de zonen van God naar de dochters van de mensen gingen en kinderen bij hen kregen. Zij waren de helden van weleer, mannen van faam.*"

"Denk je dat de Nephilim *de wereld moeten regeren?* "vroeg Victoria.

"Nee, het was nooit de bedoeling dat zij de wereld zouden regeren. Maar ze hebben verloren van de *ware* macht die de wereld regeert. Wij willen daar een eind aan maken, net zoals de Nephilim in hun tijd deden. Wij bestaan om de katholieke kerk te vernietigen."

HOOFDSTUK 60

BEN

HUN VLIEGTUIG WAS GELAND IN MANAUS, Brazilië, waar Ben en Julie hadden afgesproken met Archibald Quinones. Ze hadden elkaar al meer dan een jaar niet gezien, maar voor Ben voelde het alsof er geen tijd was verstreken. Quinones had nog evenveel grijs door zijn verder gitzwarte haar, zijn gezicht had nog maar een paar duidelijke rimpels, en zijn gevoel voor humor was nog steeds intact.

Ze hadden elkaar omhelsd, elkaar op de hoogte gebracht van een paar korte weetjes over hun leven, en waren toen aan boord gegaan van een kleiner vliegtuig op weg naar Peru. Archie had een paar opties voor landingsbanen uitgezocht, waarvan er één op loopafstand lag van de vallei die volgens hem de meest waarschijnlijke kandidaat was voor het huis van de Chachapoyas, maar, zo had hij uitgelegd, het was een 'cash only' situatie.

De landingsbaan was eigendom van een boer die banden had met zowel de Amerikaanse regering *als* de Peruaanse drugskartels, maar Archie had van de man te horen gekregen dat hij werkte voor geld, niet voor loyaliteit. Als ze een 'snelle levering' nodig hadden, zoals hij het had omschreven, was hij de enige man in Peru die hun veiligheid en zijn eigen zwijgen kon garanderen.

Plus, Archie zei, dat de man er wat 'lekkers' bij zou doen.

En voor het geld dat ze konden betalen, bestonden die 'goodies' uiteindelijk uit allerlei wapens - granaten, Peruaanse AK-47's en pistolen - en ook wat communicatieapparatuur. Archie gaf ieder van hen een walkie-talkie met een zonne-oplader, en hij en Ben tilden een enorm blok draden en een hard plastic omhulsel dat eruitzag als een generator in hun voertuig. Archie zei dat het een 'tele-relay communicatie-array' was, zoals soldaten in het veld gebruikten om met hun basis te communiceren. Ze zetten het in omgekeerde volgorde op, om het gebied af te speuren naar signalen, waarna de radio de band zou vinden en het signaal naar hun portofoons zou zenden.

In het midden van een zoekgebied geplaatst, zou het apparaat een team in staat stellen hun radius met een factor vijf te vergroten, terwijl zij toch radiocontact zouden houden.

Het zou hen ook in staat stellen contact te houden met de *andere* Jeep in hun groep. Archibald had een paar gunsten gevraagd en wat steun opgetrommeld ten gunste van Ben en Julie, en de tweede Jeep stond geparkeerd en wachtte toen ze landden, vier soldaten van het Peruviaanse leger klaar voor orders geladen binnenin.

De wapens werden in drie afzonderlijke zwarte plunjezakken in hun gehuurde Jeeps geladen, en binnen een kwartier na de landing in Peru reden Ben en Julie zonder paspoort en met een luik vol illegaal verkregen wapens door het door kartels gecontroleerde land van Zuid-Amerika, met een andere Jeep vol huurwapens achter zich aan.

Wat er ook voor nodig is, zei hij tegen zichzelf. *We moeten Reggie en Sarah vinden.*

En in dezelfde gedachte, voegde hij de naam van Victoria Reyes toe, de professor die onlangs ook was ontvoerd. *Als ze hier is, zullen we haar vinden. Als ze er niet is... zullen we haar toch vinden.*

Ben was ervan overtuigd dat ze hun doel zouden bereiken, maar daar hield zijn vertrouwen op. Hij had *geen idee* hoe ze dit voor elkaar zouden krijgen. Ze werden achtervolgd door ten minste één verstoorde factie, en die factie - een segment binnen de katholieke kerk - had al bewezen dat ze bereid waren hen te doden.

Als ze ook nog Garza's goed getrainde particuliere beveiliging tegenkwamen, wist Ben niet zeker of ze het er levend vanaf zouden brengen.

Hij keek naar Julie, op de passagiersstoel. Ze leek kalm, maar haar gezicht was getekend door een spanning die alleen iemand die dicht genoeg bij haar stond kon zien. Het deed hem denken aan toen ze elkaar hadden ontmoet, toen ze door het hele land reden om een mysterieus virus voor te blijven dat zich over het Midden-Westen van de Verenigde Staten verspreidde. Haar gezicht toen en nu was strak, haar ogen recht vooruit kijkend, haar gedachten zonder twijfel in beroering.

"Gaat het?" vroeg hij.

Ze keek even om. "Huh? Oh, ja. Gewoon denken door onze opties. "

"Opties?" Vroeg Ben. "Niet zeker of we die hebben."

"Juist - het was een korte gedachte." ze glimlachte. "We gaan ze terughalen."

"Ik hoop het. Maar Rome was een mislukking. Een complete mislukking. Ze hadden ons al door voor we daar *aankwamen*. En we hebben het *Boek der Beenderen* niet, of iets anders dat zou kunnen helpen."

"We zoeken het gaandeweg wel uit," zei ze. "Is dat niet jouw motto?"

"Nou... een beetje. Maar het klinkt veel minder zelfverzekerd als het van jou komt."

Archie sprak vanaf de achterbank. "We zullen zegevieren, Ben. We hebben ze tot nu toe opgespoord. En ik heb jullie - jullie beiden - in actie gezien. Ik zou liever bij niemand anders zijn."

Ben glimlachte in de achteruitkijkspiegel. "Bedankt, Archie. Maar ik ben liever bij Reggie en Sarah, voor wat het waard is. No offense."

Archie lachte. "Prima. Als we eerlijk zijn, zou ik veel liever bij een team van Navy SEALs zijn."

"Hun strategie is niet anders dan de mijne. Binnenvallen, gebruik maken van het verrassingselement, en veel lawaai maken."

"Dat is... *precies* wat hun strategie is," zei Julie.

"Wat dan ook. Waar zei je dat deze plek is?" vroeg Ben.

"Mij is verteld dat het onmiskenbaar is als je weet waar je naar zoekt. De verlaten plek ligt zo'n 20 mijl van de weg af, alleen toegankelijk via een pad dat voor iedereen verborgen is. Breed genoeg voor een vrachtwagen, aan beide kanten begrensd door enorme rotsblokken."

"Oké, dus twee grote stenen. Zoals bowling ballen?"

"Als pilaren," zei Archie. "Torenhoog boven het pad en oprukkend tegen de jungle om hen heen, alsof ze niet oorspronkelijk uit dit gebied komen."

HOOFDSTUK 61

VICTORIA

VICTORIA REYES KEEK VERWOED OM ZICH HEEN. Ze probeerde haar ademhaling onder controle te houden, haar ogen niet heen en weer te bewegen op een manier waardoor ze haar zouden kunnen vastbinden. Voorlopig was ze vrij - ongebonden en in staat om zich te bewegen. Er waren acht mannen, acht leden van de Rite van het Gilde, die haar in deze vreemde kamer omringden, maar tot nu toe had ze nog geen wapen gezien.

Kan ik mijn weg naar buiten vechten? Zodra ze het dacht, begon een andere stem in haar hoofd te argumenteren. *Met wat? En je bent een professor - je bestudeert dit spul, niet actief uitvoeren.*

Deze mannen waren serieus. Wat ze ook geloofden, ze dachten dat zij hen kon helpen. En hun leider had haar verzekerd dat haar niets zou overkomen als ze hun probleem zou oplossen.

Ze nam haar besluit en legde haar hand weer op de ronde stenen tafel. "Wat heb je van me nodig?"

"We moeten de Nephilim vinden. Het mensenras dat voor en na de zondvloed bestond, degenen die steeds weer naar een nieuw land werden verbannen."

"Waarom?"

"We moeten bewijzen dat ze bestaan," zei de man. "Alleen door hen terug te brengen in de schoot van de beschaving, door de wereld te tonen wat de Kerk verborgen heeft willen houden, kunnen we beginnen met herstelbetalingen."

"Herstelbetalingen doen? Je hebt het over het paraderen van een groep mensen - aangenomen dat ze bestaan - voor de wereld? Met welk doel?"

"Herstel" betekent simpelweg dat wij geloven dat deze mensen iets tegoed hebben van wat de Kerk door de eeuwen heen heeft uitgegeven om hen te vinden. Hun pijn, hun marteling, is *direct* veroorzaakt door de machtspositie van het Christendom. Om aan de wereld te bewijzen dat ze bestaan, brengt de Kerk op de knieën."

"En zet *je* in plaats daarvan aan de macht?"

De man glimlachte. "Alle lange wegen worden stap voor stap geplaveid, Ms. Reyes."

"Sommige wegen worden nooit geplaveid."

"Goed punt. Maar wees gerust, dit is niet een of ander project dat wij acht - de leiders van deze Rite - de afgelopen dagen hebben bekokstoofd. Dit is een generatieproject. Een droom die al bestond lang voordat iemand van ons hier was."

"Oké, ik snap het. Ik help je deze mensen te vinden, en dan... wat? Laat je me gewoon gaan?"

"Precies."

"Sorry als ik een beetje sceptisch ben. Een van uw mannen heeft me letterlijk onder schot ontvoerd. *Nadat* ik een dreigement had ontvangen van een man genaamd Dieter Luthig.

De grijze huid van de man leek te ebben en zich uit te strekken over zijn gelaatstrekken, alsof hij innerlijk iets aan het verwerken was en dat probeerde te verbergen. "Ja, Dieter. Bent u goed met puzzels, Ms. Reyes?"

"Je weet dat ik dat doe."

"In dat geval, beschouw dit alles als een puzzel. Alles wat je denkt dat je niet weet, weet je misschien wel. En alles wat je denkt te weten, weet je misschien niet."

Ze schudde haar hoofd, gefrustreerd. "Deze raadsels beginnen op mijn zenuwen te werken."

"Wel, nu begrijp je onze eigen frustratie. Dit proces is verwant aan een oud, groot raadsel. Eén dat we ons hele leven al proberen op te lossen."

"Waar moeten we beginnen?"

De man hief zijn arm, palm omhoog. "Hier, Ms. Reyes. Dit is een tempel, gebouwd door de nakomelingen van de Nephilim."

Ze keek nog eens rond. Zag het gewelfde plafond, het steenwerk, eenvoudig maar elegant. "Dit? Het is - niet wat ik had verwacht."

"Niets van dit alles is wat iemand verwacht had," zei de man. "En toch... zijn we hier."

"Hoe weet je dat? Ik bedoel, over deze plek?"

"Weet u waar we zijn, Ms. Reyes?"

Ze keek naar beneden naar haar voeten. Ze droeg nog steeds de platte schoenen die ze in haar kantoor aan had gehad. Haar zwarte broek, licht gekreukt, haar blouse. Ook gekreukt, met de vage geur van zweet vermengd met parfum. Ze keek weer op. "Heb je me gedrogeerd?"

"We hebben gedaan wat we moesten doen. We kwamen tijd te kort, en we hadden jullie hulp nodig."

"Waar heb je me heen gebracht?"

"Peru."

Ze begon te spreken, maar sloot haar mond. "... Hoe?"

"Je was zestien uur bewusteloos. Een medicijncocktail die weinig sporen nalaat, dus u hoeft zich geen zorgen te maken over nadelige bijwerkingen."

"Dank u voor uw bezorgdheid. Waar in Peru?"

"Dat is een beetje moeilijker uit te leggen."

"Probeer het." Ze stapte een stukje naar voren, een beetje van haar zelfvertrouwen terug. Ze maakte zich geen illusies dat ze de overhand zou krijgen, maar als dit echt een onderhandeling was - haar kennis en kunde voor haar vrijheid - dan moest ze beginnen met onderhandelen. "Waar zijn we?"

"We zijn in een vallei genaamd de Chachapoyas. Bent u bekend met..."

"De stam met de lichte huidskleur die volgens sommigen van Europese afkomst is." En toen, alsof haar geest met een ander probleem tegelijk bezig was, riepen haar gedachten het gesprek op met degene die haar eerder had ontvoerd.

"We spraken erover in de auto," zei ze. "De Chachapoyas - mijn werkstuk. *De Spanjaarden in Zuid-Amerika: Verovering of Inquest?*"

"Ja."

"En we zijn *in* Zuid-Amerika?"

"Zoals ik al zei, Peru."

"Wat betekent dat je de Chachapoyas *gevonden hebt*?"

"We hebben *dit* gevonden," zei de man. "De tempel, de omringende gebouwen. De enige overblijfselen van de Chachapoyas. Zoals je in je artikel stelde, werd de Chachapoyas stam uiteindelijk opgeslokt door de Inca's. Verzwakt door de Spaanse veroveraars, werden ze onder de voet gelopen en werden een deel van het Inca-rijk dat zelf was gedecimeerd door de Spanjaarden. In de loop van de tijd vermengden de stammen zich, waardoor alle herkenbare kenmerken van de Chachapoyas vernietigd werden."

"Lichte huid," zei ze.

"Correct. En, we nemen aan, dat hun lading met hen is uitgestorven."

"Hun lading?"

"Hun *doel*. De reden waarom ze uit hun thuisland zijn gehaald en naar Zuid-Amerika zijn gestuurd."

"Om de Nephilim te beschermen?" vroeg Victoria.

De man knikte. "Dat is wat wij denken. De nakomelingen van de Nephilim werden, na vele generaties van voortplanting met andere rassen, verbannen naar Zuid-Amerika. De Chacapoyas gingen met hen mee, om hun geheim en hun locatie te beschermen. Afstammend van de Phoeniciërs, geloven wij dat zij hier kwamen lang voor de uitbreiding van het Romeinse Rijk en de Katholieke Kerk. Samen waren de Nephilim en de Chachapoyas een geheim bewaard door de enige ware macht in die tijd."

"De Katholieke Kerk."

Weer een knikje. Een tweede man stapte naar voren. "Ms. Reyes," zei de man. "We hebben uw hulp nodig om deze nakomelingen te vinden. De waarheid over wat ze zijn zal de wereld bevrijden. Begrijpt u dat?

"Ik - ik weet niet wat ik zie. Ik denk dat jullie allemaal gek zijn, maar ik moet toegeven..." ze pauzeerde, onzeker over hoe ze zich zou voelen als ze zou toegeven dat iets zo *controversieel* zo logisch was. "Ik moet toegeven dat wat je me vertelt klopt."

De mannen voor haar tuitten hun lippen en bogen hun hoofd. Ze had hun theorie bevestigd, en het leek erop dat ze nu deel uitmaakte van hun team.

"Op één ding na," voegde ze eraan toe. "Als je de vallei van de Chachapoyas hebt gevonden - deze plek - maar geen *mensen*, en zeker geen Nephilim... hoe weet je dan dat ze nog leven? En waarom zouden ze hier niet zijn?"

"Wel, Ms. Reyes, één van die vragen kunnen we beantwoorden. De andere - dat is waarom je hier bent. "

"Ik snap het. Je hebt me nodig om uit te zoeken waar deze mensen heen zijn. Maar de andere vraag: hoe weet je dat ze nog leven?"

De leider van de vrijmetselaars cultus bewoog naar een andere man langs de muur, en deze man stapte naar voren, met een klein lederen boekje in de hand. Hij maakte er een punt van het langzaam en voorzichtig open te slaan, genietend van elke seconde dat de aandacht in de kamer op hem was gericht. Victoria stond op het punt te protesteren toen hij naar haar opkeek, zijn ogen verborgen achter een bril die het licht ving en het naar haar weerkaatste.

"Ms. Reyes," zei hij, zijn accent licht Frans, "mijn naam is Agent

Etienne Sharpe van Interpol, en ik ben lid van de Gilde Rite. Ik kwam dit dagboek tegen in Egypte, eigendom van wijlen de Minister van Oudheden, een vrouw die zowel haar tijd vooruit als achter liep."

Hij schraapte zijn keel en sloeg het dagboek open op een gemarkeerde pagina.

"Ms. Reyes," ging hij verder. "Heeft u gehoord van het *Boek der Beenderen*?"

HOOFDSTUK 62

BEN

"DAAR!"

Ben hoorde Julie schreeuwen op precies hetzelfde moment dat hij de afslag zag. De pilaren, twee hoge, cilindervormige stenen die gedeeltelijk in de grond waren begraven, reikten omhoog en naar elkaar toe en vormden een natuurlijke doorgang. Ze waren overwoekerd door zware lianen en werden bijna aan het oog onttrokken door bomen en gebladerte, maar net zoals Archie zei, waren ze onmiskenbaar als men wist waarnaar men moest zoeken.

Ben trok de Jeep van de weg, vertraagde een beetje toen de tweede achter hem volgde, en richtte toen zijn ogen weer op de weg. Het pad was breed, maar ook het was overwoekerd en de struiken verborgen de vele hobbels en kuilen eronder. Hij besefte al snel dat ze vaart moesten minderen, en frustrerend genoeg liet hij hun snelheid zakken tot nauwelijks sneller dan een kruipgang.

Het duurt te lang, dacht hij. Hij wist dat hoe dichter ze bij hun bestemming kwamen, hoe langer het leek te duren. *Alsjeblieft, wees daar,* wilde hij. *Wees alsjeblieft op de juiste plaats.*

"Al iets gezien?" Vroeg Archie vanaf de achterbank.

Ben schudde zijn hoofd, maar Julie antwoordde. "Niets. Wel een dicht bos. We zouden nu door een oude wijk kunnen rijden en we zouden het nooit weten. Ik kan niet meer dan een meter het bos in kijken."

"We zullen het weten," zei Archie. "We zullen het niet kunnen missen."

"Hoe weet je dat zo zeker?" vroeg Ben. "Ik dacht dat deze plek eeuwenlang verborgen was geweest?"

In de achteruitkijkspiegel zag Ben Archie's grijns. "Het *is* eeuwenlang verborgen geweest, in zekere zin. Veel plaatselijke bewoners weten niet dat het land de streek van de Chachapoyas is, of dat de gelijknamige volkeren deze plek hun thuis noemden. Voor hen is deze vallei gewoon gevuld met meer van dezelfde oude gebouwen, structuren en woningen - te veel om te tellen, en de overgrote meerderheid daarvan was Inca. De Peruaanse regering heeft noch het geld noch de tijd om ze op te knappen en hun veiligheid te bevestigen."

"Dus ze zitten hier en worden bedekt door het bos," zei Julie.

"Precies. Het is een probleem in Brazilië en Venezuela, en in Mexico met de Maya-ruïnes. Een uitgestrekt, dichtbebost land vol met oude schatten waar niemand van weet."

"Dus deze plek is zoals dat?"

"Zoiets," zei Archie. "Het staat zeker niet op een lijst van toeristische renovaties met hoge prioriteit, en dat willen we zo houden."

"Wij?"

"De jezuïetenorde. Door een reeks toevallige erfenissen, zo'n driehonderd jaar geleden, kwamen wij in het bezit van deze vallei. De plaatselijke Jezuïeten zwoeren de vallei ongerept en onaangeroerd te houden, hoewel ze geen idee hadden dat de Chachapoyas hier woonden.

"Hoewel, nu ik er over nadenk, het is logisch."

"Wat? Dat de Chachapoyas hier woonden, of dat de Jezuïeten het land controleren?"

"Beide. Er was een jonge Jezuïet in deze regio in de jaren 1500 genaamd Blas Valera. Hij was een intelligente priester en sprak een paar talen, met name Quechuan vanwege zijn ouders - een Spaanse conquistador en een Inca prinses - wat hem hielp in de gunst te komen bij de Spanjaarden. Hij werd een gerenommeerd deskundige op het gebied van taalkunde en de geschiedenis van dit gebied, tot zijn verrassende en plotselinge dood in 1597".

"Waarom was het verrassend?"

"Omdat sommigen zeggen dat hij de paus probeerde te waarschuwen over de *echte* reden dat de Spanjaarden Zuid-Amerika veroverden. De autoriteiten kwamen erachter en lieten hem vermoorden."

"Wat was die 'echte reden'?" vroeg Ben, terwijl hij de Jeep scherp om een bocht draaide en weer recht zette.

"Niemand weet het," zei Archie. "Maar er werd gefluisterd dat het helemaal niet om goud of rijkdom ging, maar om iets... belangrijkers."

"Belangrijk als een verborgen volksstam in een Peruaanse vallei?" vroeg Julie.

"Misschien. Dat is althans mijn mening," zei Archie. "En Blas had een broer - een man genaamd Jeronimo - die te horen had gekregen dat zijn oudere broer Blas *niet* echt in Spanje was omgekomen."

"Dus dat was een leugen?"

"Niemand weet het. Maar Jeronimo liep in 1601 deze vallei in met een team Jezuïeten, op zoek naar hun lang verloren broer."

"Laat me raden," zei Ben. "Ze zijn er nooit uitgekomen."

Archie's uitdrukking in de achteruitkijkspiegel bevestigde Ben's vermoeden.

HOOFDSTUK 63

REGGIE

REGGIE EN SARAH PROBEERDEN ZICH OP DE STENEN PLAAT TE BEWEGEN, om te zien of hun bindingen iets meegaven. Helaas, zelfs met hun linkerarmen vrij, was er geen manier waarop ze opzij konden glijden. Elke centimeter die ze naar een van hen konden krijgen, zou de ander alleen maar de andere kant op trekken.

"Reggie?" Zei Sarah. "Gaan we hier sterven?"

Hij is gestopt met bewegen. *Hoeveel tijd is er voorbij gegaan?* Het moet minstens een half uur zijn. Meer? Garza had hen gezegd dat ze zevenenveertig minuten hadden voor het mes boven hen viel. Zevenenveertig minuten voor Julie en Ben om hier te komen, met het Boek der Beenderen, of ze zouden allebei hun hand verliezen.

Maar Garza had hen verteld dat de dokters die hij in dienst had, in staat zouden zijn de handen weer aan elkaar te hechten - dat ze een 'schone breuk' nodig hadden om de gist in het rasterwerk van de botstructuur te krijgen.

"Nee," zei hij. "Garza vertelde ons dat we pijn zouden hebben. Maar ik denk niet dat hij ons zal doden."

Hij wilde er *nog* aan toevoegen, maar hij wist dat het niet zou helpen.

"Waarom doet hij dit?"

"Garza?" Reggie dacht even na, om de juiste woorden te vinden. "Vicente Garza was een beroepsmilitair, snel op weg naar succes. Een geboren leider, goede strateeg, dat allemaal."

"Wat is er met hem gebeurd?"

"Hij... werd moe van de 'nieuwe manier' om dingen te doen."

"Wat is dat?"

"Nou, het leger draait om efficiëntie. Het gebruikte soldaten om gevechten te voeren toen mensen nog het goedkoopste goed waren, daarna tanks en vliegtuigen toen voertuigen betaalbaar werden en geld geen probleem meer was. Nu draait het allemaal om technologie. Inlichtingen verzamelen, spionage, cryptografie, zelfs het vechten zelf - het is allemaal uitbesteed aan computers en machines.

"Het is de volgende fase van het militair-industrieel complex, en Garza haat het. Het gaat hem om het *menselijke* element - het creëren van de best getrainde, meest efficiënte strijdmacht die niet slecht functioneert, zich snel kan aanpassen en makkelijk vervangbaar is."

"Zijn privé-leger," zei Sarah.

"Precies. Het is een broedplaats voor mensen zoals hij - mannen die deel willen uitmaken van iets groters, maar ook van iets *speciaals*. Ze denken dat ze boven de wet staan, en eerlijk gezegd, waar ze werken, *is* er meestal geen wet. Het is een particulier beveiligingsbedrijf, maar het is anders dan alle andere die ooit hebben bestaan."

"En nu creëert hij reuzen."

Reggie grinnikte. "Ja, dat. Ik wilde het niet geloven toen ik ze zag, maar... ik begrijp het niet, maar - jij bent antropoloog, zijn deze dingen wel mogelijk?"

Sarah zuchtte. "Eerlijk gezegd? Ja. Alles wat hij ons over hen verteld heeft, klopt, tenminste op hoog niveau. Het gist dat zijn omgeving kan omzetten in een soort groeihormoon, het breken en opnieuw zetten van botten waardoor ze sneller en groter groeien, dat allemaal. Dat deel ligt buiten mijn expertisegebied, maar vanuit *historisch* perspectief..."

"Bedoel je dat er reuzen op aarde rondliepen?"

"Ja, zo'n beetje. Ik bedoel, we hebben geen gefossiliseerde resten, maar dat is makkelijk weg te verklaren. Het zou *ongeloofwaardiger* zijn als we er een paar hadden, gezien hoe onwaarschijnlijk het is dat een skelet in de loop der tijd fossiel wordt.

"Maar kijk eens naar de wereldreligies, de oude geschiedenissen en de mythen en legenden van bijna elke beschaving. Reuzen waren er al voor wij er waren. Ze waren niet de 'stamp op de kleine mensen' soort, maar ze waren, in principe, wat we zagen in Alaska: groter dan het leven mannen."

De deur links van Reggie schoof open, en een van de dokters kwam binnen. Het was de vrouw - Dr. Jenner - die hem in de andere kamer had behandeld. Ze kwam binnen, haastte zich naar hen toe, en de deur gleed achter haar dicht.

Voordat ze het podium had bereikt, riep Reggie haar. "Ik zou zeggen dat de gist zich goed nestelt, doc. Ik moet alleen deze hand laten afhakken. Denk je dat ik een recept voor codeïne of zoiets kan krijgen als we klaar zijn?

De dokter keek op Reggie neer en forceerde een halve glimlach. "Ik moet er zeker van zijn dat de plaatsing van het mes de gewrichten snijdt zonder het lichaam te belasten. Haar woorden waren stijf en robotachtig, alsof ze tegen zichzelf praatte.

"Dat waardeer ik echt," zei Reggie. "We zouden niet graag in de stress zitten als je *onze verdomde handen afhakt!*"

Hij spuwde de woorden, in de hoop de vrouw kwaad te krijgen. Het werkte, althans gedeeltelijk. Ze kwam dichterbij. "Denk je dat je mijn eerste patiënten bent?" vroeg ze. "Denkt u dat ik me laat beïnvloeden door uw kleinzielige pleidooien? Dit is mijn *werk*, en ik neem het heel serieus. Begrijp je wel hoe belangrijk...

Reggie stak zijn vrije hand uit en greep de labjas van de vrouw. Hij rukte er zo hard als hij kon aan en de veel kleinere vrouw vloog in de richting van de stenen tafel. Terwijl ze viel, reikte Reggie zijn arm omhoog en om haar nek, klemde zijn hand op haar kin, en draaide haar rond.

Ze lag op haar rug, bevroren op haar plaats en niet in staat zich te bewegen onder Reggie's monsterlijke onderarm, die in het zachte weefsel onder haar nek kneep. Hij had een handvol van haar nu verfomfaaide haar in zijn vuist.

Back-up haar, noemde hij het. Telkens als een strijder lang haar had, hield hij er graag een handvol van klaar voor het geval ze zich los zouden wurmen. Een snelle polsbeweging bracht het hoofd van de persoon weer in zijn macht.

De dokter jankte. "Ik - ik kan niet..."

"Shhh," zei Reggie. "Ik denk niet dat dit een goed moment voor ons is om elkaar te leren kennen. Je hebt twee opties. Doe *precies* wat ik nu zeg, of ik breek je -"

"Alsjeblieft!" gilde ze. "Ik weet helemaal niets! Ik ben gewoon..."

Reggie brulde, tilde zijn biceps van de nek van de vrouw en *gooide* haar naar buiten op hetzelfde moment. Ze kwam overeind en had bijna haar evenwicht gevonden toen haar hoofd met een waanzinnige kracht naar achteren klapte, stukken haar uit haar schedel scheurend. Ze viel terug op dezelfde plaats waar ze eerder had gelegen, en deze keer hield Reggie zijn bicep gebogen.

"Dacht *je dat ik een grapje maakte?"* Schreeuwde Reggie. *"Is dit een* spelletje *voor jou?"* Hij ademde een paar keer in, in een poging om zijn woede te kalmeren. "Deze - deze vrouw is gemarteld, misbruikt, en doodsbang dat ze haar *hand* gaat *verliezen.* Door jou. Dus breng me *niet* weer in verleiding. Jouw waardeloze leven is *absoluut niets* voor mij op dit moment. Begrepen?

De vrouw knikte snel.

"Geweldig. Ik dacht al dat we op één lijn zouden zitten. Nu, terug naar precies doen wat ik zeg: die walkie op je heup. Onder je labjas. Rechterkant, rechterhand. Geen geintjes. Haal hem eruit, leg hem op de steen naast mijn linkerzij."

Dat deed ze. "Het zal niet - het is alleen bedoeld voor korte afstand -"

"Hou je mond." Reggie ging verder. "Dr. Lindgren gaat bevrijd worden. Door jou. Deze riemen zijn vastgebonden, met snelsluitingen. Reik uit met je rechterhand en -"

"Dat kan ik niet doen," zei de vrouw snikkend. "Ik zal..."

"Je wordt vermoord als je het *niet doet*," zei Reggie. "Hoe klinkt dat?"

De vrouw aarzelde.

"Doe het."

De deur schoof weer open.

"*Nu.*"

Toch weigerde de vrouw. Reggie ving een glimp op van de twee mensen die net binnen waren gekomen. Het waren Vicente Garza en Dr. Prichard. Ze fluisterden over iets, maar Reggie zag dat ze stopten en gespannen werden toen ze hun collega in Reggie's greep zagen.

"Verdomme," fluisterde Reggie. "Je liet me dit doen."

Hij haalde diep adem en draaide zijn onderarm zo hard als hij kon naar boven, het hoofd van de vrouw meenemend. Toen sloeg hij het terug tegen de zijkant van de stenen tafel. De nek van de dokter kraakte en knalde twee keer, en haar schedel smakte tegen het platform met een misselijkmakende plof. Ze viel slap op het podium, een verfrommeld hoopje haar en bloed.

Zonder te stoppen, pakte Reggie de radio en trok hem naar zijn lippen. "Ben! Julie! Als je me kunt horen, we zijn in een... stenen tempel of zoiets. Rond, als een grote stenen circustent. We hebben nog maar ongeveer vijftien minuten! Garza is hier, met..."

Het schot kraakte door de lucht en galmde eindeloos door de kamer, maar Reggie's roep om hulp werd afgekapt doordat de radio in een miljoen stukjes ontplofte, de inslag van de kogel was een voltreffer.

Hij keek naar Garza, die zijn hoofd schudde.

"Rood," zei hij. "Dat was een *ernstige* vergissing."

HOOFDSTUK 64

VICTORIA

"DUS DEZE VROUW VERTELDE JE DAT ZE HET DAGBOEK HAD VAN HAAR OVERGROOTVADER, een Nazi wetenschapper die werkte aan experimenten waarvan hij beweerde dat ze geïnspireerd waren door *Atlantiërs?*"

Victoria's stem verborg nauwelijks haar scepsis. In al haar jaren als professor, was ze nog nooit iets tegengekomen dat zo... vreemd was.

"Dat is precies wat ik zeg," zei Agent Sharpe. Hij stapte dichter naar haar toe, zijn witte schort dansend in het schemerige licht. "Sigmund Rascher was een bekende -"

"Ik heb van hem gehoord," zei ze. "Alstublieft, ga verder."

"Juist. Dus zijn achterkleindochter vond zijn dagboek, met daarin flarden van *Het Boek der Beenderen* - Plato's *Hermocrates* - en *dat* verhaal beweert dat de mensen die de Chachapoyas werden naar Zuid-Amerika kwamen met de nakomelingen van de Nephilim."

De drie mannen voor haar knikten.

"En *dat* is het 'bewijs' dat je hebt dat ze nog hier zijn?"

"Nou," zei de leider van de Gilde Rite. "Niet precies. De -"

Sharpe onderbrak. "Van wat we kunnen verzamelen, beschrijft het *Boek der Beenderen* de *methode* die werd gebruikt om deze reuzen te creëren."

"Ik dacht dat de Nephilim *goddelijke* wezens waren? De nakomelingen van *zonen van God, dochters van mensen?*"

"Nou, ja, maar... zoals in de meeste bijbelse historische allegorieen, is er een *wetenschappelijke* verklaring voor de meeste *goddelijke* resultaten."

Victoria dacht hierover na en kon het niet tegenspreken. In haar lessen nam ze vaak een bijbels verhaal en vergeleek dat met een seculier, of werelds, verhaal. De gelijkenissen waren vaak griezelig, en aan het eind van de les 'bewees' zij dat de bijbelse mythe helemaal geen mythe was, maar gewoon een geschreven interpretatie van bepaalde volkeren van gebeurtenissen die hadden plaatsgevonden.

De zondvloed van Noach bijvoorbeeld werd door haar studenten vaak beschouwd als een bijbelse "mythe", bedoeld om de lezers te coachen tegen overmoed en corruptie, maar zij wees erop dat het verhaal in feite werd bevestigd door de opgetekende geschiedenissen van wereldwijde beschavingen, die allemaal zo ver van elkaar waren verwijderd dat communicatie onmogelijk zou zijn geweest.

"Oké," zei ze. "Dus jij denkt dat de Nephilim zo'n mythe waren? Een ras van reuzen, geboren door de eenheid van God en mens?"

"Van *engelen* en mensen," zei de tweede man. "Talloze plaatsen in de Bijbel leggen deze waarheid uit, en ik weet dat je ook de Apocriefen en de Dode Zee-rollen hebt gelezen."

Ze had ze wel degelijk gelezen.

"En je hoeft niet verder te kijken dan de Griekse mythologische helden - Jason, Achilles, Herakles, of Hercules, Poseidon - om meer van de waarheid te zien. Poseidon, een *god*, sliep met Cleito, *een menselijke vrouw*, die geboorte gaf aan vijf tweelingen. Herakles was het product van Zeus, een *god*, en Alcmene, een *mens*. Dit waren allemaal helden die geboren waren uit menselijke vrouwen en afstamden van de Nephilim of de Titanen, de tweede generatie daarna."

Victoria trok aan een haarlok. "Oké, oké. Ik snap het - het is meeslepend, maar ik zou meer moeten zien. Maar hoe beantwoordt dat mijn vraag: waar zijn ze nu? Hoe weet je dat ze nog bestaan?"

"We hebben een bot gevonden," zei de leider.

"Een... bot."

"Een dijbeen. Net buiten, in de jungle. Het was ongeveer een meter diep begraven, maar het was in redelijke staat."

"Redelijke conditie?" vroeg ze. "Hoe kun je dan weten -"

"Het was in *onberispelijke* staat, gezien het feit dat er bijna niets van over was."

"Ik begrijp het niet."

"Nou, we hebben er een dokter een analyse op laten uitvoeren. Het was bijna gedesintegreerd, gebroken op meer dan honderd plaatsen, en het ging snel achteruit. Maar voor zijn leeftijd, zei de dokter dat het in onberispelijke staat was."

"Dus hoe oud is dit dijbeen?"

"Het is nu weg - het is in wezen verdampt, alsof het van ijs was gemaakt. Onze dokter vertelde ons dat het een van de meest opmerkelijke dingen was die hij ooit had gezien, alsof het zichzelf van binnenuit opat. Maar hij schatte dat het dijbeen minder dan vijftig jaar in de grond had gezeten."

Victoria spotte. "Dat is onmogelijk. Een menselijk dijbeen *volledig* verdwenen in minder dan *vijftig jaar?*"

"Dat is niet eens het meest ongelooflijke deel," zei de man.

"Vertel."

"De botsplinters die we vonden vertoonden tekenen van osteoporose en een gebrek aan het nodige calcium."

"En dat betekent wat?"

"Het betekent dat iemand deze botten bestraalde, straling in de botten spoot om de groei van kankertumoren tegen te gaan.

Dus de botten kunnen niet *oud zijn geweest,* dacht ze. "Dus de botten waren op geen enkele manier oud."

De leider van de Gilde Rite haalde zijn schouders op. "Dat is wat de dokter geloofde. En dat is een antwoord op je vorige vraag. De reden dat de botten van deze mensen - de nakomelingen van het ras van reuzen, de Nephilim - er niet meer zijn, is dat hun skeletstructuur op de een of andere manier anders is dan de onze. Ze zijn sterk, reusachtig, groot, zoals de legenden zeggen, maar tegelijkertijd zwak, hun botten broos en snel falend, en daarom zijn alle fossiele gegevens die we van hen zouden hopen te hebben verloren gegaan in de tijd."

"Oké, prima. Je zoekt reuzen, en je kunt ze niet vinden omdat ze na hun dood niet blijven leven. Dat is niet ongewoon - slechts een klein fragment van een procent van wat op Aarde heeft geleefd laat een spoor achter in het fossielenbestand. Maar ik begrijp *nog steeds niet* waarom je denkt dat deze jongens *hier zouden moeten* zijn. In Peru. In de Chachapoyas regio."

Toen ze dat zei, begon de derde man - Etienne Sharpe van Interpol - weer te spreken. "Sigmund Rascher, die beweerde toegang te hebben gehad tot een volledig verslag van Plato's *Boek der Beenderen*, schreef dat de oude Atlantiërs uiteindelijk 'naar de eilanden en continenten van de Atlantische Oceaan zeilden, landden in het land voorbij de Zuilen van Hercules en zich daar vestigden'. Plato schreef dat dit volk, na de vernietiging van hun wereld door de Grote Zondvloed, uitreikte naar verre beschavingen om hun ras weer op te bouwen en te herstellen".

"Wat heeft dat te maken met de Nephilim en de Chachapoyas?"

"Hij schreef dat de Atlantiërs 'hun oude last opnamen', wat betekent dat ze op zoek gingen naar een nieuw land, een nieuwe plek om hun oude geheimen te beschermen. Plato schreef dat zij 'hun eigen ballingschap oplegden, op zoek naar nieuwe schatten om hun oude te verrijken'.

"Dus ze kwamen hier," zei Victoria.

"Ja, precies."

"Maar het dijbeen dat je vond," zei ze. "Je zei dat het niet meer dan vijftig jaar oud was."

De man knikte.

"En de bestralingstherapie om de groei van tumoren te stoppen: Het betekent dat iemand *anders* hier is, en ze proberen uit te vinden hoe ze deze reuzen weer kunnen maken. Ze *laten* ze letterlijk *groeien*."

HOOFDSTUK 65

JULIE

"BEN! *Jul - hoor je me, we zijn - een soort. "*

Julie hoorde de woorden uit haar radio komen en draaide hem aan haar oor. Ze draaide het volume hoger. "Het is Reggie," zei ze.

Ben knikte terug naar haar, zijn hoofd opzij gebogen terwijl hij luisterde naar de feed op zijn eigen walkie-talkie.

"Rond - groot stenen circus - slechts - vijftien minuten - Garza's -"

"Garza is hier," zei Julie. "Dit is de juiste plaats. Ben, *we zijn er. "*

Ben reed stilletjes door. Hij versnelde, maar de ernstige kuilen verhinderden hen om snel vooruit te komen.

"Hij zei 'vijftien minuten'. Wat betekent dat?"

Archie sprak vanaf de achterbank. "In het beste geval is er nog een kwartier voordat Garza iets vreselijks doet. In het ergste geval..."

"Ze zitten in de problemen," zei Julie. "Ben, kunnen we het halen?"

"We moeten wel," zei hij. "We *moeten wel."*

"Wat dacht je van 'groot stenen circus...'?" vroeg Julie. "Circustent?"

"Dat zou mijn gok zijn," zei Archie. "Misschien is het waar hij wordt vastgehouden?"

"Klinkt als een plek die je niet kunt missen," zei Ben. "Dat is waar we naar op zoek zijn, begrepen? Ogen omhoog, geweren klaar. Ik ga niet rotzooien met Garza. Als je hem ziet, schiet je."

Julie knikte, en Ben zag Archie's ogen in de spiegel. Hij had een ernstige uitdrukking op zijn gezicht, maar ook hij knikte.

VICTORIA ZAG EEN VIERDE MAN HET VERLICHTE GEBIED BINNENKOMEN, uit de schaduwen stappen en naar de groep van drie mannen voor haar toe joggen. Hij fluisterde iets tegen de leider.

"Nu?"

De man knikte.

"Ik begrijp het."

De leider wendde zich tot Victoria. "Ms. Reyes," zei hij. "Het lijkt erop dat er een... complicatie is geweest. Ons werk gaat door, maar we moeten iets regelen. Voel je je hier op je gemak?"

"Helemaal niet," zei ze.

Hij glimlachte. "Niet wat ik bedoelde, maar heb ik je toestemming om je hier te *laten*? Om te werken? Ik kan mijn mannen laten brengen wat je nodig hebt, zodat je ons kunt helpen. Onze eerste taak is om deze plek te begrijpen. Deze tempel."

Ze fronste haar wenkbrauwen. *Wat er ook aan de hand is, het heeft ze behoorlijk opgefokt.* "*Laat* je me gewoon... hier achter?"

De man leek dit vanuit een nieuw perspectief te bezien, toen werden zijn ogen wijder en zijn gezicht lichtte op. "Ah, ik begrijp het. Je denkt dat als je hier alleen blijft, je op een of andere manier kunt *ontsnappen*."

"Zoiets, ja," zei Victoria. "Ik bedoel, je hebt me ontvoerd. Het is een soort ingebouwde natuurlijke reactie. Ontvoerd worden, proberen vrij te komen."

"Natuurlijk. Nou, ik verwacht dat je *gaat* verkennen. Maar u weet waar we zijn. U weet dus ook waar we zijn, *regionaal*. De gevaren die daar op u wachten ver -"

"die van hier overtreffen," grapte ze. "Ja, ik heb die films gezien."

"In dat geval, weet dat er vier leden van de Gilde Rite net buiten de deuren staan, gewapend en verwachtend dat je ontsnapt. Ze zijn ingelicht dat als zoiets gebeurt, ze mijn toestemming hebben om ter plaatse te schieten."

"Ik heb het." Zei Victoria. *Nu dat klinkt meer als een verwachte kidnapper zet.*

De mannen draaiden zich zonder omhaal om om te vertrekken.

Ze wilde weten wat ze aan het doen waren, waar ze van op de hoogte waren gebracht. Maar ze had ook enkele ideeën...

De dingen die de man haar had verteld over de Rite van het Gilde, de oude mensenrassen, de geschiedenis van de Vrijmetselaars en hun voortdurende oorlog met de Kerk... het begon allemaal vorm te krijgen, althans losjes, in een samenhangend geheel van flarden.

En ze wilde die lapjes aan haar quilt toevoegen.

Zij liep naar het podium, stapte er op en knielde voor de ronde pilaar. Het was als een tafel, ongeveer borsthoogte, maar er was geen uitstekende rand aan de bovenkant. Het zou ongemakkelijk zijn om daar op een stoel te zitten, want er was nergens ruimte voor de benen.

Ze onderzocht de stenen voorkant van de pilaar en ontdekte dat er bijna onzichtbare lijnen in de gevel waren getrokken. Vaag, afgesleten, en bijna glad. Maar de lijnen waren niet toevallig. Ze merkte dat ze op een bepaalde manier geordend waren, alsof...

Hiërogliefen.

Zij kon de afbeeldingen niet duidelijk zien, maar door er met een hand over te wrijven voelde zij enkele kenmerken ervan. Waar Egyptische glyphs vaak blokkerig waren, met harde hoeken, voelden deze meer aan als Chinese tekst, de lijnen gebogen en sommige delen afgerond. En hoewel ze geen praktische kennis van de taal had, wist ze genoeg om te weten dat het geen Chinese tekst was.

Dus wat is het?

Ze dacht na over de verschillende beschavingen die hiërogliefen hadden gebruikt. *Egyptenaren, natuurlijk. Maar ook in de Henan provincie in China, Harappa, Pakistan...*

Nee. Iets dichter bij huis. Zuid-Amerika? Ze herinnerde zich de taal van de Olmeken in het oude Mexico, de 'Epi-Olmec,' maar deze symbolen waren geavanceerder.

Iets dichter bij... waar de scheppers van deze plek vandaan kwamen.

Ze had lang geleden een artikel gelezen over de geschiedenis van de communicatie, meer bepaald via het schrift. De meeste geleerden geloofden dat het eerste 'echte' schrijfsysteem was ontwikkeld in het oude Sumerië, of het huidige Irak.

De Gilde Rite had haar een alternatieve kijk op de geschiedenis gegeven, maar deze schrijfstijl kon daar perfect bij passen. Ze onderzocht het verder.

De pilaren van Salomo's tempel. Jachin en Boaz. Victoria's gedachten raasden door de mogelijkheden, om ze te beperken tot de meest logische. *Salomo's tempel, gebouwd door Hiram Abiff, had een voorportaal met twee pilaren, Jachin en Boaz.*

Ze herinnerde zich het vers onmiddellijk: *1 Koningen, hoofdstuk 7: "En hij richtte de pilaren op in het voorportaal van de tempel; en hij richtte de rechter pilaar op, en noemde de naam daarvan Jachin; en hij richtte de linker pilaar op, en noemde de naam daarvan Boaz.*

En het was nog geen week geleden toen ze deze les aan haar klas had gegeven, pratend over de vrijmetselaarstekst genaamd het Cooke Manuscript... *en dat hij in de twee pilaren alle wetenschap, en ambachten, dat alles wat ze hadden gevonden, zou opschrijven, en zo deed hij...*

De twee pilaren waren de pilaren van Solomon's tempel.

Gebouwd door een van de beroemdste Vrijmetselaars uit de geschiedenis, en op die pilaren schreef hij *alle wetenschap, en ambachten, die ze allemaal hadden gevonden...*

Haar mond viel open.

Al de wetenschap, en ambachten...

In *Antiquities of the Jews*, een tekst geschreven door een Romeins-Joodse geschiedschrijver in de tijd kort na het leven van Christus, schreef Josephus dat Seth, de derde zoon van Adam en Eva, de hemelse wijsheid - de zeven wetenschappen van de vrijmetselarij - werd gegeven en dat zijn nakomelingen de zuilen van de zonen van Seth bouwden, twee zuilen die deze kennis en de geheimen van de wetenschappen uitbeeldden. Kaïn, zijn oudere broer, werd deze kennis ook gegeven, maar het leidde tot corruptie en de drang naar macht.

Dezelfde Seth die als tegenpool van Kaïn verschijnt, de zoon van Adam die zijn broer Abel vermoordde.

Dezelfde Seth die generaties nakomelingen verwekte die uiteindelijk tot Noach leidden.

En dezelfde Seth wiens kinderen de pilaren bouwden, gebaseerd op Adams voorspelling dat de wereld uiteindelijk zou worden overstroomd, waardoor alle mensen zouden sterven.

Het is allemaal verbonden, dacht ze. *Alles - het wandtapijt. De quilt van de geschiedenis. Het is allemaal één, enorm complexe quilt.*

HOOFDSTUK 67

BEN

DE VOLGENDE BOCHT LEIDDE DE JEEPS NAAR EEN LANGE, smalle open plek. Ben versnelde, profiterend van het relatief vlakke, open gebied, maar remde weer af toen hij zich realiseerde wat er voor hen lag.

"Dat is het," zei Julie. "Het moet zo zijn."

Rechts van hen, aan de rand van de bomen, stond een gedrongen stenen gebouw en Ben zag dat het een lang rechthoekig gebouw was. Het dak was van steen, en hij kon een deuropening zien die bijna tot aan het dak reikte aan het eind dat naar hen toe wees.

Recht voor hen, maar verder weg, stond een groter, rond gebouw dat zich uitstrekte tot bijna aan de toppen van de bomen, die naar het dak van het koepelvormige bouwwerk bogen. Beide gebouwen waren verweerd bruin, stoffig en leken uit losse stenen gehouwen te zijn. Van hieruit kon Ben geen lappendeken van metsel- of steenwerk zien. Geen lijnen liepen kriskras door de muren van het gebouw.

Het lijkt wel een grote stenen circustent, dacht hij.

Daarachter, boven het tafereel, lag een massieve, perfect driehoekige piek met een afgeronde top. Hij doemde op als een stenen titaan, die zijn tempel en vallei bewaakte.

Maar zijn aandacht werd snel naar de linkerkant van zijn gezichtsveld getrokken, waar hij beweging in het bos opmerkte.

"Daar," zei hij, terwijl hij de Jeep in de parkeerstand zette. Julie volgde zijn blik en sloeg toen een hand voor haar mond.

"Zij zijn het," zei ze.

"Pak de wapens," zei Ben, terwijl hij een hand uitstak. Voordat hij de zin had afgemaakt, had Archie er al een van de pistolen in gelegd.

"Wat is het plan?"

"Hoe lang hebben we nog?"

"Tien, misschien twaalf minuten," zei Julie. "Maar dat is een beste gok."

De andere Jeep kwam naast die van hen rijden, en Ben keek naar de korte, brede Peruaanse soldaat op de passagiersstoel. Hij wees met twee vingers naar zijn ogen, en toen met één naar de mannen, die nu door de bomen waren gebroken en in de verte van hen wegliepen. Ben knikte.

"Ze hebben ons nog niet gezien," zei hij. "Maar de jeeps zullen ze vertellen dat we hier zijn, en als we proberen terug te gaan lopen we het risico dat ze ons horen. Ik wil in het bos zijn als ze het doorhebben, klaar voor een hinderlaag."

"Begrepen," zei Archie. Ben had een moment van wanhoop toen hij zich realiseerde dat de man met wie hij een vuurgevecht wilde beginnen oud genoeg was om zijn grootvader te zijn, maar hij schudde dat gevoel van zich af. *Hij heeft al veel erger meegemaakt. Het komt wel goed met hem.*

Toch noteerde hij dat hij tussen de schutters en Archie's lichaam moest proberen te komen.

Ze stapten uit de Jeeps, kropen achter hen en controleerden hun wapens. Elk van de soldaten had een geweer en een pistool, en elk had twee granaten bij zich. Ben en Archie droegen dezelfde geweren, terwijl Julie er een had met een afstandsvizier. Als ze hun plan moesten aanpassen en gevangen genomen werden of in de open lucht vast kwamen te zitten, hoopte Ben dat Julie een goed schot kon lossen terwijl ze zich nog tussen de bomen verborg.

Ze splitsten zich op in twee groepen, Ben, Archie en twee soldaten gingen naar links, en de andere twee mannen van het Peruviaanse leger en Julie gingen naar rechts. Het plan was eenvoudig - door de bomen rond de smalle open plek lopen tot ze zeker wisten dat er geen verborgen bewakers meer waren, en dan het vuur openen op de mannen die naar het grote ronde gebouw liepen.

Ben vertelde hen dat ze alleen zouden vuren als ze in de buurt van het eerste gebouw waren, om een driehoekige vorm te behouden terwijl hun twee flanken op de vijand vuurden. Nog dichterbij en de vijandelijke soldaten zouden zich tussen hen in bevinden, en de twee teams riskeerden de uitwisseling van vriendelijk vuur.

Het duurde slechts vijf minuten lopen door het bos om bij het eerste gebouw te komen, en Ben stak een hand op voor zijn team om te stoppen. Ze waren ongeveer op gelijke afstand van de voorkant van het stenen gebouw en hun Jeeps, een goede plek om een offensief op te zetten zonder te ver van hun vluchtroute te zijn. Ben wenste dat hij eraan gedacht had de Jeeps om te draaien, maar hij wist dat hij dan het risico liep opgemerkt of gehoord te worden.

"Oké," fluisterde hij, terwijl hij zijn walkie-talkie met zijn vrije hand omhoog hield. "Die kerels komen terug deze kant op - duidelijk een patrouille. Als ze aan de andere kant van het kleinere gebouw komen, schakelen we ze uit. Julie vuurt eerst, begrepen. Dan onze scherpschutter. Als ze daarna niet allebei neer zijn, openen we het vuur. Maar laten we geen munitie verspillen - we weten niet hoeveel er nog binnen zijn."

Hij keek om zich heen, en drukte toen nogmaals op de knop van zijn radio. "... Over."

Hij hoorde een snelle opeenvolging van klikken, het geluid van zijn teamgenoten die de order bevestigden, en een gevoel van trots welde in hem op. *Ik leid echt een militaire strijd,* dacht hij.

Toen zonk zijn hart, en de trots werd bijna onmiddellijk vervangen door bezorgdheid. *Ik leid eigenlijk een* militaire *strijd. Ik ben een parkwachter. Ik weet nauwelijks hoe ik dit moet gebruiken -*

"Daar!"

Ben hoorde de man schreeuwen en wijzen in de richting van hun Jeeps, toen de twee mannen gezelschap kregen van nog twee soldaten die aan de zijkant van het ronde gebouw waren verschenen. De vier begonnen naar het midden van de smalle open plek te rennen, hun laarzen stampend.

"Verandering van plannen," zei Ben. "Julie, neem *nu* je shot."

Het schot weerklonk en weerkaatste tegen de buitenmuren van de gebouwen, maar Ben zag niemand vallen.

Verdorie.

"Ben," zei de stem door zijn radio. *"Ze heeft gemist. We moeten..."*

Ben begon te schieten, eerst wild toen hij het geweer onder de knie kreeg, daarna met iets meer precisie. De Peruanen deden ijverig en snel mee, en hij zag twee van de mannen in het veld vallen.

De andere twee hadden zich gerealiseerd wat er gebeurde en waren gestopt, op één knie gevallen, en verscholen zich nu achter het langere rechthoekige gebouw.

"Julie, Archie," zei Ben. "Neem jullie soldaten mee naar de achterkant van dat gebouw. Ik ren ook naar die kant, maar schiet alleen als ze op jou schieten. We kunnen niet riskeren elkaar te raken."

"Heb het."

De mannen staken om de beurt hun hoofd uit de zijkant van het gebouw, maar geen van beiden vuurde op hen terwijl ze zich door het bos bewogen. Ben nam aan dat dat betekende dat ze hun locatie nog niet hadden ontdekt. Hij wilde dat opvatten als een kleine overwinning, maar hij wist wel beter. *Geen plan overleeft het eerste contact met de vijand*, herinnerde hij zichzelf. *En we weten niet eens of dit* allemaal *de vijand is.*

Hij was er bijna zeker van dat het bewakers waren die buiten op patrouille waren, of even pauzeerden. Maar dat betekende dat er meer van hen zouden zijn.

Julie bereikte de achterkant van het gebouw eerder dan Ben, toen zijn radio tot leven kwam terwijl hij nog aan het joggen was. *"Ben,"* zei ze. *"Ik ben hier. "*

Hij keek op en nam de situatie in zich op. Beide mannen die zich achter het gebouw verstopten keken in zijn richting - als hij op hen vuurde, zouden ze hem zien. Het gebouw was ook verder van hem dan van Julie. Zij had een vrij schot, en het was zo dicht bij een niet te missen situatie als ze maar konden krijgen.

"Neem het schot," zei hij, terwijl hij zachtjes sprak voor het geval het volume van Julie's radio nog harder stond.

Binnen enkele seconden was het voorbij. Ben zag de mannen vallen na vier geweerschoten - Julie en een van de soldaten, of Archie, hadden gericht en geschoten, en allen hadden hun doel getroffen.

Ben wachtte, hield zijn adem in. *Weten de anderen dat we hier zijn? Zullen ze naar buiten komen?* Hij zette een stap op de open plek, in de richting van de lijken van de dode soldaten. De anderen volgden, iedereen lette goed op zijn omgeving terwijl ze bewogen.

Hij keek in de richting van het vreemde, ronde gebouw. Het leek op een miniatuur observatorium dat in de grond was verzonken, met een enigszins afgeplatte bovenkant. Ook de architectuur was vreemd. Niets leek op de Inca-ontwerpen die hij eerder had gezien met hun nauwsluitende stenen en gelaagde structuren. Dit was iets dat hem deed denken aan de Anasazi en hun uitgehouwen stenen gebouwen.

En toch... was het *groot*. Het leek niet te kloppen, alsof deze tempel of ontmoetingsplaats was ontworpen voor langere, bredere mensen. Hij zag een verticale, rechthoekige inkeping langs de afge-ronde muur - een deur? Hij was hoog, de bovenkant reikte bijna tot het begin van het dak, maar ook hij leek te zijn gemaakt van één massieve baksteen van steen.

En terwijl hij het onderzocht, terwijl Julie en Archie en hun andere teamgenoten de open plek opliepen en zich bij hem voegden, begon de deur open te schuiven.

"Naar binnen!" schreeuwde Ben. "We hebben geen tijd om te verkennen - ga naar binnen en hou je ogen open!"

HOOFDSTUK 68

REGGIE

"DOKTER PRICHARD, bereid uw medicijnen voor, voor de onmiddellijke behandeling van het bottenraster."

Prichard's mond viel open. "Maar - maar de voorbereiding zal een uur duren, op zijn minst. Ik moet de gist analyseren om er zeker van te zijn..."

"Sla de analyse maar over, Prichard," zei Garza. "Ik ben niet langer geïnteresseerd om ervoor te zorgen dat dit een goed gecontroleerde proef is."

Reggie slikte. Zijn beide ogen waren bloeddoorlopen, randen van donkerpaarse blauwe plekken rond de zachte huid. Garza had geen woord meer tegen hem gesproken, alleen zijn pistool boven zijn hoofd geheven en het tussen zijn ogen geslagen. De klap had Reggie's neus gedecimeerd, zijn beide ogen zwart gemaakt en zijn mond vol bloed achtergelaten, dat hij om de paar seconden had proberen te wissen.

Het uitspugen ervan deed hem echter hevige pijn, en het door-slikken deed hem stikken.

"Maar meneer Garza, ik adviseer sterk dat het testen doorgaat als - "

"Uw advies is genoteerd, dokter. Dank u. Nu zo vriendelijk om *uw werk te doen*. Waarvoor *ik* u heb ingehuurd. Begrijpt u dat?"

Dr. Prichard knikte.

Garza had het levenloze lichaam van Dr. Jenner uit de weg geschopt voordat hij Reggie had geslagen, en hij kon haar schimmige gedaante zien ineenzakken tegen de rand van de ronde kamer.

Kom alsjeblieft, Ben, dacht hij. *Voor Sarah.*

"Hoe lang?" vroeg Garza.

Prichard antwoordde eerst niet, maar maakte mentale berekeningen door met een vinger in de lucht voor zijn gezicht te gaan staan. "Als ik... er zou kunnen zijn..."

"En?"

"Meneer, we zouden nu klaar moeten zijn om te gaan, mogelijk. Eén, twee minuten maximaal - we hebben nog medicijnen over van -"

"Doe het."

Garza draaide zich om en verliet de kamer, terwijl Dr. Prichard de andere kant op liep - kennelijk in de richting van de kleine ziekenhuisachtige kamer waar ze eerder waren geweest.

Reggie kreunde.

Als je komt, Ben, zou nu een goed *moment zijn.*

HOOFDSTUK 69

BEN

BEN KNIPPERDE EEN PAAR KEER, zijn ogen hadden onnatuurlijk veel tijd nodig om aan het zwakke licht te wennen.

Julie was daar, naast hem. Hij voelde de anderen ook, Archie en de Peruaanse soldaten.

Maar hij zag ook een andere persoon, een vrouw, knielend aan de voet van een massief stenen altaar.

"Hé!" schreeuwde Ben.

De vrouw draaide zich om, haar ogen wijd open.

"Waar zijn ze?"

"Wie?" vroeg ze. "Die rare vrijmetselaars? Ze zijn vertrokken."

HOOFDSTUK 70

REGGIE

HET GELUID KWAM UIT EEN LUIDSPREKER ERGENS VERBORGEN AAN DE ZIJKANT VAN DE KAMER.

Vijftien seconden.

Veertien seconden.

Dertien...

Reggie probeerde het te negeren. Het was een marteling, en hij wist dat Garza het expres deed. De stem, een computer-gegenereerde vrouwenstem, droeg geen emotie of wroeging.

Sarah was stil terwijl ze luisterde naar het geluid van de tikkende klok.

Kom op, Ben, dacht hij. *Nu is het tijd voor een grote entree.*

Tien seconden.

Negen seconden.

Het ging niet gebeuren. Reggie wist dat zelfs als Ben in de buurt was en zich een weg naar binnen vocht, hij hen niet zou kunnen bereiken voor het zwaard viel.

Hij greep Sarah's pols. Hij wilde haar zo graag vasthouden, maar ze zaten vast. Gebonden aan de oppervlakte van dit stenen altaar, gebonden aan het lot dat Garza voor hen had uitgestippeld.

Shit.

Hij probeerde aan iets te denken.

Er is altijd *een plan. Er is altijd* iets *wat we kunnen doen.*

Denk na, Red.

Al zijn training had hem tot dit geleid. Om te vechten, om zich aan te passen, om...

Hij stopte.

Vijf seconden.

Vier seconden.

Hij kneep zijn ogen dicht, negeerde de pijn en het vocht dat door zijn neus stroomde. *Nee,* dacht hij. *Er moet een* betere *manier zijn.*

Zijn training was daar, wachtend op hem.

Wanneer een "perfect" plan onmogelijk lijkt, komt er een "goed genoeg" plan voor in de plaats.

Het perfecte plan was om te ontsnappen. Zijn handen en Sarah's handen intact.

Het perfecte plan was om eruit te komen, vrij en levend.

Het perfecte plan was om Garza te vermoorden.

Het perfecte plan is onmogelijk. Maar misschien kunnen we een aantal van die elementen behouden in de 'goed genoeg' versie.

Namelijk, hij wilde Garza vermoorden.

Twee seconden.

Maar voor nu, concentreerde hij zich op gewoon weggaan.

"Hé Sarah?"

"Ja?

"Buig je benen. Ontgrendel je knieën."

Een seconde.

HOOFDSTUK 71

BEN

BEN WAS EVEN VAN ZIJN STUK GEBRACHT, maar hij stapte de kamer binnen en bleef haar met vragen bestoken. "Nee, de twee mensen die - Reggie en Sarah. Dr. Lindgren. Gareth Red."

De mond van de vrouw viel open. "Archie?"

Ze keek over Bens hoofd, en Archibald Quinones stapte naar voren. "Victoria?"

"Wat is er in godsnaam aan de hand?" vroeg Ben.

Victoria rende erheen en stopte voor de groep. De Peruanen maakten zich klaar voor een aanval, maar Julie wuifde hen weg. "Jij - jij moet Harvey zijn. En Juliette. Ik ben Victoria Reyes."

Ben knikte langzaam. "Wat is dit voor een plaats? En waar zijn onze vrienden?"

"Deze plek is een tempel," zei Victoria. "En dat -" ze wees naar de grote, ronde rots in het midden van de kamer. "Is een *pilaar*."

"Waarom is dat belangrijk?"

"Omdat ik denk dat ik het net allemaal heb uitgevogeld. En ik denk dat ik weet hoe ik je vrienden kan vinden."

Ben wachtte.

"Omdat er nog een pilaar is."

HOOFDSTUK 72

VICTORIA

VICTORIA STAARDE NAAR DE GROTE, dikke man voor haar. Hij was niet gespierd, maar hij was ook niet dik. Bruinachtig haar, bruine ogen en een gebruinde huid, hij zag eruit alsof hij een bouwvakker was die van buiten naar binnen was gekomen om even een pauze te nemen.

Harvey Bennett, dacht ze. Hij hield zich goed - knap op een heel bescheiden manier, als een man die zeker is van zijn eigen kunnen, maar niet wist dat het andere geslacht hem aantrekkelijk zou kunnen vinden.

Naast hem stond een vrouw - Juliette Richardson - en achter hen stond Archibald Quinones, geflankeerd door enkele gewapende mannen die eruit zagen als plaatselijke bewoners.

Ze stak een hand uit. "Ik - ik ben Victoria," zei ze opnieuw. "Reyes. Professor van -"

"Sorry," zei hij. "Ik vind het vervelend om dit af te breken, maar ik heb een paar vrienden die nu *echt* wel wat hulp kunnen gebruiken. Je zei dat er nog een pilaar is? Wat betekent dat?"

"Juist," zei ze, terwijl ze haar hand liet vallen. "Ik, uh, kwam hier - ik was ontvoerd - en ik denk dat ik misschien weet waar je vrienden zijn."

"Vertel het me."

"Het is... niet echt zo eenvoudig."

Harvey Bennett stapte naar haar toe. Hij leek groter te worden naarmate hij dichterbij kwam. Onwillekeurig deed ze een stap achteruit. "Wat weet je?"

Ze schudde haar hoofd en duwde een haarlok uit haar ogen. *Waar moet ik beginnen?* "Harvey, de jongens die me meenamen, de Guild Rite, zij -"

"De *Gilde* Rite?"

"Het - het is een vrijmetselaars ding, moeilijk uit te leggen."

Ben verstijfde. "Vrijmetselaars probeerden ons te vermoorden in Rome."

Victoria beet op haar lip. "Ja, dezelfde groep. Ze... brachten me hier om hen te helpen."

"Ze *hebben* je *ontvoerd*."

"Dat is waar. Maar ik denk dat ze ons kunnen helpen. Ze zijn misschien...

"Ze probeerden ons te vermoorden. Wat is een pilaar?"

Victoria slikte, draaide zich toen om en wees naar de ronde stenen tafel. "Dit is een pilaar. Er staat iets op geschreven. Een taal die ik niet kan lezen - het stamt uit het oude Egyptisch."

"Is dit ouder dan Egypte?"

Ze schudde haar hoofd. "Nee, ik geloof niet dat het zo is. Maar degene die het hier heeft neergezet, kende de taal." Ze pauzeerde. "Hoe dan ook, er is *er nog een*. Een pilaar. Net als deze."

"Hoe weet je dat?" vroeg Juliette.

"Nou, het is een lang verhaal. Maar ik kan het uitleggen, dat beloof ik. Je zei dat je vrienden in de problemen zitten, correct? Dat betekent dat we weinig tijd hebben om het uit te praten. Vertrouw je me?"

"Nee,' zei Harvey. "Maar we hebben niet echt een betere optie. Denk je dat die andere pilaar in de buurt is?"

"Ja," zei ze. "Het moet zo zijn. We moeten gewoon weg uit..."

Een van de enorme deuren schoof open en Harvey en zijn team zagen een man naar binnen lopen. Hij had haast, zijn witte schort stuiterde terwijl hij vooruit stoomde.

"Wat is dit in vredesnaam?" hoorde ze Harvey onder zijn adem zeggen.

Hij greep naar zijn wapen, en Victoria merkte toen pas op dat hun hele team volgeladen was met wapens, inclusief granaten.

De man liep verder naar hen toe, en Victoria zag zijn gezicht toen hij in het licht stapte. "Agent -"

"Etienne Sharpe?" Juliette vroeg. "Wat doe *jij* hier in godsnaam?"

Hij stopte, zijn handen vielen op zijn zij. Hij keek naar Victoria en toen naar Harvey en de rest van zijn team. Zijn mond bewoog, maar er kwam geen geluid uit.

Voor hij kon spreken, liep Harvey Bennett naar voren, reikte naar Agent Sharpe, en zwaaide een rechtse hoek in het gezicht van de man.

Victoria hijgde. De soldaten bij hen, waarschijnlijk Peruviaans, hieven hun wapens. De Gilde Rite mannen achter Sharpe stopten kort.

"Dat is voor Egypte, jij zoon van een -"

"Ben," zei Archie. "Stop."

Harvey Bennett stopte, draaide zich om, en leek zich te herpakken. Hij snoof, wreef over zijn knokkels, en liep terug naar Victoria en Juliette.

Sharpe strompelde achteruit, zijn kin vasthoudend. Hij probeerde rechtop te staan, maar Harvey doemde nog steeds boven hem op.

"Wat is het plan, dan, Archie?" Harvey zei, zijn stem grommend, zijn ogen niet van Sharpe's gezicht verwijderend.

"Wacht," zei Sharpe. "Alstublieft. Wacht."

Victoria keek naar de uitwisseling. Harvey ziedend, Etienne ineenkrimpend.

"Ik - ik wilde je waarschuwen," zei Sharpe, een blik over zijn schouder werpend. "Mijn - de mannen hier. De Gilde Rite, onze groep. Ik hoorde dat je zou komen."

"En?" vroeg Harvey.

"En ze denken dat je hier bent met die andere groep. Degenen die gefinancierd worden door de katholieke kerk. Dat je hen *het Boek der Beenderen* wil brengen."

"Dat is... niet helemaal onwaar," zei Juliette. "Maar wat betekent dat voor ons? Waar zijn ze nu?"

"Ze zijn buiten," zei Sharpe. "Wachten op de rest van ons, en wachten op jou om hier binnen te geraken. En ze gaan je vermoorden."

Harvey keek Victoria aan. "Deze 'Guild Rite' mensen. Hebben ze jou nodig om die andere groep te vinden?"

"Yeah. Zoiets."

"En ze kunnen het niet zonder jou?"

Victoria voelde haar hart zinken. *Gaan ze me vermoorden?* Ze schudde haar hoofd. "Nee, blijkbaar kunnen ze dat niet."

"Oké dan," zei Harvey, zich tot zijn eigen team wendend. "Laten we achter dit pilaar ding gaan. Victoria hoort bij ons. Ze blijft koste wat kost in leven. Zij is de sleutel tot het vinden van Reggie en Sarah, begrepen?"

Overal knikken.

"Sharpe, of je bent met ons of je bent dood. Beslis nu."

Agent Sharpe's hoofd viel, maar hij aarzelde niet. Hij liep naast Archie naar de andere kant van de stenen pilaar, en draaide zich toen om naar de deuren.

Victoria zag hoe de twee massieve deuren in de kamer weer opengingen, en het team voor haar verspreidde zich een beetje. Hun geweren gingen omhoog, richtend op de deuren.

"Sharpe," zei Harvey. "Wat voor soort kracht hebben deze jongens?"

Sharped keek naar Harvey en wilde net reageren toen de schijnwerper in de kamer uitging. Nog een seconde ging voorbij, en Victoria hoorde een *plop*.

Haar ogen werden verblind door het licht, en ze gilde. Pijn schroeide in haar hoofd, en ze viel zijwaarts, verblind.

Geweervuur schoot vervolgens de kamer binnen, het beukende geluid van automatische geweren scheurde door de stenen kamer en echode na tot een kakofonie.

HOOFDSTUK 73

BEN

BEN WAS BLIND. De flitsgranaat die de mannen van Guild Rite in de kamer hadden gegooid, had ervoor gezorgd dat hij achteruit liep en Archie omver stootte, waardoor de twee op een hoop op de grond vielen. De beweging had hun leven kunnen redden, want Ben hoorde toen het geluid van snelvuur dat over hun hoofden schoot.

Hij hield een hand boven Archie's borst, wachtend tot zijn ogen zich aanpasten. Hij wist dat het meer dan een minuut zou duren voordat hij volledig hersteld was, maar het zou slechts een kwestie van seconden zijn voordat hij genoeg zou kunnen zien om een tegen-aanval in te zetten.

Hij hoopte alleen dat de Gilde Rite niet al in de kamer was en hun locatie achter de pilaar opjaagde.

"Jules!" schreeuwde hij.

Ze antwoordde en zei tegen Ben dat ze in orde was en bijna kon zien.

Gedachten verpletterden in Ben's geest terwijl hij probeerde te begrijpen wat er gebeurde. Agent Sharpe was hier, in levende lijve. Dat betekende dat hij hen bespeeld had in Egypte - ofwel doen alsof hij deel uitmaakte van Interpol, of, waarschijnlijker, een echte hoge Interpol officier die *ook lid* was van deze geheime broederschap.

Maar waarom was hij van kant veranderd? Sharpe had hen verteld dat toen hij ontdekte dat Harvey Bennett en zijn vrienden hier in Peru waren, hij zich gedwongen voelde hen te waarschuwen. Betekende dat dat de man alleen de brute moord op onschuldige burgers goedkeurde als hij ze niet persoonlijk kende?

Maar dat waren vragen voor een andere keer - Ben moest in leven blijven, en dat betekende dat hij zich moest concentreren op de vijand die hij kon zien. *Nauwelijks zien*, dacht hij.

Hij hoorde voetstappen - laarzen die van rechts naderden. Hij draaide zich om en vuurde een onhandige hoeveelheid kogels af in de algemene richting en was verrast het geluid te horen van een man die op de grond viel.

Zijn zicht keerde langzaam terug, en hij rolde naar de rand van de pilaar waar twee van de Peruaanse soldaten stonden opgesteld, hun geweren gericht rond de cilinder en in de richting van de twee deuren. Ben kon niet om hen heen kijken, dus wist hij niet zeker of er mannen van die kant naderden.

Hij kreeg zijn antwoord een seconde later, toen een soldaat viel, met een schotwond in zijn borst. Hij leefde nog, en Ben wist dat hij een kogelvrij vest droeg, dus sleepte hij hem naar achteren en achter de pilaar.

"Het komt wel goed," zei hij. De man - nauwelijks vijfentwintig, zo te zien aan zijn wijdogige, jonge gezicht - staarde naar Ben terwijl hij zijn borst vasthield en probeerde te ademen. Ben wenste dat hij meer Spaans kende dan hoe je om een biertje moet vragen en waar het toilet is. "Ik - ik weet je naam niet eens," zei hij in plaats daarvan.

Ben voelde een plotseling gevoel van angst, alsof er langzaam een auto op zijn borst werd losgelaten. Hij had Archie's aanwerving van deze mannen goedgekeurd, maar hij had niet eens de tijd genomen om ze te leren kennen. Hij had hen gevraagd te vechten - mogelijk hun leven te geven - voor hem, voor een zaak die Ben hen niet eens had uitgelegd.

Ik moet het beter doen, dacht hij. *Ik moet meer doen.*

Hij klopte op de schouder van de soldaat en knikte. De jongen knikte terug.

Ben strekte zijn benen een beetje zodat zijn hoofd nauwelijks boven de top van de pilaar uitkwam. Er was nog steeds geen licht in de kamer, maar de wapens vuurden nog steeds en verlichtten de gebieden direct rond de snuiten van de geweren. Het was Ben duidelijk dat deze mannen - de Gilde Rite - geen getrainde soldaten waren. Ze waren sporadisch, lukraak verspreid, en ze hadden duidelijk hun verrassingselement overschat.

Vooral omdat ze zich niet herinneren dat we deze hebben, zei Ben tegen zichzelf terwijl hij naar beneden reikte en een handgranaat van de gewonde soldaat pakte. Hij trok de pin eruit, wachtte een paar seconden, en gooide hem toen omhoog en over zijn hoofd naar de deur die het dichtst bij hem was.

Hij had minstens drie schoten uit die richting gezien, dus dacht hij dat daar een groep mannen van de Gilde Rite was. De granaat vloog door de lucht en in een korte pauze tussen de schoten door, hoorde hij het explosief de stenen vloer raken en rollen.

Hij had geen idee waar het terecht kwam, totdat het tot ontploffing kwam. De ontploffing verlichtte de hele kamer en stuurde vier leden van de Rite van het Gilde in tegengestelde richtingen, waarbij een van hen achter de pilaar zelf landde, waar Archie met zijn pistool een kogel door het hoofd van de man schoot.

De kracht van de explosie in de kleine ruimte blies brokken steen en puin over het podium en de pilaar, maar de pilaar zelf bleef stevig op zijn plaats en beschermde Ben en zijn team.

Het was niet zijn bedoeling om een instorting te veroorzaken, maar dat was precies wat er gebeurde. Hij hoorde een diep gerommel, stak zijn hoofd weer omhoog en keek in de richting van de ontploffing. Het was nog steeds donker in de kamer, maar er was een zaklantaarn aangestoken en neergevallen, de straal wees in de richting van de deur. Hij zag brokken steen van het plafond en de deurpost vallen, en een massieve steen viel en bedekte een van de gevallen Guild Rite mannen volledig.

"We hebben een probleem," zei Ben. Hij had de grond voelen schudden, zowel toen de granaat voor het eerst ontplofte *als* een paar seconden later. "Het is hier onstabiel. Die granaat veroorzaakte een beetje een schok."

"Ik sterf liever in de strijd tegen die klootzakken dan onder een hoop puin," zei Julie.

"Hetzelfde hier," zei Archie.

Even stopten de schoten, maar Ben wist dat de mannen aan het herladen waren, hun wapens aan het controleren waren en het zwakke licht van de zaklamp gebruikten als een kans om te hergroeperen.

"Dit is het plan," zei Ben. "Julie, pak nog zo'n granaat."

HOOFDSTUK 74

JULIE

JULIE HAD NOG NOOIT IN HAAR LEVEN EEN GRANAAT GEGOOID. Dat was ze ook niet van plan, maar ze had ook niet gepland dat ze haar huwelijk drie keer zou moeten uitstellen omdat zij en de man van wie ze hield aangevallen bleven worden.

Gelukkig was het gooien van een granaat zo eenvoudig als het leek. Ze trok de pin eruit, liet hem een paar seconden 'koken' en gooide hem toen voorzichtig naar dezelfde deur als Ben de zijne had gegooid.

Het plan was eenvoudig, en het werkte feilloos: door nog een granaat naar de deur te gooien die op instorten stond, duwde het team de mannen van de Gilde Rite naar de *andere* deur. Ze konden ze in bedwang houden terwijl ze van achter de pilaar naar de gedecimeerde stenen opening renden, stukken plafond en stukken vloer die afbraken en de hele weg een verschrikkelijke hindernisbaan vormden.

Er waren nog twee Peruaanse soldaten over in het gevecht, want Archie en de derde man hadden de vierde soldaat tussen hen in meegedragen toen ze ontsnapten. Deze twee soldaten hadden bewezen zeer effectief te zijn, elk van hen had twee mannen van de Gilde Rite neergehaald terwijl ze vluchtten.

Julie en Ben waren het eerst bij de opening in de zijkant van de tempel, maar de rest van het team zat vlak achter hen. Julie en haar verloofde legden dekkingsvuur terwijl de rest van hen ontsnapte in het afnemende zonlicht. Ze hadden het er levend vanaf gebracht, maar de vijand was nog maar een paar meter weg.

Erger nog, Garza was nog steeds daarbuiten met Reggie en Sarah.

"Wat nu?" riep Julie. Ze waren weer op de open plek, dit keer met een gewonde Peruaanse soldaat en twee extra teamleden.

"We komen bij de Jeeps," zei Ben. "Ik zie hier geen andere voertuigen, maar het zou me niet verbazen als ze er wel hebben. Die Jeeps zijn onze beste kans."

Ze liepen al zo snel als ze konden, dicht bij de boomgrens, waar ze zich konden verstoppen als de leden van de Guild Rite uiteindelijk uit de tempel kwamen en hen in de gaten kregen. Julie rende naar het tweede, langere gebouw en stapte over de twee gevallen soldaten van de Guild Rite heen die die ruimte eerder hadden bewaakt.

Ze waren helemaal tot aan de Jeeps gekomen, en waren bezig iedereen in te laden, toen de mannen van Guild Rite op hen begonnen te schieten. Ze waren te ver weg om nauwkeurig te zijn, maar Julie hoorde minstens één kogel tegen het frame van hun voertuig knallen.

"Victoria," riep Ben, terwijl hij de motor opendraaide voordat Julie zelfs maar binnen was. "Je zei dat de tweede pilaar hier ergens is?"

"Ik denk," zei ze. "Ik bedoel, dat *moet het* zijn."

"Waarom moet het zo zijn?"

"Die in de tempel, waar we ons achter verscholen? Het is een replica - een eerbetoon - aan de pilaren die naar Salomo's tempel leidden."

"Welke is?"

"Een tempel, gebouwd voor koning Solomon, door een van de eerste Vrijmetselaars."

Julie begreep ook niet waarom dat belangrijk was, maar ze

hadden geen tijd voor een uitleg. "Dus ik neem aan dat deze *replica* een tegenhanger zal hebben, aangezien er twee pilaren waren in het origineel van Salomo."

"Precies."

Ben draaide de Jeep op de onverharde weg die uit de open plek en terug naar de hoofdweg leidde. Julie, Ben, een van de Peruaanse soldaten, en Victoria reden in deze Jeep terwijl Archie, Etienne Sharpe, en de drie andere Peruanen, inclusief degene die gewond was geraakt, in de Jeep achter hen reden. Ze zonden hun gesprek uit via de stereo van de Jeep met behulp van de microfoon in de auto en de communicatie-installatie achterin.

"Enig idee hoe we de andere pilaar kunnen vinden?" vroeg Ben.

"De pilaren werden oorspronkelijk gebouwd om de ingang van Salomo's tempel te bewaken, dus stonden ze aan weerszijden ervan. Als de pilaar van daarnet één pilaar is, en we weten de afstand tussen beide pilaren - de straal van een cirkel, zo je wilt - zal de tweede pilaar ergens langs de omtrek van die denkbeeldige cirkel staan."

"Ik maak geen wiskunde," zei Ben. "Jules?"

Julie sloot haar ogen en stelde zich een cirkel voor, de eerste pilaar in het midden. De tweede pilaar zou dan ergens langs de rand van die cirkel moeten staan. Maar... "We moeten de afstand tussen hen weten."

"Juist," zei Victoria. "Ik heb daar wel een idee over. Hebben jullie een telefoon met gsm-verbinding?"

Julie knikte en greep in haar zak. Archie had ze allebei een vervangende smartphone gegeven, want die van hem lagen inmiddels ergens op de bodem van de Middellandse Zee. Ze hadden hun SIM-kaarten zo ingesteld dat ze gebruik konden maken van het communicatiepunt van Mr. E, een wereldwijd satellietnetwerk van zijn bedrijf, waarmee ze een kristalheldere verbinding hadden met het internet over de hele wereld, zolang ze maar zicht hadden op minstens twee van de satellieten.

Victoria verspilde geen tijd, opende een zoekmachine en tikte een paar woorden in. "Oké," zei ze. "Ik lees dat koning Salomo's tempel van oost naar west was georiënteerd. Dat betekent dat de pilaren in een noord-zuid lijn stonden. En dit, uit het boek Jeremia, hoofdstuk tweeënvijftig: *En wat de pilaren betreft, de hoogte van één pilaar was achttien el.'*"

"En een el is..."

"Een meting gebruikt in de Bijbel. Dat zet de hoogte van de pilaren op ongeveer..." ze typte meer. "Zevenentwintig voet hoog."

"Maar hoe ver waren ze uit elkaar?" vroeg Julie.

"Nou, het lijkt erop dat de metingen niet precies zijn, maar ze kunnen ons in de buurt brengen. De meeste experts zeggen dat de pilaren drie keer zo hoog waren als de afstand ertussen, dus ongeveer 2 meter uit elkaar.

"Hoe helpt ons dat?" vroeg Ben. "Ik zag niet nog een gigantische circustent-vormige tempel op drie meter afstand, als ik me goed herinner." Hij trok de Jeep een scherpe bocht om, en Julie kon merken dat hij gefrustreerd begon te raken. Ze reden in een slakkengang en kwamen niet dichter bij het vinden van de verblijfplaats van Reggie en Sarah.

Erger nog, als het echt een aftelling was geweest die ze Reggie hadden horen noemen tijdens de radio transmissie, was die aftelling al op nul gekomen...

"We hebben een vermenigvuldigingsfactor nodig," zei Victoria. "We hebben de cijfers, maar we moeten weten welke schaal de pilaren moeten voorstellen."

"Drieëndertig," flapte Julie eruit.

Ben en Victoria keken haar aan.

"Het is een van de bekendste vrijmetselaarsnummers. Er is allerlei symboliek mee gemoeid, toch?"

"Dat klopt," knikte Victoria, haar ogen lichtten op. "Het is de hoogste orde in de Schotse Rite Vrijmetselarij, bijvoorbeeld." Ze haalde even adem, alsof ze zich iets realiseerde, rechtte toen haar rug en ging verder. "Christelijke numerologen vereren het getal - het woord *Elohim* komt in het boek Genesis 33 keer voor, en 33 is de leeftijd waarop Jezus Christus werd gekruisigd en stierf.

"Vergeet de Tempel van Salomo niet," zei Archie. *"Die stond 33 jaar voordat hij werd geplunderd.*

Victoria knikte. "Ja, ik denk dat het net zo goed een plek is om te beginnen als ieder ander. Dus dat betekent dat de afstand tussen de pilaren hier drieëndertig keer zo groot is als in de oorspronkelijke tempel. Dat is 297... wat?"

"Wat?"

"Welke eenheid?" vroeg Victoria. "Kubits? Mijlen?"

Julie beet op haar lip. Ze had geen idee hoe ze nu verder moest.

Archie's stem klonk uit de speaker van de Jeep, via hun walkie-talkie communicatie systeem. *"Ben, ga links op de weg waar we binnenkwamen."*

Ben knikte, en Julie bevestigde. "Archie, weet je waar we heen moeten?"

"Denk ik. En het is 'stadions' - de maat die u zoekt."

Victoria begon wat berekeningen uit te voeren op Julie's telefoon. Ben schreeuwde boven het geluid van de motor uit. "Archie, hoe weet je dat?"

"Omdat ik op een kaart van de regio kijk," antwoordde hij. *"En deze vallei, de Vallei van de Chachapoyas, is ongeveer vijftig mijl lang, van eind tot eind. Hij draait in een halve cirkel om die piek achter ons."*

Victoria sprak vanaf de passagiersstoel. "Een bijbels stadion is 183 meter, of 600 voet. Dus 297 vermenigvuldigd met 600 voet geeft ons 178.200 voet tussen de pilaren. Dat is...

"33,75 mijl," zei Archie. *"En als je de tempel die we net bezochten op de kaart zet en van daaruit een rechte lijn trekt die 33,75 mijl lang is in noord-zuid richting, dan kom je weer uit in de vallei aan de andere kant van de berg."*

Ben bereikte de hoofdweg en sloeg linksaf. Julie glimlachte, ook al wist ze dat het lot van hun vrienden misschien al uit hun handen was.

Het was hoop - slechts een klein beetje, maar het was toch hoop.

HOOFDSTUK 75

BEN

DE WEG DIE NAAR DE OOSTKANT VAN DE CHACHAPOYAS VALLEI VOERDE WAS RUIG; kuilen groeven in de banden van de Jeep en stelden de vering op de proef. Ben was echter niet van plan langzamer te rijden. Ze waren dichtbij. Hij wist het.

De weg naar de boerderij was verhard, maar bedekt met zoveel begroeiing en grind, dat Ben de enige manier was om te zien of ze nog steeds op de weg reden, door het gat in de bomen te volgen, de Jeep in de richting van de breuk te sturen en te hopen dat er geen levensgrote gaten waren waar een band in vast kon komen te zitten.

Hij vroeg zich af hoe het met de jonge Peruaan op de achterbank van de achterste Jeep ging. De soldaat had zich tot nu toe taai getoond, maar Ben wist dat een hobbelige rit *ver weg* van de bewoonde wereld en het dichtstbijzijnde ziekenhuis niet zou helpen tegen zijn verwondingen. Hij hoopte dat Reggie - als ze hem vonden - hem misschien een beetje kon oplappen.

"Ben," zei Julie vanaf de achterbank. "We hebben bezoek."

Hij had het niet eerder gehoord, maar nu was het geluid onmiskenbaar. "Een *helikopter*? Meen je dat?" riep hij.

De donkergroene heli had net buiten het zicht van de weg gehangen, maar kwam dreigend over de boomtoppen naar hen toe. Erger nog, hij zag de zwart gestroomlijnde geschutskoepel onder de neus van de helikopter hangen.

"Leger?" vroeg Ben.

"Ik betwijfel het," zei Archie. *"Het lijkt op een hack job. Iets van de zwarte markt. Heel gebruikelijk in dit gebied, maar het feit dat het nog steeds vliegt betekent dat het goed is onderhouden. Ik denk dat die Vrijmetselaars heel diepe zakken hebben."*

"Nou, ze infiltreerden *wel* in het Vaticaan," zei Julie.

"En dat geweer staat op het punt in ons gezicht te infiltreren," voegde Ben eraan toe. Iedereen in de auto draaide zich om om hem aan te kijken. "Wat? Sorry. Het eerste wat in me opkwam."

"De hoek is verkeerd voor een aanval hier," zei Victoria. "Het moet achteruit en ons vanaf de weg raken, maar de weg is te bochtig. En hij kan ons niet van bovenaf raken - de bomen zijn te hoog."

"Dus dat betekent dat we veilig zijn?" vroeg Ben.

"Nee," zei ze. "Dat betekent alleen dat ze wachten tot we ze direct naar de andere tempel leiden. Waar waarschijnlijk een andere open plek zal zijn."

"...waar het ons *dan zal* kunnen raken."

"Ja," zei ze. "Zoiets als dat."

"Kunnen we er op schieten?" vroeg Julie.

"Je kunt proberen er een door een opening te krijgen," zei Ben. "Maar de romp is bestand tegen al onze kogels, en de voorruit is kogelvrij."

"Dus we wachten en leiden ze naar de tempel," zei Julie. "En ik weet zeker dat Garza daar ook op ons zal wachten."

"Garza?" vroeg Victoria.

"Ja," zei Ben. "Klootzak. Vicente Garza, maar mensen noemen hem The Hawk. Ik weet niet zeker waarom, maar het heeft op de een of andere manier met zijn militaire achtergrond te maken. Hij leidt een paramilitaire beveiligingsgroep genaamd Ravenshadow."

"Is Vicente Garza de man die je vrienden meenam?" vroeg ze.

Ben knikte. "En..."

Hij onderbrak zichzelf. Hij ontmoette Julie's ogen in de spiegel, maar kon niet zeggen of ze bezorgd was om hun huidige situatie of dacht aan haar verleden. Toch maakte hij de zin niet af zoals hij hem zich oorspronkelijk had voorgesteld. Hoewel het waar zou zijn geweest, waren er te veel mensen die meeluisterden - Archie, Victoria en Etienne, om nog maar te zwijgen van de Peruaanse mannen. Ze hoefden allemaal Julie's geschiedenis niet te kennen. Het was haar verhaal om te vertellen, niet het zijne.

Ze zal er op tijd bij komen. Ze zal het beseffen, en ik zal er voor haar zijn.

Hij schraapte zijn keel en veinsde een hoestbui. "We - we hebben gewoon een beetje een geschiedenis met hem, dat is alles."

Victoria keek uit haar raam. "Ik zie het," ademde ze. "Ik wil dat je weet dat ik alles zal doen om je vrienden terug te krijgen."

Ben knikte. "Dank u. Dat betekent veel voor me."

"*Wat er ook* voor nodig is."

HOOFDSTUK 76

BEN

DE OPEN PLEK VERSCHEEN VOOR HEN, en het tweede tempelcomplex kwam daarna in zicht. Het leek wel een spiegelbeeld van de vorige; het lange, rechthoekige gebouw stond vlak naast de grotere, ronde tempel. Het dak in de vorm van een circustent torende boven het kleinere gebouw uit, maar het werd in de schaduw gesteld door de bergachtige kliffen die omhoog staken en de hemel in staken.

"Daar is het," zei Victoria. "Archie - je had gelijk."

"Onzin," zong de stem van de oudere man door de luidsprekers van de Jeep. *"Ik dacht toevallig eerst in de juiste richting. Je zou er binnen een paar seconden zijn geweest."*

Ben schudde zijn hoofd en glimlachte. *Academici.* Ze waren een vreemde mix van pure competitieve afgunst en onbaatzuchtige nederigheid, alles verpakt in een onzeker pakketje.

"En we hebben weer bezoek," voegde Archie eraan toe.

"Ik hoor het," zei Ben en wierp een blik omhoog door het open dak van de Jeep, in een poging te lokaliseren waar de helikopter was.

"Nee, niet de helikopter," zei Archie.

"Ben!" riep Julie. "Kijk!"

In de verte gingen de tempeldeuren open. Ben kneep zijn ogen dicht en leunde naar binnen. Het gebouw leek precies dezelfde indeling te hebben als het eerste waarin ze waren geweest, maar Ben zag beweging door de twee nu openstaande deuropeningen. Mannen - soldaten - kwamen naar buiten gerend. Ze bukten toen ze naar buiten kwamen en hieven toen hun wapens, die compacte aanvalsgeweren bleken te zijn. Ze namen even de tijd om zich te oriënteren en begonnen toen in de richting van de Jeeps te rennen.

"Dit is niet goed," zei Victoria. Haar stem was slechts een fluistering.

"Het is oké - het zijn er maar een paar, en ik denk dat we de vuurkracht hebben om -"

Ben stopte met praten. Trapte op de rem. De Jeep achter hen week uit om hen te missen, en kwam toen tot een stoffige halt naast hen.

"Wat de..."

"Heilige moeder van God," fluisterde Julie.

"Dit... is ongelooflijk," zei Archie.

Ben zag de mannen naar hen toe rennen, zag hun handen bewegen om de geweren naar hun ogen te brengen om te richten, en hij kende de waarheid op dat moment.

Dat zijn geen subcompacts. Het zijn geen Uzi's of aanvalsgeweren. Dat zijn full-size machinegeweren.

En ze zijn absoluut minuscuul *in hun handen.*

"Wa - waar kijk ik in godsnaam naar?" vroeg Ben. Voor hem leek het alsof vijf *extreem grote mannen* - mannen die bijna twee keer zo groot waren als hijzelf - op hem afkwamen.

Victoria's ademhaling was luid genoeg dat Ben het over alles heen kon horen. "Dat zijn, geloof ik, de Nephilim."

HOOFDSTUK 77

BEN

JULIE WIST NIET OF ZE HAAR OGEN MOEST VERTROUWEN OF DAT HAAR GEEST HAAR VOOR DE GEK HIELD. Mannen - *reuzen* - waren uit de twee open deuren van de tempel gekomen. Vijf van hen, elk met een geweer dat eruit zag als een miniatuur speelgoedversie in hun handen. Ze renden, hun voeten stampend over de aarde, in de richting van de Jeeps.

De reuzen waren nog honderd meter van ons verwijderd, maar hun wapens - machinegeweren van groot kaliber die niet licht genoeg voor mannen waren om te dragen - konden die afstand gemakkelijk overbruggen. Alsof ze dit wisten en van hun voordeel uitgingen, stopten ze in het midden van het veld en knielden.

"Ze maken zich klaar om te vuren!" riep Ben, terwijl hij de Jeep weer op toeren bracht. Hij zette hem in de versnelling en liet de koppeling los, waardoor het voertuig naar voren schoot net toen de kogels door de lucht begonnen te scheuren. De twee mannen aan de buitenkant van de rij reuzen hadden als eerste hun bestemming bereikt en stuurden nu 50-kaliber kogels hun kant op.

Ben keek naar de tweede Jeep, bestuurd door een van de Peruaanse mannen, net toen een van de soldaten op de achterbank een blik op hem wierp. Ben stond op het punt om over de radio van dichtbij een bevel te roepen - terug naar de bomen en uit de Jeeps stappen - toen het hoofd van de man gewoon verdween, een kleine wolk rood verspreid in zijn plaats.

Etienne Sharpe schreeuwde.

Ben raakte in paniek.

Hij rukte aan het stuur in de tegenovergestelde richting, waardoor hij en de rest van zijn passagiers zijwaarts wegzeilden tot hun gordels hen halverwege de vlucht tegenhielden, en hij trok de Jeep harder naar links. De bomen waren aan deze kant dichterbij, en - wat belangrijker was - door zich van de andere Jeep te verwijderen, konden ze misschien het vuur van de reuzen splitsen.

Hij had gelijk, maar het maakte niet uit. Er waren nog steeds drie van de vijf reuzen die op hen vuurden, en twee van hen liepen zelfs dichterbij terwijl ze reden. De bomen waren twintig meter ver.

Dan tien.

En toen klapte een van de banden van de Jeep eruit. De Jeep helde naar rechts, en Ben probeerde hem terug te trekken en af te remmen, maar ze gingen te snel. Het voertuig stuiterde en landde bovenop een klein rotsblok. Bens tanden klemden zich vast en haalden een stukje van zijn tong weg.

Zijn mond vulde zich onmiddellijk met bloed, en zijn zicht verdubbelde. De schok had iedereen door elkaar geschud, en hij hoorde Julie kreunen vanaf de achterbank.

Hij trapte nog een keer op het gaspedaal, maar de auto zat hoog in het midden. De achterband, de enige die niet was lekgeschoten of op een rots was gemonteerd, gooide stof en stenen omhoog terwijl hij zich in de zachte modder van de valleibodem groef, maar hij kon niet genoeg houvast vinden om de zware Jeep van de rots te lanceren.

De schoten gingen door, en Ben hoefde zich niet om te draaien om te weten dat de twee reuzen die naar hen toe liepen hun afstand inmiddels hadden gehalveerd. Een ander schot schakelde de tweede achterband uit, en toen pingelde er nog een in het achterluikpaneel.

"Tijd om te gaan," schreeuwde hij, terwijl hij met zijn ene hand zijn mond hield en met de andere zijn veiligheidsgordel losmaakte. De woorden klonken onduidelijk, alsof hij dronken was. Victoria en Julie maakten al aanstalten om de hunne los te maken, maar de soldaat naast Julie sprong op en over de zijkant van de Jeep en hurkte onder de zijkant van de auto.

Het geweervuur van de reusachtige mannen werd heviger en Ben huiverde, wachtend op een van de massieve kogels die een even groot deel van zijn lichaam zou wegnemen - of, zoals de arme man in de andere Jeep - zijn hele hoofd.

"Lopen!" schreeuwde hij. Toen: "Ga naar het bos en kruip achter een boom," zei Ben. Zijn stem was laag, en hij kon zijn eigen woorden nauwelijks verstaan. Het bloed gutste rond zijn hand, maar de pijn was een doffe bonk geworden.

Ze renden samen, Ben sprong over een rotsblok dat half in de bosgrond was weggezakt, Julie en Victoria slingerden links en rechts om omgevallen boomstammen heen die langs de rand van het regenwoud waren gegleden. De geur van de dichte, rijke fauna drong Ben's neus binnen en verving de smaak van bloed.

Hij wist niet zeker tegen wie hij schreeuwde - niemand anders had zijn instructies nodig. Het bos, hun enige hoop om dekking te vinden, lag recht voor hen, op slechts enkele meters afstand. Niemand hoefde hem te herinneren aan de *monsters* die hen achtervolgden, en de monstergrote wapens waarmee ze hen achtervolgden.

Drie ontplofte kogels uit een machinegeweer. Drie explosies ter grootte van een basketbal in de modder naast zijn voeten.

Hij was nog maar een paar meter van de bomen toen hij zich realiseerde dat de 50-kaliber kogels die ze afvuurden geen enkele moeite zouden hebben om door het gebladerte heen te breken.

Ze waren een makkelijk doelwit.

En ze zouden sterven.

Hij keek naar Julie toen hij het laatste rotsblok omsloeg en op het punt stond het bos in te gaan. Haar ogen ontmoetten de zijne, en ze deelden een stille zin met elkaar.

Er is geen uitweg.

Hij knikte.

"Ik hou van je."

"Ik hou..."

Julie's lichaam verdween.

Het ene moment was ze er. Het volgende was ze er niet meer.

Ben stond stokstijf. Hij probeerde woorden te vormen, een schreeuw, een traan, wat dan ook. Niets. Zijn lichaam leek op zijn plaats te zijn vergrendeld.

Ongelovig.

"J - Jules?"

Hij hoorde Victoria's stem. Ver weg. Ver weg.

De soldaat, in de hoek van zijn oog. Zag dat de man zijn wapen optilde, en op hem richtte.

Nee.

Naast hem mikken.

Het wapen stuiterde langzaam in de handen van de soldaat terwijl hij terugvocht. Ben hoorde er niets van. De kogels vlogen uit de loop van het geweer in een surrealistische, stille volley van vuur.

Julie. Hij kon zijn eigen stem niet horen. Had hij wel geschreeuwd? Was het allemaal in zijn hoofd? *Zit dit* allemaal *in mijn hoofd?*

Hij draaide zich om, langzamer dan hij had gewild, maar zijn lichaam reageerde niet. Het duurde een eeuwigheid.

Hij zag de reuzen op hen afkomen, die krachtige kogels afvuurden op de wereld om hem heen.

Hij zag de Jeep, in brand.

Wat er van over was. *Wat krijgen we nou?* Hij stond nog steeds op de rots, alle vier de banden waren nog intact, maar twee waren er plat. De bovenste helft van de Jeep, inclusief de zee, stuur, deuren en ramen waren allemaal weg. Rook gulpte uit de onderkant van het voertuig.

"Ben!"

Hij hoorde de stem, bonzend door zijn schedel. *Of was het gewoon het geweervuur?* Het was als een liedje, trance muziek, bonkend op de maat van de bas en de kick drum.

"Ben!" de stem weer. "Kom op!"

Victoria was aan zijn zijde, en de soldaat stak weer uit en om de boom heen en vuurde een paar schoten af, hen allen beschermend.

Dekkingsvuur.

Ben keek niet om, maar hij hoopte dat dat betekende dat hij een paar seconden extra had om dekking te zoeken.

Hij bereikte de bomen, volledig ingesloten de relatieve veiligheid van het gebladerte - althans voor een moment. Maar zijn eigen veiligheid was het laatste waar hij aan dacht.

"Ju - Julie?" hij keek om zich heen. Zijn hoofd ging heen en weer. "Julie!"

"Daar," zei Victoria, wijzend. Hij volgde haar vinger. Naar beneden, in de richting van een stapel enorme bladeren die omhoog en naar buiten sprongen vanuit een enorme struik.

En daar, aan de voet van het bosje, was Julie.

Hij liep erheen, zijn oren nog steeds suizend. Ze lag op een hoopje, haar benen onder haar rug gekruld, haar armen zijwaarts uitgespreid. Maar haar ogen waren open, en ze mompelde woorden die hij niet kon verstaan. Er zat een snee in haar voorhoofd, en haar oog zag er gekneusd uit.

Hij hurkte naast haar. "Julie! Ben - ben je in orde?"

"Ik ben in orde," zei ze. "Ik raakte een grote, squishy boom op de weg naar binnen."

"Op de -" hij begreep het niet, toen drong het tot hem door. *De Jeep. De explosie.* Julie had vlak voor de Jeep gestaan toen de reuzen hem hadden geraakt, en ze moet het bos in zijn geslingerd.

"Het is eigenlijk best leuk," zei ze. "Maar verdomme als de rit niet eng was als de hel."

Hij bukte zich en voelde aan haar armen en schouders, om te zien of ze botbreuken had. Ze sloeg zijn hand weg. "Ik ben in orde," zei ze. Ze trok zich op, met Ben's uitgestrekte arm als steun.

Hij pauzeerde, haalde adem. De schoten waren minder geworden. *Hebben de andere jongens het gered?* vroeg hij zich af. *Heeft Archie ze in veiligheid gebracht?*

"Gaat het?" Vroeg Julie. "Je ziet eruit alsof je de helft van je tong afgebeten hebt."

Ben haalde zijn schouders op. "Misschien een heel klein stukje. Maar het doet vreselijk pijn. Waarschijnlijk erger dan bij jou."

"Ik bel de *wambulance*," zei Julie.

"Meneer Bennett," zei de soldaat, die Ben's aandacht afbrak. Hij draaide zich om en keek naar de man die nog steeds de ingang naar de bomen bewaakte.

"Wat is er?" vroeg Ben. Maar hij volgde de blik van de man en zag *precies* wat er aan de hand was.

De reuzen - de vijf mannen, groter dan het leven, met hun groter dan het leven wapens, gingen rechtstreeks het bos in.

Het bos aan de *andere* kant van de weg, waar de andere Jeep geparkeerd stond.

De reuzen hadden hun strategie veranderd. Ze besloten te hergroeperen en hun hele leger te sturen, om Archie's team uit te roeien.

De eerste reus in de rij hief zijn machinegeweer en begon te vuren. De kogels schoten uit de punt van zijn geweer, en versnipperden het gebladerte aan de rand van het bos terwijl de man zich bewoog.

De tweede in de rij volgde hetzelfde.

"Ze zijn te ver weg om terug te vechten," zei Victoria.

De derde en vierde reus hieven hun wapens toen ze de boomgrens naderden. Ben hield zijn adem in. *Alsjeblieft, Archie, zeg me dat je er niet meer bent. Zeg me dat je dieper het bos in bent gegaan.*

Hij zag beweging. Een van de Peruaanse mannen, in positie.

Nee.

De man was dichtbij - te dichtbij.

Hij zag meer beweging in de bomen. Deze keer twee mannen.

Archie en Sharpe.

Ze leken niet gewapend te zijn, en ze leken niet te weten dat *alle vijf* reuzen hun positie naderden.

Vooruit, Archie.

Ben wilde de boodschap aan hem overbrengen. Zijn walkie-talkie was binnen bereik, maar hij wilde niet riskeren dat de vijand hun exacte locatie te weten kwam.

Archie en Sharpe bleven staan.

De vijf reuzen waren nu allemaal aan het vuren, hun kogels maaiden door het bos alsof ze een grasmaaier waren die door kleine grassprietjes ging. Slechts een paar seconden voor ze de eerste soldaat zouden vinden, dan Archie en Sharpe.

Nog een paar seconden tot...

Het ratelende geluid van een ander machinegeweer, deze twee keer zo snel, bereikte de open plek. Dan het geluid van de rotor, het kloppen van de massieve vliegmachine die zijn positie verraadde.

Ben zag de helikopter net toen hij onder de boomgrens in de open vallei terecht kwam.

De Vrijmetselaars zijn hier.

HOOFDSTUK 78

JULIE

DE HELIKOPTER ZEILDE DE OPEN PLEK OP, het kanon aan de voorkant warm terwijl het 50-kaliber kogels spoot in elke vierkante meter ruimte tussen hem en de reuzen. Hij vloog voorwaarts, ongevoelig voor de reuzen die abrupt hadden geprobeerd hun doelwit te veranderen.

De eerste en tweede reus werden in tweeën gescheurd. De arm van één man viel op de grond, het machinegeweer viel mee, terwijl de andere helft van hem opzij viel. De tweede man implodeerde in zichzelf en zijn ingewanden vielen op de grond, vlak voordat de rest van zijn lichaam hetzelfde deed.

Julie's mond hing open.

Ik kijk naar een gevecht tussen een helikopter en reusachtige mannen die 50-kaliber machinegeweren lassen, dacht ze. *Ik denk niet dat ik me dit in mijn stoutste dromen had kunnen voorstellen.*

"Kom op!" schreeuwde Ben.

Julie zette het op een lopen en veegde aan de snee in haar voorhoofd toen ze over een omgevallen boom sprong. Ben was snel, maar hij was groot, en ze haalde hem in op de open plek en rende naast hem. Victoria en de soldaat zaten vlak achter haar.

Er was geen communicatie. Geen uitleg over wat Ben's plan was.

Die had ze niet nodig. Ze kende hem goed genoeg: iemand zat in de problemen, en hij ging proberen te helpen.

Die dingen gingen niet altijd zoals gepland. Maar vanaf de dag dat ze hem had ontmoet, de dag dat ze Harvey Bennett in een hoekje van een kantine van een Yellowstone ranger had zien zitten, met een warrige bos haar en bloeddoorlopen ogen, wist ze dat hij het soort persoon was dat *op* gevaar af stormde als er onschuldige mensen bij betrokken waren, en niet ervoor wegliep.

Hij had geprobeerd zijn ranger vriend, Carlos Rivera, te redden van een gapende wond in de aarde na een verwoestende thermonucleaire explosie. Hij had geprobeerd zijn eigen broer en vader te redden na een brute aanval van een grizzly in zijn jeugd.

En hij had geprobeerd haar te redden...

Julie is gestopt.

Wat gebeurt er?

Ze was plotseling ergens anders. Ze was getransporteerd naar... *waar?*

Ze kende deze plek. Ze was hier eerder geweest.

"Jules!"

Bens stem galmde door de gymzaal. *Dat is waar ik ben,* realiseerde ze zich. *Een gymzaal. In... Philly.*

"Julie! Wat ben je aan het doen?"

Zijn stem klonk luid, raasde vlak naast haar -

Ze schokte terug naar het heden. Het bos, de vochtigheid, de open plek.

Het afketsen van de kogels die geen doel vonden in de zijkant van de helikopter, het eigen terugvuur van de helikopter dat naar beneden scheurde en de grond en alles wat in de weg stond decimeerde.

Wat was dat in godsnaam? vroeg ze zich af. Het was alsof haar geest net een scène uit een herinnering tevoorschijn had getoverd - een film, bijna - die ze opnieuw wilde zien. Maar ze wist niet zeker of het *haar* herinnering was of die van iemand anders.

Ze bereikten de bomen aan de andere kant van de weg waar het gevecht plaatsvond. Alleen was het nu niet echt een gevecht. De reuzen - en ze was er zeker van dat ze dat waren nu ze ze van dichtbij kon zien - waren alleen maar gericht op de helikopter en zijn afweervuur toen die herhaaldelijk boven hen passeerde.

Ze zag Archie en Sharpe, beiden vurend met hun eigen minuscuul uitziende wapens op zowel de beesten als de helikopter.

En ze zag nog iets anders. In haar perifere gezichtsveld, terwijl ze wat leek op een reusachtig been en voet, afgehakt bij de knie, ontweek en de bebossing binnenging waar de rest van haar team zich bevond, zag ze in de verte de tempel.

Er stroomden mannen uit. Normale mannen, zo groot als mensen.

Ravenshadow.

Julie zag hun zwarte outfits, hun getrainde houdingen en georganiseerde lijnen en wist onmiddellijk dat ze het grootste deel van Vicente Garza's troepen zag, nu ingezet om de rommel op te ruimen op de open plek.

Ze droegen ook allemaal aanvalsgeweren, en ze vuurden al op de helikopter.

Wat het plan van de helikopter ook was, het zou aanzienlijk moeilijker worden.

Nog een seconde later bedacht ze zich: een *tweede* helikopter, een kopie van de eerste, vloog over de uitgebrande romp van hun Jeep de open plek op, het gemonteerde kanon al draaiend en vurend op het aanstormende leger van mannen. Lichamen vlogen omhoog en naar buiten, stukken wapentuig en pantser en mannen explodeerden en verdwenen in het niets achter muren van vuil en aarde.

Op de weg, een paar meter van waar zij in het bos gehurkt zat, zag zij meer mannen - het veel kleinere leger van Gilde Rite mannen - naar hen toe rijden.

Het probleem was dat ze een *tank* bestuurden. Mannen hingen aan de zijkant van de tank en zaten er bovenop als mieren op een drijvende stok. Ze waren gekleed als de soldaten die ze in de andere tempel waren tegengekomen, maar droegen witte schorten. Ook zij schoten met aanvalsgeweren, gericht op de reuzen en het leger van Ravenshadow.

Het was, in één woord, afschuwelijk. Zoiets had ze nog nooit gezien. De reuzen, de Ravenshadow mannen, de tank vol met witte schort-dragende soldaten.

"Julie," zei Victoria. "We gaan naar de tempel. Als Reggie en Sarah hier ergens zijn, dan zullen ze daar zijn."

Julie stond op, ervoor zorgend dat ze nog steeds uit het zicht was van de tank en zijn mannen, en volgde Victoria en de anderen. De gewonde Peruaan lag op de grond, maar twee van zijn medesoldaten pakten hem op en droegen hem tussen hen in.

"Blijf in het bos," riep Ben. "We zijn hier moeilijk te zien, en beide kanten zijn nu een beetje in beslag genomen, dus ik denk niet dat ze iemand naar ons op zoek zullen sturen."

Het team begon aan hun tocht - het grootste deel van hun korte tocht zou zich achter bomen afspelen; de laatste paar honderd meter, van de rand van het regenwoud tot de tempel, zou helemaal open zijn.

Julie haalde diep adem en ging er tegenaan.

HOOFDSTUK 79

VICTORIA

VICTORIA'S KNIEËN WAREN GESNEDEN EN GESCHAAFD, maar ze kon het nauwelijks voelen. Hun tocht door het bos - ongeveer een halve mijl in totaal - verliep zonder problemen.

Ze kon echter niet hetzelfde zeggen over de strijd die in de vallei woedde. De vijf reuzen waren teruggebracht tot twee, maar toen doken er nog *vier op* van ergens voorbij de tempel waar de vallei de kliffen ontmoette.

Er was geen manier om te weten hoeveel het er waren, maar Victoria hoopte dat de negen die ze tot nu toe hadden gezien, het waren.

Negen reuzen.

Negen Nephilim.

Ze kon nog steeds niet geloven dat de Gilde Rite juist was geweest - dat deze reuzen in feite Nephilim waren.

Zij herinnerde zich het vers uit het boek Numeri: *"Het land dat wij als verspieders hebben doorkruist, is een land dat zijn inwoners verslindt; en al het volk dat wij daarin zagen, is van grote omvang. Daar zagen wij de Nephilim... en voor onszelf leken wij op sprinkhanen, en zo leken wij ook voor hen."*

De Israëlieten waren naar Kanaän gegaan om het gebied te

verkennen en ontdekten dat het werd bewoond door de nakomelingen van Anak, die afstamden van de Nephilim.

Zij herinnerde zich ook de andere verhalen uit de geschiedenis over reuzen die op aarde rondliepen en vochten met zowel mensen als goden, en de verhalen die daaruit voortkwamen.

En hier zijn ze, levend. Vechtend.

Ze schudde haar hoofd in ongeloof, maar ze duwde de gedachten uit haar hoofd. Er was nu meer om over na te denken.

Nog veel meer.

De strijd was vertraagd, elke partij verschanste zich en wachtte tot de tegenstrevers naar voren zouden komen. Een helikopter was neergeschoten door een reus, en de andere had dekking gezocht boven de bomen waar de Guild Rite was gelegerd.

Het was een kwartier geleden dat ze aan hun tocht door het bos waren begonnen, en nu hadden ze het eindpunt bereikt.

"Oké," zei Ben. "Op mijn teken. Jullie -" hij wees naar de soldaten - "dek ons. Wij rennen, draaien dan om en dekken jullie."

De gewonde man knikte en probeerde zijn wapen op te tillen, maar Ben hield hem tegen. "Je moet hier blijven. We zetten je tegen een rots of boom, maar als je daar naar binnen gaat, als je probeert te vluchten, dan klemmen ze je of zo, dan kom je misschien niet meer terug."

Hij wachtte op de erkenning van begrip, maar die kwam niet. Archie wendde zich tot de jongeman, die nog steeds bloedde uit een borstwond, en begon te spreken. Het gezicht van de jongen vertrok, maar hij knikte. "Oké," zei hij.

Sharpe stapte naar voren. "Ik blijf bij hem."

Ben staarde hem aan. Victoria kende die blik. Hij vertrouwde de Interpol-agent niet, maar ze wist ook dat hij geen keus had. "Oké," zei hij. "Hou hem in leven. Als hij sterft, sterf jij."

Sharpe knikte.

Als het aan haar lag, had ze dezelfde beslissing genomen. *Ik hou de onbetrouwbare partij liever zo ver mogelijk bij me vandaan.*

"Op mijn teken," zei Ben. "Klaar?"

Overal knikken.

Hij telde één en twee af, riep toen iets harder 'drie' en stortte een ogenblik later het bos uit. Victoria pompte haar pijnlijke benen op en probeerde rechts van Ben's grote gestalte te blijven. Julie en Archie waren vlak bij hem.

Een paar soldaten van Ravenshadow draaiden zich om en begonnen op hen te schieten, maar de Peruaanse soldaten, verborgen in de bomen, beantwoordden de salvo's en dreven de Ravenshadow mannen terug in hun dekking. Een uitbarsting van helikoptervuur trok de aandacht van beide zijden, en de strijd werd hervat.

Ze bereikten de open deuren van de tempel en Ben gluurde er naar binnen.

"Het is donker," zei hij, "maar ik denk niet dat er iemand is." Victoria zag hem een rond voorwerp pakken toen hij de tempel binnenstapte. *Een granaat?*

Victoria volgde Julie naar binnen. Donkere, vochtige lucht, en een muffe geur begroette hen, getint met iets anders. *Metaal? Chemische stoffen?* De ruimte leek precies dezelfde als de tempel aan het andere eind van de vallei waar zij met de Gilde Rite in was geweest.

De muren waren rond, het plafond gewelfd. Er viel nauwelijks licht door de deuropeningen die naar de kamer leidden, maar het was genoeg om te zien dat er geen andere hoekjes of nissen waren om zich in te verstoppen. Ze waren alleen.

Tot ze de pilaar zag. Daar, in het midden van de kamer, boven op dezelfde ronde pilaar op zijn lage, brede podium, zaten twee mensen - een man en een vrouw. Ze waren uitgestrekt en vastgebonden, een van elk van hun handen samengebonden boven hun hoofd.

Reggie en Sarah.

Maar het waren niet de twee mensen waar ze zich op richtte. In plaats daarvan werd haar blik omhoog getrokken naar een reusachtige stalen plaat. Het glinsterde in het licht, de zilverachtige en gelige tint weerkaatste het zonlicht en kaatste het een andere kant op. Het was bevestigd tussen twee geleiders, die beide hingen aan een hangende balk die over de bovenkant van de kamer was opgesteld.

Het was wreed, maar ze wist dat het gebouwd was voor efficiëntie. Ze keek naar een gemoderniseerde versie van een guillotine.

Ben stapte naar voren. "Reggie!"

Een stem trok haar aandacht. Het kwam uit de *andere* deuropening, aan de overkant van de tempel. "Ik zou twee keer nadenken over het naderen van het podium, Harvey.

Ze voelde haar bloed koud worden.

Ben bevroor, en ze zag Julie zijn arm grijpen. Archie stapte ook achter Ben.

Dit kan niet waar zijn. Ik had nooit gedacht...

"Garza," gromde Ben. "Wat heb je gedaan?"

Vicente Garza's hakken klapperden op de stenen vloer toen hij hen naderde. Nonchalant slenterend.

"Neem een stap en ik laat het zwaard vallen. Vuur op mij en mijn team laat het zwaard vallen. Het is een simpel verzoek, Harvey. We eindigen dit hier, maar op mijn voorwaarden."

Ben piekerde, maar geen van hen bewoog.

"Heb je genoten van mijn creatie?" vroeg hij. "Het was een gezamenlijke inspanning, maar ik vertrouw erop dat mijn weldoeners zich weinig zullen aantrekken van wat ik met de reuzen doe nadat ons project is voltooid."

"Ze zijn een gruwel," zei Ben.

"Ze zijn een *meesterwerk*. Onafgewerkt, dat zeker, maar *zie je het niet?* God's hand is in dit werk! Hij schiep deze mannen om te *heersen*! Het enige wat toen ontbrak - wat ik nu lever - is een leider krachtig genoeg om ze scherp te houden."

"Jij - hebt ze vermoord."

"Nee, ik gaf ze een doel. Ze werkten voor mij. Ze kenden de risico's, en ze kenden de beloningen. Zeker, ze zullen het waarschijnlijk geen jaar volhouden, maar denk aan het werk dat we tegen die tijd gedaan hebben. Toekomstige modellen zullen niet lijden aan osteoporose en tumoren, en...

Hij stopte.

Hij leunde een beetje voorover en kneep toen zijn ogen dicht om beter te kunnen zien in de donkere kamer.

Hij draaide zijn hoofd opzij, alsof hij niet geloofde wat hij zag.

Eindelijk sprak hij. "Victoria?"

Ze voelde haar hart zinken. Ze wilde het niet geloven. Ze had de naam gehoord, de manier waarop ze over hem spraken.

En toen zag ze hem en dacht nog steeds dat het een leugen was, een act.

Maar nee. Hij was hier.

Ze ging naast Ben en Julie staan. Ze hoopte dat ze wat van de kracht van het stel kon lenen door bij hen te zijn.

Ze haalde adem, knipperde met haar ogen en sprak toen de woorden waarvan ze dacht dat ze ze nooit meer zou zeggen.

"Hallo, pap."

HOOFDSTUK 80

BEN

PA? WAT WAS ER AAN DE HAND? DEZE VROUW – VICTORIA REYES – WAS DE *DOCHTER* VAN VICENTE "THE HAWK" Garza?

En waarom heeft ze niets gezegd?

"Victoria," zei Garza. "Wat doe jij hier in godsnaam?"

"Ik – werd ontvoerd. Door de Gilde Rite."

"Guild Rite," zei hij, kauwend op de woorden. "Is dat de groep vrijmetselaars die mijn soldaten buiten aanvallen?"

Ze knikte. "Het zijn niet echt vrijmetselaars, maar ze hebben banden met hen. Ze zijn tegen de katholieke kerk. Tegen de mensen waar jij voor werkt."

"Ik *werk* voor mezelf, Vic. Maar ze hebben veel geïnvesteerd in dit project, en ik ben van plan mijn beloftes na te komen."

Hij wierp zijn blik op Julie. "En ik kom mijn beloftes na, is het niet, Ms. Richardson?"

Julie antwoordde niet, maar Ben werd gespannen. "Wat doe je hier, Garza? Met hen?"

Garza glimlachte en schudde zijn hoofd. "Snap je het dan niet? Harvey, mijn doel was simpel: het *Boek der Beenderen* vinden. Heb je het toevallig bij je?"

Ben balde zijn vuist, zijn vuist wilde omhoog reiken en Garza's gezicht verbrijzelen. Maar Garza was slim - slimmer dan hij, tenminste. En hij was goed. Hij zou een geduchte tegenstander zijn tegen Reggie, maar tegen Ben... wel, hij hield niet van zijn kansen. De man mag dan een decennium ouder zijn, maar hij was nog steeds in topvorm.

Bovendien was Garza gestopt in het midden van de kamer, ongeveer halverwege tussen hen en de pilaar waar Reggie en Sarah waren vastgebonden. Ben kon de details niet zien, maar het leek alsof hun armen waren samengebonden onder het massieve mes. *Een gruwelijke bedreiging,* dacht Ben.

Maar hij had geen idee hoe hij bij Garza kon komen voordat die zou doen wat hij moest doen om het mes te laten vallen. Ben kon geen knop of bedieningspaneel op Garza's lichaam zien, maar dat betekende niet dat de schakelaar geen klein, bijna onzichtbaar object was. En Garza had gezegd dat hij zijn team het mes ook kon laten vallen - betekende dat dat ze hier camera's hadden? Waren er nu meer soldaten die hen in de gaten hielden?

"Laat ze gaan."

"Ik stelde je een vraag," zei Garza.

"Je weet het antwoord op die vraag. Natuurlijk hebben we het niet. Het dichtste wat we kwamen was Rome, het Vaticaan, maar - we faalden."

"Heb je het boek daar niet gevonden?"

"We hebben gefaald omdat er geen boek is."

"Dat is een leugen."

"Dat is het niet," zei Ben, zijn stem gelijkmatig. "Het Boek der Beenderen, de Dialoog van Hermocrates - het is een *mythe*. Een legende die door Plato's volgelingen is verzonnen om hem meer erkenning te geven. Het was een tactiek om mensen bang te maken, en..."

"Dat is een leugen, want ik heb het *Boek der Beenderen* in Philadelphia, op mijn bureau."

Ben slikte. "Wat je ook hebt, het is niet de..."

"Het *is*, Ben. Snap je het dan niet? Dit is een spel, alles. Mijn succes, het succes van mijn weldoeners, mijn vijanden. We *manoeuvreren* om elkaar heen, proberen controle te krijgen. *Dit...*" hij hief zijn arm op en zwaaide een keer rond de binnenkant van de tempel... "Dit is *controle*."

"Je controleert niets, klootzak."

"Voorzichtig met je woordkeuze, Harvey." Garza keek naar waar Reggie en Sarah aan de tafel vastgebonden waren. "Je zag mijn leger daarbuiten. Mijn Ravenshadow strijdkrachten tegen een paar helikopters en ongeveer vijftien man? Hoe denk je dat dat zal aflopen?

"Nee, je hebt het mis, Harvey. Ik heb *wel* controle. Eindelijk, en zeer binnenkort zal ik er nog meer van hebben. Daar ging het allemaal om, het *Boek der Beenderen, zo* heb ik deze mensen gecreëerd. Breek het bot, zet het terug, injecteer het gebied met een giststam, en laat het dan groeien. Doe het opnieuw, en opnieuw. Voeg gerichte straling toe aan de getroffen gebieden om de groei te vertragen en te stoppen, en uiteindelijk heb je een reus.

"De menselijke vorm is echt opmerkelijk. In staat om een *kwellende* hoeveelheid aanpassingen en betalingen te doorstaan. Huid en spieren groeien weer aan, rekken uit en passen zich aan hun nieuwe skelet aan, met - dat geef ik toe - een *paar* kleine vervormingen."

Ben dacht aan de reuzen die hij in de vallei had gezien. Hun gezichten leken ingevallen, hun ogen te klein voor hun hoofd, hun voorhoofden strak gespannen.

"Heb je het *Boek der Beenderen al*?" vroeg Ben. "Waarom moeten wij het dan voor je zoeken?"

"Ben," zei Garza. "Zoals ik al zei. Dit is een *spel*. Het wordt gespeeld op een schaakbord zo groot als de Aarde, en ik wist niet precies wie mijn vijand was."

Ben kneep zijn ogen dicht toen hij de waarheid besefte, maar het was Archie die het woord nam. "We waren je pionnen. De wegwerp schaakstukken op je bord."

"Precies," zei Garza. "Door jou het *Boek der Beenderen te laten* vinden, lokte het de vijand uit. Ik was veilig om te creëren, om te experimenteren, om mijn leger hier te laten groeien. Maar uiteindelijk hebben zij - deze Guild Rite groep - mij gevonden. Jij hebt daar een beetje bij geholpen."

"Etienne Sharpe. Hij had stukken van Plato's boek in het dagboek dat hij ons afnam."

"Ja," zei Garza. "Hij was waarschijnlijk degene die ze allemaal hierheen heeft geleid."

Garza deed een paar stappen in hun richting, reikte nu in een zak en haalde er een klein, op een afstandsbediening lijkend apparaatje uit. *Dus het is een klein knopje*, dacht Ben.

"Ik hoef niet uit te leggen wat dit is, of wel? Druk erop, heel snel, dat mes valt. Je vrienden zullen hun handen verliezen. Ik was van plan ze te gebruiken om nog een paar leden van mijn team te maken, maar toen veranderde ik van gedachten.

"Waarom?"

"Zij zouden mijn eerste *fokpaar* worden. Al dat gepraat, al die geschiedenis over de Nephilim, de 'reuzen van vroeger,' dat waren allemaal *mannen*. Nergens wordt er geschreven over *reuzenvrouwen*. Maar die moesten er zijn, toch? Hoe zouden ze anders hun wereld hebben bevolkt?

"Maar toen hoorde ik dat *je* hier was, Ben. Ik hoorde dat je ook de hele groep hebt meegenomen. Julie, Archibald Quinones, die ik nog niet heb mogen ontmoeten. En, natuurlijk, mijn eigen dochter."

HOOFDSTUK 81

BEN

VICTORIA SPUUGDE AAN ZIJN VOETEN.

"Hoe lang is het geleden, Vic? Tien jaar? Vijftien?"

"Je bent dood voor mij."

"Ik was alles wat je ooit had!" schreeuwde Garza.

Victoria snoof. Ben kon voelen dat de vrouw op het randje was, op de rand van de afgrond. Hij wilde haar op de een of andere manier helpen, maar hij kende het risico. Hij wist wat er echt op het spel stond. Het komt wel goed met haar, zei hij tegen zichzelf.

"Ik hield van je!" vervolgde hij. "En jij, wat? Gooide het allemaal weg voor een academische graad?"

"Ik gooide het weg toen je besloot dat je meer gaf om je eigen gewin dan om je dochter. Je enige familie. Je bent een monster," zei ze. "Dat ben je altijd geweest."

"Je weet niets van wie ik ben."

Er was een pauze, en Ben maakte van de gelegenheid gebruik om weer op het juiste spoor te komen. "Dus, Garza? Wat is er? Wat wil je van ons? Je hebt je boek, je hebt je kleine wetenschappelijk experiment. Wat heb je nodig om ze te laten gaan? Mij?"

Garza lachte. "Ben, je *bent echt* naïef. Ik vroeg me iets af over jou in Philadelphia, en opnieuw op de Bahamas. Maar toen realiseerde ik me: je naïviteit is *de reden waarom* je in dit soort dingen gedreven wordt. Je *kent* de risico's niet, dus ga je er eigenwijs en onbevreesd in."

"Kom terzake, Garza. Ik voor hen?"

"Nee, nee. Dat is het juist. Het ding met *controle* is dat er geen reden is om te *onderhandelen*. Ik heb de kaarten in handen, Harvey. En ik ben van plan mijn hand tot het einde uit te spelen."

Ben realiseerde zich net dat de gevechten buiten waren gestopt. Dat was *niet goed*. Het betekende dat een van de partijen de overhand had. Het was allebei slecht voor hem, want beide kanten waren tegen hem.

Een paar soldaten verschenen in de deuropening waar Garza doorheen was gekomen. *Ravenshadow*. Een andere handvol naderde de tempel vanuit Ben's deuropening. Ze hielden nog steeds hun wapens vast, en Ben zag twee reuzen, hun gezichten en lichamen een verminkte puinhoop van bloed, in de richting van de tempel lopen.

Ze zaten nu gevangen in de tempel met Garza, zijn privé-leger om hen heen.

"Harvey," zei Garza. "Ik wilde je *hier hebben*. Ik heb op je gewacht. Ik heb mijn experiment met je vrienden in de wacht gezet zodat je hier met mij *van kon genieten*. Alsjeblieft, als je je aandacht wilt richten op..."

Ben haastte zich naar voren, mikkend op Garza. Garza's ogen waren opzij naar de pilaar geworpen, en Ben greep de enige kans die hij dacht te hebben. Nog een seconde en de Ravenshadow strijdkrachten zouden binnen zijn.

Garza zag de aanval niet aankomen tot het te laat was, maar hij kon zich opzij draaien om de klap niet recht in zijn gezicht te krijgen. Ben raakte hem in de heup, en de twee gingen neer.

Hij hoorde Julie van achter hem schreeuwen. "Ga naar de zijkanten!" riep ze. "Weg van de deuren! Ga er omheen, dan naar de pilaar toe."

Garza gaf een harde klap in Bens zij, en Ben slaakte een zucht. Hij verslapte zijn greep op Garza's shirt, en de twee mannen kwamen in een worstelpartij terecht. Ben probeerde uit te halen met zijn vuisten, maar Garza's training was in staat om de aanvallen gemakkelijk in zijn eigen voordeel om te zetten.

Bij een van die stoten strekte Ben zijn arm uit, en Garza sloeg onmiddellijk zijn elleboog door Bens onderarm. Ben schreeuwde het uit van de pijn toen het bot binnenin brak, en hij voelde zijn lichaam instinctief in de verdediging gaan.

Hij rolde van Garza af, terwijl hij zijn gewonde arm vasthield.

Garza schopte hem, hard, in zijn maag. Ben voelde de lucht uit zijn longen ontsnappen. Zijn zicht begon te vervagen.

Voordat hij op de stenen vloer kon vallen, begon hij de geweerschoten te horen. De Ravenshadow mannen waren in de kamer, vurend op zijn team.

En voordat hij zich kon oriënteren, trok Garza een handvol van zijn haar omhoog en trok Bens hoofd naar achteren. Hij schreeuwde van woede en pijn, maar hij had geen controle over zijn eigen lichaam terwijl hij stond, omhoog gestuwd door Garza's kracht.

Toen hij volledig overeind stond, sloeg Garza hem opnieuw, recht in de milt, met een strakke, scherpe puntige vuist. Ben huilde en zijn lichaam zakte in elkaar, maar Garza had zijn haar nog vast.

Plotseling stond Vicente Garza's gezicht naast Ben's oor. Zijn adem was heet en haperend, maar hij ademde niet zwaarder dan daarvoor. De schermutseling had geen enkel effect op de man.

"Harvey," zei hij. "Ik denk dat je klaar bent met fouten maken. Ik denk dat je *eindelijk klaar bent* om te ervaren hoe het voelt om *geen controle meer te hebben.*"

Hij draaide Ben om en richtte zijn gezicht op de pilaar in het midden van de kamer. Ben zag zijn team tegen de muur aan de zijkant van de tempel. Ze waren nog niet bij de pilaar aangekomen. Hun armen waren omhoog, de soldaten die waren binnengerend hadden hen snel in bedwang.

"Ben je klaar, Harvey?" vroeg Garza. "Ben je klaar om je vrienden te zien lijden voor *je* stommiteit?"

Garza tilde het kleine eenknops apparaatje op en hield het voor zich uit.

Hij wachtte twee seconden, drukte toen op de knop.

Reggie en Sarah gilden, en Ben dacht dat hij ook Julie en Archie iets hoorde roepen.

Ben hoorde een diepe *plof* toen het mes uit zijn harnas viel en aan zijn afdaling naar het altaar begon.

HOOFDSTUK 82

REGGIE

REGGIE SCHREEUWDE, maar zijn eigen stem werd overstemd door het *gekletter* van de grendel van de guillotine. Hij kwam omhoog uit zijn behuizing en liet het zware, stalen blad vallen.

Hij was stil geweest tijdens Garza's en Ben's interactie. Wachtend, luisterend. Hij wilde vechten, maar hij wist dat hij van hieruit weinig kon doen.

Ze hadden al eerder geluk gehad. Hij en Sarah hadden geluisterd toen de angstaanjagende aftelklok op *'één seconde'* stond. Hij had gewacht op de onvermijdelijke val van het mes, maar die kwam niet. In feite kwam *er niets*. Ze hadden gewacht, bevend, niet in staat iets anders te doen dan hun eigen lot te overdenken.

Op dat moment nam Reggie aan dat het een laatste martelmethode was. Een manier waarop Garza zijn macht over hen kon uitoefenen. Hen laten wachten tot het aftellen *één* wordt, anticiperend op de val van het mes. En dan... niets. Het zou later gebeuren, op een moment dat ze het niet verwachtten.

Maar er was niets gebeurd. Ze bleven vastgebonden aan de stenen tafel, hun polsen samengebonden. Urenlang vroegen ze zich af wanneer het zou gebeuren.

En toen renden Ben en Julie de kamer in. Archie was er ook, had hij gehoord. Hij kon geen van hen zien, maar hij wist dat er een nieuwkomer was, een vrouw genaamd Victoria.

En toen Garza, en toen de soldaten en de geweerschoten. Ben en Garza waren aan het vechten, en toen won Garza.

En toen drukte hij op de knop.

Reggie keek op toen het blad begon te vallen, en hij wist wat hij moest doen.

Reggie probeerde zijn knieën te buigen, gebruik makend van het beetje speling dat hij had in de riemen. Het was genoeg.

Hij lanceerde zichzelf *in de richting van* Sarah, naar de ruimte waar het neerstortende mes zou landen. Hij voelde zich als een Superman in slow-motion, één hand recht boven zijn hoofd terwijl hij vloog. Hij duwde zichzelf naar de andere kant van de tafel, Sarah's pols met hem mee bewegend.

Haar pols bewoog weg van het mes terwijl die van Reggie er naar toe bewoog.

Het mes was nu een voet boven hem. Zijn gezicht was daar, recht voor het blad toen het viel. Hij zag zijn eigen reflectie in het gepolijste staal van het lemmet, een vallende spiegel die zichzelf zijn eigen angst toonde.

Het scheerde langs zijn gezicht, slechts centimeters van zijn neus.

En bleef vallen, *dwars door zijn rechterarm.*

Hij schreeuwde, maar er was geen pijn. In het begin niet.

Het mes sneed zijn bovenarm af, een paar centimeter onder zijn schouder. Er was bloed, maar minder dan hij gedacht zou hebben. *Misschien komt dat later.* Misschien is *het zo schoon dat het er niet is.*

Hij had er nooit eerder aan gedacht.

Het lemmet stopte met een scherpe *klik* en een luider schrapend geluid toen het de stenen plaat onder zijn arm raakte. Voor een moment viel alles stil. Hij hoorde niets anders dan het geluid van zijn eigen hartslag.

Hij waagde een blik omhoog, een blik op het lemmet dat hem en Sarah nu scheidde. Zijn gezicht was een mengeling van verwarring en verbazing, zijn ogen registreerden shock. *Is dat wat dit is?* dacht hij. *Ben ik in shock?*

Hij keek naar zijn arm. De sinistere spiegel van het lemmet weerspiegelde wat hij hoopte niet te zien: de plaats waar zijn arm had moeten zijn, was een cirkel van rood, met een grote witte stip in het midden.

En toen was er bloed. *Heel veel bloed.* Het stroomde uit zijn schoudercirkel en plonsde naast zijn gezicht, op zijn gezicht. Een afschuwelijke hoeveelheid. Diep karmozijnrood. Hij kon het ruiken, dan kon hij het proeven.

Er werd geschreeuwd. *Sarah?* Maar ze klonk ver weg.

En dan, de ultieme realisatie: Garza stond nu over hem heen, dichtbij genoeg om hem met zijn vrije hand vast te pakken. *Mijn enige hand.*

En uiteindelijk besefte hij het:

Mijn bovenlichaam is niet langer vastgebonden.

Hij trok zichzelf overeind, uit het bloed en de gore van zijn eigen wond, en brulde uit pure adrenaline.

Garza's ogen verwijdden zich, maar Reggie begon al naar het gezicht van de man te reiken. Hij mikte op één van die wijde ogen. Greep er een met een vinger, trok het hoofd van de man naar zijn gezicht.

Garza schreeuwde van de pijn, maar Reggie bleef trekken. Garza's hoofd smakte tegen de stenen tafel, zijwaarts, een van zijn ogen werd opzij geduwd toen Reggie's wijsvinger er in groef.

En dan, *pop*. Reggie haalde zijn vinger uit het oog van de man, en nam alles mee wat hij kon vasthouden.

En toen stortte Reggie in.

HOOFDSTUK 83

JULIE

"GA WEG!" schreeuwde Julie, haar woorden op Ben richtend. "Ga! Nu!"

De anderen waren al op weg. Archie had Reggie gegrepen en trok hem de deur uit. Hij had de riemen van zijn voeten doorgeknipt en tilde hem op een brandweerman's manier over zijn schouder.

Victoria en Julie waren naar Sarah gegaan, die schreeuwde en panisch was, maar verder in orde. Ze had een schotwond tussen haar schouderbladen, maar het leek goed te genezen en was momenteel ingezwachteld.

Ben was op Garza afgestapt, maar Julie onderbrak hem met haar schreeuw. Hij leek eerst verward, maar een paar geweerschoten van de Ravenshadow-soldaten brachten hem weer tot leven.

Hij draaide zich om en rende weg, snel uit het midden van de kamer. De soldaten vuurden terug, maar Julie was hun bewegingen al aan het volgen. Ze vuurde drie snelle salvo's, en de twee achter Ben's staart vielen. Nog een salvo en nog een soldaat viel.

Hun geluk zou keren - dit waren goed getrainde huurlingen, en ware het niet van de verrassingsaanval op hun leider in het midden van de kamer, en de duidelijke chaos die daarop volgde, dan waren ze nu misschien allemaal dood. Julie moest hen dus allemaal uit de tempel en terug naar het bos zien te krijgen.

De deuropening was twintig passen verder, en Archie en Reggie waren er al bijna. Zij rende ook mee, terwijl ze Sarah op haar ene schouder hield en met de andere haar wapen afvuurde. Ze zouden de deur een paar seconden achter Ben bereiken, die al halverwege was.

Maar toen werd het licht van de deuropening geblokkeerd. Julie fronste haar wenkbrauwen en probeerde te begrijpen wat er gebeurd was. Het was alsof er een grote steen voor de opening was gerold, die het licht tegenhield.

En toen bewoog die steen.

Een reus. Zijn lichaam bloedde, zijn gezicht was een verwrongen puinhoop van vlees. Hij stapte door de deuropening en in de tempel, recht voor Archie en Reggie.

Oh, nee.

De reus hief zijn wapen en richtte het op het paar. Julie wilde hem afweren, maar rechts van haar bewogen zich drie soldaten, die zij in haar perifere gezichtsveld volgde, wachtend op een vrij schot.

Het wapen van de reus ging iets omhoog, en Julie huiverde, wetend wat er komen ging. Archie hief zijn eigen wapen, maar te langzaam.

De reus vuurde.

Archie viel, Reggie landde boven op hem.

En toen steigerde de reus, zijn hoofd omhoog. Hij strompelde achteruit, en toen de tempel uit.

De Peruvianen.

Julie zag een man achter de reus langs de deuropening rennen, terwijl hij op hem schoot. De aandacht van de reus werd echter in de andere richting getrokken, van waar er meer kogels op hem werden afgevuurd. De reus viel op een knie, maar begon met zijn machinegeweer in de richting van de bomen te schieten.

Julie zag Ben Reggie opscheppen en daarna Archie overeind helpen. De oudere man bloedde, maar Julie wist niet zeker of het een schotwond was of iets met zijn val te maken had. Het kon haar op dit moment niet schelen. Ze waren bijna bij de deuropening, en ze was van plan ze er allemaal veilig door te krijgen.

Buiten wankelde de reus en viel op de grond, nu op beide knieën. Hij probeerde over zijn schouder te kijken naar de eerste Peruaanse soldaat, maar werd plotseling op zijn gezicht gesmeten door de klap van een explosie.

Granaat, dacht Julie. *Een perfect schot.*

Het lichaam van de reus bewoog en bewoog, en viel toen stil. Kogels raakten nog steeds het lichaam van de man, maar hij stond nooit meer op.

Ze waren nu bij de deuropening, en Julie en Victoria, die Sarah droegen, strompelden er doorheen achter Ben en Reggie aan. Archie was vlak achter haar, en toen waren ze buiten.

De geluiden veranderden onmiddellijk, nu dunne, verre tikgeluiden van de geweren in plaats van zware, doffe dreunen. Ze zouden hen achtervolgen, maar ze hadden tenminste een kans om weg te komen. Julie had maar tien man gezien, en minstens drie van hen had ze neergeschoten. De Peruviaanse soldaten zaten nu achter hen en schoten op de tempel terwijl de Ravenshadow troepen probeerden te ontsnappen. De situatie was in hun voordeel omgeslagen - het was veel gemakkelijker om de vijanden binnen de tempel te houden.

Ben bereikte de rand van het bos en zette Reggie neer op de grond. Hij wendde zich tot Julie. "We hebben een probleem," zei hij.

Julie hielp Victoria Sarah overeind te krijgen, maar tegen die tijd kon ze al bijna zelf lopen. Ze controleerde snel haar verband en draaide zich toen om naar waar Ben naar wees.

Waar de gewonde jonge Peruaanse soldaat was geweest met Agent Etienne Sharpe, was er nu niemand. De depressieve plek in het gebladerte waar ze de man hadden neergelegd was er nog steeds, een lichte inkeping in de bladeren in de vorm van het lichaam van een man.

"Waar zijn ze?" Vroeg Ben.

"Ik heb geen idee," zei Julie, terwijl ze op adem probeerde te komen. "Maar daar kunnen we ons nu geen zorgen over maken. We moeten..."

"Hé!" Julie hoorde de stem van een man, ver weg in de verte, schreeuwen. Toen hoorde ze een motor met hoge snelheid draaien. Ze draaide zich om om te kijken.

Het was de Jeep. Kwam naar hen toe vanuit het midden van de vallei, bestuurd door Sharpe.

"Nou, dat had ik niet verwacht," zei Ben.

Etienne zwaaide, en riep toen weer. "Laten we gaan!" zei hij. "Haast je!"

Julie hielp Sarah overeind en hield haar arm vast toen ze opnieuw het bos verlieten. Ben en Reggie schuifelden naar voren, en Archie wachtte naast hen. De Jeep draaide hard rond, waardoor de bestuurderskant zichtbaar werd, met daarachter de tempel en de berg. Ben verspilde geen tijd, en ze hadden iedereen in een paar seconden aan boord. Ben en Julie moesten op de zijrails rijden, maar zij hielden zich vast aan het bovenste frame van de Jeep toen Sharpe weg accelereerde.

Er vielen een paar kogels om hen heen, die tegen bomen en zware bladeren sloegen, maar de soldaten verscholen zich nog steeds in de tempel, waar ze effectief werden tegengehouden door de Peruvianen, die zich nu in dezelfde natuurlijke loopgraaf hadden verschanst die de Ravenshadow mannen tegen de Guild Rite troepen hadden gebruikt.

"Waar is het kind?" Ben schreeuwde naar Sharpe. "Hij is gewond - je kunt hem niet zomaar achterlaten -"

"Hij is in orde," schreeuwde Sharpe terug. "Hij wacht op de rest van zijn vrienden tot ze ver genoeg terug zijn."

"Naar wat?"

De Peruaanse soldaten in de vallei stonden op, en Julie keek toe hoe ze zich nog verder van de tempel verwijderden, zodat de Ravenshadow-soldaten een paar stappen de tempel uit konden sluipen. Ze liepen langs de muren buiten de tempel, en enkelen begonnen naar het kleinere rechthoekige gebouw te rennen.

Terwijl ze liepen, hoorde Julie een oorverdovende *knal*. Ze draaide haar hoofd om, om te proberen de bron van de knal te zien. Haar ogen waren op de tempel gericht, wachtend op Garza of een reus die te voorschijn zou komen met een of ander groot nieuw wapen dat ze nog nooit eerder hadden gezien, maar in plaats daarvan zag ze iets heel anders.

De deuropening van de tempel waaruit de soldaten waren gekomen, *ontplofte* in een woede van vuur en vuil. Stenen en lichamen vlogen naar buiten, en vielen toen op de grond.

Julie draaide zich weer om en zag het eindelijk. *De tank.*

"Ik zei het je," zei Sharpe. "Hij wachtte gewoon op zijn kameraden om uit de weg te gaan."

Julie glimlachte. *Hij zit in de tank.*

Sharpe vervolgde, terwijl hij de Jeep over de uitgestrektheid van de vallei richtte in de richting van de weg waar ze waren binnengekomen. "Hij zei dat hij te gewond was om iets te besturen, maar dat hij misschien kon uitvinden hoe hij op de tank moest schieten. We brachten hem naar binnen en installeerden hem. Ik zou zeggen dat hij het goed deed."

"Ja," riep Ben. "Ik zou zeggen dat hij het prima deed."

HOOFDSTUK 84

BEN

DE RIT TERUG NAAR DE BEWOONDE WERELD DUURDE LANGER DAN JULIE VERWACHT HAD, maar een deel van het probleem was dat zij, Ben en een van de soldaten buiten de Jeep moesten rijden, hangend met een arm over een stang geklemd. Na een half uur op deze manier gereden te hebben, stopten ze bij het eerste teken van beschaving dat ze konden vinden: een winkel op de hoek met een enkele benzinepomp.

De eigenaar was aan het werk toen zij aankwamen, en de Peru-aanse soldaten ontwikkelden een verstandhouding met de man totdat hij werd overgehaald om hun zijn eigen voertuig te lenen.

Ze legden de gewonde man achterin de truck en de mannen volgden de Jeep tot ze de stad Chachapoyas bereikten, waar ze afsloten en een andere richting uitgingen. In de kleine stad slaagde Agent Etienne Sharpe erin een privé vlucht te vinden met gebruik van zijn Interpol referenties, en het team - nu zeven in totaal - splitste zich weer op. Reggie en Sarah, geholpen door een dokter die ze op weg naar de stad hadden gebeld, werden naar een regionaal zieken-huis gereden waar ze konden worden onderzocht en zo veel mogelijk opgelapt.

Ben wilde met hen meegaan, maar Julie had hem omgepraat. Ze

was niet zeker wat Sharpe en Archie aan hun discussie zouden kunnen toevoegen, en ze moesten de situatie onder controle krijgen en een rapport opstellen voor Mr. en Mrs. E. Bovendien, zei Julie, was Reggie verdoofd, en dat zou hij waarschijnlijk minstens een dag blijven. Sarah Lindgren beloofde dat ze zou bellen als hij zich beter voelde.

Dus was Ben met tegenzin aan boord geklommen van het grote vliegtuig met twee propellers, op weg naar Lima. Door de zwaardere lading en het kleinere vliegtuig, zou de vlucht ongeveer drie uur duren.

Erger nog, het was lawaaierig binnen, en de ruisonderdrukkende koptelefoons die ze kregen, hielpen niet echt om het geraas van de propellors tegen te houden. Ze hadden echter wel een ingebouwde microfoon om te communiceren tijdens de vlucht.

Hoewel het dus onmogelijk was om tijdens de reis te slapen, gaf de koptelefoon hen de tijd om bij te praten, stukjes van hun verhalen uit te wisselen en hielp Ben een verhaal te verzinnen over wat er de afgelopen dagen was gebeurd.

"Sharpe," zei hij, zijn stem nog steeds strak en geconcentreerd, niet op zijn hoede voor de man. "Hoe lang maak je al deel uit van de Gilde Rite?"

Sharped keek nadenkend op. "Het is een lange tijd geleden. Ik begon meteen na mijn schooltijd. Ik was geïnteresseerd in de Vrijmetselaars en kwam op een of andere manier op een bijeenkomst van de Gilde Rite terecht. Ik heb er nooit echt over nagedacht tot de inwijding."

"Het was anders dan je verwacht had?"

"Het was... echt. In plaats van een rare broederschap-achtige traditie, *heeft* de Gilde Rite me *doorgelicht*. Interviewde me. Vroeg me naar mijn overtuigingen en wist op een of andere manier de antwoorden al. Het was helemaal niet moeilijk, alleen... anders. Ik denk dat *ze naar me* op zoek waren. Mijn nieuwe rol bij Interpol was absoluut een factor."

"Heb je ze een plezier gedaan?"

"Ik maakte deel uit van hun groep. Ja. Maar het was nooit zoals de maffia of zoiets - ik mocht ze. En ze waren echt geïnteresseerd in de dingen die ik was: geschiedenis, politiek, wereldreligie. En ze wisten *zo veel*. Het was alsof elk van hen een bibliotheek van de wereldgeschiedenis was, alleen niet vanuit de perspectieven die we allemaal al eerder hebben gehoord."

"'Geschiedenisboeken worden geschreven door de overwinnaars?" vroeg Ben. "Of zoiets?"

"Precies. Deze mannen konden hun beweringen ook staven - dat de wereld onder het gezag stond van de katholieke kerk en de daaruit voortgekomen politieke systemen, en dat dit al eeuwen zo was. Dat de Bijbel en vele andere oude teksten geschreven waren als *geschiedenissen*, en niet alleen als allegorische apparaten."

"Dus jullie zaten op dezelfde golflengte?"

"Dat was ik ook, maar... ik had nooit gedacht dat ze het zo ver zouden schoppen. Ik kwam hier met hen omdat ik echt geloofde in hun zaak - dat ze iets groots op het spoor waren. Het zou de geschiedenis veranderen."

"Dat zal het zeker," zei Archie.

"Maar toen... nadat jij kwam opdagen..." hij keek naar Victoria. "Ik realiseerde me wat ze hadden gedaan. Ze gingen te ver."

"Wist je het niet van het vliegtuigongeluk?" vroeg Julie. "Dat ze ons probeerden te vermoorden in Corsica?"

"Nee," zei Sharpe, zijn hoofd naar beneden. "Ik had ook niet verwacht dat ze zo ver zouden gaan als het Vaticaan. Wij zijn een *zeer* geheimzinnige organisatie. In tegenstelling tot de Vrijmetselaars, die een organisatie *met* geheimen is, bestaan wij vanwege geheimen. Waarheden, verborgen voor de eigen leden, zelfs leden verborgen voor elkaar."

"Omgaan met iets zo diepgaand, ik weet zeker dat het logisch was op dat moment."

"Natuurlijk," zei Sharpe. "Maar het was *nooit* mijn bedoeling iemand pijn te doen. Ze gaven me een pistool - ik ben tenslotte getraind om ze te gebruiken - maar ze verwachtten dat ik het op *jou* zou gebruiken."

"Nou," zei Ben. "We waarderen het echt dat je het *niet* tegen ons gebruikt."

Sharpe glimlachte, maar Ben kon zien dat hij zich nog steeds vreselijk voelde over de hele zaak.

"En je hebt vandaag vrienden verloren, neem ik aan."

Sharpe knikte. "Hoewel niets kan rechtvaardigen wat ze probeerden te doen."

"Nee, misschien niet. Maar dat is allemaal in het verleden. We moeten ons concentreren op de toekomst."

"Uw organisatie leeft nog, ja?" Zei Victoria.

"Ik - ik veronderstel," zei Sharpe. "Het gerucht ging dat we meer dan 10.000 leden hadden. Teruggaand tot de oudheid, voorbij Salomo's tempel en Hiram Abiff en voorbij Euclides zelf. Terug naar de originele Nephilim."

"Bene Elohim," zei Victoria. "De machtigen."

"Precies. Zoals zoveel vertalingen, heeft de tijd en de taal sommige betekenissen vervormd."

"Dieter Luthig," zei Victoria. "Is hij jullie leider? Iemand met macht?"

Sharpe keek verward, toen richtte zijn ogen. "Nee," zei hij. "De Gilde Rite verbergt graag waarheden in het volle zicht."

Victoria keek weg, uit het raam, draaide zich toen terug naar Sharpe. "*Dieter Luthig. De Gilde Rite.*"

Sharpe glimlachte. Hij knikte een keer.

"Het is een anagram. En de rest van zijn website is waarschijnlijk ook in code geschreven."

"Net als de oorspronkelijke schrijvers van de bijbel wisten van de Nephilim en wie ze waren. Ze wilden de waarheid, en ze wilden het in het volle zicht. Maar ze wilden het ook beschermen."

"Dat is waarom Plato's derde dialoog werd geschreven," zei Victoria. "Hij stopte halverwege met *Critias* omdat hij de waarheid ontdekte. Iets dat zo dwingend was dat hij *Hermocrates* moest afmaken. Hij kon niet anders *dan* het schrijven."

"En hij koos ervoor om het ook te beschermen," zei Sharpe. "Dat is waarom het zo moeilijk te vinden is. We denken dat er maar één overgebleven exemplaar is."

"Garza's kopie, waar dat ook is," voegde Ben eraan toe.

"Ja. Maar er zijn er meer - veel meer."

"Ze verbergen zich in het volle zicht,' zei Victoria. "Op een of andere manier gecodeerd, vermomd als iets anders.

"De originele boodschap van de Atlantiërs, de afstammelingen van de Nephilim, en gecodeerd door de Gilde Rite."

Ben schudde zijn hoofd. Het was allemaal te veel. Hij geloofde het - hij had geen reden om het niet te geloven - maar dit alles lag buiten zijn bereik. Hij wilde het gewoon in een boek lezen, het hem allemaal op een gemakkelijk te verteren manier voorgeschoteld krijgen.

Maar dat zou niet mogelijk zijn - ze zouden dit samen oplossen, de stukjes bij elkaar leggen tot het duidelijk genoeg was om te weten wat ze nu moesten doen.

Hij trok zijn hemd een beetje van zijn nek om het wat comfortabeler te maken en richtte zich toen weer op de discussie. Hij wist wat het antwoord was, maar hij wilde het niet aan zichzelf toegeven.

Helaas, toen hij terug in het vliegtuig keek, ving Julie zijn blik. Ze trok een wenkbrauw op, en hij wist wat hij ging zeggen.

"We leven nu nog, gelukkig. We zijn weggekomen, maar we hebben nog steeds een *groot* probleem."

Hij wendde zich tot Victoria en verwachtte dat haar gezicht iets anders zou tonen dan instemming, maar zij knikte mee.

"We moeten Garza vinden."

HOOFDSTUK 85

BEN

Twee dagen later

Ben ging rechtop zitten, iets in zijn achterhoofd drong zich op, smeekte om aandacht.

De werklui waren naar huis voor vandaag, en hij en Julie keken naar een herhaling van een serie die ze al een paar keer gezien hadden. Ze waren rechtstreeks naar Alaska gevlogen na hun reis naar Peru, en waren nu voor het eerst in een week thuis. Mr. en Mrs. E hadden gewerkt aan het rapport dat het team had ingediend - meestal een verzameling anekdotes en meningen vermengd met feitelijke informatie. Zij wilden een verslag bijhouden van hun interacties, zowel voor hun eigen bescherming als voor toekomstige mogelijkheden.

Victoria Reyes verbleef tijdelijk in de hut, om haar eigen problemen te verwerken. Ze at met de groep, maar bleef meestal op zichzelf. Ze had bijna non-stop geschreven sinds ze waren aangekomen, en had Ben verteld dat ze haar gedachten wilde vastleggen voordat de schok van dit alles weg zou zijn. Ze gaven haar de ruimte die ze nodig had en begrepen wat ze doormaakte.

Julie lag opgekruld op de bank, met haar hoofd op Bens schouder en haar voeten onder haar opeengepakt. Ze keken naar de show, maar Ben wist dat geen van beiden er echt van hield.

Er begon een reclamespot te spelen en Ben zette de televisie uit. Julie trok haar hoofd langzaam omhoog, gaapte, en keek toen naar Ben. "Alles in orde?"

"Ik zat net te denken," zei hij.

"Oh, nee," zei ze lachend.

"Nee, nee, het is goed. Denk ik."

"Ik zei je niet te denken," zei Julie. "Daar krijg je hoofdpijn van."

Ben rolde met zijn ogen. "Het gaat over de Tempel van Salomo."

"*Dat is* waar je aan denkt? Niet aan mij? Ik dacht dat als je zo stil was, je *altijd* aan mij dacht."

Ben grinnikte. "Is dat zo? Nou, ik zou zeggen dat het ongeveer 80-20 is."

"Tachtig procent denkt aan mij?"

Ben pauzeerde, en dacht er een lange seconde over na. "Uh, ja. Tuurlijk."

Ze gaf hem een klap op zijn schouder. "Oké, slimme jongen. Hoe zit het met de Tempel van Salomo?"

"Nou, ik denk dat we iets gemist hebben. Ik weet dat we er niet waren voor sightseeing, maar herinner je je Egypte? De Grote Sfinx, en de..."

"De Hall of Records," zei Julie, hem onderbrekend. "Denk je dat het de Tempel van Salomo is?"

"Ja, dat ben ik. De originele tempel werd geplunderd door Nebuchadnezzar, en toen..."

"Kijk nou eens, je wordt een professor in geschiedenis," zei Julie, die van de reclame gebruik maakte om aan haar glas wijn te nippen.

"Ik heb Victoria's rapport gelezen," zei Ben. Hij haalde zijn schouders op. "Wedden dat je niet wist dat ik kon lezen."

Julie snoof terwijl ze lachte, en een beetje wijn druppelde langs haar kin, wat haar nog meer aan het lachen maakte. Ben deed mee, en toen pakte hij haar kin vast en kuste haar.

"Wat doe je?" vroeg Julie. "Ik zit onder de wijn."

"Nooit gedacht dat je er mooier uitzag," zei Ben.

"Doe me een lol. Mijn haar is nat van het douchen, en ik draag een trainingsbroek. *Sweatpants*, Ben."

"Ja, ze laten je kont er ook goed uitzien." Ben stak zijn hand uit en pakte haar hand. "Weet je wat? Laat dat Tempel van Salomo gedoe maar zitten. Ik heb gelogen."

"Heb je nog niets bedacht?"

"Oh, ik heb er iets op bedacht, maar dat kan wachten. Ik loog over *hoeveel* ik erover nadacht."

Julie's ogen vernauwden zich.

"Ik dacht *vooral* aan jou. Aan ons."

Een van haar wenkbrauwen ging weer omhoog. "Ga door."

"We zijn niet van plan te stoppen. De CSO. Het is een soort van eigen leven gaan leiden, en ik... wel, ik denk dat er nooit een *perfect* moment zal zijn, dus..."

"Wat zeg je, Ben?"

"Nou, ik zat te denken. Wat er ook gebeurt, ik wil bij jou zijn. We hebben geprobeerd om dat officieel te maken, twee keer - "

"Drie keer."

"Juist, drie keer nu. En ik ben het zat dat slechteriken en bijna doodgaan ons ervan weerhouden de knoop door te hakken.

"Oh, echt? Ben je geen fan van zoutwaterkrokodillen en aanvals-helikopters?"

"Ik kan wel een tijdje zonder."

"Ik luister."

"Jules, waarom *doen* we het niet gewoon. Nodig onze beste vrienden uit, familie, wie dan ook. Geen franje, geen bruiloft op een bestemming, niets van dat alles. Alleen jij en ik, en een... wat de man ook is... de predikant..."

"Hij wordt een *officiator* genoemd, Ben."

"Juist. Een van die kerels. Is dat - oké? Ik bedoel, ik wil dat je de ultieme bruiloft hebt, met prinsessenkastelen en echt mooie bloe-men, en al het dure servies, en - "

"Ben, ik vind het geweldig."

"Is dat zo?" vroeg hij.

"Natuurlijk wil ik dat. Ik heb nooit iets van dat andere spul gewild. Het is allemaal extra. En zie ik eruit als een prinses voor jou?"

Hij lachte. "Ik denk het niet. Hoe dan ook, ik dacht dat we het misschien hier konden doen. In de hut. Als... dat goed is voor jou."

"Ik hou van dat idee."

Julie kroop over de bank naar Ben en legde haar hoofd precies op zijn schouder, waar het eerst ook was. "Ik wil alleen maar *getrouwd* zijn."

"Waarom? Zodat je al mijn geld kan nemen?"

"Ja, Ben. Dat is het. Dus ik kan al je geld nemen."

"Goed. Grapje zeker, ik heb er geen."

Ze bracht zijn hoofd naar de hare en kuste hem, toen mompelde ze door samengeknepen lippen de woorden, "hou je kop."

HOOFDSTUK 86

EPILOOG

Drie weken later

"Hé, broeder - hoe voel je je?" vroeg Ben toen hij de kamer binnenkwam. Reggie lag in de nieuwe CSO vleugel die aan de hut was vastgemaakt, en zijn persoonlijke slaapkamer was omgebouwd tot een geïmproviseerd ziekenhuis. Na operaties in Peru en Anchorage had meneer E drie medische professionals ingevlogen om te helpen bij Reggie's herstel.

De twee dokters en de verpleegster, en ook Dr. Sarah Lindgren, keken op. Ze controleerden om beurten plekken op Reggie's lichaam op zenuwfunctie, en de verpleegster hield een infuus in de buurt in de gaten. Reggie kon zijn hoofd niet zo ver draaien, maar Ben zag zijn ogen opengaan.

"Ben? Ben jij dat?"

"Yep."

"Man, ik had nooit gedacht dat ik je weer zou zien. Ik dacht dat je me gedumpt had. Weet je nog dat je me in de jungle achterliet en dat ze mijn arm eraf hakten?"

Ben's mond viel open. "Ik - ik heb niet... Reggie, ik kan je nooit vertellen hoezeer het me spijt -"

Reggie begon te lachen, de zwellingen namen toe in volume tot hij bijna stikte. Een van de dokters legde ongeamuseerd een hand op Reggie's borst om hem te kalmeren.

"Oh man," zei Reggie. "Je zou je gezicht nu moeten zien! Ha!"

"Dat is... echt niet grappig," zei Ben.

"Ik moet Ben hierin gelijk geven," zei Sarah. "En je moet ophouden je zo op te winden. Je zult jezelf verwonden."

"Mijn *arm* is eraf gehakt. Ik ga niet dood."

"Nou, dat is goed nieuws," zei Ben. "Denken ze - dat het goed komt met je?"

"*Meer* dan prima." Reggie gebruikte zijn linkerhand om de rechterkant van zijn laken op te tillen, waardoor een stevig omzwachtelde schouder zichtbaar werd. Ben kon het zien wiebelen onder het gaasje. "Het kleine knobbeltje hier is bijna schoon, en het geneest goed. Over een paar dagen kunnen ze me een prothese aanmeten, en dan word ik *bionisch*."

"Ben - je moet die wapens zien die ze nu maken. Ze kunnen ingebouwde wapens hebben. *Wapens*, Ben."

De dokter en de verpleegster draaiden zich om en wierpen Ben een blik van ergernis toe. "Hij krijgt een standaardprothese, meneer Bennett, en dan kunnen we kijken of we myo-electrica kunnen toevoegen en sensoren kunnen gebruiken om te testen of gerichte spierregeneratie nodig is, en dan -"

"Het wordt *cool*, Ben," zei Reggie. "Kijk maar. Over een maand schiet ik lasers uit mijn vingers. Garza had gelijk - het was een schone snee."

Sarah's hoofd viel, en ze draaide zich lichtjes weg. Ben ving het op en wendde zich tot haar. "Gaat het goed met je?" Hij legde een hand op haar schouder.

Sarah legde haar hand op die van Ben en knikte, terwijl ze een traan wegveegde. "Ja. De kogelwond is helemaal genezen. Geen negatieve reacties met het... wat het ook was waarmee ze me vergiftigden. Ik denk omdat Garza ons later als experiment wilde, hij ervoor gezorgd heeft dat de dokters het gebied niet geïnfecteerd hebben."

"Goed om te horen. Nogmaals, ik kan u niet vertellen hoe..."

"Ben, alsjeblieft," zei ze, snuivend. "We *leven nog* dankzij jullie."

"Ja," zei Reggie. "Wie wist dat er *twee* van die stomme, rare tempel dingetjes waren."

"Ik denk het," zei Ben. "Toch had ik het willen weten."

"Julie zei dat je nog andere gedachten had? Over de Tempel van Salomo?"

Ben knikte. "Dat doe ik ook. Maar dat kan wachten. Ik heb een andere missie voor je."

Reggie schoof zijn hoofd opzij, een beetje huiverend bij de beweging. "Ja?"

"Ja."

"Iets cools? Weet je waar Garza is?

Ben schudde zijn hoofd. "Daar werk ik nog aan."

"Wat is de missie? Ik kan deze dokters van mijn rug krijgen, als je je daar zorgen over maakt."

"Daar maak ik me geen zorgen over, vriend," zei Ben. "En eigenlijk heb je je arm er ook niet voor nodig."

"Ik ben geïntrigeerd."

"Ja, Ben," zei Dr. Lindgren. "Weet je zeker dat het een goed idee is om hem zo snel weer in het veld te krijgen?"

"Wat?" vroeg Ben, met verbazing op zijn gezicht. "Ik heb je nooit gezegd wat ik wil dat hij doet!" Hij pauzeerde en liep toen dichter naar Reggie's bed. De dokter en de verpleegster schoven weg van het bed. Hij had het al met hen besproken, en hij dacht een glimlach op het gezicht van de verpleegster te zien toen hij zich verwijderde.

"Het zal moeilijker zijn dan alles wat je ooit hebt gedaan," ging Ben verder. "En... ik weet niet zeker of het je zal lukken. Er komt een serieuze hoeveelheid werk van jouw kant bij kijken, werk waarvan ik niet zeker weet of je het ooit eerder hebt gedaan."

"Ik kan het doen," zei Reggie. "Zeg het me gewoon."

"Oké," zuchtte Ben. "Gareth Red, ik heb een getuige nodig."

OVER DE AUTEUR

Nick Thacker is een thrillerauteur uit Texas die in Hawaii en Colorado woont. In zijn vrije tijd leest hij graag in een hangmat op het strand, skiet hij, drinkt hij whisky en trekt hij op met zijn mooie vrouw, twee honden en twee dochters.

Voor meer informatie en een lijst van Nick's andere werk, bezoek Nick online: www.nickthacker.com